乱云飞渡

信应亮　著

山西出版传媒集团　北岳文艺出版社

· 太原 ·

图书在版编目（CIP）数据

乱云飞渡 / 信应亮著 . —— 太原：北岳文艺出版社，
2024.1

ISBN 978-7-5378-6793-1

Ⅰ . ①乱… Ⅱ . ①信… Ⅲ . ①长篇小说 – 中国 – 当代
Ⅳ . ① I247.5

中国国家版本馆 CIP 数据核字（2023）第 201293 号

乱云飞渡

信应亮◎著

//

出品人
郭文礼

责任编辑
范　戈

装帧设计
张永文

印装监制
郭　勇

出版发行：山西出版传媒集团 · 北岳文艺出版社

地址：山西省太原市并州南路 57 号　邮编：030012

电话：0351-5628696（发行部）　0351-5628688（总编室）

传真：0351-5628680

印刷装订：山西新华印业有限公司

开本：787mm×1092mm　　1/16

字数：350 千字

印张：23.5

版次：2024 年 1 月第 1 版

印次：2024 年 1 月山西第 1 次印刷

书号：ISBN 978-7-5378-6793-1

定价：88.00 元

目　录

引子：斗法

1

中原大战的硝烟已消散经年，山西各区县依然住满了从黄河以南溃败下来的客军。

夜幕降临，设在振远三中的司令部里高朋满座，临时搭起个戏台，台板后首竖立一架丹凤朝阳撒金大寿屏。左右对称的官座从门口一直摆到戏台前，中间留出的过道铺着一溜儿红毡。团团灯影辉映着大红绣花的桌围，大红绣花的椅披、椅垫，大红羽纱的凳套。司仪头戴马聚源，身穿瑞蚨祥，脚踩内联升，红绶带流苏半尺长，把自己装裱得跟绸缎庄的赛璐珞衣帽架相仿，面容庄严地通传："大帅到——"刘金榜手扶指挥刀，大马靴清脆地敲击着地板。金领章、金袖口、金腰带，银丝嵌珐琅的胸花熠熠生辉，从圆盘肩徽上伸出来两条金辫子，连到紫铜镏金双排纽扣上。四个马弁全副武装。本来是个瘦小干巴的老头，可一穿上毛呢子军礼服就好像魁梧得整个大厅都装不下了，连笑容都发散出一股气焰，撇着侉腔侉调的外路口音抱拳说："实在对不住，让各位久候了。"

霎时满堂起立，士绅官吏打躬作揖，军人齐刷刷地行举手礼。这个说："大帅福如东海，寿比南山！"那个说："大帅逢凶化吉，必有后福。"

司仪长声吆喝："开宴——"士兵抱着一坛坛汾酒、竹叶青，一盘盘甜包子、肉包子、黄米糕、小八件，鱼贯而入。同时台上的锣鼓点也响了，开演加官帽子戏。头一个从屏风后面绕出来的是个挂黑三的须生，硕大的白脸面具喜气洋洋，笑容可掬，使他看上去像个大头娃娃。腆肚、弓腰、翘臀、耸肩，怪异的造型类似汉调二黄里的扎判。为了达到这个效果，演员行头里面要在屁股上绑扎草把子，胸前垫上胖袄。外罩大红圆领的加官蟒袍，腰系犀角大带，头戴一步三摇金翅踏蹬耳不闻侯帽。左手抱朝笏，右手拿三四条红布卷，上面用黄颜料写着天官赐福、招财进宝等吉利话，随着节奏轻松的小敲打，蹦蹦跳跳，回旋舞蹈，十分滑稽，最后变出一锭饭盆大的金元宝，一撕长髯，高举亮相，哈哈大笑……

紧接着正戏开场，演的是《单刀赴会》。扮关公的戏子高大宽阔，盔明甲亮，虎头战靴把台板踩得咚咚山响。大刀片玩得像纺车，眼花缭乱中仿佛生出了三头六臂，每只手臂都摇动着一口银光灿灿、冷气森森的青龙偃月刀。只听他慷慨激昂地唱："大江东去浪千叠，引着数十人驾着小舟一叶。又不比九重龙凤阙，可正是千丈虎狼穴。大丈夫心烈，我觑这单刀会似赛村社。"

寿堂掌声雷动。刘金榜在主桌后面侧身问副官："这是打哪儿请来的班子？"副官回答："是梆子村的。"刘金榜又问："你说刚才那个金元宝是咋变出来的？"副官拍拍肚子，笑道："戏法灵不灵，全靠毯子蒙。"刘金榜心有余悸地叹气："这唱词让我想起了去年过大铁桥，头顶是轰炸机，脚下是开花弹，后面有老蒋的追兵，前面横着黄河天险，那真是隔河如隔天，渡河如渡鬼门关。"副官说："所以大帅更应该及时行乐。"刘金榜点头说："这个扮关公的和刚才那个跳加官把式的都不错，看赏！"银圆送上去，两个后生赶紧到台口行礼。

"小人梆子村草民王天存谢赏。"

"小人梆子村孟布云谢赏。"

2

一钩弯月弓背朝向暗无天日的大地。伤心的哭泣镶嵌在风的呜咽声里，在忽明忽暗的月光中打旋。教室门前，一个军官和一个大头兵正吞云吐雾。远远望去，两个香烟头一亮一亮，有如两团飘忽不定的鬼火。

"起风了。"军官耸起双肩，把一只皲裂的手夹在腋下。

"里面的娘儿们是谁？哭哭啼啼的让人心烦。别人都吃席去了，咱们还得为她罚站。"兵搓着麻木的双手和脸颊抱怨。

军官缓缓吐出一口烟，压低声音："是团长送给大帅的寿礼，刚从梆子村弄过来的。说句戏词叫又勾勾又丢丢，要脸蛋儿有脸蛋儿，要腰条有腰条。"

兵继续发牢骚："他倒是美气！咱们可惨了，破鞋破袜破军装，吃的小米掺着糠，洋面袋子当袖章，远看像讨饭的，近看像逃难的，仔细一看是跟着刘金榜滚蛋的。真想脱了这身皮回老家去。"

军官夹纸烟的手摆了摆，语气变得很严厉："看在同乡的分儿上我得警告你，千万别胡来，抓住不是乱棍打死就是活埋，昨天军法处刚一气处死十多个逃兵。"

两条黑影从砖墙拐角绕出来，他们身上的戏服还没脱，脸上的油彩也没洗，每人手里攥着一把锋利的杀猪刀。开始移动得很慢，弯腰弓步，蹭着墙皮。明亮的刀光在被夜色融解的若有若无的体侧摆动。然后突然加速，离弦的箭一样蹿到哨兵身后。

孟布云明明觉得刀刃已经把喉咙切开，可对方就是不断气，腔子里发出呼噜呼噜血呛进肺管的可怕声响，从刀口涌出一堆粉红气泡，其中几个泡泡被寒风吹向夜空。孟布云的戏服瞬间让汗水洗了一遍，幸亏事先在木头刀把上缠了麻绳，否则非滑脱不可。他心慌得不行，眼睛好像透过后脑勺儿看到一张垂死挣扎的脸，手上加了狠劲儿，笔直的血柱从颈侧喷射起一丈多远。

孟布云靠到砖墙上，肠翻胃搅，眼冒金星，太阳穴嘣嘣地跳。歇缓了一会儿再看，王天存早拗断了门鼻和搭扣。很大一把铜挂锁原封不动，像个笑话一样耷拉在门框上。他心头涌起一阵懊恼，天存今天更像个爷们儿，从撂展哨兵到破门而入，每招都干净利索。他把这次行动想象成两篇作文，吴先生鲜红的批语写在结尾。王天存本上写：

文不加点，一气呵成。自己本上是：拖泥带水，错处连篇。忽然一转念，又觉得天存也没啥了不起，他之所以不害怕，是因为心里有一团书上说的那种爱情的小火苗。现在他眼里就只有个菊花，跟疯魔了差不多。

银蛇似的月光穿过窗前摇晃的树枝，在教室的墙上地上四处游走。绑绳松开，菊花悲喜交加地扑到王天存怀里，哽咽着说："你不要命了，这个鬼门关也敢闯……"昏暗中，眼里有一层晶亮的泪膜在反光。

王天存凤目朝天，金甲绿袍，眉似卧蚕，面如重枣，把菊花柔软的身子紧紧搂住，彼此呼吸相闻，心跳叠加，说："咱俩发过毒誓：铜瓢铁瓢水瓮上挂，谁要变心钢刀铡，至死不说拉倒的话……"

菊花伸手到脑后抽出簪子，散开香瓜髻。王天存问："这是做啥？"

菊花披头散发说："我已经不是赵家的媳妇了，再盘头，就是你给我盘了。"

孟布云进来催促："啥时候了，你俩还狗扯羊皮！"

王天存挽起菊花说："老二说得对，赶紧走。"

菊花担心地说："四外都是岗哨，我又不能像你们那样蹿房跃脊……"

孟布云大包大揽："猫有猫道，狗有狗道，猪往前拱，鸡往后刨。我在三中念过，哪儿有块土坷垃都一清二楚……"地皮突然颤抖了一下，连带着教室也猛然一晃，随即巨大的声波伴着一道明亮的闪光，从敞开的门和两侧的窗户汹涌进来，空气中立时弥漫开一缕中药般又苦又呛的味道。

"是榴弹炮！"孟布云耳朵一下就竖直了。三个人同时冲出去，站在月光下越刮越大的风里，目光越过围墙，向爆炸发出的方向张望。又是一声巨响，炫目的蓝白色光芒衬托出了佛宫寺的宝塔庄严内敛、有如沉思的形象。三张脸都是惨白的，因为他们已经判断出炮击的方向是梆子村。

3

轰击从二更开始，爆炸接连不断。其中一颗炮弹，像火流星一样尖叫着划过半个村庄，命中了孟满仓家的牲口棚，把后墙炸塌两米多宽一道豁牙。瓦片、木料，外带一个破车轮飞腾在半空，后发先至地穿过了飘散得密密麻麻的覆盖于低空中的麸皮、干草、红薯蔓……在它们下面火光爆闪，气浪汹涌，骡马血肉横飞，石头料槽崩出去八丈远。孟满仓的婆姨夜里出来解手，恰被料槽击中头部，当场身亡。

马六子那年十二岁，他梦见一个敲着大鼓的赤鬼步步逼近，鼓槌在淡黄色的牛皮上震颤。把他吓得没处躲没处藏，大冬天汗流浃背。当他终于被鼓声震醒，看见房子塌了半扇，刺眼的红光从大小窟窿和蟒蛇般的裂缝里照射进来。炕上堆满了土坯瓦块，其中还有一只死鸟（他觉得像斑鸠）。紧挨着自己的二哥马逢源嘴里吐着血浆子，压在一根巨大的房梁下面。梁柁有一半是焦黑的，已经烧裂了，青烟缭绕，斑块状的暗红在薄薄的白灰下面闪烁，像鬼眨眼。

"哥，我从一个梦掉到另一个梦里了。"马六子咧开嘴傻笑，对光腚坐在被窝上发呆的大哥马宏图说。娘突然衣衫不整、披头散发地冲进了他的梦，像个疯女人似的号叫着扑向一动不动的二哥。灼热的烟气使她的身形影影绰绰，随后赶进来的爹一把将她扯开，两个眼睛瞪得滴溜儿圆，像牛蛋，嘶哑地吼叫："先顾活的！"

然后他忽悠一下就到了街面，看见无数条腿在身边奔跑，而天空从来没有这样瑰丽璀璨过。娘牵着他的左手，大哥拉着他的右手，爹在前面开道。现在炮击已经停止，但梆子村至少有两条仄巷沉入了火海。夜幕粉碎，痛苦地抽动着千疮百孔的残躯。开始，光焰还是这儿一束那儿一束，很快就连成了整片。他们被夹在两道火墙中间，两旁的热浪汹涌过来，簇拥着他，挤压着他，几乎把他的双脚浮了起来。他的体重一下减轻了很多，失去了分量感，就更像是在梦里了。残留的冷空气被强壮的热风蛮横地压迫蹂躏着，翻着雪白的肚皮，贴着地面撒泼打滚儿，像条丧家犬。黄土路被光芒印成了变幻不定的紫色。马六子感觉有一层厚厚的、看不见的波纹在逆着自己跌跌撞撞的脚步流淌，此时就算有条鱼从身边游过去他也不会惊讶。

不断有火球从火场飞出，被风托举起来，翻滚着穿街过巷，去寻找新的食物，就像庞大的母体用鲜红污秽的腹部娩出的小火怪，整个村庄现在都是妖怪们的产床。他脚不沾地，脸蛋儿上挂着青鼻涕。他想喊叫，想告诉娘和大哥，自己紧尿，尿脖都快憋炸了，但声音刚从嘴巴冒出来，就被周围的混乱嚼碎吞咽下去了，根本跑不到耳朵眼儿那么远。一个着火的人从着火的门楼里狂奔出来，像匹红鬃烈马一样蹦跳咆号，两手拼命扑打被烈焰包裹住的头发。从此以后，他的形象就经常出现在马六子的梦境里。橙蓝相间的火苗像纠缠在一起的蛇群，沿着他的面颊争先恐后向上爬，不断狡猾地改变线路，躲避开风。人群惊慌四散。马六子裤裆一阵潮热，尿液顺着裤腿角滴答到搭襻鞋上，他以为那个人会一直冲过来，把自己也引燃，但那人却在距离他五步开外的地方突然双膝跪倒，把明亮的火把似的两臂伸向天空，好像在祈祷。马六子觉得这是个熟人，但没认出来是谁，只看见他的眼珠子在火苗后面绝望地眨动，极不牢固地镶嵌在一堆正在熔化的脂肪里，两个鼻孔堵满了灰渣，无声地大张开嘴，一束尖锐的拧着劲儿的火苗趁他吸气的瞬间钻进了口腔。

村民纷纷扶老携幼上山躲避，在山坳里冻了一夜，午后才知晓是客军举行实弹演习（这是向大帅祝寿献礼的一部分），黑灯瞎火加上集体醉酒，指挥官指示错了投弹方向。

4

怒气在吴先生的胸膛里发酵膨胀，把肋条撑得生疼，拍案说："岂有此理！既是实弹演习，县府为甚不事先出安民告示，饬令百姓周知？现在酿出祸端来了，他们既不追究责任，惩办元凶，又不安抚慰问受害人。装聋作哑，视百姓如草芥，拿人命当儿戏……"

吴先生找到县城，远远看见西北方向的佛宫寺，木塔那顶天立地的高大身躯，八角攒尖顶上立着铁刹，每层檐下都装有风铃铁马。吴先生并不醉心于宗教，但是每当看到这座宝塔，听到风吹动惊鸟铃发出的交响，就觉得身心泰然，自然而然地升起一种轻松愉快。城里乌烟瘴气，家家户户门窗紧闭，店铺上板歇业，一片萧条景象。客军军容不整，有的敞着怀，有的歪戴大盖帽，在县府大门的照壁前调开一溜儿桌椅，公开叫卖金丹。政府大院满地狼藉，污水结冰，房间一多半被客军征用，少数未被征用的都是铁将军把门。

吴先生又找到高公馆，才把县长堵上，开门见山问："客军害民之事，县尊听说没有？炮击事件，县里打算如何解决？"

高增寿长叹一声："现在大家都埋怨县府不体贴民情，质问为甚不事先出安民告示。其实本县也有苦难言，他们哪里知道，刘金榜把此次演习等同于军事机密，连我这个一县之长事先也蒙在鼓里。"

吴先生说："他们捅出这么大的娄子，连声响屁也不放？"

高县长一张马脸拉得更长，说："好我的老夫子，别说烧了几间民房，死了几个平头百姓，就是烧了县衙门，打死我这个县长又能咋样？"

吴先生将信将疑问："他们有这么霸道？！"

高县长两道愁眉在眼镜框上往一块儿拥挤。"你是不在县里，不了解情况。以前来咱县驻扎的张自忠、冯冶安、赵登禹各部纪律尚好。而刘金榜本来就是陕西的一支杂牌子，后来虽说跟了石友三，其实和流寇差不多。自打开入山西，更是和尚打伞——无法无天。支使地方官员如同使奴唤婢、呼儿教子一般。任意需索，支应毫无标准，县上虽尽力应付，奈何军之欲望无穷，地方力量有限。刘部驻扎我县不满一年，支应花费已高达两百万元。要求稍有不遂，定会招来飞灾横祸。上次他们提出将补给军装折交现款，办差员未允，结果路上被流弹打碎了胯骨，至今还在炕上拉尿。半月前又提出让县上为他们派销金丹，支应局长争执了两句，就被打了个半死。如今办差员因为害怕和客军打交道，都躲起来不肯露面，县政几近瘫痪。"

"更有甚者，为垄断毒品销售，他们一面杜绝陕西烟土入境，一面却在县府门前兜售金丹。为骗百姓吸食，他们诈称金丹能消除疾病与烟瘾的痛苦，受骗上当，沦为烟民的不在少数。至于纪律松弛，侮辱妇女，裹胁壮丁，就更不稀奇了。刘金榜自己就在司令部里养着一个拉皮条的捐客，专门为他物色附近有姿色的美女。这半年多光被他一个人糟蹋的女子也不知道有多少。"

吴先生愤然作色："他姓刘的不过是咬败的鹌鹑斗败的鸡，南北战争，联军中数他的队伍最没有战斗力，让张治中追得屁滚尿流，是靠山西人民的接济才苟延残喘到今日。现在他倒反过来恩将仇报，骑在山西人民头上拉屎撒尿。对这样祸国殃民的军阀，太尊既为一县之长、民之父母，就应该为民请命，上报省府，投书报界，控诉他的罪恶，揭露他的丑行，让他威风扫地、不为人齿！"

高县长一脸尿包相："一来人家手里有枪有炮。二来我一个小小的县长，人微言轻，说话跟放屁差不多。在山西，帽翅比我大的多如牛毛，老当家又不在，坐在位位上的尽是些吃粮不管闲事的。政府睁一只眼闭一只眼，不肯为咱地方得罪客军。再者现在是非常时期，上到省府下到乡镇都难活，如果单单我出头叫苦，上级一定不满。"

吴先生豪情满怀："县尊此言差矣，你还记得光绪三十三年的争矿风潮吗？还记得李培仁的蹈海绝命书吗？吴某每读这篇遗作都不由得心潮澎湃。当时是封建王朝，满清的一统江山，我山西人都敢豁出破头撞金钟。现在民国了，头头脑脑天天把三民主义挂在嘴头上，怎么反而没有咱们说理的地方了吗？这岂非咄咄怪事？！"

高县长顺水推舟说："既如此，先生乃我晋北名宿、一代鸿儒，何不登高一呼？比我这个七品芝麻官讲话管用得多。"

吴先生冷然说："这样一来，无论客军或者省府查究起来，高县长就不用担干系了。"

高县长略显尴尬："有道是能者多劳，高某也知道此事担着天大的干系，一旦触怒奸贼，说不定会招来杀身之祸。可有谁不知道先生当年曾耍弄过张作相，面斥过宋哲元。光风霁月，侠肝义胆。还望先生以振远百姓为念，挑起这副重担子。高某不才，愿率县府同仁为先生后劲，于公于私都决不敢让先生独任其艰。"

吴先生经过一番调查走访，不久约集了缙绅名流三十余人，以及当事人和受害者，联名向省府及各大报刊递交了控诉状，声称若此事得不到解决，将派员分别赴北平和南京，向张学良及中央政府面陈。转眼一个月过去了，事情依然石沉大海，但梆子村却变得风声鹤唳、杀机四伏。死亡的阴云浓浓地笼罩住吴先生的小院，让所有敬爱他的人寝食难安。传说刘金榜气急败坏，放出狠话，必取吴先生的性命。甚至有村民一口咬定亲眼看见三四个陌生汉子，戴着帽头，上身穿掩襟长棉袄，下身穿叉裤，扎着裤腿角。衣襟底下鼓鼓囊囊，好像掖着家伙，在村子里圪圪瞅瞅，躲躲闪闪，围着吴先生家的院墙打转转。

又过了几天，吴先生家里突然来了几个神秘的客人……

5

正是子夜时分，满天繁星，一地轻霜，两匹威武的战马并辔而来。它们矫健的英姿冲开了漫长的黑暗，疾骤的蹄音在寂静的夜半像战鼓一样惊心动魄。他们都是刘部军官的装束，斜背盒子炮，腰扎武装带，帽圈上的青天白日帽徽已经抠去，左臂扎着白毛巾，胸前飘扬红丝带。其中一个是赵凤春，另一个就是后来名贯中原的北方第一军军长高翔。高翔毕业于吴佩孚创办的洛阳讲武堂，时任刘部三团二营营长。他的半身铜像至今还巍然竖立在振远中学的校门前。振远的大人孩子也都会唱一首这样的歌谣：莫打鼓来，莫打锣，听我唱支兵变歌，兵变歌，为谁作，为的士兵吃苦多；莫打鼓来，莫打锣，听我唱支兵变歌，兵变歌，为谁作，为的天下穷人多；莫打鼓来，莫打锣，咱们唱支兵变歌，兵变歌，百姓作，我们的队伍人马多；莫打鼓来，莫打锣，咱们唱支兵变歌，江西南，山西北，南方北方红军多。

两个人滚鞍下马，苍茫中传来拉枪栓的声音，一支汉阳造瞄着他们的脑门儿，严厉地问："口令？！"两人齐声回答："立！"拍了三下枪把子。

当吴先生看到赵凤春第一眼的时候，就为他心中的魔力而暗暗吃惊。他看出来自己这个学生正处于高度亢奋之中。他像棵树一样站着，挺拔坚定，落地生根。他的身体更黑更瘦更结实了，眼窝和两腮深陷，下颌有力，咬肌明显，颧骨高耸，这使他的面容富有了立体感和雕塑感，短发像刺猬一样根根立起，双眼则如烧红的铁箸般熠熠放光，折射出内心的狂热，而这正是高烧患者的典型症状。他正被心中的理想之火燃烧着，炙烤着，折磨着……这巨大的热能使他的血液像高温熔化的钢水般汹涌沸腾，拍崖裂岸，只有一场暴风骤雨才能使它重新冷却……

"你从何处来？向何处去？"吴先生问。

"从来处来，向去处去。"赵凤春回答。

"所为何事？"

"为了民族解放，穷人翻身。"他的学生上前一步，"先生投书的事，我们已经知道了，但是正义不在他们手中，乞求也换不来公道，受压迫者的命运掌握在自己手里，掌握在枪杆子里。"他用手掌啪啪地拍打牛皮枪套，"我们不但要清算刘金榜的罪恶，还要清算所有压迫者！"

"你们要攻打县城？"

"待到秋来九月八，我花开后百花杀！"赵凤春握紧拳头，满怀自信，雪白锋利的牙齿间闪过一丝寒光，像冷冷的笑意。

"你此番来要不要抽空看看你娘？"有些话已经到了嘴边，吴先生想起菊花失踪的那些天，凤春娘的焦急和无助。

赵凤春沉思片刻说："还望先生替我保密，我的事暂且不要告诉我娘。我想等拿下县城后再去看她，也省得她老人家担惊受怕。"

就这样，小学校成了义军设在城外的临时指挥部，在夜幕掩护下，一支又一支队伍向这里汇集，又从这里出发。院子里步枪如林，到处是他们挟着雷霆的脚步和豪迈的问答。

"我们穿的是谁的衣？！"

"工农的衣！"

"我们吃的是谁的饭？！"

"工农的饭！"

"那我们应该怎么办？！"

"为工农打江山！"

......

这一夜吴先生无法入眠，听见县城方向的枪炮声越来越稠密，先生平静如水的心也为之激动起来。但是他的学生向他描述的那种红旗招展、义军凯旋、穷人当家、改天换地的场面却始终没有出现。当东方跃起第一抹金黄，枪声稀落下去，世界又恢复了死一般的沉寂……

6

数日后，吴先生正在临帖，听见屋外人声嘈杂。先生从容地抹平笔锋，开门审视并做好了应对的准备。只见高增寿肩上和头上粘着鞭炮的红纸屑，率领士绅及县府工作人员走来，抢步上前攥住吴先生的手说："夫子，大喜呀！迫于社会舆论和全国的压力，经省府协调，刘部已经撤出振远，移驻晋城了。"

吴先生语气沉重地说："这下晋城的百姓要遭殃了。"

"此事说来很悬，刘金榜本来铁下心要加害你。我也是急中生智，故意叫人四处放风，说吴先生有很多在军界政界做事，在地方上有势力的学生，令刘金榜有所顾忌。有道是强龙不压地头蛇，他也不敢把事做绝了。"高县长从挂包里取出一份褒状说，"这是省里发的。呈悉，梆子村教师吴联丰，不畏客军之强暴，直斥其非，为民请命，殊堪嘉许，特颁二等宝筏奖章一座，终身佩戴，以资鼓励。"亲手把奖章别到吴先生的长衫上。

吴先生试探道："平叛之事进展如何？"

高县长回答："开始他们想攻打县城，由于城内的刘部死守，援兵又来得快，因此他们阴谋未能得逞。天亮前撤出振远，先啸聚五台山，然后向东进入河北，击溃前来阻击的保安团，占领了阜平县城。在那里又是建军，又是成立什么苏维埃。后经国军多路围剿，已将阜平一举收复，叛军大部被荡平，匪首高翔首级挂在城门上以儆效尤。残部西渡黄河，逃窜到陕北去了。"

当日在县城召开了一场集会，大家一致请吴先生讲话，吴先生说："这次振远人民和刘金榜的斗争，充分说明了邪不压正，只要我全体民众团结一心，就不怕任何貌似凶恶的敌人。"并且提议，为了让后世永远铭记这段惨痛的历史，继承敢于抗争的精神，也为了让祸国殃民者威风扫地，应该为刘金榜铸一铁像，让他永远跪在振远人民面前。

于是由县府拨款，吴先生主持，铸成刘金榜铁像一尊，跪于振远南门内西侧。铁像高四尺，宽二尺八寸，两手各捧一元宝。左肩镌"第八集团军副指挥"，右肩镌"民国著名之盗魁"，胸镌"刘贼金榜"。

吴先生感叹："冤哉顽铁！"之后他编了一首《铁像歌》，让当地儿童广为传唱：

　　振远小儿拍手笑，道旁何人跪泥淖？
　　可惜太行山中铁，自炼铸成东海盗。
　　面目狰狞额纹横，胸腹高凸起双峤。
　　唇齿翻抵鼻朝天，双膝屈曲两肩峭。
　　谱牒远溯蓝面鬼，鼻祖耳孙真酷肖。
　　去岁中原吃败仗，豕奔鼠窜过铁桥。
　　仰我鼻息得苟延，恩情反而将仇报。
　　派销金丹灭人伦，炮击村落气焰嚣。
　　劫余居民半入山，冻雪断路冰塞窖。
　　论罪特宽斧钺诛，垂戒援例岳家庙。
　　相逢秦桧称前辈，各有千秋休嘲傲。
　　冷风吹面铁锈斑，牛溲马勃无人扫。
　　功名到此春梦醒，乾坤何地容懊恼。
　　流芳遗臭两非易，获此立足云厚报。
　　我欲尽聚九州铁，编铸人间枭雄貌。

第一章：数年后

1

高增寿在县长的宝座上，统辖四局六科三镇九乡，又要应付土劣，又要协调驻军，又要周旋省府，更不要说统筹办理县内有关民政、地政、警察、建设、教育、治安等诸多事宜，责任重大纷繁，所以一般不亲自升堂问案，但是今天他破例了。

审讯前，他吩咐站堂的法警把现场摆满各种刑具，趁自己还没有出场的当口先用拳脚教训一下犯人，给他来个下马威，但是又不要打得太重。现在，他坐在桌案后面，威严地俯视着跪在砖地上的人犯，就像在观察一只蝼蚁。法警们干得恰到好处，他显然被吓坏了，鼻青脸肿，瑟瑟发抖。

高增寿不慌不忙地呷了口热茶，开腔道："下跪何人，报上姓名。"

"桃子村草民孟满仓。"

"年龄。"

"小民贱龄五十七岁。"

"在家从事何种营生？"

"替人赶大车。"

"知道为什么事把你抓来的吗？"

自高县长走进审讯室，犯人一直低着头，现在他终于抬起了一张布满皱纹的苦瓜脸，呼喊："青天大老爷，冤枉啊！小民一直规规矩矩，本本分分，有毒的不吃，犯法的不做，哪承想人在家中坐，祸从天上来……"

高县长一拍惊堂木，打断了他的叫屈："大胆刁民，还敢狡辩！孟布云是你什么人？"

犯人浑身一颤，头又重新低了下去，回答："他是小人的犬子。"

高县长翻开厚厚的卷宗："民国二十年十一月，孟布云勾结同村无业游民王天存，手持利刃，趁半夜杀害客军两名军士，绑架劫持赵家的大儿媳妇贾菊花逃之夭夭。次年，两人纠集一批地痞无赖，占据黄花岭，打家劫舍，为非作歹，拦路抢夺过往商旅，作案累累。今年年初，孟布云在太原正太火车站旁的大丰栈绑架了瑞典传教士马尔文先生，向基督教会勒索巨额钱财。事件轰动整个太原城，引发国际交涉。瑞典公使馆紧急照会中华民国外交部，提出严重抗议。省警事厅连下数道公文严令县里查办。就因为你儿子一个人，搅得县里，乃至全省、全国鸡飞狗跳，不得安生，你还敢说冤枉？！"

"我这是造的什么孽呀，生了这么个逆子！小民真恨不得亲手掐死这个孽障！"犯人大呼时嗓子都岔了音，然后辩解，"大老爷明察，那贾菊花和王天存勾搭成奸是她自愿，并非强行绑架。贾菊花本是赵寡妇家的童养媳，赵氏有两个儿子，大儿子叫赵拴柱，二儿子叫赵凤春。其中赵拴柱十四岁那年早夭，临死前一个月，赵氏为了给儿子冲喜，把她从贾家寨娶过来的。再者吴先生说，中华民国不同前清，一人犯事一人承担，不株连家人。吴先生还说……"

高县长把卷宗往桌面上重重一摔，厉声说："孟满仓，你放老实一点儿！贾菊花自愿与人私奔，你亲眼看见了？吴先生说顶个屁用！吴联丰他救不了你，在振远的地面上我说了算。你儿子犯了这么大的事，你说不知情，谁相信？你说没有参与，谁能证明？你有没有分赃，这谁说得清楚？我再问你，许改香是你什么人？"

"她是小民的贱内。"

"春秋几何？"见犯人听不明白，高县长只好换了个说法，"今年多大了？"

"二十四岁。"

高县长扳着指头说："这就奇了，你今年五十七岁，你婆姨二十四岁，卷宗上记录孟布云今年三十一岁。这二十四岁的娘能生出来三十一岁的儿子？"

犯人向上磕了个头说："大老爷容禀，孟布云是小民头一个婆姨生的，她二十年前就病死了，给小民留下一儿一女。三十七岁那年小民又托人下聘，讨了个二婚女人，民国二十年，被刘金榜的大炮炸死了。这个许改香是小民去年才从繁峙县上官庄迎娶回来的。"

"孟满仓，看来你的艳福不浅，许氏那可是一朵鲜花呀。"高县长脸上第一次露出了笑容，不过马上又收了回去，"可是人长得再美，也得遵纪守法。就在大前天，这个许氏雇人抬着礼盒，找到县衙门，央求本县对她丈夫网开一面，放你一马。按照民国律法和相关规定，为谋求不当利益，贿赂政府官员，可追究其刑事责任。所托请关照的人犯罪加一等！"

犯人苦恼地咒骂："这个贱人，成事不足，败事有余！"

"现在的情况是你儿子把天捅了个窟窿，然后就躲起来了，可是洋人不断向国民政府施压，而国民政府又向省里施压。省里的意思是由县里出面，借你的人头一用。公告天下，孟布云犯法是受你这当爹的指使，孟家是蛇鼠一窝，这样既交代了洋人，又平息了舆论，从县里到省里再到中央，耳根子就都清净了。"

犯人磕头如捣蒜："冤枉啊冤枉！求青天大老爷为小民做主！！"

高县长隔着桌子把身体向前探了探，由公事公办换成推心置腹的口气："老孟啊，你也要理解县里的难处，现在省府天天逼着县里要人，本县又向谁喊冤去？常言道：'父债子还。'同理，你儿子欠下的债，理所当然要由你这当老子的还。我今天跟你好言好语把话讲清楚了，是希望你能顾大体，识时务，老老实实地在供状上签字画押，别硬充好汉，否则要是动起刑来，别说你这么一把老骨头，就算是铜筋铁骨的江洋大盗，本县也保管把他捏成个软面团团。"

"大老爷呀，你就饶了小人这条贱命吧！全当是积德放生，小人来世给大老爷当猫当狗，变牛变马……"犯人开始痛哭，鼻涕一把泪一把，高县长感觉出这回他是真的害怕了，如果自己坚持下去，他也许会当场尿到裤子里。他长叹了一声："劳劳车马未离鞍，临事方知一死难。唉，看来你还是舍不下这花花世界，舍不下咱振远的好山好水、紫皮大蒜呀。也罢，看在本乡本土的分儿上，本县就做回好事，给你出个消灾脱困的计策，可就怕你不愿意。"

抓住救命稻草的犯人止住哭泣，连声说："不会不会，只要能饶命，大老爷的吩咐小民无不依从。"

高县长站起身来，绕过桌案，走到犯人身边弯下腰去，在他耳边小声把办法讲了出来。

犯人一屁股坐倒在地，几乎不敢相信自己的耳朵，双眼惊惧中透出愤怒，瞪视着高县长说："这，这这这……天理何在呀……"

高县长撂下脸来，一甩衣袖说："我看你是敬酒不吃，吃罚酒！"

两个法警架起犯人，捅胳膊拽腿就往老虎凳上抬。

"我答应，我答应……"犯人终于松口了。

2

中午，许改香提一个食盒到牢里探望丈夫。孟满仓长吁短叹："这次万一我被官府判了死罪，心里最放心不下的就是你呀！你要是年纪轻轻就守了寡，往后的日子该有多煎熬，门前得招惹多少口舌是非呀！"

改香安慰他说："不要胡思乱想，你在家里什么违法的事情都没做，受牵连坐牢已经很冤枉了，怎么好好的就能判了死罪？"

"话是这么说，可哪朝哪代都有屈死的鬼……只怕那个逆子这回捅出的娄子太大，上面一定要拿我这颗脑袋才能向洋人交差。"

改香平静地说："万一真有那一日，我永不再嫁，终身给你守节也就是了。"

孟满仓其实是希望婆姨听说会判死罪，方寸大乱，六神无主，哭哭啼啼，那样自己才好顺水推舟，勉为其难地把办法讲出来。但事已至此，也只好硬着头皮说下去："上次过堂的时候县长说，倒是有一个办法可以救我不死，可就是太难为你了。"

改香问："县长提的什么法子，当家的不妨讲出来，咱们哪怕卖房子卖地借驴打滚儿阎王债，就算再难也还是救命重要。"

孟满仓觉得张不开嘴，讲话变得结结巴巴："县长说只要你……你肯陪他……唉，就可以法外开恩，想办法替我开脱……"

"你答应他了？"改香的语气依然很平静。

孟满仓低下头，不敢直视改香的眼睛，嗫嚅着说："人在矮檐下，怎敢不低头。我假意答应下来也只是为了拖延时日，你要是不愿意，咱们还可以另想办法……"

改香收拾碗筷说："事到如今还能有什么办法？我们是小老百姓，怎么斗得过县长？你是当家的，既然答应了人家，我嫁夫从夫，去就是了。"

改香从牢房出来，回到昌盛街的福安旅舍，这时她的眼泪终于流下来了。她心里并不觉得委屈，而是感到深深的绝望。她想起了自己穷困潦倒的娘家，兄弟姐妹一共八个。亲生父亲和三个哥哥为了钱财，把她嫁给了一个比她足足大二十三岁的男人，而今天这个男人——她的丈夫，为了保命，又让她去和另外一个男人睡觉。深刻的耻辱变成了对这个世界的厌弃和憎恨。她决定——死。现在就死。离开这个世界。躲转所有的是非、不公和难题。

她先把门插严，红腰带解下来，踩着高凳挂在房梁上，用双手拉了拉，看它是否足够结实，然后绾了一个绳扣套自己的脖子上。闭上眼睛，心里隐隐有一种报复的快意。

然而就在这时，她听见有人敲门。

3

黄花岭又名三不管岭。春天满山遍野都是野生野长的连翘，盛开的连翘花在阳光下闪烁着一片灿烂夺目的金黄，随风汹涌淹没了其中的山桃、油松、酸杏、刺槐、板栗……山腰小北顶，距离古长城不远，有一座坚固密实的围堡。大寨主王天存枪马娴熟，挑得开，叫得响。他们一般不在圈里作案，而是出没在振远南山和繁峙一带，请财神（绑票），劫掠各山庄出产的黄芪及其他财物，忽又流窜于口外，抢夺大烟驮子。

这天二当家孟布云来向王天存告假，说要进趟城。

王天存道："听菊花说春花妹子来闯山门，家里到底出了啥事？"

孟布云就把原委讲了讲。王天存说："你爹就是我爹，咱们集合队伍到县城劫牢去！"

孟布云摆手说："就凭一座小小的县大牢还不配咱们大动干戈。"当下只带两名炮手，一个叫雷金钟，一个叫马银科，连夜和春花赶奔县城。

城里到处张贴着捉拿他的画影图形，进城门洞的时候，他引起了一个门警的注视。孟布云和他擦肩而过时压低声音说："是朋友，勿言勿动。"那个门警果然没敢声张。

春花把他们引到一家门脸不大的旅店，顺洋灰台阶爬上二层。过道又窄又暗，墙上贴着小广告——枉费金钱事小，传宗接代事大，老中医包治寻花问柳之病。春花推门不开，便在门板上敲了敲。里面有个声音问："谁？"春花回答："是我。"

等了一会儿，先听见插销杆从门鼻里拉出来的声音，时兴的合页吱扭一声，比门轴响得细微。一个女人轻盈地站在明晃晃的光亮里，边缘好像被灯影虚化了。只见她月牙弯眉杏仁眼，愁云半遮芙蓉面，青丝盘头刚开脸。银边夹袄红绫缎，曲绸裤子绿罗衫，凤头鞋翘绣牡丹。杨柳腰，赛笔管。檀香珠珠胳膊上缠，一个戒指点翠蓝，脑后还绾着个银扁簪。

春花指着介绍："这就是我哥。"女子忽然害羞起来，细声细气说："我去烧壶开水。"风吹柳枝一样逃遁了。

孟布云一头雾水，问："这是谁？"

春花苦笑说："她是你娘，你是她儿哩，哪有儿不认识自己娘的？"

孟布云嗔怪："灰妮子，怎么满口胡吣。"

"胡吣烂舌头根，这女人是咱爹新续的，不是你娘是谁？"

孟布云皱眉说："他这是要老牛吃嫩草啊，娶下这么年轻个女娃，叫咱们当小辈的不好做人哩。"

"谁说不是，自打这个女人进门，村里人见了笑起来都怪怪的，跌凉话的也有，戳点的让人脸皮发烧。说起来也是个可怜人，要是我，就是投井上吊抹脖子，也决不嫁一个糟老头。"

孟布云开玩笑说："嫁谁不是嫁？闭上眼睛吹了灯都一个德行。妹要是投了井，哥拿甚换媳妇呀？哥要讨不上媳妇，咱老孟家不就断香火了吗？"

春花说："没脸！这是当哥的说出来的话？再说我痒你。"说着就来抓孟布云的胳肢窝。

孟布云推挡说："别闹，那就说点儿正经的，最近赵老三（即赵凤春，因王天存、孟布云、赵凤春三人结拜为兄弟，王天存为老大、孟布云为老二、赵凤春为老三）有信来吗？"

春花摇了摇头，神情黯然。正闲扯，改香提一只水氽子返回来。一时间都闷头喝茶，谁也不再言声，彼此不知道怎么称呼，都觉得有点儿尴尬。春花见改香眼圈红红的，好像刚哭过，问："礼送下没有？"

改香便向众人讲述了给高县长送礼的经过。孟满仓被收押后，两个女人兵分两路，春花去寻哥，改香就雇上脚夫，挑着八抬礼盒到衙门疏通。高县长收下礼倒很客气，又是让座又是倒茶。然后他把听差支出去，一屁股挪到改香跟前，拉起改香的手摩挲，说："我最近新学了怎么看手相，你这个手生得好啊：手软如绵清闲人，掌心低洼能存钱。这个指纹也好，常言说一螺穷二螺富三螺四螺开当铺……"

改香急忙抽手，反被抓得更紧，惊慌道："大老爷这是做甚？"

高县长嬉皮笑脸地把人硬往怀里搂："实话跟你说，就凭你家送的那点儿东西，要是换个人来，早让本县撵出去了。可是你来，别说送礼，就是倒贴，本县也乐意。"

他半天没得逞，一束灰白的发绺掉下来，挡在眼镜片前面，喘息着说："你又不是黄花大闺女，装什么三贞九烈。你能让孟满仓那个棺材瓢子上身，就不能让本县上一上？有道是拔出萝卜坑还在，你又不吃亏。实话告你，这振远地面上的女人，只要本县相中的，就没有一个能长上翅膀飞了的。"

改香本来觉得有求于人，不想把事情闹僵，现在见对方变本加厉，得寸进尺，说："快放手，再不放手我可就喊了，坏了你的名声。"

高县长这才整了整毛料中山装，拢了拢背头，冷下脸来干咳几声说："我也不强人所难。孟满仓的小命还不就捏在我手里？我说关就关，说放就放。再者说他儿子是土匪，身上背着好几条人命，挨枪子儿是早晚的事。你这么年轻水灵，跟那个老东西能落什么好？若是从了我，你就从此有了靠山，日后十指不沾阳春水，保管有享不尽的荣华富贵。回去以后掂量掂量，要是想通了，只要在旅舍的窗户上挂一块手绢，老爷就去会你。"

孟布云捧着茶杯说："他不是想见你吗？那就让他来。听你这么一说，我倒真想会一会咱们这位县太爷了。"

红丝帕系在窗棂子外面，像只温柔的小手招了一整天，直到定更也不见人来，春花就有点儿沉不住气，说："是不是那个狗官不来了，让咱们在这儿干等。"话没落音，在外面望风的马银科飞跑进来报告："来了来了！"

第二章：单刀会

1

走廊上的脚步由远及近，接着传来敲门的咚咚声，改香把门打开。高县长脖子后面的富贵包使他看上去像个变戏法的，头戴羊毛坯和黑呢子混搭的礼帽，外国叫德比帽。鼻梁上架着克里克斯眼镜，水晶的镜片，老银的镜腿。中山装面料从华达呢变成了麦尔登，口袋盖上别着两支自来水笔，一支花杆华孚，一支金尖派克。足登吉升斋的头层皮牙骨角皮鞋，文明棍挂在胳膊弯上。他脚下没根，跟跟跄跄，两腮红艳艳，嘴头油汪汪，伸出兰花指唱："想妹妹想得迷了窍，抽旱烟含住了烟锅挠，哎呀，烧下一嘴水燎泡……"扑上来就搂，嘴里说："小亲疙蛋，可想死老爷了。"打个饱嗝儿，喷出来一团酒气。

改香闪身躲开，笑着说："大老爷都这把年纪了，怎么还跟猫衔窝似的？"高县长活泛得好像安了十八个转轴，轻贱得浑身没有二两肉，眉飞色舞地嗔怪："咦，老猫就不吃肉了？别看老，赛蜜枣，皮皮圪搓心心好！"舒展双臂再扑，改香低头从他腋下钻过去说："不忙，有人要见你哩。"高县长滑得像条泥鳅，一听话头不对抽身就走。可他刚转过身来，门板砰一下就阖上了，藏在门后面的雷金钟和马银科左右闪出，两支土造的独牛角，也叫撅把子，顶住他的胸膛。

孟布云和春花挑开门帘从里屋并肩走出来，说："别忙着走，听说你在找我，我来了。"

高县长两只死鱼眼鼓出来，快要把镜片顶飞了。见对面这后生像从画影图形里走出来的，刀螂脖、水蛇腰、溜肩膀、面无三两肉、鼻梁弓、眼窝深、嘴唇薄，头发有点儿自来卷。他额头上冷汗淋漓，摘掉礼帽，掏出手绢蘸了蘸说："你们好大胆，楼下全部是我的人……"

孟布云步步逼近说："老子要劫就劫皇杠，要睡就睡娘娘。"高县长连连后退，直到像画一样贴到墙皮上。孟布云攥住他一只手，故作惊讶说："这手咋这么凉，出这么多汗。一定是操劳过度，累的。高县长乃民之父母，担子这么重，身子这么虚，还整天惦记着压花窑，不大补一下怕撑不住吧？万一归了位，振远的天可就塌了。"

高县长贴着墙的身体变得很薄，像张驴皮影，散发出某种劣质阿胶的味道，说："误会误会，我和令师吴联丰先生是至交好友……"

孟布云一声大喝打断他的絮叨："来呀，弄条人鞭给老爷捎上。"

雷金钟和马银科把高县长按倒就扒裤子，改香和春花赶紧背过脸去。

马银科抽出刀来说："风骚的，还是花裤衩。"

春花脸冲粉壁，听身后叫声凄惨，心中毕竟不忍，说："哥，教训一下就算了，别闹得血糊拉碴的。"

只听马银科又说："以前我跟我二叔劁过猪，肩着一副小挑子，走千家过万户。双手劈开生死路，一刀割断是非根。公猪阉以前得关到一间密不透风的黑屋里，不给它喂食，事先还得用滚开的辣椒水清洗这个地方。否则刀子下去，这个畜生屎尿齐出，脏东西感染了伤口，就活不成了。割老二前先割卵蛋，把阴囊划开个小口，里面的筋挑断，用手握住一挤，红通通的蛋子就破膜出来了。"

雷金钟接过话茬儿："我虽然没劁过猪，可跟老北京南长街会计司胡同的刀子匠毕五沾点儿亲，据他说宫里太监净身的时候，嘴里得事先塞一颗熟鸡蛋，否则刀子下来剧痛钻心，容易咬断舌头。再者，老二齐根切下来后，得赶紧把白蜡针或者大麦秆插进尿道，要不然伤口长住，这个人尿不出尿来，非活活憋死。完了事再往伤口上涂一层新鲜的猪苦胆，要是没有猪苦胆，那就比较麻烦，得用滚油才能止血……"

马银科大叫:"哎呀不好,刀子还没落,怎么老爷就犯羊角风了!"

雷金钟说:"赶紧掐人中,撬开他的嘴,别让他咬断舌头!"

春花十分好奇,忍不住想回头看。只听高县长的哀号变成了肠鸣嗳气,同时四肢扑棱,后脑勺儿和脚后跟咣咣地砸地。众人手忙脚乱地捶前胸捣后背,用枪管咯哪咯哪地撬牙,往脸上啪啪地打耳光,噗噗地喷茶水。

抢救了半天,高县长终于还阳,浑身滚得都是土,瘫坐在地上,目光呆滞,面无人色,鼻涕、涎水、茶叶末挂在腮帮子上。孟布云弯下身子拍着他说:"县长大人,这是何苦?那个宝贝你要实在舍不得就先带在身上吧,啥时不想要了,言语一声,我叫人去取。"

高县长神色稍平,双手还是抖动得无法自控,脖子倒是不歪了,眼球的偏斜却没矫正过来。歇缓了一会儿,一口长长的浊气吐出来,眼睛才慢慢恢复了焦点。雷金钟和马银科两头架着帮他提上裤腰,重新系紧皮带扣,长出来的一节穿回裤子环里。高县长又能挪动双腿了,虽然步伐还是一顺边,僵硬的面皮强挤出一丝难看的笑说:"多谢各位好汉手下留情。不过我要耽搁太久,下面的人找上来,不免节外生枝。要不我先回吧,回去以后我亲自护送老太爷回府……"

孟布云说:"也罢。光脚的不怕穿鞋的,我等在这儿,有种你就带人来拿。"

高县长如蒙大赦,倒退着让屁股先出门,连声说:"岂敢,岂敢……我向咱县的宝塔起誓,永不跟孟当家结冤仇……"他咚咚地下楼梯的声音很不均匀,中间好像还摔了一跤。

等高县长的脚步完全听不见了,春花就地蹦了一个高,拾起地上的文明棍,学高县长的架势,一步三摇到改香跟前,掐了改香的脸蛋儿一把说:"小娘子,你今天就从了我吧。"

改香臊了个大红脸,啐她说:"活宝!"透过窗子看见高县长钻进一辆带玻璃罩灯的二骡轿车,两个背枪的护兵骑马跟随,穿过沉沉暮霭,渐渐隐没在金红色的街巷中。她倒不像春花那么兴高采烈,对孟布云说："你还是避一避吧，跟那个赃官哪能讲信义。"

孟布云想了想说："你们走，我一个人留下。要是他不来，说明已经吓破了苦胆，我爹自然没事。要是他来，说明铁下心不肯放人，那我也正好去把我爹换回来，总不能让老人替我蹲班房。"

2

夜里，孟布云迷迷糊糊想起正月十五闹红火，游街的队伍必分前场和花场。所谓前场其实就是武术表演，秧歌队、小车会、背棍、抬阁、旱船……紧随其后，统统称为花场。每年打前场兄弟们一齐上，但肯定数王天存最抢风头，他跟头一翻一串，旋子又高又飘，一把单刀舞得虎虎生风，二尺半崭新的红绸子像迎风扯动的火苗，映着他俊美的脸庞。自己主要是耍火流星，一根长绳连着两个铁丝笼子，笼子里装上红旺旺的木炭，旋转舞动起来，不停地抛上接下，有时候从背上过，有时候从腿底下过。风春以前笨得啥也不会，就是眉眼不赖，净让他擦上胭脂粉扮回娘家的小媳妇，每回嘴噘得能拴头叫驴。大点儿的时候风春练就了一手绝活儿，能踩在寸子上下腰、劈叉、卧鱼、跳桌子。再就是村里唱小戏，也多请天存登场。天存是无师自通，天生的好嗓子、好底气，贯进耳朵里就像三伏天吃了块沙瓤西瓜。无论是耍孩儿、雁剧、三花腔、五花腔、走马腔、十三咳，都字正腔圆，喷口有力，满弓满调。也无论唱念做打、射雁探海、甩发蹉步、梢子圆场、剑穗马鞭……都干净利落，那才是上桌身轻如燕，抢背落地无声。唱《长坂坡》他演赵云；唱《对花枪》他演罗成；唱《挑华车》他演高宠。身手扮相，不知迷倒了十里八乡多少小媳妇大姑娘。

有一回大月亮地，大伙儿相跟到十八里铺听唱。戏台下酱稠稠的人山人海，那个扮旦角的女子真不赖，圆盘大脸好人才，窈窕的身子惹人爱，活像仙女下凡来。先唱了一段《打连成》，再唱个《珍珠倒卷帘》。台下就开始乱喊："唱个粉的！"大伙儿一起跟上起哄，这个说："唱个《公公骚媳妇》。"那个嚷："唱一段《听房》吧。"那个旦角站在台上，脸臊得像块大红布，手脚也没个放处。扮生的后生急出一头白毛汗，在嘎石灯照耀下热气腾腾地向上发散，作罗圈儿揖说："大爷大娘大哥大嫂大姐姐们，我们离家在外不容易，谁家没有兄弟姊妹？求诸位高抬贵手吧，我这个妹子脸皮薄，那些段子她没学过。"台下不依不饶，叫嚷道："三场看不见浪，不如回家睡凉炕。这都没学过，还敢吃张口饭？！最次也得唱一出《粉跳墙》！"

他和凤春中间尿急，去小树林解手，凤春半天掏不出来，急得直跺脚板。他说："莫急莫急，都是听戏听的，裤裆里搭帐篷了。"

凤春不解地问："啥叫裤裆里搭帐篷？"

他就眉飞色舞地小声唱："老汉听了《粉跳墙》，照上镜子把胡子刮；老婆子听了《粉跳墙》，难活得就把炕皮挖；媳妇听了《粉跳墙》，腿板里不由得水哇哇；后生们听了《粉跳墙》，裤裆里把个帐篷搭；闺女听了这《粉跳墙》，浑身气麻麻……"

"二哥，那边好像有人。"凤春毕竟胆小，躲在他身后，两手拽着他的衣角往外看。借着银盆似的月亮他看得真真的，原来是天存哥和拴子媳妇正黏缠……幸亏他手疾眼快，一把捂住凤春的眼睛，硬把他从林子里拖出来。凤春挣脱开他的手，像只小狗一样龇着牙汪汪，"我还没看清哩，你捂我眼睛干啥？！"

他用手比画着吓唬说："刚才林子里有个吊死鬼，头像水桶，舌头那么老长，白森森的牙。专门晚上出来吸半大小子的魂哩！幸亏我捂得快，要不然看一眼你就迷怔了，她让你往哪儿去你就往哪儿去。要不就脚底下鬼打墙，连村子也回不成。"

感觉有人推搡自己，孟布云第一个反应是警察来拿人了，就向枕头底下抓枪。手刚刚触到冰冷的枪把儿，一个温暖柔软的身子就向他覆盖下来，同时他也嗅到了欲望的味道。孟布云顿时心慌气短，他不知道自己醒了还是没醒，把双掌摊开在枕头两侧，好像要乞降。改香深邃的黑眸里闪射着奇异的蔚蓝色的光，用沙沙的声音说："和你好一回，死也值了。"

3

孟满仓被释放的第二天，镇子梁的赵反臣，外号赵大头前来探望，一见面就拜倒在地说："俺爹听闻你老遭了难，立马叫我到县里疏通，只说拼个倾家荡产也要把叔保出来，半道儿听说事已平息了。"孟满仓双手把他扶起来，看见家人从马车里抬出花红彩礼，五个鸡翅木食盒和一坛老白汾。这叫五架食盒一坛酒，打发女子上轿走。

吴先生找上门来，说："真是乱点鸳鸯谱，春花心里恋的是凤春。"

孟满仓知道这是女子搬来的救兵，点上一锅烟丝，慢条斯理地答复："赵老三倒也一表人才，又有文化，要说做我的女婿也将就。不过这小子打小就各色，上了几天洋学堂满口都是新词，什么国家了、民族了、阶级了……云里雾里，鬼说六道，没有一句在调儿上。最不牢靠的是他出门四年了，连个口信也没往家捎过，春花眼看要成老姑娘，总不能把终身耽误在这一棵歪脖树上。"

吴先生说："好饭不怕晚，良缘不嫌迟。就算凤春不能再等，也该给娃寻个可心意的。"

孟满仓反驳道："反臣就是头大点儿，说话愣点儿，人样子又不逊。虽然家里有，可人家不赌不抽不嫖，不但识文断字，种庄稼也是把好手，翻地起垄，插秧点豆，开镰打场，放下耙子就是粪筐。说到家庭，那是门前竖旗杆的人家，烧锅、当铺、水烟行从大同开到包头。天凉了睡炕，天热了睡床。打着灯笼都难找！"

吴先生摇头说："赵大头黄毛头发两根半，秤砣鼻子歪砍转，桃核眼睛灰蓝蛋，腾蛇纹入口，悬针纹破印。"

孟满仓吐出青花琉璃的嘴子，烟杆在鞋底上用力磕了磕，对着地皮连连吐唾沫说："我呸呸呸呸呸——现在不是民国十六年，我自己生养的闺女，你已经替我这当爹的做过一回主了，难道还想再做第二回？！这门亲事板上钉钉，有种你就再跟上回一样，拿着枪带着兵来牵我的牲口，砸我的灶台，扒我的房子！"

吴先生还想分辩，孟满仓一拍脑门儿说："对了，这么大的事，我想总得告诉孩子亲娘一声，昨夜三更我到村口烧了几张纸钱，回来的时候路过老赵家门前那棵龙爪柳，迷迷瞪瞪看见从屋里出来个男人。天黑，没看清楚脸面，怨不得说寡妇门前是非多，不过也许是我眼花了。"

吴先生顿时仓皇，站起身羞惭而去。

第三章：先生

1

吴联丰的父亲曾考入北洋水师学堂，学习管轮专业，每年秋考都名列前茅。但甲午一役北洋水师全军覆没，致使其同年九月毕业后，因无船可以服务，只得在家赋闲，终于忧愤成疾，在吴联丰三岁那年吞枪自杀。吴联丰中过秀才，书底很深。人家都说他取探花，得榜眼，蟾宫折桂易如反掌。全家都指望他光宗耀祖，可惜赶上改朝换代，废除了科举。

吴联丰年轻时与同村女子韩玉兰两情相悦，央求他娘托人保媒，女方家开始也愿意，但是请人一掐算，八字不合，命犯六冲，双方家长就同时变了卦，唱了一出《孔雀东南飞》。

后来吴联丰到振远三中任国文教师。有一年，山西督军公署总参议赵戴文到三中视察，问及当地的人文地理，校长自感学识平平，一时不敢贸然应答，乃请先生代答。吴先生当时也正年轻气盛，即席侃侃而谈："振远地处雁门之北，大同之南，东邻北岳，西接平朔。恒山、龙首、黄花三山南北拱卫；浑河、桑干二水东西绕城。山列如屏，水环似带，农田如画，河渠纵横，六畜兴旺，富庶繁荣。城内有释迦木塔，始建于辽。层如楼阁，玲珑宏敞，浮屠之丽，甲于宇内。上古之时此地一直为鬼方、土方、林胡、楼烦等部落占据。战国时，赵武灵王胡服骑射，击林胡，破楼烦，扩地千地，此地始归赵国。秦始皇统一后设立三十六郡，振远应属雁门郡。拓跋因之而兴，沙陀由此而起。中原逐鹿，迭建后唐、后晋、后汉三个朝廷。人称云中首郡，都将相而建帝王之业者，不乏其人；鸣甲第而跻冢宰之职者，大有其士。实北漠之名区，要服之大藩也……"

赵戴文大为佩服，说："没想到三中还有这样的人才。"会后，吃饭时他坚持让吴先生首座，与师生合影留念时又推吴先生居中。吴联丰由此名声渐显。

再后来，吴先生发现南马庄、义井一带，土地贫瘠，干旱缺水。浑河虽横贯其间，但有水不能利用，白白流走，因此决心在镇子梁搞一工程，以尽浑水之利。他先说服在丰镇任师爷的浙江人王和卿投资四千元来振远开渠，后因款少停工。又到大同劝说富商刘潜之、田唯农等数十人，筹资两万余元，再次动工。施工年余，离完工尚远，款又告罄。于是吴先生辞去公职，带着设计图纸，再次外出筹款，这一走就是三年，连人是死是活都不知道。

经多方奔走，吴先生共集款十几万元，每五十元一股，投资者有民国大总统黎元洪、民政总长汤化龙、山西督军阎锡山、省参议员刘劝功、京绥铁路管理局局长班赞臣等。当年就成立了振远广济水利股份有限公司，并呈报山西省农商厅、中央农商部备案。由投资最多的刘劝功出任董事长。施工队采取三级截流法，先截住两边的浅水湾，最后再截断中间的急流。号子声中，石坝像一把老虎钳子，从两岸伸向河心。经过三年施工，筑成拦河大坝一条，灌溉大干渠四条，倒虹吸两座，节制闸三座，跌水五处，放水口一百二十六处，支渠、斗渠、农渠、毛渠四通八达。岂料工程即将完工时，一场百年不遇的山洪把大坝冲毁。站在洪水退后毁坏的堤坝前，吴先生急火攻心要跳河，被民工死死拉住，终于眼前一黑，一口血吐在工地上。

当时凤春他爹过世才一年，最该避嫌的时候，玉兰忧心吴先生无人照料，偷偷跑去探望，吴先生一头扎在她怀里，哭得跟个孩子一样。

不久，振远广济水利股份有限公司召开股东大会，决议再次筹款。大病初愈的吴先生又临危受命，到宣化集股，四处宣讲浑河水利工程之利，终使工程在民国九年全部完工，灌溉振远西北乡、大同南乡四十八村荒地数千顷。

原来的旱地淤成三寸厚的胶泥地，绝大部分被振远广济水利股份有限公司收买，又按股份多少分给了各股东。其中黎元洪分得土地一万三千亩，在西辉耀一带；阎锡山分得一万亩，分布在范店一带；班赞臣分得八千亩，在哑骨庄一带……以下各股东均有所得。而首倡其事又出力最大的吴先生却因为不是股东，没有分得半分土地，只博得一个当代窦犨的虚名。

2

民国十六年，吴先生在本村创办初小已经三年有余，其他倒没有太大困难，只是村里女娃们的家长都是些老脑筋，没有一个肯让姑娘来上学的，挨家挨户动员也不行。当时教育部制定的强迫教育办法已经颁布，山西又紧跟着出台了实行义务教育程序，把全民教育设定为根本要政，并规定了具体操作办法和时间表。吴先生写了份报告递到省教育厅，要求对梆子村实行教育强制。

没多久就从省城派下来一支下乡工作组，其实就是一个背短枪的营长，领着十几个扛长枪的士兵。都自己打着背包，吃住在村公所里，由各家轮流派饭。

营长王藩兼任工作组组长，是个二十七八的后生，充满干劲儿，一个人承包着三个村，分别是梆子村、梆子村南边的丁堡村和东边的兴旺坡村。他的挂包里装着三份委任状，三个村子的小学校长一个人包圆儿。他请吴先生出任三所小学的教务总长，吴先生慨然应允。

两个人白天说不够，晚上点上灯一起在村公所研究工作。他们发现三个村各有各的问题。梆子村主要是女童上不了学。丁堡村是新创办的小学校占用了村里的关帝庙，引起善男信女的严重不满，几次纠集起来成群结伙地冲进教室，干扰正常教学，还把一个老师打伤了。兴旺坡村的问题是新增加的地亩公摊收不上来，尤其是几户没有适龄学童的人家，抵触情绪很大。

王藩请吴先生把村里所有学龄女娃的家长写成一份花名册，然后叫在村公所打杂的马富贵敲锣，召集在册的村民到村公所开会。马富贵把一面破锣从村东敲到村西，从前街敲到后街。他的三儿马六子一个月前刚刚爬出娘肠，所以敲出的锣音喜气洋洋。马富贵除了给村公所应差以外，村里写写算算也都指望他，这家伙双手能同时打算盘，一个手算账，另一个手核对，让自己的两个儿子念书也很上心。吴先生本来想聘他到小学校教珠心算，但他连眼睛都没眨一下就拒绝了。谚语说："家有二斗粮，不当孩子王。"上面那些头头脑脑，从阎长官开始，只要一提到乡村教师就抬举到天上去，可是关饷的时候就抠抠索索。说大话使小钱。一个学期只给补助四升小米。另外每月领灯油一斤、火柴一盒、窗户纸二十张、麻纸五十张、笤帚一把、抹桌布一尺。吴先生愿意倒贴，自己可贴不起，老马家三个儿将来还要攒钱说媳妇呢。

人聚齐以后，王藩手举白皮的《人民须知》说："凡是山西百姓，无论贫富贵贱的小孩子，也无论男娃女娃，从七岁到十三岁，这六年必须有四年在上学，这就叫国民教育。为人父母的无论如何贫穷，总要叫孩子上学，这是对于子女应尽的义务。国家法律规定，人民若不上学，就要罚钱，罚了还得上，这就是强迫教育。罚款的数额是每个失学儿童五元，从小孩儿十岁开始算，每长大一岁追加一元……"

第二天，村里的女孩来了约一半。吴先生说："这可不行，如果另一半不来，那这一半，过不了几天就也不来了。"

工作组都不是本地人，虽然有花名册，可是没有向导办事也很困难。村公所的人怕开罪乡亲，都躲起来了。吴先生说："事是我惹出来的，我带路。"王藩说："我今天正好家里有事，想回城一趟。我把这些兵全交给你，都听你这个教务总长指挥，老吴你一定要给咱压住阵。"说完把自己的盒子枪摘下来，给吴先生背到身上。吴先生开始不愿意，说："我又不会打枪，更用不着打枪，背个它多累赘？"

王藩说："不是让你真开枪，这就是一种象征，表明政府武力弹压，强制办教育的钢铁意志和坚强决心。"

3

吴先生大褂外面背着盒子枪，牛皮枪套子不停拍打着他的大腿，带领一列荷枪实弹的士兵，杀气腾腾地在大街上走，引得一村男女老少都涌出来，跟在他们屁股后面瞧热闹。吴先生率领的队伍越来越庞大，几条狗一边吠叫一边随着人群奔跑，后来又掺和进来一群羊。在八月瓦蓝的天空下梆子村沸腾着一条彩色的河流，不时迸溅起喧扰的浪花。他头一户就来到孟家，孟布云和春花迎出院落，春花好像被这不同寻常的场面惊着了，怯生生地往哥哥身后躲。孟布云黑煤似的眼睛闪着兴奋的异彩，紧紧盯着吴先生身上的枪套，问："先生，你当了大官了？！"伸手要摸，吴先生用手轰他说："去！"

孟满仓和新娶的婆姨不待来将讨敌要阵，就挑开帘子双双杀出来，看见吴先生站在当院绿油油的石榴树旁，左手按在枪套上，另一只胳膊顺着，士兵在他身后站成个半圆。大门外面人堵得黑压压一片，几只鸡围着院子乱飞乱跳。孟满仓袖着双手，吊起眉毛，立睖着眼睛说："你一个教书先生，装猫变狗的，背着把破枪成什么屌样？也不嫌有辱斯文！"

马富贵扒在墙头上喊："你懂个屎，人家吴先生那叫孔夫子挎腰刀——能文能武！"

孟满仓说："春花上学的事，你要是好好说，兴许还有个商量，可今天既然唱下这么一出，拿我姓孟的开刀祭旗，那就没啥可商量的了！拿着几条烧火棍吓唬谁？有种你就把我们一家子都拉出去崩了！！"

吴先生冷笑一声，铁青着脸大声吩咐："来人，把他家的牲口牵走，锅台砸了！从明天开始，一天铲断一条马腿，到第五天头上，春花要是还没来上学，老总们打牙祭的时候，可以分给你二斤马肉！"

4

王藩直到掌灯才回来，听了汇报，看着满院子扣押的东西、牛马，冲吴先生竖起大拇指说："老吴，真有你的。你当年要是从了戎，肯定是个治军严明、杀伐决断的狠角色。"

吴先生苦笑着说："我觉得自己像土匪绑票。"

解决了梆子村的问题，工作组移师丁堡村，吴先生应邀同行。还是在村公所开大会。村长请王藩讲话，王藩说："先让吴先生开导开导他们。"

吴先生不打草稿，站起来就讲："关公是咱们山西出的大英雄，武圣人，在老百姓心中地位和孔夫子一样。关老爷是刻苦读书的，你看他白天行军打仗，到了晚上还不休息，点灯熬油地读《春秋》。他老人家在天上要是看到家乡的孩子们都是睁眼瞎，大字不识一箩筐，心里该多难受？现在他老人家看见娃娃们在他屋里读书认字，虽然少受了几炷香火，但是能为家乡的教育事业做贡献，他老人家心里必定欢喜，说不定还让周仓扛着大刀给大家站岗哩。"

王藩摇动着《人民须知》，嘴角冒白沫："咱们山西的义务教育刚刚起步，从三百户以上的村子开始试行，然后要逐步推广到所有乡村。现在只普及初小，以后还要普及高小。常言说：'万事开头难。'把关帝庙暂时借用一下，等将来我们有了钱，盖了新校舍，再完璧归赵有何不可？你替关老爷鸣不平，你对政府办教育说三道四，那还不好说吗？你也像人家吴先生一样，也把自家的宅子让出来三两间，问题不就解决了？！"

第二天，关帝庙前就站上了双岗，两把明晃晃的刺刀像左右门神一样让闲杂人等不敢靠近。同时村公所贴出告示："有人胆敢阻挠学务，冲击学堂，哨兵有权开枪，打伤不给医药费，打死不偿命。"

到了兴旺坡村还是如法炮制，开动员大会，这叫先礼后兵。王藩还是高举着那本阎长官撰写的《人民须知》，就像举着一把威严的、先斩后奏的尚方宝剑，说："一个人家的盼望全在子弟，一个国家的盼望全在学生。普及教育虽说是免费的，但是羊毛究竟还是出在羊身上。公摊学款，就是对娃娃们的义务，对人民的义务，对国家的义务。世上万事都可省钱，只有办教育省不得。纵然自家现时没有学生，也断不可出怨言。要知道学校办起来是永远的，无论谁家将来必有子弟入学。况且捐资助学乃是第一等积德行善之事。谁要螳臂当车，谁要抗拒不交，我们就让他倾家荡产……"

然后是抓典型，杀鸡给猴看，把领头抗捐的押到村公所，绑到树上示众一天。这些办法虽然粗鲁，效果却立竿见影。当时在山西的广大农村，到处都活跃着像王藩这样的军代表，成为民国教育史上的一种奇观。

陶行知第三次到山西实地考察，和晋北的教育工作者座谈的时候，感慨地说："全国真正能实行义务教育的，算起来只有山西一省。山西之下是江苏，江苏虽然名义上普及了高小，但普及率充其量只有百分之二十。分别就在于其他省只知照搬中央文件，只有山西是因地制宜，真抓实干。同时这也是在座诸公忠诚努力的结果。"

满座皆有洋洋得意之色。

吴先生发言说："自民国八年以后，山西即努力于义务教育之普及，虽然取得了一些成绩，然而入学儿童男生只有十之八，女生不足十之五，可见普及之功犹未竟也。我们这些投身教育的人，无论经费如何竭蹶，进行如何困难，也要全力以赴，以竟前功而奠国基。"

第四章：恨嫁

1

正日子转眼就到了，春花凤冠霞帔，怀里揣着半片剪刀，苍白地坐在一团锦绣里，垛得一人高的缎被在她身后闪着五颜六色的光波。一道明亮的阳光穿过贴了大红喜字的窗棂，照着桌面上的金簪子、银弯子、玉石玛瑙戒圈子，红缎子、镶边子，湖绉裙子绸衫子……一切都仿佛静止了，只有一个声音在耳边回旋：那是她，要是我，死也不嫁……也不嫁……不嫁……

迎亲队伍踩着一地鞭炮的落红进了村口，梆子村的村民这回算开了眼界，但见城关的鼓、巡镇的轿、五门楼的唢呐、榆泉的号、二骡轿车子牛腿炮、车倌还戴得红缨帽。四杆两人抬的大号火铳，点燃铜火门里的引线，依次朝天上砰砰地放，跟打雷一样脆生。院子里一字排开四红二蓝六乘头水花轿，都是宝塔顶，大红轿帏转圈儿绣着戏文。这个名堂叫双伴双送，是富贵人家才摆得起的排场。各种执事浩浩荡荡，前呼后拥，开道锣、开道旗、团扇、宫灯、龙凤牌、金瓜、斧钺、朝天镫……看热闹的围得像四堵墙，院子里早摆好了茶水、糕点、炖豆腐、锅贴子，以及枣山、金蟾、佛手、元宝、面虎、面鱼、面娃娃等各样花馍。

唢呐锣鼓堵着门户吹打，引领着浩浩荡荡的人群，像一场力量悬殊、毫无悬念的攻城拔寨。新郎官被众人簇拥在中间，头戴小登科的状元帽，上面插着颤巍巍的两朵宫花，十字披红，喜气洋洋，下了顶着绣球的高头大马，逢人就作揖。立定后他先撒一把谷，总管喊："五谷丰登！"再撒一把米，总管喊："风调雨顺！"末了撒一把碎钱，一群鼻涕糊欢呼着冲过来抢，总管喊："财源广进！"

总管说："把新人请出来吧。"孟满仓本以为事已至此，春花性子再犟，也必不敢胡闹。哪知门刚一打开，新人没出来，洋瓷盆、锡蜡台、茶壶、茶碗先飞出来，差点儿把新郎官的大头开了瓢。改香过去搀扶，让春花一把搡得远远的，立到台阶上掐着腰跳脚骂："赵大头，你个背时鬼，妨主货，敢打姑奶奶的坏主意，老天爷非叫你断子绝孙！"看热闹的从没见过这种迎亲场面，笑得前仰后合，后生们就跟着起哄。赵大头脸撮火得跟关老爷一样。总管赶紧把孟满仓拉到背圪垯，嘀咕了半天，让帮忙的把春花推搡回房，手脚绑住，嘴堵上，盖头一蒙，背出来塞到轿子里，吹吹打打出了村庄。到了镇子梁，推说新娘身体不适，没让见亲友，就直接送入了洞房。

2

贺喜闹场的一拨又一拨，赵大头从晌午一直喝到掌灯，这才醉醺醺地进了洞房。他东摇西晃来到新娘子跟前，把盖头揭开，堵嘴布扯掉。春花说："愣着干啥？还不快给我松绑！"红烛大蜡下，明眸皓齿，轻嗔薄怒，更显得娇艳无比。把赵大头稀罕得神魂飘荡，赶紧俯下身解绳扣说："这就对了，这就对了……"顺手拔下新娘头上的一朵宫花，踩着板凳插到高处的墙上，这叫：墙上插花花，明年抱娃娃。

赵大头过来想亲热，春花推开他，活动手腕说："你吃饱喝足了，我可饿一天了。"洞房里有现成的茶水糕饼，赵大头亲自端过来。春花拿起来就吃，斟满了就喝，等吃喝得差不离，冷不丁就是一剪刀。幸亏赵大头反应快，闪身躲过去，酒醒了一半说："哪有这么闹的，这大喜的日子，动刀动剪的多不吉利。"伸手就来夺剪子，他俩两下就扭打在一处。

春花下的是死手，恨不得一剪子把赵大头剼了。可赵大头只当是两口子逗玩儿，或者春花一时钻牛角尖，使小性子，虽然闹过了头，毕竟是自己的女人，因此招招都留着情。这样打了十来分钟居然没分出输赢，把全家都惊醒了，男女老少站了一天井。

只见新房的窗子上像演驴皮影拳来脚去，又像转走马灯你来我往。脸盆、香炉、蜡台、盘盏满天飞，摔在地上都好像带着点，如打鼓似敲锣。他爹对老伴儿说："这也太离谱了，你进去打劝打劝。"他娘刚一开门，赵大头正好让春花用脸盆架子抡出来，到了台阶跟前收不住脚，大仰壳摔到当院。他爹说："牛不喝水不能强按头，要不你先到你兄弟屋里住一宿。"赵大头觉得热辣辣的眼泪刺痛了眼睛，猛推开众人，像只受了重伤的狗一样，从喉咙深处发出愤怒的哀号："娶回来的媳妇买回来的马，任我骑来由我打！"回屋把门闩插严，三拳两脚就把春花打得爬不起来了。赵大头过去就扒衣裳，耳边响起袖筒从肩膀上扯裂的刺啦声。春花一口咬住赵大头的胳膊，赵大头"嗷"的一声，提起春花的头发就往窗棂上撞，血溅了一窗户，从院子里看去好像新贴的竹篾纸上突然多了一幅梅花图。外面的人都说："出人命呀，出人命呀！""新郎官这是要霸王硬上弓……"急得他爹跺脚喊："大头，要甚二不愣哩！"赵大头也不言声，自己先脱光了，再几下把春花扒个光不溜，把她青一块紫一块的身子扛起来，往床上一撂，回身吹熄了灯烛。在他给女人破身的时候，在那个波涛汹涌、天旋地转的刹那，黑暗中听见春花从胸膛里进出一声嘶喊："凤春——"回应她的是四根床柱、雕花围和承尘盖上的楣子一阵猛烈而蛮横的摇动，同时发出嘎吱嘎吱的声响。

夜色沉沉，天无语，月无声……只有风不停地旋转着，发出断断续续的喘息、呻吟……深宅大院是凝固的沉重。功名旗杆高举起锈迹斑斑的铁斗。屋顶，飞檐上的走兽，尘垢满面，冷酷而狰狞……

3

汽笛一声高亢愤怒的长鸣，赵凤春猛然惊醒，抬起头来，心脏在随着整个世界搏动。他耳边还回响着梦里那声痛苦的嘶喊，她在呼唤自己的名字。近在咫尺的车窗清浅地印出了春花的脸。夜色模糊了窗外的一切，隐约中危崖断壁、巨石古树滚滚而来，像天崩地裂，命在须臾。这是哪儿？什么时间？

列车员推着送水车穿过夹道，铁皮车身和头上的木行李架摇晃着。然后他清醒过来。现在是1937年。自己正坐在一列疾行的火车上，穿越一座座关隘，风驰电掣在北同蒲线。他的对外身份是晋绥第三十三军六十九师二〇三旅作战参谋。

车轮铿锵地撞击着铁轨，他回忆起离开太原时，八路军驻晋办事处的彭处长亲自赶到首义门外的正太车站为他饯行。窄轨铁路纵横交错，绿皮机车不断喷吐出的呛人烟雾涌上月台，和各种嘈杂的噪声一起包围住他们。站在钢筋水泥的风雨棚下，彭处长说："日寇自进攻山西以来，平型关受挫，雁门关遇阻，这次东条英机亲自率军南来，可以说是孤注一掷。如今天镇既已失守，茹越口再被攻破，山西就无险可守了。你认为梁鉴堂这个人怎么样？他现在知不知道你的真实身份？"

赵凤春说："梁旅长是一个很有民族感情和讲究军人气节的人，曾自比安史之乱中死守睢阳城的张巡。这次为了军需，他又拿出了个人的全部积蓄。因此我估计他会为了阻止日寇入关死守茹越口。至于我的身份，他可能有所察觉，但即使这样，他仍然把这么重要的任务交给我，由此可以看出他还是把民族大义看得高过党派之争的。"

彭处长倒了满满一碗酒说："有首古诗叫：'葡萄美酒夜光杯，欲饮琵琶马上催。醉卧沙场君莫笑，古来征战几人回？'组织也知道你这一去凶多吉少，九死一生。但在这民族危亡的非常时刻，咱们共产党人要做抗日先锋，断不能当可耻的逃兵。只好让你明知山有虎，偏向虎山行。你要是有什么要求就说出来吧。"

他知道彭处长是在让他交代遗言，安排后事。是啊，他正奔向死亡，奔向熔炉，迎着烽火狼烟、枪林弹雨。天镇失守，阳高失守，大同失守。平型关危急，忻口危急，娘子关危急。他此次来太原，是受驻防茹越口的少将旅长梁鉴堂委托，采购一批军需物资。茹越口距梆子村只有四十里地，无奈前方军情如火，如果算上这次，他已经是三过家门而不入了。

车窗上春花的脸消失了，像是被快速后移的背景冲刷掉的，取而代之的是一轮苍白的月亮，月斑似青紫的瘀伤……他想把春花的脸找回来，于是闭上眼睛：往事如潮，忽隐忽现……

第五章：文明戏

1

半山坡传来牧羊汉的歌声：过罢春分是清明，遍地野草发了青，男女老少去游春。搬块大磨放风筝，一放放在半悬空，揪断两根钢丝绳……趁着礼拜天，在三中读书的赵凤春和孟布云结伴儿游览了著名的振远木塔。

高耸入云，雄浑古朴的木塔像个巨人，孤零零地站在小县城的荒天野地里。虽然已经没了寺院，但塔还是把两个人给震了，只见一层层木质梁枋，一层层栏杆，重重叠叠而上。真是：拔地擎天四面云山拱一柱，乘风步月万家烟火接云霄。整座塔全靠斗拱、柱梁穿插吻合，不用钉不用铆，是国内外绝无仅有的最高、最古老的重楼式纯木结构塔，堪称木塔之王，比北京白塔还高出十几米。据说光红松就用了三千立方，两千六百多吨。

塔座的回廊上，只有二十四根木柱支撑着庞大的塔身，可是柱子的石础根本没有巢臼，断面直接平放。赵凤春蹲到地上，虚抱着柱子，两手拿根细绳，从柱子和石础之间往回一扫，线就穿过来了。他抬起头看着站在身边的孟布云，用眼睛说：这也太神了！孟布云一只手装到裤兜儿里，另一只手拍打着立柱，带着嗡嗡的回音说："民间传说这些柱子是轮流当值，一些柱子使劲儿的时候，其他柱子就歇着。这根柱子可能刚下班。"

走进塔里，头一层光线十分暗淡，供的是释迦牟尼，金身坐在巨大的莲台上。四周围是佛本生故事，以及金刚、天王、菩萨、飞天的壁画。仰观，穹隆藻井给人以天高莫测之感。沿着木楼梯盘旋而上，八面来光，豁然开朗。凭栏而立，麻燕和野鸽子不停地从脸前扫过。恒岳如屏，桑干似带，村庄如画，尽收眼底。

天上飘的是棉花云，刮的是悠悠风。踏青看塔的人熙熙攘攘，摩肩接踵。远处随山势蜿蜒的崎岖路径反射着正午的强光，不时有四飞檐、京轿车、二驴轿车、席篷大车……卷着金黄的尘烟一辆挨一辆地过。其中居然夹杂着一辆四个轮子、轻钢车架、两侧开门的玻璃马车。刚刚来到北境教区，黄头发、蓝眼睛、红胡子的安神父黑袍上蒙着领披，吊着银十字架，把大鼻子贴在玻璃上，出神地遥望飞驰而来、越变越大的木塔，喃喃自语："上帝呀，我仁慈的主！这就是你在东方示现给世人的奇迹吗？"牲口奋蹄，两耳间的笼头顶部镶着小圆镜子，让太阳光晃得与明灯相似，红缨串铃在脖子上摇晃。车倌精神抖擞，英姿飒爽，红腰带，外穿白褂敞开怀，腰上别着长烟袋，大鞭一甩跑起来。吆喝着你追我赶，相互插车。满世界飞的都是花蝴蝶、小蜜蜂，菜花蛇、长蜈蚣……绕着木塔，高高低低好几层。

"赵凤春——"一个女学生穿阴丹士林蓝褂，荷叶边过膝黑裙，白色长筒线袜搭配圆头黑漆皮鞋，脖子上挂着照相机，举着个硬翅子沙燕小跑过来。赵凤春招呼："羽菲，你咋来了？"

陈羽菲脸蛋儿红扑扑，额头汗津津，站住后喘息不定，倒三角形的校徽在一起一伏的胸脯上反光，掏出手绢抹了一把说："咋，这塔是你们家修的？只许你们来不许我来？别动，就这个姿势，我给你俩照张相。"

照完相，赵凤春问："你是来放风筝的？"

陈羽菲噘起嘴说："放了半天也放不起来，净怄气了。"

赵凤春说："放风筝也有窍门，先得弄清楚风向和风力，风大了就送，风小了就收。"他让陈羽菲牵着线站在上风头，自己双手举着风筝走到下风头，等阵风一至，就势把风筝推向气流，嘴里发令："跑——"

陈羽菲倒拖着风筝，逆着风势，闷头往山坡上跑，裙摆被风吹起来也不管不顾，风筝偏斜了也不知道。赵凤春眼见风筝要打滚儿，追上去和她一起把住线，才把风筝慢慢升起来。

孟布云赶上来，手搭凉棚说："可惜我的盘鹰没带。"

陈羽菲眯着双眼仰脸看风筝，面门上发丝缭乱，说："都传振远木塔里藏着两个佛牙舍利，也不知道真的假的。"

赵凤春用手指感觉着丝线的力道，不以为然地说："这个塔明朝翻修过，当时也没找到舍利。估计是从前庙里的和尚为了吸引香火杜撰的。《西游记》里还说托塔天王李靖手里的宝塔就是咱们振远木塔呢。"

孟布云说："关于佛牙舍利，我专门到天王寺借过这方面的书抄，里面说佛陀圆寂以后，弟子们就火化遗体，梵语叫荼毗。有个大神叫帝释天，手捧宝瓶来到化身窑前，从佛口中取了一颗佛牙舍利。佛弟子拦住说：'你不能这么干事，应该等火化结束和大家平分。'帝释天说：'佛在世的时候就许了我一颗灵牙舍利，我一进来炉子里的火就灭了，这就是证明。'说完拿着舍利，飞回天界起塔供养去了。可是他们都没看见，有两个罗刹，使隐身法偷偷跟着帝释天，盗走一双佛牙。"

陈羽菲把一绺头发别到耳朵后面，好奇地问："罗刹是什么？"

孟布云抓了抓脑瓜皮，说："我也闹不清，书上有注解，可我没仔细看。"

赵凤春最不信这些，开玩笑说："既然会隐身，肯定不是地球上的生物。"

孟布云接着说："佛祖焚化后共得舍利一石八斗，其中佛牙舍利有四颗，连上前面被拿走的一共七颗。这时有八个国王各领兵马来夺舍利，眼看就是一场厮杀。佛弟子赶紧打劝，把舍利平分成八份，让他们各自造塔供养。书写到这儿就没了，后面是方丈讲的，说那两个罗刹把佛牙献给了上界的北天王。辽朝有个禅师，定力超群，已经得了神通，可以在入定的时候到天界逛荡。天人都很佩服他，又是请他讲法，又是散花供养，北天王的太子就把这两个佛牙舍利献给了禅师。这个禅师就是振远木塔的建造者。"

光顾了说话，陈羽菲的风筝和一个龙头蜈蚣风筝缠到一块儿了。

2

回来的路上，陈羽菲像只轻快的小鸟，一蹦一跳。赵凤春也显得很开心，两个人不停地闲磕牙。孟布云和他们拉开一段距离，魂不守舍，想：可惜天存哥不是块念书的材料，要是天存在，就轮不到赵老三这个小舅子这么骚情了……

赵凤春好像意识到了什么，放慢脚步等上孟布云，没话找话："二哥，你不言声，思谋甚哩？"

孟布云迈着四方步，表情严肃，一本正经地说："我刚刚想起一首古诗来，就是忘了出处。"

赵凤春好为人师，问："哪首古诗？"

孟布云就扯开嗓子大声念："二八佳人体似酥，腰间仗剑斩愚夫；虽然不见人头落，暗里叫你骨髓枯。"赵凤春和陈羽菲目瞪口呆，都闹了个大红脸。

赵凤春嗫嚅道："这，这是什么诗啊，这首诗不好……"

孟布云翻着眼白说："这首不好，那咱们来首好的。荷花池里荷叶漂，公蛤蟆搂着母蛤蟆的腰，有人说它们在做操，其实它们……"

赵凤春的样子就要哭出来了，抢上前死死捂住孟布云的嘴，小声哀求："哥，你是我亲哥……"

"那不是教外语的王先生吗？"陈羽菲收住脚步。

两人顺着她的手指望去，看见七八个学生把一个穿长衫的堵在县邮局和理发店中间的夹角里。当先一个学生满脸青春痘，薅着衣领咬牙切齿地放狠话。

王相样子很狼狈，眼睛在瓶底状的镜片后面飞快地眨动。他本来是个高身量，因为弓着脊背，就显得比别人矮了半头，苦着脸可怜巴巴地央告。

赵凤春一脸震惊："这是几班的？太牛了，敢打老师！"

孟布云扒在他耳边说："他叫高云鹏，比咱们大两届，是县长公子，三中的一杆旗。腰里拴扁担的主，抽烟打架四处浪，男女厕所都敢上。咱们多一事不如少一事……"

赵凤春甩开他说："不行，王老师已经看见我了。"孟布云一把没拉住，只好硬着头皮跟上去。

赵凤春劝解："有话好好说，王相咋说也是个先生，学生打先生总是违背天理、败坏纲常的事情。"

高云鹏满脸粉刺涨得通红，手指节捏得嘎巴嘎巴响，说："谁的裤腰带没系紧把你露出来了？凭你个小崽子也敢拉偏手？再狗拿耗子，少爷把你的七叉骨、八叉骨、牙叉骨、腿节骨、迎面骨统统敲断，怕的是后事没人料理！！"

陈羽菲想插话，孟布云把她拦下，凑过来撇嘴咋舌说："这娃头大了！裤裆里放爆仗——瞎诈唬个屎哩！！"

高云鹏感觉自己是拿破仑·波拿巴，今天就要拿下土伦要塞，击溃国内外反动势力，让三色旗飘扬在小直布罗陀和克尔海角的上空，指点说："我看你俩是屎壳郎趴在鞭梢儿上——光知道腾云驾雾，不知道死在眼前！"

孟布云和赵凤春在村里的时候都入过社（乡村自发的武术组织），拜过拳师，拍过沙袋，站过缸沿儿，举过石锁，多多少少会点儿三脚猫的功夫。赵凤春见势不妙，从地上拾起块砖来，丹田叫劲，咬牙闭气，舌尖顶住上颚，啪一声拍在自己脑袋上。砖头在陈羽菲的惊叫声中断成了两半，白灰碎末落得满身满脸。赵凤春胡噜胡噜头皮，毫发无损。

孟布云趁众人一愣神，赶紧大吹法螺："行家伸伸手，就知道有没有！牛皮不是吹的，火车不是推的。真人不露相，露相不真人！这叫头顶开砖，对我兄弟来讲这是耗子打架——小抓挠。真正的绝活儿他可没亮。我兄弟出身在武林世家，曾祖是前朝武科状元，大内高手，御前一等带刀侍卫。他爷爷是义和团掌印大师兄，带领拳民攻打过东交民巷。他爹给孙大总统当过保镖。我兄弟为了把家传绝学发扬光大，去过少林寺，上过武当山，内练一口气，外练筋骨皮，受过世外高人的真传。胸口碎大石，后背杠棒子，嗓子顶枪尖，喉咙吞宝剑。高来高去，飞檐走壁，横跳江河竖跳海，万丈高楼脚下踩。常言说：'人比人得死，货比货得扔。'我跟我兄弟一比，那完了……笨手笨脚，初学乍练，稀松马虎二五眼，实在拿不出手去。"

高云鹏扯开嗓子嚷："别让他们唬住，这俩货是卖狗皮膏药的！"

孟布云外套遮着，腰里盘着一条九节钢鞭。他右手一挑衣襟，左手两个指头轻轻压鞭把儿，推出环扣，哗啦一下抽出来，阳光下锃光瓦亮。九节鞭由精钢的鞭把儿、精钢的鞭头和中间九个钢节组成，每节之间又用三个圆环连接，称作响环，为的是舞起来有动静。中间穿上绸子，这叫鞭彩，为的是鼓风，玩起来好看。

孟布云抽出来就耍，先一个玉带缠腰，然后正手反手，立抡平抡，竖打横扫。立抡像车轮，平抡似磨盘，竖打一条线，横扫一大片。紧接着起脚踢鞭，开始玩花。左右骗马、左右披红、霸王解甲、金童坐殿、里外拐肘、白蛇吐芯、金丝缠葫芦……这条鞭就像活了一样，鞭鞭带响，呼呼挂风。抽在洋灰地上，台阶圪棱子上，一砸一道白印，啪啪地冒火星。

收鞭以后，孟布云气不长出面不改色。"我这光是练的站鞭，还没练地躺滚打，大翻车小翻车，鞭里加攮子。那位说别吹大气了，你的攮子在哪儿呢？各位请上眼，我这个鞭把儿里就暗藏着一把攮子，也叫三棱透甲锥。平时绸子盖着，别人看不见。为的是出其不意，攻其不备，狼吃狼冷不防。今天看在同窗的分儿上，把实底儿托给大家。"

这下对面的人都傻眼了，谁也不敢贸然往上冲。双方僵持着。

孟布云暗想：他们毕竟人多势众，待会儿要是一拥而上，哥俩非吃大亏。他把钢鞭重新盘在腰上说："常言道：'冤家宜解不宜结。'刀枪药虽好，不破手为高。咱们一个大门进出，一口锅里搅饭勺，低头不见抬头见，得饶人处且饶人。大家各让一步算了。"

高云鹏眼见人越围越多，街口有个巡警远远地朝这边看，正不知如何收场，就借坡下驴说："这次春考，他收了钱，可卖给我们的是假卷子。"

王相赶紧辩解："我已经说过了，这次是省教育厅派来个督导组，临时把试卷和其他学校的试卷调换了。"

高云鹏说："这我不管，卷子是假的，害得爷们儿栽了面，你就得按照事先约定，付我们三倍赔偿！"

王相面露难色说："那得容期缓限，你想我一个堂堂老师，要不是最近手头紧，也不会冒险卖试卷。"

孟布云说："这样，让王老师先把本金还上，加倍的事等学校发了薪水再说。"

高云鹏没说什么，算是默认，王相却摊开双手，表示连本金也拿不出来。赵凤春和孟布云对望了一眼，掏遍了所有口袋，还是凑不齐。高云鹏看着孟布云捧着的一堆零钱，脸上露出讥讽的神色。这时从旁边伸过一只纤细白净的手，把几张钞票放在孟布云手里说："这回够了吧？"陈羽菲白了高云鹏一眼说。

3

看着高云鹏一伙人走远，王相倒来劲儿了，向地上啐了一口骂："呸，算啥东西！不就是仗着有个当县长的爹吗？！球迷处眼，愣七坎正！"

赵凤春打劝说："算了，王先生，您还是赶紧回吧。"

王相双手理了理三七开的偏分，说："既然有缘遇上了，我请几位撮一顿。"见对方毫无反应，一笑："咋，怕我付不起饭钱？"王相弯腰揪起右边的裤管，从袜子里摸出两张崭新的纸币，伸指一弹，得意扬扬地说："跟我玩儿，就这些傻货，除非转世投胎，让他们爹妈重新生他们一回。"

"你们聊吧，我先走了。"陈羽菲对赵凤春晃了晃沙燕，"别忘了戏剧社下午排练，咱们老地方见。"

三个人找了个幌子坐在露天里，要了一碟莲花豆、两个兔头、一盘羊杂碎、三碗抿八股浇上肉臊子。热气腾腾的七印大锅两边摆着高凳，高凳上再摆砖头，砖头上架着巨大的木头床子。系围裙的大师傅把和好的面团放到空腔里，双手扳着抿面圪桊一上一下地挤压，筷子粗细、小短节的豆面穿过黄铜筛子眼儿，噼里啪啦漏到翻腾着气泡的开水锅中。

孟布云啃着兔头，口齿含混地称赞："太香太好吃了！"

王相见多识广地说："咱山西好吃的东西多了：清和元的头脑，认一力的蒸饺，宁化府的陈醋，稻香村的软糕，六味斋的酱肉，老鼠窟的元宵……那个女学生是对面女中的？出手真大方！"

赵凤春说："她爸爸是大同师范学院的教授。"

"我说嘛。"王相觍着脸往嘴里扔了一颗莲花豆，然后做神秘状，"你们还不知道吧？咱们振远要打仗了。"

"这是谁跟谁呀？"孟布云问。

"要说这事都怪冯玉祥不是东西，你说吴大帅待他不薄吧？小子说反就反了，把曹大总统歇了菜不说，人家溥仪一孩子，招谁惹谁了？愣被他赶出了紫禁城。我是支持君主立宪的，英国不就是君主立宪吗？日本也是君主立宪。当今一流的文明强国尚且如此，何况愚昧之中国乎？正所谓：乱臣贼子，人人得而诛之！这下犯了众怒！直系、奉系和咱们阎都督达成协议，联合围攻国民军。说来邪门，这倒戈将军还真他妈尿性！不但冲破了三面合围，而且立刻甩开直奉于不顾，派宋哲元从杀虎口、得胜口进攻雁北，直取大同，来和阎都督拼命。等着瞧吧，阵势小不了！"

孟布云捧着兔头追问："消息可靠吗？"

王相掸了掸大襟说："不瞒两位老弟，家兄就在李生达手下做事。"

4

小礼堂两侧都是明亮的长条窗，稀稀拉拉坐着十几个戏剧社成员。主席台是紫绒子的幕布，紫绒子的镶边，台角立着块告示牌，上面写着楷字：独幕剧《终身大事》。编剧：胡适。

孟春花袅袅婷婷地站在门口，偏头看赵凤春和陈羽菲扮演的一对恋人卿卿我我、海誓山盟，听他们的对白在四周台板上荡起嗡嗡的回音。赵凤春没戴帽子，留着板寸海军头，浓眉下宽宽的双眼皮叠出来的一样，乌亮的眼珠好像镶到眼窝子里一样。学生装乍看是黑哔叽的，细看其实是一种很深的蓝，硬邦邦的立领露出衬衫的白边，每颗铜纽扣都擦抹得闪闪发亮，透着精气神。孟春花晴朗的心中飘逸着一丝阴云，刚才她到宿舍给哥哥送换洗衣裳，孟布云语重心长地说："痴情女子负心的汉，男人的嘴骗人的鬼。有的人表面斯斯文文，光眉俊眼，一脸忠厚老实相。其实是吃着碗里的瞅着锅里的，偷茄子带摘葫芦，他倒是两头甚也不误……"

这时赵凤春也瞥见了孟春花，惊喜地喊了声："春花！"赵凤春从台上蹦下来，上前拉住春花的胳膊，右手凌空挥舞两圈，弯腰探脚，做了个花哨的谢幕动作，"对不起了各位，演出到此结束。"

5

两人沿着石坝穿过一个渡槽，外国进口的水闸机螺杆和绞盘反射着夺目的金属光泽。在他们左边，几个光腚小子正搏击河水追赶一群惊慌失措的野鸭。右边一排高大笔直的法国梧桐舒展开繁密的枝丫，在这些行道树的另一侧，一条煤渣路口琴般一格一格地伸向远方。

孟春花问："你们刚才演的那是啥戏，咋不唱？"

赵凤春说："是文明戏，不唱，光说。"

孟春花摇摇头："没听说过，叨拉的是个啥故事？"

"说的是一对青年男女，他们相爱了，可是家里不同意，最后他们就离家出走了。"

孟春花郑重其事地点下巴："这个我懂，就是私奔。"

赵凤春更正："不是私奔，是光明正大地和封建家庭彻底决裂。"

"那后来呢？"

"完了，没有后来了，我们这是独幕剧。"

"你们这戏没劲。人家戏里都是女的在破瓦寒窑等着，大门不出，二门不迈，谁都不搭理，谁叫门都不给开。后来男的中了状元，做到钦差大臣、八府巡按；要不就当了将军，这个王那个侯的。前呼后拥，披红戴花，鸣锣开道，高头大马，一手端着金印，一手捧着尚方宝剑，要多威风有多威风；完后那女的就八抬大轿，凤冠霞帔，苦尽甘来，使奴唤婢，最好封个诰命，活活气死那些传闲话的……"

赵凤春抢白："你呀，人人不大，可长了个花岗岩脑袋，里面全是封建渣子。万一那男的是陈世美呢？"

孟春花顶回去："官凭印信虎凭山，妇道人凭的是男子汉。那是那女子命不好，再说不是还有包龙图的三口铡刀吗？我哥说你偷看违禁的书，让我劝劝你，说看那种书要是被发现会让学校开除的。"

"可是不看这种书中国就没有出路。你想过没有，为什么种田的人总是填不饱肚子，纺纱的穿不起一身像样的衣裳，泥瓦匠住不上宽敞的房子……而那些老爷太太们，四体不勤，五谷不分，不挨日晒，不遭雨淋，却吃的是山珍海味，穿的是绫罗绸缎，住的是深宅大院、高楼洋房，出门不是坐轿子就是坐洋车……为什么有人过着牛马不如、受人欺压的生活，有人却高高在上欺压别人？大家都是一样的人，为什么这么不平等？"

春花说："光听见你说为什么为什么，好像你满脑子装的都是为什么。"

"不能像从前那样浑浑噩噩地活着了，我们就是应该多看多想，再多问几个为什么。"从前赵凤春的内心是消极和彷徨的，他觉得世道很虚幻，正在快速朽坏，唯有众生的苦难是真实的，而自己只能逃避和躲藏。这种不为人知的无力感让他沾染上了轻浮气，然而突然，他发现了一种力量，一种可以转身对抗的力量。这种力量存在于冥冥之中，开始只是一堆抽象概念，是大脑沟回里的电流和书本上的文字。但他牢牢抓住了这种力量，就像握住宝剑的剑柄，并且意识到自己可以把它带入真实中。

春花惊奇地看见凤春的眼睛里有一种光，和所有她见过的眼光都不一样，里面既有顶天立地的担当也有不为人知的神秘。她双手挽住凤春的胳膊。"我爹说人的命，天注定。啥人有啥命，搬搬倒，尖尖腔。福气是前世修来的，遭罪是上辈子欠下的。"

赵凤春紧张四顾说："当心让人看见。"

孟春花反而贴得更紧了："看见咋了？刚才你跟那个女的就这样了，当时周围坐着那么多人，你咋不怕看见？"

赵凤春脑袋里突然开出一朵花，花骨朵儿正从耳朵眼儿里冒出来，被一群金色蜜蜂包围着，辩解："那是演戏，又不是真的。"

"跟假的都能这样，跟真的反而不能，说了半天真的还不如假的，那我俩到底谁是真的谁是假的？！"停了停，她神情恍惚地说，"那女子长得怪袭人的。"

赵凤春开玩笑："哪有你袭人，一辈子没照过镜子，美人不认得美人。"

孟春花笑得很陶醉，露出梨窝和小虎牙，擂了对方一拳说："一句正经的都没有，要不人家说你们学生娃都是油腔滑调，一个也靠不住。"

赵凤春觉得春花的笑容特别灿烂，带着一种令人炫目的光晕。在省城念书的这段时日，他确实花过，孟布云倒没有冤枉他，只不过他的心在万花丛中翻跶数圈后，最终还是落回到了春花身上。"你这打击面可太广了，你哥也是学生，难道他也靠不住？"

浩荡的春风穿过梧桐，茂密的树冠发出一阵哗哗的低吟。在他们脚下，交替呈现出阳光—阴影，阳光—阴影……春花说："那就是行三的靠不住。老大傻，老二奸，家家有个坏老三。要是你俩来个弄假成真，假戏真做，拉着手私奔……"

赵凤春打断她："我说你寡不寡，越说越离谱，跟个打翻的醋坛子似的。你也不想想，人家是城里的千金小姐，能看上我？"

孟春花不依不饶："真金不怕火来炼。你跟她要是没事那心虚啥？千金小姐咋了，王宝钏是相府千金吧，怎么嫁给薛平贵了？那七仙女还是金枝玉叶哩，看上个放牛的……你们是一个班的？"

赵凤春心头翻涌，忍不住想在春花肉嘟嘟的唇瓣上亲那么一下。"我们这儿男女不同校，她是对面女中的。咱们山西你还不晓得，整个一个封建堡垒，坐火车都分男厢和女厢，戏院也分男座和女座。为了反封建，我们两校联合成立了个戏剧社，专意要气一气那些顽固的老夫子。"

"那为甚不让我哥演那个男的？"

"咦——"赵凤春故意把尾音拖得像火车鸣笛，撇咻喇嘴说，"你也太幼稚了，你还以为男主角是个人就能演？！"

孟春花双手掐腰，挺身拦在前面说："你敢笑话我哥……"

赵凤春突然把春花的腰眼搂住，用一个长长的亲吻把她后面的话堵回去了。

一溜儿长长的军车从公路上开过，马槽里站满全副武装的士兵，枪械在滚滚黄尘中闪亮，其中一辆汽车后面拖着大炮。赵凤春说："看来王老师说得不错，振远要打仗了。"

第六章：奇迹

1

两个抬猪的后生挥汗如雨，走一段就有人过来轮班。孟布云抄着手在前面大摇大摆，肩膀两头晃，见人大三辈，七十岁的老头也敢后脑勺儿上给个锅贴。在村口碰见吴先生，他抢步过去一躬到底地说："先生好。"吴先生目光斜睨，冷冷地扔下一句："越发轻佻得没个样子了。"

孟家大门朝阳，五间北房。到家后马银科谝卖："这叫杜洛克，是外国公猪和咱们本地母猪配出来的红毛杂种。"

孟满仓跟吃了枪药一样，说："抬走，我怕弄脏了我的地方。"

孟布云知道，爹是恨自己当山贼，辱没了家声，又连累他坐牢，说："别听他的，抬到后院去。"

孟满仓腰里掖张牌，见谁跟谁来，指住鼻子问："你咋不死到外头？"

孟布云嬉皮笑脸说："常言道：'养儿防老。'我要死在外头，你老不就亏本了吗？儿子要给你养老送终哩，先死是为不孝。"

过了一会儿，他看见爹赶着马车出了梢门，挑开帘子钻进东屋的套间，和改香紧紧拥抱。肉贴着肉心挨着心，改香只觉得脚底生云，身轻似燕，跟喝醉了酒、吸足了白面一样。周围的一切都变得如梦似幻，软软地说："你这个死鬼，老不来，我还以为你把人家忘了。"

孟布云说："哪能，我还给你带了东西。"说着，孟布云掏出来一对翠玉镯和一面小圆镜子。

改香面若桃花，目光飘忽说："我不图希东西，就要你这个人。"

孟布云说："人，我不是早就给你了嘛。"

他连干了三回还兴头不减，改香拦住说："往后日子还长，弄坏了身子不值当的。"

孟布云说："我有个外号叫老捷克，老捷克你知道不知道？是一种机关枪。"

改香说："机关枪也不能一个劲儿地突突，也得擦枪油上子弹。"

隔壁传来吆五喝六支锅的声音，骨牌甩在桌面上像惊堂木。改香依偎在他身上说："村东头的马富贵非叫你爹给他亲家送一车土豆，你说他烧撩不烧撩？他亲家是团城子有名的财主，能稀罕那几个烂土豆？自家的都生芽子了。这么远的道，怕还抵不上来回的车份。马富贵外号叫铁算盘，我看他这回可是失算了。"

孟布云心里想：马富贵那个老家伙带眼儿的都会吹，有弦的全会弹，啥时做过亏本买卖？一刀子扎在白萝卜上——那是个肯出血的？这次是自己提前派人跟他讲定的，专意为了把老爷子调开，给咱俩腾空儿。这个老东西真敢开牙，讹了自己五块龙洋，早早晚晚要跟他算这笔账。

改香又说："正愁肠家里也不敢待了，要出去避避，你回来就不怕了。"

孟布云问："咋，是不是姓高的狗官又来找寻咱家？"

改香说："他？早跑了。日本人要来了，山河无主，人心惶惶，有人看见桑干河上跑着挂膏药旗的小火轮。他蹿得比兔子都快。是你妹夫要来烧房。"

三天前赵反臣披麻戴孝，领着一大帮闯进孟家，站在天井里大呼小叫："贱女人，快给老子滚出来！躲过初一躲不过十五！再不出来，老子扒你的皮，抽你的筋……"半村人都围过来看稀罕，院墙上的脑袋一个挨一个。孟满仓从屋里出来，站在台阶上说："你疯了傻了还是吃上草料了？灶坑打井房顶开门，你六亲不认了？！谁家的勺子不碰锅沿儿？你嘴里不干不净，轻贱自己的女人，也不怕让老少爷们儿笑话。"

赵大头罗圈儿腿叉着，双手掐腰说："孟满仓，少在老子面前摆泰山的谱儿，快把你闺女交出来！"

"人家都说一个女婿半个儿，我咋就搭上闺女请回来个爹？！"孟满仓痛心地捶打胸口。

改香在一边帮腔："反臣，有理不在声高，你先说是咋回事。"

赵大头翻着元宵眼睛，起高声说："乱风匣，哪有你说话的份儿？！"改香吓得差点儿坐倒，偷看身边的孟满仓，见他眨巴着眼睛没反应过来，这才把跳到嘴里的心又咽回肚子。暗想：终究纸里包不住火，既然他们背地给自己起下这么个糟蹋人的诨号，说明自己和布云的事已经有人在嚼了。

赵大头嗑着两泡泪说："少给老子装洋蒜，你闺女昨晚跑了。这个女人好歹毒，自己跑了不算，还砸了祖宗牌位，放火烧了粮囤，把俺爹活活气死了……"

孟满仓眼里的光一下就散了，摇晃着要失去平衡，耳朵就像糊了层牛皮纸，后面的话一句也没听见，只看到赵大头亢奋地挥舞着手，双脚拖着影子在地上蹦跳，唾沫星从一张一闭的嘴巴里飞溅出来，又有几个人从他身边风风火火地奔过去。随后，桌椅掀翻的声音，开箱倒柜的声音……像反弹回来的跳弹，刺破了蒙在耳朵上的那层纸，在他脑袋里轰然炸响。

折腾了半天一无所获，赵大头不甘心，说："你们把她藏在外头了，家里当然搜不见。限期三天把人交出来，要不就放把火烧了这宅子！"

2

"今日正好是三天头上。"改香说。

孟布云恼悻悻地说："提起这事就一肚子气，咋嫁妹子也不告诉我这当哥的一声，分明是眼里没我。再说要嫁也不能嫁给他，谁不知道那赵家大小子是脖子没有，脑袋像楼，外号'大头天行[1]'。这不是把一朵鲜花插在牛粪上了吗？！"改香说："春花托人去黄花岭寻过你，想让你回村为她做主。"

孟布云叹息："当时正赶上陈长捷剿山灭寨，大当家为了躲避锋芒，带领弟兄们下山爬风，看来这也是天意！"

正叽歇，外面闹哄哄地来了很多人，在院子里讨敌骂阵："屋里有喘气的没有，赶紧爬出来一个！"

孟布云打开套间的门，点手把马银科唤进来，吩派了几句。

改香说："外面的人少说也有二十来号，就他们几个能压住阵？"

听见天井里撕打成了一片，打着打着喤喤响了两枪。因为就在院里搂的火，把窗户上的麻纸震得直颤，外面顿时安静下来。改香紧张地说："是不是打死人了？！"孟布云靠着被卷，双手交叉在胸前说："这两枪是朝天放的，唬人哩。"

只听马银科气昂昂地说："知不知道爷是吃哪碗饭的？都活腻味了是不是？！家里有爹妈没有？有婆姨娃娃没有？！有三亲四故没有？！房子还要不要了？粮食还要不要了？！"土匪们啪啪地打这些人耳光，但是没有人反抗。马银科说："把那个大头瘟绑到树上。"

赵大头逞强："你们这帮天杀的，有种就弄死老子！"

马银科说："瞧你那汤水，当我妹子娘家没人啦？我妹子嫁给你，是你家祖上不知积了多少阴功修来的福气，你就该好好待承她，万不该把她逼走了，到现在活不见人死不见尸。我还没找你的罗乱，你倒先来个猪八戒倒打一耙！砸了牌位咋了？烧了粮囤又咋了？！你要待她好，她又不疯又不傻，会烧自家的粮囤？"

赵大头说："她偷吃桃仁[2]，被我当场逮到了……"

马银科无理搅三分："我呸，你家在镇子梁也号称大户，怎么我

---

① 大头天行——即大头瘟，因患瘟疫而头部肿大的人。

② 桃仁——民间认为桃仁有避孕的功效。

| 055

妹子连口鲜桃都吃不上，吃桃仁还得偷偷摸摸？！"

接着是柳条抽打皮肉的声音和赵大头的惨叫，过了一袋烟的工夫，叫声渐渐微弱下去，没有了……改香又紧张起来："呀，好像断气了！"

传来铁桶磕碰井沿儿，绞辘轳和往身上泼水的声音。

马银科奚落地问："头上缠条红带子，是不是家里办啥喜事？"

改香想这是把赵大头的脑袋打破了，白孝带染成了红布条。

赵大头虚弱地哼了一声，说："你家办喜事才戴这，这是给俺爹戴的孝帽。"

马银科故作惊讶地说："令尊亡故了？那你娘死了没有？你爹死了，剩下你娘孤孤单单，活着也没多大意思，不如你回去打劝打劝，让她上吊算了。"

赵大头回嘴："孟布云他娘都死了十好几年了，你咋不劝他爹上吊？"

孟布云顺裤兜儿摸出一把小折刀，从刀套里拉出刀刃，刮磨着指甲说："赵大头咋说也是孟家的娇客，现在生米已经煮成了熟饭，再说啥也晚了。这厮是茅坑里的石头——又臭又硬。咱们得给他留个记号，也好让他日后有个怕的。"

雷金钟远远望见孟家堵满了人，走近时隔着围墙听到一声凄厉的哀号，挤进院门，看见赵大头绑在石榴树上不省人事，脑袋像个血葫芦。孟布云正蹲在井台边洗小刀子，他上前报告："山寨有急事，大寨主让赶紧回去议事。"

3

"当家的，我想问问，这黄花岭到底谁说了算？！"座次间顿时生起一股火药味儿。

聚义厅正中高悬一块银杏木牌匾，上面刷着熟桐油，四个金漆大字是"忠义千秋"。王天存坐在虎皮交椅上，困惑地望着两厢的粮台、搬舵、水香、秧房子管事、花舌子、马眼子……说："有道是家有千口主事一人，众弟兄何出此言？"

"那为甚大当家三令五申，黄花岭有七不劫六不夺。可是二当家这一个月里，已经抢了好几个良家妇女！"

王天存两道刷子眉拧成疙瘩，从怀中掏出一个扁圆的锡酒壶，斟满面前的盅子说："真有这样的事？这个孟布云简直太不像话了，蹬鼻子上脸的玩意儿，还反了这货了！抽空我敲打敲打他。"

众将官对他轻描淡写的答复很不满意。"当家的，你不能再迁就纵容他了！现在黄花岭是政出多门，大当家一个令，二当家又一个令，弟兄们都不知道该听谁的。大当家立下的山规，有人听，也有人不听；可以听，也可以不听；听的得不到奖赏，不听也不受惩罚。常言说，没有规矩不成方圆，这样下去不就乱套了吗？！近一段时日，二当家不断用小恩小惠拉拢山寨的兄弟，整天带他们喝酒、赌钱、压花窑……败坏山寨的名声不算，那些得了甜头的私下里都说：'大当家规矩太严，跟着您，还不如到天王寺出家当和尚。还是跟着二当家痛快，天天过大年，夜夜入洞房。还说大当家是晁盖，二当家是宋江。'"

王天存不解地说："晁盖，人称托塔天王，号令群雄，英雄盖世；那宋江，外号及时雨，宋公明，仗义疏财，义薄云天。晁盖和宋江情同手足，这有什么不对？可以明里讲嘛，何需私下议论？"他在案子上划着一根洋火，把盅里的酒点燃。橙黄的火苗包裹着蓝色焰心上蹿下跳，像那些情绪激动的部下。王天存把锡壶在火焰上来回移动，不一会儿浓郁的酒香就飘散出来。

"大伙儿的意思是，宋江比晁盖更能笼络人心，总有一天要取晁盖而代之，把你这个托塔天王圪挤到一百单八将外面！"

"二当家相貌清奇，眼小聚光，脖子长，有鹰视狼顾之相。"

"相书上说：合嘴弯弓不可交，两腮无肉大弯腰。二当家两腮无肉，神鬼难斗。"

王天存若有所思地闷了口酒，抹了抹嘴角笑道："八十岁的老头吃爹奶，刚降生的娃娃喊牙疼，鸡蛋破了锔子补，跳蚤养下个大狗熊。真是胡诌白扯！我跟布云是八拜结交的弟兄，光着腚从小玩到大，滚铁环、顶拐拐、摔元宝、栽小刀，上树掏鸟、下河摸鱼，尿尿和泥、放屁崩坑。他身上毛病是不少，可绝不至于背叛我！"王天存是有酒瘾的人，他不知道听谁说的，饮热酒不但暖胃还不损害嗓子。

正在这时，孟布云领着马银科和雷金钟走进来，众人就齐刷刷住了口。孟布云大模大样地坐下，两手扳着瘦长的二郎腿，问："这么急三火四地鸣钟聚将，有事？"

王天存说："今天早晨吴先生捎来一封书信。"斜身把信纸递过去。孟布云展开念："近有八路军某支队，被胡虏重兵围困于石人脑。众寡悬殊，突围无望，不出数日必至弹尽粮绝。自昨日起，枪炮之声不绝于耳，火光彻夜烛窗，可见战况之激烈。然我等俱为华夏子孙，同饮一河之水。何忍见死不救，作壁上观。何忍见，数百壮士喋血沙场，埋骨荒丘。当此国难，正是热血男儿横刀跃马、驰骋疆场、以见本色、明气节、露峥嵘、逞豪迈而显身手之时也。望率部火速下山，驰援解围，以彰国人同仇敌忾之心，以绝倭寇亡我中华之念。切切，勿违。"

王天存把热乎乎的酒壶扔给孟布云："按说救倒是该救，可就怕点子扎手，到头来闹个画虎不成反类犬。"

孟布云呷了一口酒，觉得挺好的烧刀子，加热后只是闻起来香，到嘴里反而寡淡了许多，说："依我看这个山不能下，这个围咱们不能解，也解不了，这个兵更是万万不敢发。"

好几张嘴同声问："为甚？"

孟布云歪在椅子上分析："抗日，当英雄，青史留名，光荣不光荣？光荣！这往脸上贴金的事，谁不想干？可那些毕竟都是虚的，自家的性命才是实打实的。日本人是好惹的吗？那是虎狼之师啊！东北军咋样？晋绥军咋样？中央军又怎么样？谁不比咱们腰粗？哪个不比咱们头大？！更不要说守土本来就是他们的责任，可是谁又顶住了？上百万装备精良的国军都让打得稀里哗啦、丢盔卸甲，就凭咱们这几百人枪？还不够人家塞牙缝、垫马蹄子的。吴先生，他是站着说话不腰疼，吃着灯草灰，放着轻巧屁，可咱们犯不着为几个素不相识的土八路，拿兄弟们的性命闹着玩，硬把鸡蛋朝石头上磕。我再说句不中听的：吴先生一向清高，自命不凡，比别人多读了几篓子书，就以为自己是天下第一圣人，可以直追孔孟了。其实他打心眼儿里就瞧不起咱们这些草寇，可现在又想利用我们。这就叫又想当婊子，又想立牌坊……"

王天存眉梢儿立了立，拍案断喝："住口，不许你说这种大逆不道的话！吴先生是咋样人，咱们心里谁不清楚？！"

孟布云又灌了一口酒，燥热从嗓子眼儿直抵肠胃，说："从来良药苦口，忠言逆耳，实话难听。我的意思就这。你是大哥、大寨主，大主意还得你拿。"

王天存说："我意已决，老二，你带三大队看家，我带一大队和二大队下山解围。立刻准备，明天就出发。"

孟布云猛然坐直，说："别呀大哥，你忘记当初咱们义结金兰的时候发过的誓了：有福同享，有难同当，不求同生，但求同死。哪能让大哥自己去撞那个南墙？再说大哥就算不为自己，也得为菊花嫂子和娃娃想想。"

王天存果断地抬起手说："不要争了，就各守本分、各安天命吧。"

4

外面清冷清冷的，高高的望楼顶着几颗银钉似的残星，寨门前面两堆架子火还在铸铁盆里熊熊燃烧。一群穿着五花八门的汉子在寨门外列队，他们个个脚下没根，前后打晃儿。脸蛋儿红扑扑，表情乐呵呵，嘴里喷出的团团热气里，弥漫着劣质高粱酒、地瓜烧的味道。肩头长短不齐，扛着东洋造、西洋造、汉阳造、大抬杆、九子连、鸟枪、火铳……五颜六色的门旗、牙旗、幡旗、大纛旗迎风飘扬。四人抬的大鼓催命一样敲打，截子、铮子、铙钹、马锣、呼胡、唢呐、手板、小号……呜里哇啦吹拉弹奏，从散板到慢板，再从慢板到快板，一会儿《大得胜》，一会儿《滚核桃》，一会儿《青天套》，一会儿《打酸枣》……把八大套翻来覆去。看样子不像要去打仗的队伍，倒像是走村串庄的草台班子。

孟布云走到王天存跟前，说："让小弟再敬大哥一碗酒，以壮行色。"顺袖筒抽出一条白布，啪地凌空一抖，庄重地系在额头上，从随行的马银科手中取过酒碗，撩衣襟单膝跪倒，双手高举过顶，拖着长腔大声吟诵："风萧萧兮——易水寒，壮士一去兮——不复还！"

一时间鼓不响，锣无音，吹鼓手大眼瞪小眼，张着嘴巴怔在原地。只有一团团火把像羽毛鲜亮、体形笨重的大鸟，在木头把子上不停地扑棱。众头目怒目而视，愤愤不平。

王天存呆愣片刻说："我只喝热酒！"随后转向众人放大音量，"二当家说得对，我们论人头不如日本鬼子多，手里的家伙更不如人家硬。这次大伙儿跟我去，十有八九就回不来了。我王天存一向不强人所难，所以我想再问大家一遍，你们怕不怕？！"

醉得跌东倒西的汉子们乱纷纷地回答："怕个鸟，谁怕谁回家抱孩子去！""脑袋掉了碗大的疤瘌……""二十年后又是一条好汉！！"

王天存心潮激荡，气哽声咽，马鞭横扫，用洪亮而富有感染力的声音道白："儿郎们，随爷金沙滩去也！"纫镫扳鞍跃上马背，众兵将乱哄哄地小跑步跟上。太阳才从山坳探出一道金边，如血的朝霞泼满了半边天，映照着一望无尽、大起大落的山峦、塬台和千沟万壑。王天存身披霞光、扬鞭催马，一腔豪气趁着酒劲儿在他的脑海中燃烧，在胸口窝翻涌发酵……他耳边又回响起了那令人陶醉又催人泪下的喝彩和荡气回肠的梆鼓，眼前又浮现出那些气吞山岳的亮相、起霸和戏台下万头攒动的情景，那些他曾经扮演过的英雄豪杰又蹦跳着，活脱脱附上体来。他在心里说：死算不了什么，好男人就应该死成一出轰轰烈烈、感天动地的大戏。他并不知道在前面等待他的不仅是万人瞩目、彩声如雷的大戏，也是他一生中最辉煌的神话和传奇。

队伍走远看不见了，孟布云依然跪在原地，双手举着酒碗，好像被施了定身法。马银科大虾米弯腰，附在他耳边小声说："恭喜二当家，大当家这一去，我看八成回不来了。就算他命大，还能活着回来，人马也至少得折去大半，绝没有力量再和您争了，这山寨眼看就要姓孟了……"

孟布云头也没回，反手将一碗酒泼在他脸上。

5

自打队伍开拔，山寨就被一种悲壮的、居丧的气氛所笼罩。王天存以殉道者的形象被所有留下来的人传说着、纪念着、崇拜着。人们都在暗暗设想他的葬礼应该如何隆重，以及新首领的人选，一切只是心照不宣。一连两天过去，毫无消息。到了第三天，一名信使骑着快马闪电一样冲进寨门。那匹马通身是汗，从大张的鼻孔里喷出两股灼热的烟柱，肋巴骨不停地掀动，笼头上的大铁环一挣一挣的，马嚼子上沾满了淋淋拉拉的唾液。信使一面奔驰一面狂呼："旗开得胜——捷报，捷报！大寨主率领弟兄们打败三千鬼子，替八路军解了围！"

整座山寨都为这个消息疯狂了，庆功宴上的酒像水一样流进肠胃里。入夜以后，除了醉倒的无人入眠，到处是手舞足蹈的影、荒腔走板的唱。但是孟布云却躲在屋里拒不参加宴会："肯定是报信的闹差了，二百个叫花子能打败三千鬼子兵？这真是天方夜谭！扯他娘的淡！！"他在地上来回转磨，"我不信，打死也不信。鬼子是泥捏的？纸糊的？还是大哥会呼风唤雨、撒豆成兵，把天兵天将请下来了？鬼子要那么不禁打，能占得了东四省？能进得了中原？！"

孟布云暧昧的态度和无端猜疑引来了激烈的反驳，大家试图说服他："这有甚奇怪的？只能说明大寨主用兵如神，运筹帷幄之中，决胜千里之外。弟兄们肯卖命，能以一当十、以一当百。兵法有云：兵在精而不在多，将在谋而不在勇。张歪脖讲的'八百破十万'这段书你听过吧？那岳飞是英雄，大寨主也是英雄，说不定大寨主就是岳元帅转世投胎。岳爷爷能用八百岳家军战败十万金兵，大寨主就不能用两百弟兄打跑三千鬼子？"

孟布云头摇晃得像拨浪鼓："我听着悬，毕竟打仗是真刀真枪，不是说书唱戏。"

到第二天，瞭望楼上的哨兵看见马蹄疾骤、风驰电掣、黄尘一线，新信使又到了，他证实了第一个信使带回来的消息，王天存确实打胜了。事情是这样的，黄花岭的队伍一开到石人脑，即和进犯振远的日军独立混成旅第十五旅团龙泉支队发生了正面接触。事有凑巧，双方刚一交火，日军就接到增援茹越口的紧急命令，迅速脱离了战场。王天存和八路军兵合一处，趁势尾追，击毙了一些鬼子，也缴获了不少战利品。

"天意，这真是天意呀！"孟布云的冷静突然转变成了无与伦比的狂热，双手擎天说，"大贤虎变愚难测，我辈岂是蓬蒿人！！"

第七章：狂欢

1

王天存喝高了，他站在宴会厅的中央，拉着架势摇摇晃晃地唱《定军山》：

这一封书信来得巧，
助我黄忠成功劳。
站立在营门三军叫，
大小儿郎听根苗（后面的戏文成了他和众人相互唱和）：
头通鼓，战饭造；
二通鼓，紧战袍；
三通鼓，刀出鞘；
四通鼓，把兵交。
进退俱要听令号，
违令难免吃一刀。
……

众兄弟轰然叫好，高举起酒碗称颂："大哥神兵天降，一战功成！"

王天存的助兴表演把这场毫无节制的狂欢滥饮推向了高潮，猜拳行令声把屋顶都快掀翻了。各张餐桌上转眼间杯盘狼藉，一个喝得晕头转向的汉子勉强支撑着沉重的眼皮，摇晃着空酒坛大骂："他奶奶的，人都死绝了，快给老子上酒上菜！"

"薛队长呢？"已经过足了戏瘾的王天存竖起大拇指，"薛队长是好样的，打日本是这个。粪叉子挠痒痒——一把好手！"

手下忘乎所以："什么好样的，要不是咱们拉巴他，薛明哲早就吹灯拔蜡了，只有大哥才是好样的！"

王天存浸泡在酒精里的、膨胀发热的大脑还残留着一丝理性，用僵硬的舌头反驳："放屁！薛队长宁折不弯，宁可粉身碎骨也不屈膝投降，是大丈夫、大忠臣、大英雄，死了也得编成戏文传唱千古。你们等着，我去把薛队长找来，跟咱们一块儿喝个痛快。"说完腾云驾雾而去。

伙房里热气腾腾，炊事员戴着油滋麻花的围裙和套袖，在菜墩上嗒嗒地切肉，声音像打排子枪，新磨的刀刃贴着指尖上下运动，用沧州口音愤愤地说："自打参加革命，我还头一遭遇见这么窝心的事。那满桌大鱼大肉，都是老百姓的血汗！这儿的老乡生活这么艰苦，他们也咽得下去！鬼子明明是主动撤走的，他们还以为真是让他们打跑的！自以为是咱们的救命恩人，也不嫌臊得慌。他们这样糟蹋老百姓，可咱们还得像待承大爷一样伺候着，我真想不通啊！"

帮厨的战士叫曹笑吟，留着小平头，是从北平流亡过来的学生。他把码好的大烩盘从墙洞递出去，操着一口京片劝解："小声点儿。薛队长不是说了吗，像这样一支土匪武装，能主动下山打鬼子，已经十分难得了，说明他们肚子里还有中国人的良心……"

王天存偏在这时按落云头，歪歪斜斜撞进门来，扯开嗓子吆喝："薛队长，薛队长——"

炊事员没好气地说："我们队长出去了。"

王天存扭头要走，抽抽鼻子又转身回来，拿起长把儿铜勺在锅里搅了搅。揭开粗瓷碗，里面盛着发黑的萝卜干和半个杂合面饼子。

炊事员喝道："别乱动，那是给薛队长留的晚饭！"

王天存疑惑地问："你们薛队长就吃这？"

炊事员说："八路军上至司令员，下到普通士兵都吃这，而且有这吃就不错了。薛队长说现在老百姓的日子很愁肠，我们要和群众同甘共苦，努力减轻人民的负担。"

王天存从院子里出来，被冷风一吹清醒了许多。路边的土窑前挂着块石板，一个女战士正在教娃娃们识字，拿着树枝当教鞭，一字一句指着念："抗战到底。誓死不当亡国奴……"

王天存继续往前走，一路上他看见有的战士在修房顶、补院墙，有的在推磨、铡草、挑水、扫院子……王天存使劲儿揉揉眼睛，以为自己在做梦。

薛明哲正在大场上带领几名战士扬谷子，看见王天存就撂下木锨，拍打着身上的碎叶子和谷糠迎上去。四只大手紧紧握在一起。王天存激动地说："贵军真是仁义之师啊！"

薛明哲说："大寨主能在国家危亡的紧要关头挺身而出，亦不失男儿本色。咱俩到前面走一走？"

一弯冷月吴钩般肃杀，凛冽的月光包裹住一片新坟，荒草萋萋，寒风飒飒。薛明哲摘下军帽，沉痛地说："青山处处埋忠骨，何须马革裹尸还。这里掩埋的是这次战斗中牺牲的八路军战士和黄花岭的壮士。他们同为炎黄子孙，又都倒在抗日救亡的疆场上，所以我让人把他们安葬在一起了。请大寨主尽快写一份阵亡名单，我们好刻一块石碑，让后世子孙永远记住他们的姓名。"

王天存说："刚才，在酒桌上的时候，我还觉得自己有功。可现在，在这儿，我觉得自己没有功了，只有愧。"这一夜他们谈到很晚。

2

回到住所，酒席已经散了，孟布云正坐着等他。王天存问："你咋来了？"

孟布云欠了一下身说："大哥走后我实在不歇心，把家里安顿了安顿就随后撵来了。只说死也跟大哥死在一处，好全了咱们桃园结义的情分。万没想到，大哥居然把日本人赶跑了。"

王天存摆摆手说："搭进去十几个弟兄，侥幸小胜，没什么可张扬的。"

孟布云说："小胜？这还叫小胜？！那是三千鬼子，人上三千无边无沿，战马比咱们人都多，钢炮比咱们枪都多，可为什么一触即溃，望风而逃？"

"你说为什么？"王天存反问。

孟布云两手搬着屁股下面的高凳挪近一步，伸出一根指头往天上指，压低声音神秘地说："此乃天意。是神德保佑，祖宗显灵。是上苍有意成全大哥，所以才把偌大一份基业，把这么一个千载难逢的机会，递到大哥手边边上。"

王天存愕然："怎么还没喝就醉了？这天也不早了，有话直说，有屁快放，别跟我打哑谜。"

孟布云说："大哥，你是真不明白还是装糊涂？！现在振远县就好比一座空城。国军撤走了，日本人滚蛋了，剩下几十个土八路不足为虑。咱们正可以借机占领振远，挤走共产党，然后立地为王，以窥天下，待时而动，大展宏图！"

王天存淡然地问："像我王天存这样的人也可以称王？！"

孟布云热烈回应："将相本无种，男儿当自强。称王算什么？我观大哥奇骨贯顶，隆准日角，河目海口，龙骧虎步，实乃九五之尊，帝王之相。哪一日天鼓响鱼龙变化，保大哥金銮殿称孤道寡！"

王天存把噙在嘴里的一口茶又喷出去，咳嗽："哎呀，咱们二弟都成说书的张歪脖了——好嘴条哩！你怎么不说我双臂过膝，大耳朝怀，并且重瞳，头顶有三十六道紫气，身上有七十二颗红痣？也不怕风大闪着舌头。国家都只剩半壁江山了，大同丢了，茹越口打得跟热窑似的，还什么立地为王，以窥天下。话又说回来，为什么咱们的国总受外人欺负？就是因为想称孤道寡的太多，真正甘洒热血、忠心保国的太少了。"

孟布云站起来，围着王天存走走停停，比比画画："天予不取，悔之莫及！想当年大将军何进请董卓进京，对付十常侍，除阉党，清君侧。董卓挥师入京后，就趁机废了少帝刘辩，挟天子以令诸侯。民国初年，大总统黎元洪请辫帅张勋进京调停他和段祺瑞之间的矛盾。张勋就从徐州出兵，一举接管了四九城。在兵法里，这就叫反客为主之计。"

王天存说："老二你屁股上长疥子了还是痔疮犯了？能不能坐下讲话？你这么一个劲儿地转圈，绕得我头都晕了。你说了半天，我怎么听着里面都是些祸国殃民的奸佞，连一个忠臣良将也没有。况且他们到头来也都没落什么好下场。"

孟布云神情无比失落，说："草若无心不发芽，人若无心不发达。那大哥下一步做何打算，回黄花岭继续当山大王？"

王天存道："这件事我正想跟你商量。说书唱戏劝人方，三条大路走中央，要是咱们投奔共产党你看如何？"

孟布云刚坐下又一个高蹦起来："大哥，你疯了？傻了？黄汤灌迷糊了？！咱们弟兄大口喝酒，大块吃肉，不归玉帝，不服城隍，自由自在多痛快！何必非要受制于人，吃下眼食？再说薛明哲的队伍起先也不过二百，这次又损兵折将，剩下不到一百人枪。要说咱们收编他们还差不多！"

王天存反驳："秦琼也有当铜卖马的时候，谁还没个马高镫短？薛队长人枪虽少，但全中国的共产党有千千万万，他们抗日最坚决，对待老百姓最掏心掏肺！"

孟布云说："大哥，你是不是受了共产党的赤色宣传，让人家洗了脑？就算从全国而论，共产党的实力也远不及国民党和日本人。"

王天存反唇相讥："你的意思是谁能耐大跟谁？那现在日本人嘈嘈得最凶，蹦跶得最欢，难道咱们都去当汉奸不成？！"

扯了半天淡，生了一肚子气，从王天存的房间出来，孟布云顿足捶胸，仰天长叹，痛心地想：唉！真没想到大哥是扶不起来的阿斗，成事不足的鲁肃，人妖不分的唐三藏。挺有血性的一条汉子，愣让共产党侃晕了。像他这样优柔寡断，目光短浅，我等只有坐失良机！

3

第二天，孟布云带领十来个人离开石人脑，回到梆子村，在孟家大摆宴席，把邻近几个乡的出名晋绅，地富豪强全部请来。孟布云欠身离座，挨个儿布菜，殷勤劝酒，之后他发表了那篇著名的演讲：

"感谢大家赏光，这是给我孟布云捧场，也是给黄花岭面子。我孟布云就是这样，人敬我一尺，我敬人一丈。谁要对我讲义气，我可以把脑袋割下来送给他。可话又说回来，谁要是在我背后捅刀子，下绊子，找不自在，老子就灭了他的满门！

"各位都是十里八乡的大财主，有头有脸，有里有面，每天吃的是山珍海味，穿的是绫罗绸缎，住的是深宅大院，搂的是三妻四妾婊子破鞋。拔一根护腔毛比兄弟的腰都粗。可要是没我们黄花岭的弟兄拼着性命打跑鬼子，你们的钱粮早让日本人抢去了，你们的房子早让日本人一把火烧了，你们的大老婆二老婆、小姨子老相好，儿媳妇大闺女已经叫日本人糟蹋了。你们的小命有没有，还两说着呢！知恩就得图报。

"现在天下大乱了，北有日本人，南有勾子军，东有土八路，西有中央军，更有散兵游勇流窜各村，抢劫民财，奸污妇女。地方盗贼也借机而起，打家劫舍，为祸乡里。像泉头村的赵彻，小昌村的张朴，护驾岗村的史美禄，塞子村的郭养恩，大北头村的赵传甲……春秋无义战，乱世出英雄，群雄逐鹿，豪杰问鼎。谁的势力大谁就是爷爷！像黄花岭这样不糟害地方的仁义之师，以后再也没有了。常言道：'好汉护三村，好狗护三邻。'孟某不才，愿意出面组织保乡团，维护一方平安。望在座诸位有力出力，有钱出钱。"他招呼一声，"笔墨伺候！"有人把笔砚端上来，雷金钟手捧功德簿，挨个儿劝捐。同时马银科把住门口，不捐够一定的数额不让出门。

赵堡有个地富，惜财如命，他吃了孟布云的酒席，又为了平安脱身，在功德簿上足额填写了对方满意的数目。但日后他却不肯兑现，躺在家里装病，拒不见客。三天以后，他血淋淋的人头被扔在了自家的马厩里，三个婆姨和六个儿子也被剁成一块一块的，分散在赵堡各处。

消息扩散以后，王天存十分震惊，气愤地说："这个孟老二越来越邪乎了！连三岁的孩子都不放过，如此残忍，真是令人发指！"

他的人趁机进言："这么大的事，他们竟然瞒得滴水不漏。从头到尾只用自己的亲信，不仅一大队和二大队的弟兄，就连大哥也蒙在鼓里，这分明是没把大寨主放在眼里！"

王天存以手加额，沮丧地说："离心离德，败亡之象。"

有人报告，薛队长来了。王天存振作精神说："有请。"

薛明哲神情严峻，走路一阵风，讲话直截了当："我刚刚得到消息，昨天夜里，一支黄花岭人马突袭了八路军设在县城的办事处，以及青抗联、妇救会等群众组织，放走了被我们羁押的伪县长王相和警务科科长刘宝珅等伪职人员，有两名战士和一名地方干部被打伤。另外我们派到各乡村的工作队也受到了不同程度的围攻和骚扰。"

王天存赌咒发誓："抬头有玉帝皇天，低头有土地老倌儿，天地良心，这件事我一点儿不知情！"

薛明哲说："近来我们听到一些风言风语，本来这都是山寨内部的事，我们不应该干涉。但是如果有人想破坏抗日统一战线，干亲者痛仇者快的事情，我们是一定要斗争到底的。有道是冰炭不同炉。身为一寨之主，几百人的首领，大当家应该当机立断，该清理的清理，该决裂的决裂，以免祸起萧墙，变生肘腋，反遭宵小暗算，落一个不明不白的下场。如果需要，八路军可以协助大寨主，清理门户，平息内乱。"

王天存从薛明哲平静的话语里听出了腾腾杀气，他倒抽一口凉气，犹豫不决地说："这……我想我那些兄弟只是一时糊涂，我的话他们还是肯听的。这样，我去狠狠骂他们一顿，让他们立即撤出抢占的地盘，包赔八路军的损失，向薛队长赔礼道歉，负荆请罪。山寨的事，请相信我这个寨主能处理好，就不劳贵军插手了。"

薛明哲起身告辞说："好吧，为了避免摩擦，维护团结的大局，我方人员愿意全部收撤到群众基础较好的魏庄，继续开展救亡工作。我们将拭目以待，望大寨主好自为之。"

第八章：重罪

1

据健在的老人回忆，孟满仓的六十寿诞是梆子村有史以来最隆重的一次庆典。阳婆子刚一露头，贺客的车马就陆续不断，辙印交错，首尾相连，收到的礼物堆积如山，光账本就摞了一尺。虽然正逢乱世，还是请来省城不少名角，坐南朝北的大戏台东临村公所，西挨土地庙，三间四柱，斗拱飞檐，额枋顶盖雕刻着镇物。左右两个上场门，一个写出将，一个写入相。台口红毡铺地，挂着保险灯，两边一副木联：天下事无非是戏，世间人何必认真。戏台前面用绳索打着围子，孟满仓和宾客居中而坐。围子外面人满为患，四村八乡都抱着孩子、揽着老人、背着椅子、扛着板凳蜂拥而来，其间夹杂着推车挑担的游商。

尤其是晚上，戏台灯火璀璨，演员五彩缤纷，鼓乐响彻天外，远望好像是幻影堆成，虚无缥缈的仙境蜃景。这不只跟虚荣心有关，更重要的是那位二当家希望借此来消弭父子间的芥蒂，和父亲对自己所从事的古老行业根深蒂固的偏见。

头一天暖寿，正日子口王天存来得稍迟，王天存带着寿桃寿酒寿幛，菊花牵着大的抱着小的。王天存挤进人群大礼参拜说："小侄来迟了，祝您老人家似松柏寿人寿立寿千秋，如芝兰福天福地福万年。"摘掉大儿子的老虎帽，露出脑瓜顶一溜儿马鬃，摁倒在地说，"傻小子，快给爷爷磕头。"

此时的孟满仓已经有了几分老太爷的气派，头戴八块瓦的黑缎子瓜皮，帽顶扎着红绒子，一寸宽的帽圈儿上满绣卧云纹，缀着玉片，簇新的得胜襟马褂福彩（绛色）泥金，顺手塞给小孩儿个果子，说："你是大寨主，抗日大英雄，我老汉可担不起你的大礼呀！"

管事手捧托盘，里面放个长五寸、宽两寸半的红折子，说："请各位老爷太太点戏。"

王天存是场面上的人，很会来事，说："请寿星公点。"

孟布云说："我爹刚点了一出《安天会》，还是大哥点吧。"

王天存把戏折子递给菊花，菊花正奶孩子，腾不出手来，笑道："那就点一出《桃园结义》吧。"

王天存环顾四周，对孟布云耳语："吴先生咋没来？"

孟布云酸溜溜地说："请过了，人家架子大，不肯赏脸。不来拉倒，有他不多，没他不少，有他半斤，没他也是八两。"

王天存岔开话题说："老三要在就好了。老话讲五虎出一彪，九犬出一獒。咱们兄弟里面指不定老三将来是个拔尖的。"

孟布云摇头叹气："赵老三打小就比你我会卖乖讨巧，长大了又把女人哄得团团转，不过他跟咱们不是一条道上跑的马，拴不到一个槽头上。"

王天存说："前三十年看父敬子，后三十年看子敬父。能摆下这么大的场面，打我记事起，咱振远还是头一遭，二弟的面子真不小啊！"

孟布云打哈哈："花花轿子人人抬，我能有什么面子？众人捧场其实都是冲着黄花岭，冲着大哥你，说到底我是沾了大哥的光！"

王天存趁势把话弯回来："既然你眼里还有我这个大哥，为甚不和我商量就摆鸿门宴，敲诈地方的钱财？"

天上的风悄悄转变了方向，场院里的气氛陡然变得紧张。

孟布云泰然自若地说："要是跟你商量了，你能点头不能？你要是不点头，这单生意不就泡汤了？你要点了头，又岂不坏了君子之名？我知道大哥是个爱干净、好面子、讲排场的，不愿意让手上沾了血、惹了腥。正所谓君子远庖厨。可君子也得吃饭，君子也愿意吃肉。那些鸡鸭总得有人宰吧？牛羊也总得有人开膛。我这么做是为什么？还不是为了山寨的兴旺，为了弟兄们？我孟布云天生是块滚刀肉，生冷不忌。要脏脏我一个，要臭臭我一块，要恨让他们恨我，报仇冲我来，恶名声我孟布云一个人担了，天大的罪孽姓孟的一个人扛着！绝不能让大哥受丝毫牵连。可得来的好处呢？还不是大家伙的？我孟布云决不会独吞！"

王天存说："屠户们开刀的时候常要念一个咒子：'猪啊猪啊你莫怪，你是人间一道菜。他们不吃我不宰，你向吃肉的去讨债。'你手上要是沾了无辜者的血，黄花岭脱得了关系？我这个大寨主脱得了关系？一颗鸡蛋吃不饱，一身臭名背到老。再者说就算是为了山寨，为了弟兄们，也不能灭人家的满门！连三岁的孩子都不放过，你的心肠未免太狠了！！"

风起云涌，鲜艳的五色彩旗一阵扑啦啦地抽动。戏台上，刘、关、张正跪地盟誓，义结金兰。这出戏是千斤道白四两唱。

孟布云感觉着拂面而过的沁人凉意，说："斩草不除根，春风吹又生。现在你看他是白白胖胖的粉团团，滑滑嫩嫩的肉蛋蛋，可指不定过几年，就会从背后打你的黑枪。再说治乱世需用重典。这些土财主我最了解，他们把钱财看得比性命还金贵，一个大子儿都拴在肋巴扇上，让他们掏腰包，那比割他们的卵子还要难受。不使出点儿雷霆手段镇得住？况且成大事者不拘小节，大哥真是妇人之仁！"

王天存心里有点儿恼，想老二现在是翅膀硬了，连一个台阶都不肯给自己了。"那赶走八路军，平白无故打伤人家的人，你又怎么解释？！"

孟布云话茬儿接得飞快："八路军居心叵测，我们打跑的日本人，凭什么他们抢占地盘？想捡现成的洋落儿，牛打江山马坐殿，没门儿！薛明哲善于政治攻心，鼓动唇舌是他的看家本领。老奸巨猾有来头，舌尖杀人胜吴钩。借别人的力量来发展自己，用别人的羽毛来装扮自己，是共产党的一贯伎俩，大哥就是受了他们的蒙蔽！"

王天存气往上涌，红云遮面："你，太猖狂了！"

孟布云的瘦脸白似秋霜，昂然道："若论做事公平，网罗人心，坐守黄花岭，小弟不如大哥；若论率领众弟兄，决机于两阵之间，与天下争衡，哥哥不如小弟！"

王天存强压怒火说："现如今国难当头，你这样为一己私利，置大局于不顾，问问自己的良心，可对得起先生的教导，可对得起天下苍生？！"

孟布云嘴角歪向一侧，露出讥讽的笑容："好我的哥哩，就算你是颜回托生，也不必老把孔夫子挂在嘴头上。良心？良心值多少钱一斤？！良心能当饭吃不能？！天下苍生跟我姓孟的屎不相干！宁叫我负天下人，不叫天下人负我！！"

一出唱完，天色暗下来了，戏台下的脸都笼罩在阴影里。管事又捧出戏折子，王天存不等让，抢着说："来一出《失空斩》。"

戏台上晋腔哀婉，泪雨纷飞。

诸葛亮唱："见马谡只哭得珠泪洒，我心中好一似乱刀扎。"

马谡披枷戴锁，发绺子遮住半面。

诸葛亮唤："马谡。"

马谡白："丞相。"

诸葛亮叫："参谋。"

马谡答："武侯。"

两人对哭：哎哎，吓吓……

押马谡下，开刀。

龙套上，献首级。

诸葛亮滚白乱弹："适才帐中来叙话，一腔鲜血染黄沙。"

台下，王天存的亲信齐声喝彩："好——""该杀——""死有余辜——"另一边，孟布云的亲信怒目而视，横眉冷对。王天存轻声对孟布云说："你知道马谡为什么当斩吗？因为他狂妄不逊，自以为是，骄横跋扈，不遵将令！"

一折唱完，看过赏钱，孟布云不慌不忙在桌面上敲击着指头说："我点一出《火并王伦》。"

林冲手提银杆子红缨长枪，咬牙切齿地道白："英雄不得志，反被小人欺，时败运衰困良将，怒发冲冠上山岗。"唱，"可恨王伦理不当，叫俺立下了投名状……"越来越急促、越来越铿锵的弦子梆鼓（这个曲牌叫《紧杀鸡》），终于把王伦逼上绝路，被林冲健步飞身赶上，一枪扎了个穿膛（其实枪杆是从演员腋下穿过去的）。

这回轮到孟布云的亲信叫好，王天存的人瞪眼了。孟布云把头凑近王天存，轻声道："大哥知道王伦为什么会众叛亲离吗？只因他不思进取，不纳忠言，心胸狭窄，嫉贤妒能。"

散了戏走在路上，天空阴云密布，两边的树梢儿和庄稼都在不安地剧烈摇摆。雷金钟抱怨："戏台子院那些话太急太僵，我们的准备工作尚未就绪，现在就当面锣对面鼓为时过早，还是稳住大寨主方为上策。"

孟布云袖着手低头看自己移动的双脚，感觉这遍地飞沙走石，满天乌云和狂风都是大哥的怒气所化，都夹带着兵戈的轰鸣。"说出去的话就是泼出去的水，扯那个二饼八万还有蛋用！"

马银科很冷似的把脖子缩进两个肩膀里，说："就是，话赶话没好话。要不咱们就先下手为强？"

孟布云摇头："名不正则言不顺，言不顺则事不成。大寨主毕竟是大寨主，我们只能后发制人，否则就更加不得人心了。再说我们还走私了一批老毛子的武器，下个月才能从赤峰运过来。这两天盯紧了，提防他们有所动作。"停了停接着放狠话，"顺我者昌，逆我者亡。不管是谁，只要挡了我的道，就一定得死！"

2

改香正梳妆，忽见新磨的铜镜里多出个人影，道："吓人捣怪，你是从天上掉下来的？"

孟布云顺手从首饰盒里拾起根步摇别在她的发髻上，问："我爹不在？"

改香说："他呀，以前觉得你当土匪，辱没了家声，恨得牙根痒痒。现在看你风光了，又烧撩得不行了。这不，又出去打牌去了。"

孟布云伸手解改香的盘扣，改香把他的手拍开说："你是饿死鬼托生的？不怕让你爹把咱们堵上？"

孟布云说："好不容易凑一桌还不得打八圈。"

极度的紧张和亢奋过后，两个人都瘫软得像泥一样，改香扒到孟布云耳边，嘴里的热气呵着他的脖颈儿，痒痒地说："这些天我也不知咋了，浑身发瘫，不待动弹，米面都不想吃，就想吃两圪抓酸葡萄。"

孟布云爱搭不理："这月份哪有酸葡萄，酸毛杏倒是正现成。"

改香戳点他的脑门儿说："说你个愣还真愣，连这都不懂，人家肚子里有了。"

孟布云诈尸似的坐起来，瞪大眼睛问："真的？！"

改香红着脸点点头。孟布云又惊又喜地说："炉坑里头生豆芽，你可给咱老孟家扎下个灰根啦。生下也不知道是管我叫哥，还是叫爹。"

改香问："要下这孩子，你不怕被千人指万人骂？"

孟布云说："这事只能天知地知你知我知，你就一口咬定是他的种。"

改香把闪着泪光的脸颊靠在孟布云胸膛上说："也不知甚时候才能不再过这种偷偷摸摸的日子……下辈子老天爷就是罚咱们当猪当狗，咱们也是一只公的，一只母的，一个窝里睡觉，一个槽头拱食。"

孟布云说："活一天算一天，活一天赚一天，想那么多干啥？"就又上了改香的身。两个人正在兴头上，孟满仓突然撞进来，一尺长的烟杆斜插在脖子后面，烟荷包在脸侧晃呀晃，嘴里哼哼着爬山调。慌得孟布云从改香身上一跃而起，推开窗户就跳。孟满仓大骂："你个吃草的牲口！"摘下鞋壳扔过去，把一个泥脚印铃在孟布云的光腚上。

3

孟布云晚上睡在朋友家，心里乱得跟翻了湾一样，觉得唯有一走了之，再也不回梆子村，不见父亲的面了。可他忽然想起来自己的枪还在枕头下面压着，于是趁天色微明又翻墙回来，见了改香先问："我爹哩？"

"睡觉呢。"改香向厢房努努嘴。

孟布云就进里屋收拾东西。

"这就走了？"改香倚着门框，表情似笑非笑。

"天下没有不散的宴席。"孟布云头也不抬。

"还回来不？"

"难说。"

"你带着我吧。"

"钻山沟，打地铺的，你个妇道人家哪行？"

"菊花能行为啥我就不行？说这些都是借口，还不是怕我连累了你，坏了你的名声。"

光线灰暗，一片朦胧，孟布云默不作声。"本来以为你是条顶天立地的汉子，闹了半天也是尿包软蛋！"改香恶狠狠地说，双手握住自己的袄领子扯开，露出半个浑圆丰腴的膀子，雪白的肩窝处嵌着个铜钱大的疤瘌。

孟布云问："呀，这是咋弄下的？"

改香下巴微扬，显得很骄傲，眼里闪着又亮又粘蜜一样的湿润光泽，眼波荡漾拖拽出长长的细丝，说："你爹用烟锅子烫的。"

孟布云眼圈一红，心潮上涌，又把改香揽进了怀里。

孟满仓闭眼躺在炕上，聆听通到太阳穴的心跳。他觉得胸膛上压了盘石磨，心跳声好像一下一下砸在磨盘上的重锤，危险的火星在黑暗中四处飞溅。昨日是他这辈子最舒展的一天，他从来没有那么扬眉吐气过。没想到乐极生悲，那个贱人二八十六，两头吃肉……听见孟布云进了屋，料想他是回来取东西，寻思：他走了也就算了，只当没生养过这么个儿，毕竟家丑不可外扬。可是左等听不见出来，右等听不见出来。孟满仓心念急转，脑子里咔嚓一个响雷，天灵盖和牙槽骨震得直颤！他提鞋下炕，眼睛毫无目标地到处乱看，哆哆嗦嗦地摸到把切菜刀，一脚踢开房门。里面的画面惊心动魄，抽走了他最后残存的魂魄，缺氧的大脑一片空白，身体自作主张地扑上前去。

在改香的惊叫声里，孟满仓错位的意识和身体重新合并为一，有点儿错愕地看着手里染血的刀刃。一件温情的叫作父与子的外衣被划开了。受伤的野兽拨动着草丛缓慢地回转身躯，从眼窝深处射出两道凶暴的光束。孟满仓向后退缩了半步，有种眉毛被火焰燎去的感觉，然后再一次挥刀前扑，不是因为愤怒而是因为羞愧，带着一种虚张声势的软弱。他还没到跟前，刀已经被儿子一脚踢飞，斜插在红油箱子上。孟布云出手飞快，掐着脖子把孟满仓压在八仙桌上，掏出枪来点住他的眉心。

孟满仓像根干瘪的芦苇一样徒劳地挣扎，额头血管蹦跳，鼻子里闻到了枪油味儿，嘴硬说："早知今日，你一生下来老子就该把你扔到尿盆里浸死！"

孟布云薄如刀片的嘴唇弯曲成冰冷的笑意，声音里带着推心置腹的口吻："可惜世上没有卖后悔药的，要怨只能怨你自己没长后眼！"

孟满仓觉得眼泪正一点儿一点儿拱出来，模糊了视线，强压悲声说："有种你就一枪崩了老子！"

孟布云把枪插回后腰说："这一刀饶过你，算是报答生我之恩。如再动手，立马送你去跟我娘团圆！"他迅速抽身撤步，拉开了和父亲之间的距离，牵起改香的手朝外走。

改香也紧紧攥住孟布云的手，她温柔的胸膛高高挺着，随着呼吸不停地起伏，表情就像是迎接一次新生，千斤枷锁轰然碎裂，外面的世界海阔天空。

孟满仓跟跄着追出去，攀到井台上，手扶辘轳涕泪横流地呼喊："没脸活人了！小孟子，你个白眼儿狼，你敢领她迈出这个门口，老子就死给你看！！"

听见身后撕心裂肺的哭号，孟布云停顿了一个瞬间，目光和改香相互对望。他背上的刀口还在淌血。一轮橘黄色的太阳扁扁的，在大气后面仿佛隔着一层水幕，边缘呈现出波动的锯齿形。长空铺满了鱼鳞状的火烧云，像气势磅礴的军阵，也像染血的瓦片。梽子村的大地和天空都在燃烧，但中间依然团聚着水汽，湿邪煎熬着一颗颗焦炭般的心。他终于没有回头，拉着改香毅然绕过影壁。

孟满仓仰面长泣："老天无眼啊！"纵身扑下去，"咚"的一声，在井筒中砸出一根水柱。

4

出殡，也叫发引，在当地分为趁凶葬和择日葬两种：死后十四天内任何一天发引都行，不讲究任何避忌，叫趁凶葬；出了十四天，则需选择日期发引，叫择日葬。孟满仓是死后第七天发引的，发引的前一天请来鼓匠吹奏安鼓，晚上还要移灵，用黑伞遮着。发引这天，直到下午起灵还是晴空万里，众人将寿木抬到大门外的棺架上，管事长声吆喝："起棺喽——"吹鼓手一引头吹打，突然间乌云四合，狂风大作，上百面幡子和纸人纸马被吹得跌东倒西，前仰后合。银河之水自天而落。吹奏者一个人嘴里叼着三把铜唢呐，这个曲牌叫《哭皇天》。风雨中，凄凉的乐音像把小钩子，在深藏于过去和未来的往事中翻拣钩沉，又像锋利的指爪，血淋淋地撕开胸膛。它先笔直地逆着雨丝向苍穹延伸，然后突然转折，在心肠上打一个死结。

走在最前面的是两个老把式，手把肩扛，挑着铭旌楼子在风雨中缓缓起舞，雨珠被他们变换的步伐碰撞得四处飞散。所谓铭旌就是招魂幡——一条系在架子上的红布，上面书写着死者的姓名和生卒年月。常言说："清徐的铁棍，太谷的灯，比不上生蛮子甩铭旌。"后面是灵牌、哭丧棒、引魂幡、四大桌、阴阳二宅，各种纸扎花样纷繁：喷钱兽、镇海牛、双辕车、赤兔马、金童玉女、青狮白象、亡人影亭……送殡的队伍穿过绿油油的谷子地，红通通的高粱田，一字长蛇向山梁上蜿蜒，好像要往肮脏的云层里钻，好像要寻找上天的路径。无数粗杆大穗沉重地低垂于暴雨的淫威之下，为生者叹息，为死者默哀。孟布云在棺椁前面，用六尺白布拉着灵车，浑身让雨浇得透湿，一步一个泥泞，趔趄连着趔趄。

在灵车后头相送的亲友中，面带冷笑地走着身形不稳，左右打晃儿的赵大头。赵大头脑袋显得很不对称，伤口还没有掉痂。失去左耳朵没有影响到他的听力，却暂时打乱了内耳半规管里的耳水平衡，使他看起来像个刚刚学步的婴儿。两个家人给他牵着马，因为葬礼后他不准备再回孟家了，打算直接返回镇子梁。此番他以姑爷的身份前来，临行前亲朋劝阻再三。赵大头说："孟老二割了我一只耳朵，此仇不共戴天。这次他和后母通奸，逼死自己的亲爹，干出来这种不齿于人的禽兽勾当，我赵大头非亲眼看看这场哈哈笑不可。"紧随其后的是两挂花轱辘马车，车上满满当当坐着妇女。和一身缟素的男人不同，女人们都戴着七尺小布叠成的包头，包头上五颜六色，缀满了鲜艳的花饰，身上也穿得花里胡哨，比过年娶亲还惹眼，用夸张的号啕和哀乐相互配合着。

春花来得突然，来得带着几分传奇。当时，棺材已经被杠子手沉入墓穴，并由阴阳先生调向后，再把一些五色碎石、五彩花线，以及死者生前用过的衣服饭钵一并放入。亲眷披麻戴孝，高高地跪在封土上。管事正要下令回填，孟布云突然听到一声清亮的马嘶，这马嘶压过了亲友号啕和风雨下落的声音，使众人为之侧目。

人们看见孟春花骑着一匹枣红大马（好像刚刚烧掉的那匹赤兔胭脂复活了），镫环嚼铁在雨中闪闪发亮，新盘的髻子剪成了齐耳短发，过眼斜刘海儿贴在额头上，腰间扎着三指宽的铆钉牛皮带，红缎子绣花鞋换成了紧口黑布鞋，绑腿一直打到腿弯处，显得英气勃勃。她跳下马背，眼角含怒，眉梢儿高挑，走路像风摆杨柳一样，冲上土丘，二话不说，左右开弓扇了哥哥四个耳光，打得雨珠飞溅，清脆嘹亮。孟布云跪得直挺挺的，鼻血流得满脸也不擦。孟春花不解恨，拾起地上烧纸的瓦盆朝孟布云头上砸，改香从后面攥住春花的腕子。春花猛然扭回头来，用两道灼人的目光逼视着她说："都是你这只妨主的狐狸精惹出来的祸！"一瓦盆子抢过去，在改香额头上杵开一道血口，现场顿时乱了营。婆姨们好不容易拉开，赶紧给改香按香灰，止血包扎。春花痛哭一场，跪下磕了三个头，然后上马就走。

赵大头给家人丢了个眼色，三个人悄悄溜出来，跳上马鞍冒雨疾追。

山林绵延不断，一望无际，闪亮的天际线给翻滚的乌云镶嵌上神秘的银边。春花在狂风暴雨里纵马飞驰，蹄铁踏起浑浊的水花。她感觉自己是在仓皇败退，逃离所有的爱恨纠结，把它丢弃给身后翻江倒海的世界。然而那难言的情绪却像陈旧发霉的披风，搭着她的双肩飘飞，对她穷追不舍。树木飞快地向后闪退，双方在急骤的蹄音中越离越近，赵大头就有点儿得意忘形，大喊："贱女人，还不给老子站下！"春花就站下了，一拨马头，迎着三个人，手里黑黝黝沉甸甸平端着一支金鸡圆眼插梭盒子，大小机头张开，枪口瞄着赵反臣别扭的大头。这时她的花衣服已经被雨水浇透了，紧紧拥裹在身体上，使丰满挺拔的青春像圆雕一样简洁精练，呼之欲出，从领口里钻出来的脖子如同玉笋，和乌黑尖翘的发梢儿对比强烈。赵大头张大嘴巴，使他的面容显得有点儿痴呆，爱恨交织的目光望着自己英姿勃发的媳妇。春花的枪就在这时响了。隔着层层雨幕，赵大头似乎看见枪口稍微一偏，满地烧蓝的枪身在春花纤细白净的手掌里冷静地跳动了一下，一粒炙热的黄澄澄的弹壳从抛弹窗弹射出来，好像要砸向春花的面门，飞快转动着把周围的雨珠变成了团团蒸汽。枪子儿出膛时火光迸闪，拖出一柱雪白的烟和尖锐的哨音。赵大头胯下的坐骑暴叫一声失了前蹄，脖子压地屁股朝天，屎尿横飞。赵大头身体凌空，翻滚着跃过马头，重重摔在泥浆里。跟在后面的家人赶紧下马，把他扶起来，赵大头伤得倒不重，但浑身臭泥，惊吓得够呛，样子狼狈不堪。一检查马，一条前腿被打折了，跪在地上不停地哆嗦，站不起来。回过头再找孟春花，早已不见半点儿踪迹。

第九章：蝗虫

1

完事后，孟布云跪着不肯走，任谁劝也不听，谁拉也不动。当着众人的面，改香也不敢跟他过话。等回到家，浅茶满酒把乡亲打发了，才又急三火四地赶回阴宅。这时天已经完全黑了，路上她好像一直听见有个声音在耳边喋喋私语，窃窃怪笑，两盏大灯一样的眼睛隔着雨帘从松树行子后面慢慢闪过，沉重的移动声和树枝被压断的声音，在她的脑海中勾勒出庞大的体积，但她不知道那是个什么物。有一阵她迷失了方向，好不容易分辨清楚，又想掉头回去，因为直觉告诉她前面藏着可怕的东西，她甚至能听到它散发着尸臭的喘息，并感觉到越来越浓的阻力。它把他困住了，让他神志不清，让他精神错乱，直到发疯直到烂在土里。他是它的食物。如果她想过去，如果她想把他拉出来，就必须用身体做一次交换……

孟布云还在一片坟包中间跪着，凌乱的石碑像大地生出的七歪八歪的牙齿，无数腐烂生蛆的骸骨隔着土层，在地下蠢蠢欲动。改香艰难地穿过浓雾，向他走过来，如同穿过一条无形的结界，虽然只能看到一个黑影，但脚步疲惫得就像刚刚分娩过的产妇。然后一道强烈的电光把她无比苍白的形象呈现出来，她周身包裹着流淌的雨珠，好像她是个由浅浅一层雨水构成的空壳，而中间的实体已经作为抵押品，去了另外一个时空，手腕和脚踝套着铁锁链，横陈在了魔鬼的床榻上……

“你傻了？！想死也找个痛快点儿的法子。”她推他。

孟布云仰脸看天说：“我爹说得对哩，雷打真孝子，财发狠心人。你看这满天又是雷又是闪，咋就没把我劈死。”

回到家里，改香给他烘脱下来的衣服，然后坐在炕沿儿上用白纸铰上天的梯子。孟布云光着膀子大口喝酒，他有腹肌没胸肌，搓衣板似的干排骨上生着十几根焦黄的胸毛。连干了七八碗后，他好像恢复了往日的豪气，把改香拽过来，按倒在炕席上。改香推阻说：“别、别、别，咋也过了头七……你爹的魂儿在屋里看着哩……”孟布云听也不听，他鼻孔大张，喷出一团团滚烫粗重的浊气，喉咙里发出牛鸣一样的声响，手臂的力量大得惊人，把改香的衣裳撕扯得稀巴烂，上手就又拧又咬。改香知道他心里难受，闭着眼任由他作践。

好像这一切只是虚张声势，到了动真格的时候，他却败下阵来，还没有进入阵地，枪就先走了火，把苇席上，两个人身子上弄得一片肮脏。他委顿下来，气焰一落千丈，虚弱的样子和刚才的张狂形成了对比，可怜巴巴地说：“我不行了……”

改香像安慰婴儿一样，拍着他的脊梁说：“睡吧、睡吧……”

在孟布云入眠后，改香静静地坐着，透过身边忽高忽低，时起时落的鼾声，去聆听屋外房檐淌水的声音，雨打树叶的声音，阴沟溢流的声音，还有那神秘的……命运邀请她去约会的声音。屋里灯光如豆，照到她受伤的额头，照到她洁白妩媚的身子，照到她青一块紫一块的胸和腿，也照到她无声无息的眼泪和雍容华贵的表情。红热的火焰中忽闪着一串大大小小的灯花，她没有想起来去剪。

到了后半夜，孟布云突然“噢”一嗓子坐起来，身体一抽一抽的，接着就满炕打滚儿，用抽成鸡爪状的双手把胸口挖得鲜血淋淋。

改香问：“你咋了？！”脸上全是心疼。

孟布云眼睛一翻一翻，全是眼白，只有上边露出一点儿黑，说：“我热，心口窝烧得不行，你救救我……”没说完就一声怪叫，把头往墙上撞。

改香也顾不得穿衣服，就光着腚，赶紧下炕倒了一杯凉茶，给他灌下去。孟布云哇一口腥秽的东西吐出来，浑身哆嗦，面青唇白地说："冷、冷、冷……"改香把他用大被子捂着，抱进怀里，把他的脸贴在自己柔软温热的乳房上。孟布云七尺长的身子蜷缩成一团，仰起一双被酒精烧得混浊不清的眼睛看着改香，垂落下来的眼仁儿好像正慢慢融化在眼白里，叫了声："妈！"鼻涕眼泪一齐垂挂下来。改香的表情像观世音一样慈和，轻轻拍打着他哼唱："一背背，两背背，背到姥姥家走一回。老娘问你几岁啦，和咱绵羊同岁啦。羊啦，庙儿后头吃草啦。吃甚草？萱草。草啦，雪埋啦。雪啦，化成水啦。水啦，和了泥啦。泥啦，抹了墙了。墙啦，猪嘁塌啦。猪啦，剥了皮啦。皮啦，鞔了鼓啦。鼓啦，二小子卜棱卜棱，敲上走啦。"

物影推移，天光渐亮，孟布云醒转来的时候，身上的一切不良反应都已经消失。一扭头，看见改香穿着一套平时舍不得上身的鲜艳衣服，刘海儿鬓发刨花水梳洗得整齐滑溜，脸蛋儿用胭脂涂过，嘴唇用朱砂纸抿过，手腕上戴着他给买的老坑翡翠镯，平静地躺着。孟布云过去一拉，手冰凉梆硬，冰种镯子滑过一缕流光好似幽怨凄清的眼神。她找到了一种痛快的死法，把洋火头和镜子背面的水银刮下来，就着孟布云喝剩的半盏凉茶给自己饮用了。

2

沿着大同城通往振远的公路，咔嗒咔嗒奔跑着一辆三挂大车。当间儿青骡子驾辕，两匹大白马拉起长套，脖子里的串铃响着铜音。昨天刚下过一场秋雨，北方所有的河流都水位上涨，纯银烧蓝的晴空下，朝向西北的道路闪闪放光。车是一辆大胶车，车身新上过大车油，带轴承的充气胶皮轱辘花纹清晰，槽深棱满。马宏图坐在辕板左侧的狗皮垫子上，怀抱三股高粱皮拧成的小鞭子，一人高的粗杆大摇鞭插在辕把儿的羊角铁环里，纯牛皮鞭上大红缨子突突乱颤，鲜艳得如同旗帜。马六子坐在右辕的光板上。老榆木车盘中载着陈羽菲，以及她母亲和弟弟，她们是到振远投亲的。娘仁守着两只皮箱和一卷芦席，不断用手轰苍蝇，脸上凝结着深沉的悲伤，包裹在情绪发酵成的阴云里。席筒一端露出双三接头压花旧皮鞋，从名牌和鞋型看是上海南京路鞋帽大王杨先生制造的鹤鸣牌。

兵败如山倒啊！无限的怅恨塞满了陈羽菲的胸臆。

十二日午夜，一道退出大同的紧急令，传达到大小机关。汽车、大车、骆驼、毛驴、独轮车和洋车，满载着各种各样公的私的东西，潮水般涌出西门。把门楼都要挤塌了。郊外尘土飞扬，逃难的百姓绵延几十里，抱着鸡牵着羊赶着牲灵。遍地都是溃退下来的晋绥军丢弃的枪支、十字镐、圆铲……放弃的散兵坑和战壕随处可见。大人们的沉默和小孩子的哭泣形成了对照……

"老陈，歇一歇吧，你的心脏不好。"母亲忧虑地说。

但是父亲没有停下来。陈羽菲自己脚上也磨起了泡，只能看到父亲踉跄的脚步和被汗水湿透的后背。

一个洪钟般的声音在耳边回荡，那是在驱逐日本浪人的现场，傅作义将军高高站在一辆威利斯敞篷吉普上，发表演讲："盖国家多事以来，各地民众情愫隐忧，爱国之殷，谋国之忠，均十倍于作义。对作义的同情援助，更是令人愧不敢当。由此肯定，国家必能复兴，民族必能自救，其理由不仅是军人敢于牺牲，敢于打仗，而是全国人心不死。换言之，我人民虽可屠杀，而救国心理则任何人不能改变，凭此一片忠心，即可战胜一切侵略者。我傅作义自幼从军，戎马半生，早置生死于度外。只要一息尚存，誓与日寇血战到底，誓与大同共存亡！"

陈羽菲站在人群里，心在激动地跳荡，觉得周身充满了力量。

在崇敬的目光、口号和雷鸣般的掌声中，几名青年学生手捧一面上绣"卫国干城"的锦旗献上。

　　　工农兵学商，
　　　一起来救亡，
　　　拿起我们的武器刀枪，
　　　走出工厂、田庄、课堂，
　　　到前线去吧，
　　　走向民族解放的战场

......

这是谁在唱？城门前，学生和市民正顶着炎炎烈日构筑国防工事。铲凿挥舞起漫天尘暴，锹镐铿锵地啃咬着泥土，很多居民把门板都拆掉运过来了。手推车你追我赶，铁锤击打在钢钎上，火星四溅。砸夯的后生们喊着号子，大夯落地发出惊天动地的巨响……他们各个汗流浃背，脏得像泥猴，衣服磨烂了，手掌和肩头磨出了血泡，却情绪高昂，精神饱满，一支接一支的歌曲在工地上回荡……

一个学生沿着闪亮的75号公路急匆匆跑来，挥舞着双手喊："别干了！国军要撤退了！！"这不和谐的声音撕心裂肺，像划过天空的霹雳，也像席卷高原的寒流，让所有人都愣住了，怔怔地望向报信的学生。工地上一时鸦雀无声，时间仿佛停顿了。突然"咣"的一声，一个后生扔了洋镐，从挖得齐腰深的掩体里跳出来，薅住对方的衣领，瞪着愤怒的眼睛号叫："你说什么，你敢给老子再说一遍？！"

报信的学生哽咽着说："这是真的，我亲眼看见的……先头部队和押运军用物资的卡车已经出了城。御河大桥上，摆了成吨的炸药，等队伍一过完，工兵就要炸桥了！"

请愿的人流压街而来，沿途不断有新的队伍加入其中。无数颗跳动的心脏像野火一样熊熊燃烧。无数双脚，无数紧闭的嘴，失望的眼，沉默的脸，无数认识或不认识的人，穿过千百条或曲折或泥泞或平坦或坑洼的羊肠小径、沧桑故道，汇合在一起，拥挤在一起，融化在一起，像冲出山口的岩浆滚滚奔腾。五龙壁街，第七集团军临时指挥部大门前，被不断涌来的各界民众堵得水泄不通。一时间人潮汹涌，群情悲愤，人们压抑的情绪在这里石破天惊般爆发，呼喊声、叫骂声、痛哭声绵延数里，回荡古城。

"我们要见傅将军！"

"让总指挥出来解释！"

"为什么放弃国土，为什么放弃大同？！"

......

一个加强营的兵力站成数排，像沉默的防波墙，堵死了人们最后一线希望。

"爸，你听到了吗？这声音是从司令部的方向传来的。"大皮巷六号院的一间书斋里，陈羽菲停住研墨的手，侧耳倾听，黯然神伤。

从笔尖滑落的墨点出其不意地破坏了整张宣纸，父亲轻轻搁下手中的紫豪，语气沉重地说："我还不聋，我听得见，那是《离骚》，是《哀郢》，是《国殇》……"

"我们要不要也去请愿？"

"去了又有什么用？"

记起小时候，院子里，瓜棚下，月光像一地水银。她摇晃着一根朝天辫，和父亲一字一句地背诵："万里赴戎机，关山度若飞。朔气传金柝，寒光照铁衣。将军百战死，壮士十年归。"

记起在三中的礼堂里，她插着四杆护背旗站在高凳上，奋臂击鼓，一座硬纸板剪出来的金山竖在前面遮住双脚。赵凤春扮演的小厮在旁边为她举着帅字旗……

凄凉的风吹过来了……

时间过得真快呀……

曾经感动过，为一个少女，她骑着马，高举佩剑，在法兰西的土地上驰骋。

即使风华绝代如李清照，也难免流亡、逃难，被异族的铁蹄追赶着，让高雅的吟唱跌跌撞撞于充满了汗臭、恐惧和忧患的旅途。

突然，父亲宽阔的身体晃了晃，慢慢歪倒了。

"爸爸……"

"老陈……"

父亲在亲人们的呼唤中睁开眼睛，用一只痉挛的手按压着胸口，惨白的脸上挂满了汗水，望望羽菲，又看了看宇凡，最后把目光停留在一个遥远的地方，毫无血色的嘴唇翕动着。被尘土笼罩的、灰蒙蒙的夕阳下，一行行难民从他们身边漠然走过，甚至没有人侧目。虽然才短短几天，但太多的生离死别，已经使人们麻木了……陈羽菲含泪把脸颊贴在父亲唇边。父亲轻声一字一顿地说："王师北定中原日，家祭无忘——告——乃——翁——"

3

"你姨丈是谁呀？"马宏图眼瞅着前方问。

"丁堡的丁万邦。"陈宇凡回答。

"哎呀，那可是振远的大财主啊，人称丁半城！"

马六子这些年在大同东门外的曹福楼当学徒，日本鬼子进城的前三天，曹福楼就关了张，他随着逃难的人流往家蹽，先是遇见陈羽菲一家，上前搭了把手，接着又遇到大哥，大哥奉爹的将令上大同来接应自己。马宏图开始不想捎上陈家人，虽说是顺路的事，但自己崭新的大车拉个路倒未免晦气，可架不住两个女人哭天抹泪，外加兄弟苦苦央告。

滚瓜溜圆的牲口屁股在眼前晃动，有质无形的风送来了泥土和谷物的清香。马宏图左摇右晃，哼哼呀呀地唱《盼情郎》："檀香皂来雪花膏，小妹妹年轻未开苞。忽听外面把门敲，想必是情郎送毛桃，爱哟爱哟。伸手开开门两扇，回手抱住情郎腰。红罗帐子象牙床，鸳鸯绣枕垫在腰……"大胶车把一辆驴驴车和一辆老牛破车疙瘩套远远甩在后头，扬起一溜儿轻尘。

马六子以前听大哥唱浪曲都挺开心，唯独这次脸上烧得慌，扭回头用眼睛扫了一下陈羽菲。但是他的目光刚转向身后，立刻就被吸引到上方去了，好像那里悬着一块磁铁。从黛色的山顶上飘过来一团奇形怪状的金色云雾，目测足有三四里宽，其中还夹杂着滚滚雷霆，让人联想起吴先生教的唐诗："万条金线带春烟，深染青丝不直钱。"

马六子指着问："老天爷爷呀，那是啥？"

众人一起扭着脖子观瞧，有一阵子，他们久久凝视的眼神变得很痴迷，面孔放射出灿烂的光芒，因为这景象完全超越了他们所有的现实经验，像神明投射到人间的奇迹，像一个可遇不可求的祥瑞图案。

突然，马宏图脸上的光变了颜色，眼睛恐惧地瞪圆，用岔了音的嗓子大喊："蝗虫！蝗虫来了——"他用手里的鞭杆狠狠捅了一下青骡子的臀尖，然后抽出大摇鞭，双手高擎起来，抡圆了啪啪地抽打拉套的白马。

马车开始散了架一样狂奔。远望，倒好像他们是在给蝗虫领路，是背叛了同类的内奸。天突然就黢黑了，沉重的阴影遮蔽了太阳，笼罩住公路，同时雷鸣声变得震耳欲聋，那是上亿只蝗虫一起震动翅膀的声音。它们开始降低飞行高度，几乎是在向着地皮俯冲，气势磅礴得就像天塌下来了，好像玉皇大帝的神圣宫殿都变成了飞舞的残砖碎瓦。这是它们的《欢乐颂》，长途迁徙已经接近尾声。山巅之上的低气压让它们很不舒服，不仅加重了旅途疲劳，而且使它们情绪压抑，空气中的含氧量不够，腹部的气门就得加倍工作。

从车边快速闪过，左侧一片广大茂密的杂树林，都是大叶杨、龙须柳、白蜡和刺槐，夏蝉已经偃旗息鼓。右侧大片的玉米地像泛着绿泡的金色池塘，苞谷刚刚绣穗，青枝大叶水灵灵地铺满了原野。

蝗虫的潮水瞬间就把树丛和玉米田淹没了，咔嚓咔嚓的咀嚼声混响成一片，离得老远了还能听到。几乎一眨眼的工夫，树木的绿叶子就全没了，只剩下无数铁灰色的枝干，好像严冬突然降临。玉米地里的农民齐声呐喊，张着红旗，甩着衣服，敲着大锣、铜盆和竹梆子跑来跑去，蹦蹦跳跳地和蝗虫大军缠斗，但是很快他们就丢下了一年的辛苦和希望，抱着头落荒而逃，只孤零零地撇下一个老汉，蹲在地头上失魂落魄，继而捂着脸像个孩子般痛哭号啕。

玉米也只留下一根根光秃秃的秆子，在秋风中羞耻地瑟缩，好像被剥光衣服示众。蝗虫所向无敌，是会飞的锋利的剃刀，是铁齿铜牙的收割者和掠夺者。把农民的收成嚼光后，它们还在不依不饶地啃咬玉米地中间的稻草人。可怜的稻草人残躯被蠕动的蝗虫覆盖了一层，已经少了半个脑袋和半条手臂。几只当地的土蚂蚱，翅膀退化的笨蝗，用无比崇敬的目光仰望着自己法力无边的远房亲戚。

玉米田和树林都看不见了，木塔的塔尖闪着光芒从地平线上冉冉升起，振远的县界已遥遥在望，但虫子大军也距离马车更近了，天空中蔚蓝和黑暗的分界线如此清晰，沿途的庄稼都被这群小强盗无情扫荡着。马宏图脸颊抽搐，痛苦地呜咽："我的谷子地呀！"

它们紧贴着地表飞行，每个战士都是五龄以上的老蝗，组成了一个巨大的立方体矩阵。前锋轻松地追赶上马车，然后瞬间就远远超了出去。五个人三匹牲口像卷进了运行中的碾米机的机箱，他们跌落进了宽阔而湍急的蝗虫河流，泥沙俱下，晕眩而窒息。眼花缭乱中，除了飞蝗交织出的航迹什么也看不见，耳边充斥着暴雨般的声音，除了振翅声以外，它们还发出一种无法形容的尖锐刺耳的呼哨声，类似于"嚯——"它们劈头盖脸，义无反顾地撞向拦路的一切障碍物，冷弹子（冰雹）一样把人的皮肤打得生疼。车盘上、人身上、骡马上转眼就肉乎乎黄乎乎地落满了这东西。

车上的女人在尖叫，和蝗虫比赛谁的分贝更高。马六子和陈宇凡开始扑打身上的蝗虫。几个人的脸和手背都叫蝗虫后腿上的锯齿割出条条血道儿。

马宏图喊："打不得，不能打呀！只能赶！"

马六子大声质问："为啥不能打？！"

"这是神虫，是蚂蚱爷爷，是玉皇大帝差遣的天兵天将。老人们说它们是沼泽里的鱼虾变化的，是上苍派下来惩罚凡人的，因为这个地方有人做下了失德的禽兽之事，灵验呀，太灵验了……"他突然住了口，好像被什么噎住了，那是因为在他扭头说话的时候，一只蝗虫飞进了他的口腔里。马宏图眼窝噙着泪花，双手捧着下巴，噗地把包着一层口水的活虫啐了出来，趴在辕板上先咳嗽后呕吐。

骡马顶盔贯甲几乎是在盲目地向前奔跑，不住地摇头抖鬃甩尾巴，徒劳地想把身上厚厚一层蝗虫壳甩掉。一只虫子六足并用，阴险地爬进了大青骡子的耳道。骡子全身过电一样颤抖，口沫四溅拼命摆头，瞳孔里放射出疯癫的光芒，蹄步也开始错乱了，它的情绪立刻感染了同伴。

陈羽菲喊："马惊了！"

马六子喊："拉闸呀！快拉闸！！"

马宏图双手掰下安置在车辕上的镔铁闸把儿，杠杆带动了车下的钢筋，木闸紧紧摩擦着胶皮轱辘内侧的凹型钢圈。三匹受惊的牲口血脉偾张，使出疯劲儿想摆脱车闸的羁绊，正好是个大下坡，只听咔嚓一声，木闸从接杆处折断了。榆木车盘像大蚂蚱一样猛然蹦跳起来，车屁股扬起三尺高，只差一点儿就翻了。落地时左右轮胎同时放了炮，芦席卷在震荡中顺着车尾滚落到沥青路上。陈羽菲喊了声："爸——"手一撑车帮纵身跳下车去，宇凡也跟着姐姐不管不顾地跳下去。

马宏图脸色铁青，牙关紧咬，身体后仰，死死拽住缰绳，但已经于事无补。公路骤然转向左侧——一个大拐弯。马车离开硬化的路面，笔直地冲上了土路，从两棵行道树中间穿过去，再猛冲上倾斜的护坡，前面一条正在泄洪的水渠翻滚着浓黑的波浪……马六子一纵身冲开面前的蝗虫阵，死死勒住辕骒，用力往后坐，把全身的体重挂在汗津津的骒颈上。河边的灌木挂烂了他的裤管，划破了他的小腿，胶鞋在地上犁出两道深壕……

第十章：反骨

1

是的，它们来了！它们是一列呼啸的空中火车，车厢里装着河北全境五分之二的收成，越过了海拔一千多米的太行山脉飞迁而来。时速超过五十里，吃掉自身体重两倍的食物，持续数周的东南风成了它们最大的帮凶。而且这只是第一波。它们是开路先锋。在它们身后是一支为生存而战的，饥饿而绝望的生命大军，飞走如烟，汹涌澎湃，一望无际，来时天昏地暗，去时草芽不留。华北大地，皇天后土间的所有生灵都在为它们的到来瑟瑟发抖。各个村庄的八蜡庙、虫王庙、刘猛将军庙香火鼎盛，贡品罗列。左云县的八蜡庙还搭起戏台，请来了班子，唱的是《招贤镇》、"八大拿"、《施公案》。戏台上明亮的汽灯招引来了柳絮般铺天盖地、浩浩荡荡的蝗虫大军，黄天霸、施世纶敌不住蚂蚱爷爷的调戏和骚扰，戏才演出一半就草草收场。蝗虫们不肯罢休，它们不但吃庄稼，还吃窗户纸，吃苫房顶的草席子，甚至有人传说它们已经改变了食性，开始吃牛羊和小孩儿了。由于恰逢战乱，国民政府的基层组织逃的逃，撤的撤，基本处于瘫痪状态，救灾灭蝗工作无人过问。振远比周围的县份幸运，至少有两个救灾点还在运作，一个是魏庄共产党领导的，另一个是榔子村吴先生领导的。因为种种原因，他们发挥的作用有限，各自为战，没有相互交集联成整片。值得一提的是，这期间吴先生发明了一种灭蝗车，设计巧妙，每人一日可推数十亩，大大节省了人力。

2

蝗虫啪啪地敲打着头顶的瓦垄，像催阵鼓像讨债锣。

手下正向王天存陈述和分析案情："现在对外说是跳井自杀，可当时院里只有他们三个人，除了孟老二，另外两个已经死于非命。所以民间有一种说法，许改香和他的奸情不是自愿，而是受其胁迫。败露后，孟老二为了能长期霸占自己的后母，竟亲手把他爹推进井里。而许改香寻短见是因为绝望和不堪凌辱。"

"'蝗兮蝗兮禾已黄，恩斯勤斯匪尔粮，何不往啮彼宵小之肝肠。'我王天存真是瞎了眼，交了这么一个无情无义、禽兽不如的畜生！"王天存青筋暴跳，一拳砸在桌面上。

有人进来报告："吴先生捎来口信，让大寨主赶紧帮着村民灭蝗。"

王天存心烦意乱地一挥手说："告诉他，顾不上！"

亲信趁机火上浇油："近来，孟布云一直在暗中招兵买马，三大队的人头已经超过了一大队和二大队的总和。另外他们还从溃兵手里串蔓子串非子（买枪买子弹），括充实力。"

"很明显这都是冲着大寨主来的！孟布云志在夺权，已经是司马昭之心——路人皆知！现在他的心已经变黑了，连自己的亲爹都不放过，何况外人。他的网已经张开，随时可能向我们发难。"

"该下决心了大寨主！当断不断，必受其乱。"

王天存长叹："晚了。现在他气候已成，爪牙众多，已经修炼成了精，凭我们的实力恐怕降服不住他了。唉，这都怪我呀，悔当初没听薛队长的话，没看出来他孟老二是脑后长了反骨的魏延！"

有人献策："为今之计只有联合八路军，趁着这场蝗灾，趁他们正忙着操办丧事，出其不意，攻其不备，清除元凶，剪灭党羽，然后向三大队的弟兄们申明大义，方能稳定住局面，转危为安。无论成败，总比坐以待毙强。"

王天存颔首："也只有死马当成活马医了。我这就写封书信，火速派人交给薛队长。你们立刻集合一大队和二大队的弟兄，听我的号令，随时准备行动……"

门外，有人在偷听。看不见脸，这个人把头包裹得严严实实，身上落满了起伏的蝗虫。

3

马银科走进头道门，两名手下迎上前来，替他摘下包头的手巾，提着一个带抽气筒和铁皮嘴的熏炉往他身上喷烟，拍落身上的蝗虫，一一踩扁。马银科又把周身检查了一遍，在脚垫上蹭干净鞋底，才穿过走廊，迈向第二道纱门。

阴暗的灵堂里，烛影摇曳，充满了香和纸灰的沉重味道。桌上并排供着两个牌位。孟布云一身重孝，惨白的脸上油腻腻，打卷的头发乱蓬蓬，眼睛周围挂着一道红圈，正跪在地上守灵。马银科幽魂一样无声无息地溜进来，附耳说："他们动手了。"

"听他言不由人珠泪洒，我心中好一似乱刀扎。"孟布云闭着眼睛，双眉紧蹙，喉头艰难地上下蠕动，在念过这句没头没尾的戏文后，停顿了很长时间，才慢慢睁开肿胀的眼皮，疲惫嘶哑地说："这几天血流得太多了，他们都是我的亲人啊！我不想再看到血了，我很累，让我安静几天吧……"

马银科连续眨眼，神情迷惑而失望："二哥的意思是……"

"让他们知难而退吧。"孟布云的声音虚弱得奄奄一息。

窗户的那一面落满了蠕动的黑影，还有一些正啪啪地撞上来，想合力把窗户纸砸破，或者把窗扇推翻。孟布云呆滞的目光移动过去。

马银科赶紧汇报："二哥可能还不知道，振远闹蝗灾了。"

"哦，把窗户打开。"孟布云眼睛一亮，活过来了。

"什，什么？！"马银科有点儿结巴，几乎不敢相信自己的耳朵。

"我让你去把窗户打开！"重复第二遍的时候，孟布云的语气里夹带了一丝愠怒。

马银科不敢多言，迈步走向窗户。蝗虫们更加疯狂地蹬踹窗纸，而且已经把窗户挤满了，几乎一丝光线都没有留下，好像它们知道受到了主人的盛情邀约。虽然振远正在遭受有史以来最严重的一次蝗灾，但是马银科还从来没见过谁家的窗户上堆积着这么多蝗虫，他不知道蝗虫为什么好像特别喜欢这个房间。

在打开窗户的一瞬间，他觉得自己启动了一颗炸弹，几百只蝗虫像横飞的弹片，形成了数股斜角和迎面而来的喷溅的射流，有十几只同时撞在他的脸上，险些击伤眼珠。他惊恐地连连倒退，差一点儿尖叫出声。然后更多的蝗虫沿着窗框爬跳到四周的边墙上。它们的颜色主要是黄褐色，也有赭红和草绿，样子鬼鬼祟祟，探头探脑，慢慢地探索着这个新的发展空间，好像一群从地狱里钻出来的小怪物。

它们的出现改变了灵堂压抑沉闷的悲痛气质，把一种荒诞的喜剧色彩注入其间。

很快，它们就把整个房间全都占领了，砖地、四壁、顶棚，一个压一个，一层摞一层，到处是雪白的翅子，抖动的触须。它们在椅子上、贡桌上叽叽地四处蹦，它们都有一副直肠子，边吃边拉，边拉边吃，盛贡品的碗里很快就覆盖了一层绿屎。它们用排泄物召唤更多的同伴。那些吃饱喝足的雄蝗疯狂地用大腿的胫节摩擦着前翅，音锉发出"哇——哇——"的刮擦声，勾引风骚的雌蝗来和自己交配。

孟布云身上、脸上、孝帽上匍匐着几十只蝗虫。他轻轻从脖根处抓起一只，捏着坚韧抖动的前翅举到眼前，温柔的眼神就像故友重逢。它差不多有半拃长，体重不会超过一枚老钱，没有体温，复眼是两个椭圆的球面，眼神孤傲而忧伤，硬翅、硬腿，浑身盔甲，鞭状触须像戏曲舞台上英勇的雉鸡翎。强壮的后腿长满了锯齿和乳突，马鞍形背甲花纹深刻，古奥得仿佛商周青铜器上的钟鼎文。被捕的成蝗在两片手指肚间不屈地奋力挣扎，六条腿前刨后蹬，腹部倒卷，鼓膜深陷，透明的薄膜状后翅反复展开又收拢。

马银科觉得脖子后面麻酥酥的刺痒，用手一拍，手掌上全是黏稠的绿汁和肢体残片，蝗虫尸首顺着领子掉进脊梁沟里。马银科咧着嘴，闻到一股恶心的屁屁般的味道。孟布云看了他一眼没说什么，但是眼神里透出了深深的谴责。

"这好像不是咱们本地的种。"孟布云的语气像个学究，表情高贵而专注，神秘莫测。

"对，咱们本地的蹬倒山、油蹦子和土驴子长得都不是这样。昨天吴先生在刘猛庙前挂图讲解，说这个品种叫东亚飞蝗，是从河北那边飞迁过来的二代种。"马银科搜肠刮肚地回答。

"好啊，太好了！"孟布云松开手指，被无罪释放的蝗虫先跳上贡桌，再蹬着香炉蹦跶到孟满仓的牌位顶顶上，用前腿掸掸香灰，没羞没臊地抱住一只雌蝗的后腰，在众目睽睽下大耍流氓。

马银科惊诧得下巴砸在了脚面上："好？这可是百年不遇的大灾呀！"

孟布云冷冷地扫视了他一眼，说："你懂个屁！本地闹了蝗灾，今年日本人和国民党的军队就会绕着振远走，那咱们的机会就来了！另外我们还要借这件事，把民心和县政统统包揽过来，掌握在手里。"

屋里臭气弥漫，都是虫子粪便的味道，而且它们已经开始集体淫乱了。它们以此来表达对生命的狂热和对人类的蔑视。马银科沮丧得差点儿哭出来，他觉得最近这个孟老二训斥自己的劲头越来越像训孙子了。现在，他身上起满了鸡皮疙瘩，每一块肌肉都紧绷着，觉得有恶心的东西在身体各个部位又跳又爬，又啃又挠，但是既然孟布云不打，他也就不敢打。恍惚间他觉得孟布云姜黄的长脸变成了一张蝗虫脸，活脱脱就是虫王庙里供的蝗神。

"准备做记录。"孟布云突然说。

"什么？"马银科又没听懂，近来他和孟布云交谈的时候总是断篇儿，好像需要个翻译才好沟通。

这一次孟布云没有再重复，而是转过脸来，目光深沉地望向对方，杀气在他身体周围笼罩和聚集。马银科激灵灵打了个冷战，立刻向纱门走去，他不敢踩地上的蝗虫，一蹦一跳地用脚尖选择落脚之处，好像某种奇异的舞蹈动作，好像他也变异成了半人半蝗的生物。

他把本子和铅笔拿来，伸出舌头舔了舔铅芯，竖直耳朵，端着胳膊，一本正经地准备着。

孟布云清了清嗓子，拔直腰杆说："第一：立即成立救灾治蝗委员会，选派指导员，下到各乡镇开展工作。各村要指定虫害防治补助员，由村长和小学老师担任。另外县里还要成立巡视组，检查各乡村灭蝗的情况，每十天开一次例会。第二：各乡村要开义仓赈济受灾的百姓，抽丁、抽税，弥补人员和资金的不足。第三：把各乡村的工作人员编成三个小组……这个这个……蝗卵掘进组、成虫扑杀组和民生保障组。第四：这次遭灾的不光是振远，而是整个晋北，灾民会变成流民，流民又会变成暴民。要沿县界设立哨卡，保乡团二十四小时轮流值守，一定要把周边的灾民堵截在县境以外，如有不听劝阻擅自越界者，开枪击毙，格杀勿论。"马银科表情一丝不苟，铅笔尖在草纸上沙沙作响，但纸上出现的除了几个错别字以外，都是些圆圈儿、三角、方框。回头他会以此为蓝本，凭借超人的记忆力，把听懂的和没听懂的，理解的和不理解的，原原本本复述给一个识文断字的人，重新整理成文字传达。

孟布云权威地伸出一根手指，加重语气强调："要记住，这不只是简单的自然灾害，而是一场严峻的、你死我活的斗争！"

4

火把的光亮伴随着纷乱急促的脚步，队伍正在集合，条条交错的人影在摇曳的红光和尖锐的哨子声里寻找自己的站位。地上的蝗虫已经堆积了驴蹄子那么厚，像毛茸茸的地毯般蠕动，翅子压着翅子，大腿跨着大腿，除了老蝗以外其中还夹杂着跳蝻——飞蝗在本地繁殖出的第一批幼虫。士兵每走一步都会踩死几十只蝗虫，发出让人头皮发麻的破裂声。一个喽啰惊慌失措地奔到王天存面前，左着嗓子，拖着哭腔说："不好了，我们被包围了！"

王天存身穿对襟绸衫，兜裆滚裤，扎着裤腿角。除了一条红腰带以外，从上到下一身黑。腰挎双枪，一支装在木头盒子里，盒子外面加一层皮套斜背在身上，另一支把准星磨平，直接插到腰带上，方便随时拔射，这叫撸子护匣子。他高大的形象神威凛凛地端坐在鞍桥上，抬手一马鞭，斥责："没用的东西，慌什么？！"

报信的吃了痛，才稍稍镇定，放平语速说："二当家派了人来，说要和大寨主面谈。"

王天存吩咐："把人带过来。"

这个代表就是雷金钟，他跪倒在王天存马前，完全不顾及双膝下的虫尸和往身上踊跃乱蹦的蝗虫，恭恭敬敬地说："大寨主，现在三大队已经把各个路口和制高点都把守住了。四挺老毛子的大转盘、两门德国小钢炮正对着这个天井。只要孟司令一声令下，立马可以让这里房倒屋塌，灰飞烟灭，血流成渠。另外，大寨主写给薛队长的书信也在半道儿上被截获了。"

王天存在马背上岿然不动，无数虫影围着他上下翻飞，冷冷地问："打哪儿又冒出来个孟司令？！"

雷金钟掏掉耳朵眼儿里的一只蝗虫，说："哦，我忘了禀告大寨主，二当家已经应民众之邀，就任振远保乡团的司令了。"

王天存纵声大笑，洪亮的声波震荡得周围火苗乱颤，人影齐摇，飞蝗四散："他孟老二是屁股上擦胭脂——好大的一张脸。应民众之邀？亏他说得出口，是他自封的吧？！"

雷金钟不接王天存的话茬儿："孟司令说：'天无二日，国无二主。一山难容两只老虎，一个料槽不能拴两头叫驴。事情闹到这步田地，也是迫于无奈，但实在不想伤了弟兄间的和气，恳求大寨主知难而退，带上自己的人，带上嫂子和娃娃，平平安安地撤回黄花岭去吧。'"

王天存用鼻孔冷哼了一声，咬牙说："算他孟老二够狠！有道是山不转水转，常赶集没有会不着亲家的，有老子跟他算账的一天！"说罢策马向前，两个大队跑步跟随着。蝗虫在他们脚下此扑彼窜，四处飞溅，落在裤腿上像密密麻麻的泥点。

雷金钟快步跟上来，拦住王天存的马头说："孟司令还托我给大寨主捎句话——希望再见面还是兄弟。"

王天存脑门儿正中，两眉之间爬伏着一只蝗虫，使他看上去像灌江口二郎神杨戬，唱白："我若拿住他，胸脯上脚去蹬，面门上手来抓。凭着俺腰下宣斧，乞抽挖叉、斫他鼻凹。滴溜溜噗，脑袋殿前阶下！"

5

是夜，吴先生给报社赶写《除蝗八要》，乏了就放下笔管，顺手拿起一份当天的《晋北日报》，借着油灯，一行通栏标题映入眼帘：茹越口失守。副标题是：数百将士殉国，战况惨烈空前。吴先生心情沉重，走到院子里站上高磴浅吟自伤："王师旌旗去不还，苍山如铁夜如磐。又见胡尘吞汉鼎，哪堪两鬓已斑斑。拼将热血酬故土，扬鞭慷慨汾河湾。荒村野径听风雨，烈士折剑守中原。"他远远望见东南和西面的大田里燃起一堆堆明亮巨大的篝火，人影舞动，无数金色斑点在矩形的焰光里拼命逃窜，青紫色的天空隔着烟幕抽搐不已，把变幻莫测的光芒投射到木瓜河的水面。那是农夫们趁着四更时刻，蝗虫的翅膀沾染了露水，无法起飞（即使能飞的也飞不高），在抓紧灭蝗。而北边通向黄花岭的山路上，有一条星星点点的火把组成的龙蛇在缓缓游动。

第十一章：血玄黄

1

赵凤春困顿于生死之间的缝隙里。神魂飘荡在一层又一层，像两面镜子对照般无穷无尽，自己幻化出来的世界中。有时他断断续续听到从边界之外传来的人语：高烧39℃……要是有盘尼西林或者磺胺就好了……只有生理盐水和酒精……救他……甚至有一次他模模糊糊地瞥见了一张悬挂在上方的脸——一张年轻女人姣好的面容。但是每当他集中精神，努力重返那具由痛苦组成的残破肉体时，一道强气压就会无情地把他推回来。有个声音叹息："他已经走得太远了。"

炮火，猛烈而持续。赵凤春趴在原地一动都不敢动，虽然近在咫尺也闹不清身边谁是活人，谁已经变成了死人。然后四周安静下来。他感觉声的世界被齐刷刷地切断了，静得让人毛骨悚然。如果说刚才的巨大声响使人像置身在将要崩塌的悬崖边缘，现在的安静则让人如临深渊，如履薄冰。

硝烟在阵地上空静静地飘荡。堑壕边缘一根根焦黑的木桩残断斜仰，大部分在烈烈燃烧，好像一长串巨大的火把。身背药箱的护士开始在壕沟里来回奔跑着救助伤员。时间过着，有人轻轻地唱：

火红的朝阳照亮了东方，

抗战的健儿斗志昂扬。

我们不惜失去年轻的生命之花，

为的是驱逐日寇这庄严的理想。

阵地上，开始有人应和：

我们为国家，为民族，为抗建，
心镜如水澄无漾，
甘相让，苦先尝，险同上，共荣光，
身在百川，天下雄志壮。
顶天立地创大业，继往开来图奋强。
羡参天大树，傲雪斗冰霜。

最后，所有的战士都在唱，汇成了一支雄壮的乐章：

战友们担负起祖国的兴亡！
同志们肩负起民族的希望！
前进吧，战友！团结战斗，艰难险阻无阻挡！
前进吧，战友！抗建的前景无限光亮！
我们不怕狂风和恶浪，国共合作齐奋进，
有真理的灯塔为我们导航！

初露的阳光穿过矮树丛的缝隙照射过来，潮湿的山野开始挥发水气，这水气濡湿了将士们的征衣，在眼前形成一片淡淡的晨雾，凸透镜一样使对面的景致弯曲和失真。轻重机枪早已安放好了，子弹上膛待发，成捆的手榴弹敞开后盖，拉出导火索，摆在战士手边。赵凤春目不转睛地向山坡斜面注视了许久，仍不见观察哨发来敌情信号。他爬起来，拍落身上和头顶的尘土，弯着腰摸到肖团长跟前说："敌人在玩什么花招儿？"

赵凤春在旅部做过沙盘推演，二〇三旅是以四二七团布防茹越口右侧阵地，四〇六团防守茹越口左侧阵地，四〇五团作为总预备队同时驻王宜庄袭扰敌人。

四二七团的肖团长镇守战壕横轴的轴心位置，半张脸侧贴在掩体上，样子像只守着鼠洞的老猫，竖起一根手指在唇边说："嘘——"赵凤春也把耳朵贴上去，可他的听力好像被炮火震坏了，除了耳鸣以外什么也听不见。

2

太阳大火球般越升越高，整座山岭弥漫着令人作呕的浓烈尸臭。雾气散尽，山地反射着耀眼的阳光，炮弹坑和来不及收拾的尸体密布其中。肖团长脸色严峻，吩咐："准备战斗。"

大地开始震颤，声浪像乘着涨潮之水，从遥远的地方飞快地驰突，透过沸腾的烟尘，一条细细的骑兵线骤然嵌进视野里，并且刚刚展开在地平线，转眼就把对面的山峦覆盖了。由于马队是穿过一片洼地，又跃上山梁的，从阵地的位置看上去，就好像是源源不断从地底下钻出来的一样。他们扯着三色条旗，吹着海螺，无数闪亮的马刀组成一片寒光闪闪的死亡丛林，其中夹杂着几根长长的套马杆，呐喊着漫山遍野涌来。两翼担任火力支援的骑兵身体在鞍子上颠起来，随着马步自由起伏，在高速冲锋中不握缰绳，腾出双手持枪射击。

赵凤春说："是德王的人！"

刚把骑兵拼退，鬼子紧跟着发起了冲锋。赵凤春和肖团长并肩射击，肖团长眼睛瞄着前方，扯开嗓子喊："赵参谋，咱们左侧的机关枪哑了，你去看看！"

赵凤春将信将疑，摸过去一看，机枪手面部一道长长的矢状裂口，焦黑的创面暴露着骨板。一只眼睛完好，另一只眼球从眼窝里吊拉出来。残破的头颅枕着机枪后座，僵硬的身体还保持着射击姿势。血把厚厚的垫肩吃透，又把身下的沙袋洇红了大片。赵凤春用力将机枪手推开，他觉得这个动作太粗鲁了，对牺牲的战友不够恭敬。他把这挺沉重的捷克造气冷式花眼机枪抱到怀里，觉得双手黏糊糊的，全是鲜血和脑髓。一检查，机枪倒是还能用，但压子弹的后插找不着了。他猜测可能是被炮弹炸飞了，可是把周围翻了个遍也没有。眼看敌人已经冲到阵地前沿，他再也来不及多想，把军帽摘下来垫在手掌上，用手压住向敌人猛烈扫射。机枪在他怀里往前一蹿一蹿的，就像一条项圈被主人紧紧拉住的不驯服的猎狗，活塞杆不断打击着撞针，如同钢锤往砖墙里砸铁钉子，火药气体顺着气孔向外冒，瓦斯味儿充斥了鼻腔。灼热的弹夹立刻就把军帽烫穿了，吱吱地烙着皮肉，但他居然感觉不到疼痛。鬼子就像上了打谷机的谷子，一排一排地倒下去。最后亮着火星的渣滓把枪眼堵住，枪油也干了，枪膛打得裂了两条缝。赵凤春把报废的机枪放回机枪手身边，这时才发现这挺机枪的后插还紧紧攥在机枪手的手心里……

肖团长对着报话机，用嘶哑的声音呼叫："旅长、旅长，我方阵地请求支援！"

梁旅长说："预备队全部增援四〇六团去了，旅部现在一兵一卒也派不出来。"

"旅长，让我们撤吧，再不撤这一个团的弟兄就全报销了！！"

梁旅长的厉声夹在嗡嗡的杂波干扰中："姓肖的，别那么孬种，打仗前你是怎么保证的？！有敌无我，有我无敌！就是剩下你一个，也得给我顶住！"

肖团长拖着哭腔哀求："旅长，不信你过来看看，真顶不住了！到处都是半截拉块的尸首……弟兄们……惨啊……"

听筒那边说："顶不住就要你的脑袋，为国捐躯是死，军法从事也是死。横竖一条道，想咋样死你自己挑吧！"

肖团长气得浑劲儿上来了，对着报话机破口大骂："你叫老子死，你狗日的咋不死？！老子在这儿拼命，你躲在后面当缩头的王八……"

3

一支突击队率先冲上阵地，跟在后面的大批日军正像潮水般蜂拥而至。赵凤春想：完了，这是最后时刻。就在千钧一发之际，好似神兵天降，突然从阵地背后杀出一哨人马，数量虽然不多，但军装整齐，吼声洪亮，步调一致，胸前挂满了手榴弹，一看就是生力军。每人背后都背着一把前锐后斜、元宝护手、红绸子结穗、四斤来沉的环首大砍刀。先投掷出密集的手榴弹，随后一百多号人同时把手伸到肩膀上握住刀柄，混响成一片的咯啷咯啷金属磕碰刀鞘的声音，让人肉酥胆寒。抽刀的同时脚步不停跃过堑壕，像从战士们头顶上飞过去的一样，嘴里不约而同迸出一个字："杀——"，趁着手榴弹爆炸后的混乱和余威，冲进烟团火绺、白刃枪丛。在一片复仇的刀光下腾起一股股浓稠的血雾。阳光刺破了硝烟和飞荡的黄土，把这壮烈的一幕在大地上呈现出来。堑壕在他们脚下像盘曲在云层后面的龙蛇。只听肖团长的破锣嗓子不停地嘶喊："火力掩护！"道道火舌吐出掩体，机关枪疯魔般的嗒嗒声里混合着步枪冷静的点射，以及手榴弹、迫击炮的怒吼。

赵凤春眼前活跃着无数英勇的形象。透过硝烟他看见鬼子凶残、冷血、坚硬的表情正在发生质的变化，像石膏面具一样碎裂了，惊慌和恐惧像一摊摊冒着气泡的稀泥从无数缝隙间不可阻挡地涌出来，鬼子丢下十几具同伴的尸体，掉转屁股仓皇逃命。

赵凤春眼泪都有点儿忍不住了，跺脚说："旅长，这儿这么危险，你上来干啥？！"这支人马正是梁旅长和他的警卫连。

梁旅长一米八几的大个子，站的地势又稍比别人高，好像一个顶天立地的巨人把阳光都遮挡住了。一顶英式托尼钢盔沉重地压着他的眉宇，将校呢上崩得都是血点，袖子卷到胳膊肘。毕竟年岁不饶人，站在那呼呼气喘，两个鬓角亮晶晶的全是汗。他瞟了肖团长一眼说："我再不上来，不就真成了缩头的王八了？"

肖团长厚脸没皮，不红不白的，没话找话："我刚刚又跟旅部联系过，没有得到任何回应。"

副官替长官回答："旅长已经烧掉文件，砸毁了电台！"

赵凤春说："奇怪，敌人怎么不打炮了？"

副官得意地说："我们先绕到青石崖，端掉了日军的炮兵阵地，炸毁了狗日的十五门山炮。日军要从别处把炮运过来，恐怕得费点儿周折。"

赵凤春说："旅长，趁敌人没有发动新的进攻，你赶紧突围，我们留下掩护你。"

一声枪响。赵凤春看见地平线陡然倾斜了，太阳惨白的脸从梁旅长身后一点点暴露出来。梁旅长逆光的身躯像一座山峰慢慢倾倒。原来有个鬼子脖子挨了一刀，还没死透，挣扎着放了黑枪。赵凤春抱起梁旅长连声呼唤，梁旅长双眼瞪得奇大，可连一点儿反应都没有，血把半边身子都染成了酱红色。胸前的弹洞形状极不规则，像被兽牙撕裂开的，周围全是焦痕，随着血液喷溅出来的还有碎骨头和内部组织。

"这是颗凶弹①呀，把里面炸成了个空腔！"肖团长悲愤地伸手盖住梁旅长的眼睛，把其眼皮阖上。"旅长已经殉国了，这个阵地守不住了，咱们赶紧撤退吧。"赵凤春说："就算撤也得先通知四〇六团，否则咱们一撤，他们腹背受敌，想突围都不可能。"

肖团长语气强硬："仗打到这个份儿上，爹死娘嫁人，各人顾各人！撤！！"

赵凤春双手抓住肖团长的手臂，哀求："不能撤！"

肖团长一脚把赵凤春踹翻在地，骂："参谋不带长，放屁都不响！有我老肖在，轮不到你发号施令！！"

赵凤春翻身腾跃起来，像一节脱轨的火车，冷不丁把肖团长撞倒在掩体边坡上，打得滚烫的枪口顶住对方的脑门儿。他看起来浑身都在冒烟，瞪圆的眼珠就像快要烧化的玻璃，下巴不住地抖动，带着某种失控的节奏，声带发出干燥的破音："你狗日的再提一个撤字，看老子敢不敢一枪崩了你！"

肖团长仰视的目光变成了对眼，一句话也说不出来。赵凤春从地上拔起烟熏火燎、破烂不堪的军旗，大声说："弟兄们，咱们要为旅长报仇，向鬼子讨还血债！二连从左翼，三连从右翼！不怕死的跟我来！！"说着他第一个跳出战壕。

他刚把军旗插在山头的石旮旯儿里，眼见一颗炮弹在和自己相

---

① 凶弹：即炸子，达姆弹。1899年被海牙国际会议明文禁止使用。

距不到三米的地方炸开了花。他想卧倒，但是根本来不及。随着一声巨响，泥土石块伴着火光气浪冲天而起，构成了一个倒过来的巨大圆锥体。浓烟和烈焰组成的球面从弹着点迅速向四周膨胀，一波推着一波，一浪压过一浪。横飞的弹片带着火，在旋流中发出刺耳的尖叫，其中一片把他的左颊切开，贴着耳朵飞向身后。赵凤春感觉周围的空气在一瞬间变得黏稠而滚烫，压强和密度高得惊人，像一池熔化的钢水从四面八方汹涌而来，挤压推搡着自己。他的毛发和军装都变得焦脆，身体则像被一只无形的巨掌擎着，地面离开了山包，双脚离开了地面，向远处不停地翻滚、飞行……他在心里说：永别了，春花；永别了，我的亲人们；永别了，亲爱的战友……

第十二章：灵异

1

时空如烤软的饴糖无限扭曲，赵凤春像中阴身一样获得了小五通，能感知到边界外面，那些和他宿命相连的心念、记忆或者梦境，使他们彼此奇妙地交集在一起。同时他又是个囚徒，被锁在最深的牢狱里。他耳畔总是不断回荡起某种声音，来自真实世界的声音（他知道这一点），由某种复杂而精密的机械发出的，有规律有节奏的轰鸣。这种声音很有穿透力，像异质一样，能有效地把一丝理性的微光渗透进混沌，将那些虚构的进程暂且打断。在短暂的清明瞬间，他一直冥思苦想这声音到底是什么，由什么装置发出来的，他感觉这个问题跟自身有着重大关切，它就像一根从现实伸进虚幻世界的枝条，虽然纤细，可一旦抓住，就能顺着这条线索的指引走出重重迷雾。

第一个出现在幻境里的是拴子，他坐在餐桌旁，眼睛滚珠似的满脸乱转，看上去精神很好，没有咳血，还勉强吃了半碗粥。到掌灯时分，他越发来了兴头，故意把菊花心爱的桃木梳子撅断了，藏在被窝卷里，冷静地观赏她找不到梳子时，着急上火又不敢声张的样子。

然后画面一转，他看见东厢房，菊花独自对着窗格，捧着两半了的梳子和一汪月光在无声地哭泣，泪水一双一对地掉落在上面，因为那是她从娘家带来的唯一一件陪送。一马三箭的直棂窗看起来像把大梳子。圆润的泪珠反射着周围的一切，缓慢地坠落，仿佛包裹在一层油膜里，但并没有在水一样清澈的月光中荡起丝毫涟漪。这边母亲却很欢喜，给神烧了一炷香，对凤春说："那二亩水田卖得值得。"

在赵凤春的一生中曾有过两次极其灵验的预感，而且两次都跟死亡有关。

一次是母亲去世的前一天，他梦见了离开自己二十多年的亲爱的先生，梦见置身在梆子村的老宅院里。他隐约感觉到这里面有一种逻辑错误，自己一定是把什么重要的事情遗忘或者颠倒了。为了证实不是在做梦，他就定睛细看。煤油在玻璃盏内呈现出半透明的橘红，某种珠宝的颜色，不断加热的气柱在玻璃罩里盘旋，像条被困住的小白龙。熏黑的、爬着几只蚊虫的玻璃罩顶端，升腾起一缕若有若无的煤烟。每隔几天，母亲就会用一根筷子，头上扎上软布把它重新擦亮。油灯散射的光线像过期变质的黄油，黏糊糊地涂抹着供在墙洞里的神龛、炕头的纺车、灶台旁的皇历，以及几件年代久远的家具——平柜、顶柜、扣箱、炕几和雕花被阁。家具上镶着锃亮的锡角、黄澄澄的锁襻、沉甸甸的铜锁，镂空的花纹里渍着老泥……

夜深了，通过一扇半敞的门他看见，拴子躺在隔壁套间里，光着脊梁，脊柱严重弯曲变形，脸冲山墙侧卧着。透过薄薄的肮脏的皮囊，背上每一块骨头，以及骨头之间的接缝都可以看得很清晰，在睡梦中连续咳嗽，从低音咳到高音，又从高音咳到破音，要把心肝等五脏全呕出来似的，嶙峋的双肩伴着空洞的胸鸣剧烈抽动。瓷夜壶里挂满了带血的黏痰和一团一块的黑褐色絮状物——那是他的肺。

吴先生穿着他熟悉的方口黑布鞋，洗白的天青色布袍，跷腿坐在外间的圈椅中，埋头看一册纸页浅黄焦脆的线装书。椅子吱呀作响。赵凤春内心激荡，放轻脚步走近说："先生，天这么晚了，还不歇着吗？"

吴先生把书放到扶手上，抬起头来凝视他，沉静地说："我在等玉兰，她就要来了。"

赵凤春一时懵住了，脱口问："玉兰是谁？她甚时候来？"

吴先生把脸颊偏向夜色凝结的窗口，深情地遥望远方，轻声说："快了，快了……"

他想追问，就在这时那来自现实的震荡声大作，洪亮的音波在他的世界里刮过一场无坚不摧的飓风。转眼间时空变幻，斗转星移，房子连同先生都从眼前消失，他孤零零地站在一片冷却的黑沉沉的废墟中间，枯树如铁，天幕低垂。四周尽是残垣断壁，焦梁败瓦，黑烟卷着尸臭凝聚不散……这一瞬间赵风春泪流满面，许多痛楚的记忆在半梦半醒间从心头复苏，就像一只刚刚咬破了茧壳的蛾子，扇动着湿漉漉的翅膀，却血脉未达，无法真的飞翔。他想起来老家的那次大屠杀（那是对孟布云破围的报复），杀绝一百三十七户，填满六口水井。他想起来自己举着一支火把小心翼翼地从村中走过，尸骸在前面拦路，血在脚下打滑，风像哭泣的怨灵打着旋子舞蹈，一张张苍白和鲜红组成的面孔，一双双死不瞑目的眼睛堆叠在一起，注视着他，燃烧着他，跟随着他。他觉得自己肉体的分量越来越轻，而灵魂的载荷却像滚雪球一样越来越庞大，充斥在茫茫天地间。他在心里呼喊：我的亲人们啊！！他暗暗宣誓：楚虽三户，亡秦必楚！！但他的表情却像一坨冰冷坚硬的生铁，就这样毅然决然地走出了生长的村落，走向血雨腥风的疆场，走向解放和开国的征程……他想起来这栋宅子早已和无数民房一起，毁于二十年前的那场浩劫和战火，化作了烈焰飞灰，而先生也再不可能向自己舒展他的慈颜了……

另一次是儿时，一个盛夏的中午，他正像只没毛的猴子，光着黝黑的腚，和一群野小子在木瓜河里疯打疯闹。河水在他面前闪烁着烂银般的光泽，只有岸边的树影呈波动的绿色。穿村而过的木瓜河是从桑干河里分出来的，村里人都习惯把桑干河叫大河，管木瓜河叫小河。突然，仿佛有一道光芒在他脑海中暴闪，一切嘈杂都从耳边消失了，四周是异样的寂静。他看见伙伴们的嘴还在一张一闭地叫喊，被无数手脚撩起的水花还在飞舞四溅，此起彼落，但他却什么也听不到。一切恍如梦魇。

他胆怯了，呆立住望天。天空蓝格莹莹的，阳婆子光芒刺眼，一块块积云就像吸饱了水分的丝瓜瓢子，从头顶沉重而缓慢地划过去。这时他听见天上有个很清晰的声音传来：拴子不行了，拴子快要死了……

2

拴子半死不活已经三年了，把凤春娘缠磨得白发蓬头，心力交瘁。有道是有病乱求医，请县里的传教士看过，请村里的神婆子（这种能人在当地有一种奇怪的称呼叫顶针）看过，请走江湖的术士看过，请摇虎撑的游方郎中看过，也请吴先生看过……这个说娃是坐在湿地上，叫凉气通啦，那个说想必是出门中了风啦，这个说没饥没饱吃着啦，那个又说得罪了神神跟上啦……吴先生是通医术的，那年天存打摆子，水米不沾牙。五月天、毒日头，麦子刚上场，人们都汗出如浆，可他躺在太阳地里还嘴唇乌青，浑身哆嗦。是吴先生把七颗苍子籽绑在他右手的脉上，结果第二天就见轻，隔过天就好了，而且以后再没犯过。但他给拴子摸过脉后，却甚也没说，也没开方，不言声地袖着手走了，只留下两包细皮点心在桌子上。

"蛇、蛇，有条蛇在撵我……"拴子一身冷汗地从噩梦中惊醒，"它追上我了，我吓得不敢动弹。它先吐着芯子闻了闻味儿，就从我鼻子眼儿里钻进去，然后我就觉得脑袋里冷冰冰的，有个东西在出溜。娘哎！还能听见吧唧吧唧的吃食声哩……过了一会儿它吃饱了，就钻出来走了……"然后他就双手抱头，说头疼发晕。凤春娘教给儿子，蛇要再来，一定要用手堵住鼻子，不让它进去。过了两天，拴子又梦见了蛇，这回他记着娘的叮嘱，用手指捏住鼻孔，只张着嘴巴喘气。结果更糟糕，蛇钻进了他的嘴巴里，然后顺着喉咙爬进胸腔里去了……而且再也没出来……以后他就开始咳嗽。

神婆说拴子是让不干净的东西缠住了，问凤春娘有没有得罪过甚有灵性的东西。凤春娘回忆起十几年前，她刚刚嫁过来，还是个苗条水灵的新媳妇的时候，有一天家里人都下地去了，她挑水回来，掀开院里的水缸一看，缸底盘着一条大蛇正在冬眠，花纹灿烂，黑质白章。她就烧了一锅开水，把大蛇烫死了。

反躬自省了两天，她又想起来曾经看见拴子和伙伴们围成一圈儿，玩一种叫甩鞭的游戏。他们先在地上挖个小土坑，把抓到的蛇的头冲下齐颈埋到坑里，用鞋底子把周围的虚土踏实。长长的蛇身先是难受地翻转盘曲，不断钩着尾巴梢儿，亮出环状的银白色肚皮，并且向外渗出一层又一层鼻涕状黏液，远远就能闻见它散发出的强烈腥味儿。渐渐它绿色带黑点的身体变得粉里套紫，充气轮胎一样越胀越粗，像圆滚滚的一根彩棍。接着它就开始疯狂地、啪啪地抽地，抽了左边抽右边，东南西北转着圆圈儿抽，好像跟地球有大恨深仇。飞扬的黄土里夹杂着磕碰掉的闪着七彩荧光的鳞片，使人联想起簸谷子的情景。在连抽二十来下后，坚韧的蛇皮爆裂开，蛇血随着甩动飞溅出来，落下的血点子和抽上去的血道子在地面组合成各种图案，图案不断变化，越来越复杂也越来越神秘，好像道士用朱砂书写的符箓，又像一个疯狂的画家在用红染料作画。血点也溅在了孩子们痴迷的小脸上，人圈中不断暴发出一片"哇——""真带劲儿！"的惊叹和欢呼。别的孩子都蹲着，只有拴子双手扶住膝盖站着，后来可能太兴奋了，就干脆四肢着地，趴在地上，像拉磨的毛驴，像捉虫的蛤蟆，像排卵的蚂蚱。路过的大人也会停下脚步看上两眼，然后微笑着走开。蛇，表现出了顽强的生命力，身上裹满沙土，翻来覆去折腾了足有一袋烟的工夫。它已经变成了鲜红色，血腥气盖住了蛇腥气，条条蛇皮和筋膜从身上耷拉下来，血水交流，在地皮上洇润开，把自己做的画层层覆盖住。在最后时刻，这条看不见头的蛇，悲壮地竖直，纹丝不动有几秒钟，然后井绳一样瘫软在地……

凤春娘去求教吴先生，先生说："哦，昔毛宝放龟而得渡，隋侯救蛇而获珠。《山海经》中说：'巴蛇食象，三岁而出其骨。'煌煌天地，浩浩宇宙，祸福相依，造化无穷，其中奥妙谁能尽知？"凤春娘悔恨不迭，请神婆子作法，给蛇仙磕了无数头，烧掉无数纸钱，又请来天王寺的方丈念《消灾经》，如此数番病情反而日渐沉重。有人就提醒：这病霸道啊，该给娃说个媳妇，冲冲喜。于是母亲就典当了两亩水浇地，于是家里就突然多出个细声细气的菊花姐姐。

在拴子咽气的那天晚上，其实发生了一桩怪事（只不过他们不知道，他们从没有交流过这件事），王天存、孟布云和赵凤春做了相同的梦。他们都梦见被一头怪兽追逐，它从臭烘烘的史前沼泽爬出来，身上拖拖拉拉，巨大的兽蹄震得地皮直哆嗦。它脖子上只长着一个口腔，锋利的牙齿像无数湿淋淋的铡刀。它很饥饿，即使把整个梆子村的活物全都吞下去也不够塞牙缝。在梦里，王天存想自己要学武功，学会武功就能打败它，保护所有人。孟布云想，自己得变身，快变，变成更厉害的怪兽，跟它一决雌雄。而赵凤春拼命地跑，只想躲藏起来……

3

在某个令人费解的时刻，赵凤春又忽然变成了小时候的春花。乡村笼罩在西斜的日影和袅袅炊烟里。后娘走出房门，拿着个蒜臼嘟嘟地捣蒜，问："春花呀，这是谁家死了人啦，哭得怪恓惶。"

"拴子死了。"她正蹲在井台上洗衣裳，弯曲的辘轳把儿像锯掉尖的大象牙悬在头顶。院子中间的石榴还是一枝纤细的树苗，要等三年以后才开花结果。刚绞出来的井水拔凉，把她的双手凉得红通通的，每个手指头都像胡萝卜。但她的烦恼不在手上，三天前她的大姨娘第一次来串门了，换句话说她开始倒霉了。她知道很多女伴都已经有了大姨娘，有的来得勤，有的脚懒，几个月才来一趟。她不明白那个东西为什么是她的姨娘，顺口溜里说："姨表亲，一辈亲，死了姨娘断了根。姑表亲，辈辈亲，打断骨头连着筋。"

之前她已经从女伴口中获知，大姨娘铁定会在数月或数年内的某一天不期而至。即便这样，老人家的突然到来还是让她惊慌失措，手忙脚乱。更麻烦的是她不愿意把这件事告知家里其他成员中的任何一个。于是她就按照同村一个女孩教的法子，偷偷缝制了个长条形的布口袋，两头锁上边，穿上可以扎在腰里的带子，口袋里灌满淘洗过好几遍的细沙。当她看着那些晶莹的沙粒从手指间缓缓漏出去，流进布袋的时候，不知为啥难过得想哭。三天来她就一直骑着这个又粗又硬的沙袋，这让她感觉很不舒服，而且两侧的大腿根儿已经磨破了。

后娘感叹："黄泉路上无老少，看来甚也是假的，好活了自己才是真的。都是他家门口那棵柳树坏了风水，常言说："后门不栽桑，前门不植柳，院子里不种鬼拍手。"春花呀，这天也不早了，那两个催命鬼也快回来了，你说咱们做点儿啥饭吃呀？"

春花随口说："吃甚也行，做下甚吃甚。"

后娘说："要不咱们吃糕哇，你擦擦手，拿上个盆子，到五嫂子家借上两把把黄米，妈妈好给咱们捏软糕。"

"要去你去，我可败不起那兴。"最近她就想跟后娘顶嘴，说出来的话带着尖、藏着刺，像用弹弓弹出去的一样来劲儿。

后娘脸一沉说："你这是说话啦，是放屁啦，还是想和我生气啦？！让你借两把把黄米，又不是让你去偷啦、抢啦、杀人啦、放火啦、往人家锅里撒药啦，咋就败了你的兴啦？！"

春花回嘴说："你上次借人家一碗莜面、两把蒜苗子还没还哩。人家都说咱是刘备借荆州，走道儿都躲着咱，拿白眼珠子瞭着咱，你说心烦不心烦？！再说今天早间吃的是臊子面，午间荷包打鸡蛋，这晚上又要吃糕，咱就是有再大的家底也禁不住这的败！又不年又不节的，也不怕街坊四邻笑话。"

后娘一听气疯了，槽牙咬得嘎巴巴，啐道："呸！我把你这灰妮子，人小鬼大，没上没下，三天不打要上房揭瓦！我和你好说好道，你倒数落起老娘来了！！你用草灰水给我洗衣裳，用皂角水给你哥洗，当老娘不知道？！每天给你们吃上好的，喝上好的，伺候上老的，拉把上小的，好没落下倒落下一身不是啦？索性今天这饭老娘也不做了。这才真是人善叫人欺，马善被人骑。我有心甩你两个耳刮子，又怕扭了我的手腕子。我有心骂你个祖宗八辈，还浪费了老娘的唾沫星子！"转身从屋里端出一盏点着的羊油灯，上前揪住春花的长辫子，把她拖到房檐底下说，"你给我跪到这块青砖上，顶着这团火苗苗，等你老子回来发落。你要敢离开这块砖，看我不打断你的腿；灯要是灭了，留心揭了你的皮；洒下一个油点点，老娘活活抽了你的筋！"

第十三章：大姨娘

1

孟布云笑哈哈，听说拴子嗝屁了，今天先生放学早，一蹦一跳回到家。孟布云顺着赵凤春的梦境走来，舅舅毛、长命锁，青鼻涕、亮袖口，戴着高粱秆编的眼镜框，端着葵花秆做的小手枪，斜背油亮亮的铁梨木算盘，脖子上吊着他的百宝囊，里面除了翻得烂糟糟的书本，还有弹弓、飞镖、羊拐、泥哨、玻璃球、鸡毛毽……现在他和赵凤春是一体的，而且他觉得拴子死得罪有应得。

上次拴子用烧土冒充酸枣面儿，差点儿把自己噎死。上上次，他跑到自己家的菜地里，把正生长的南瓜剜开个小口，往里面屙了一泡屎，再把盖子扣上。切口几天就愈合了，没有留下疤痕。那个瓜长势良好，出奇得大，成了一个瓜王。爹把它摘下来扛回家，放在砧板上一切，哗啦流出来一摊臭水。

还有一回过小年，送灶王爷爷和灶王奶奶上天，神像前供献着五根香一对蜡、三张黄表纸、两个烧饼一盘糖瓜。全家跪在灶前祝念："今天是腊月二十三，爷爷奶奶上了天。俺过光景挺节俭，舍不得吃来舍不得穿，你老天天也能看见。娃娃们小害也难免，免不了费点儿盐、洒点儿面，灶坑里有灰忘了清点。你老人家可怜可怜咱，不要到天上说长短。问起好事多开言，问起坏事就说没瞧见……"拴子偏在这时跑进天井里，拿着两根羊骨头棒子冒充牛胯骨，堵住门敲打着唱莲花落："哎，哎——进得门来好人家，大福大寿有钱花。爷爷奶奶骑上马，玉帝面前说好话，说好话……"然后伸手向孟满仓讨喜钱。

孟满仓胡子一夯、眉头一凹，说："拴子，大过年的，可不兴调皮捣蛋！"

拴子敲打着又来了一段："哎，哎，过大年放大炮，骡子驾辕马拉套，车倌戴了个烂毡帽。骡子一惊马一尿，尿了车倌一毡帽，车倌戴上挺凉稍，拿了个鞭子乱忽绕……"

后娘一把夺过骨头棒子，当胸一推，拴子顺着台阶倒退到平地，一个腚蹲儿坐在当院的冰碴儿里。后娘站在台阶上指住鼻子骂："这是谁家的倒霉孩子？有娘生没爹养，咋这么不着调！学甚不好，偏学那戗破头的、打砖的①？！"拴子羞恼交加，爬起来一溜烟儿逃了。

等仪式完毕，把灶王爷爷、灶王奶奶的画像爬高上低揭下来，后娘手里举着准备烧，孟满仓赶紧说："且慢，哪能让爷爷奶奶两条腿圪溜，布云、春花，快去，把咱家的灶马牵过来，请爷爷奶奶骑上，多多少少是咱们小辈的一点儿心意。"孟布云叉手回应："得令！"就领上妹妹跑到院里去牵灶马。

灶马其实就是家里那只大芦花鸡，外国名字叫斑纹洛克。这只大公鸡雄赳赳的，鲜红的肉冠，金黄的尖嘴，胸宽腿长，黑白相间，尾羽高翘，迷死一堆小母鸡。三天前就从鸡舍请出来，单独饲养在一个铁笼子里。每天喂马料——清水一盂、粮食五种，管够吃。平时这只大芦花和兄妹俩挺熟络，一叫就过来了。可是今天不知道为啥，它情绪不太好，眼光很暴躁。刚把笼门打开，春花边叫边拿着把食粮引它，它上来一口就把春花鸽哭了。孟布云大怒，心想这家伙看来是官升脾气长，才当上爷爷奶奶的灶马就六亲不认了，关键时候要拿糖，这还了得。于是孟布云掐着脖子拧着翅膀硬抱出来，哪知这家伙是狗熊坐轿子——不识抬举，刚抱到灶台前面就一翅子挣脱了，蹿得鸡毛满天飞，蹬翻糖瓜，撞倒香炉，又扑到后娘脸上，把后娘吓得坐倒在地，手里的画掉到蜡上，呼一下火苗蹿起三尺三。明察暗访多日才

---

① 戗破头的、打砖的——戗破头的拿一把锋利的小刀，拦住行人先在自己头皮上开一刀，然后讨钱。打砖的也类似，讨钱时对方若不给，就用砖往自己头上砸。

搞清楚，原来是拴子偷偷绕回来，把一根缝衣针插到了灶马的翅膀下面……

2

他进了院子一看，妹妹正跪地顶灯，胸膛立时起了一股无明火，上前一把抄起油碗碗，抬脚踹开房门，指住鼻子断喝："哒，日你娘的老妖怪，一宝贝打得你嘴歪歪！"扬手说，"接法宝吧你！"后娘手肘一隔，灯碗落地打了个粉粉碎，溅起的油花烫下她一脸水燎泡。

当晚，为了给婆姨出气，孟满仓把儿子吊在马棚里，柳条子一连抽折两根。春花抱住爹的一条腿，哭得死去活来，磕头带响说："爹，爹，亲大呀！闺女给你跪下了，磕头了，你就饶了我哥吧，他以后再也不敢了！"孟满仓偷眼看坐在一旁观阵的婆姨，说："娃，就给你娘认个错吧。"

孟布云朝地上吐了一口带血的唾沫，把后娘气得差点儿背过气去。孟满仓也下不来台了，发狠说："这个拧种，我看你是吃了五谷想六谷，挨了耳光想拳头！饿他三天，啥时服软啥时再放下来。"

3

一眨眼，赵凤春又变成了春花。当她顶着油灯，跪在青砖上的时候，心里石头落地般地踏实。这两天她一直有种奇怪的想法，觉得注定有事要发生了，这种念头就像房梁上的一个蚁洞，很小但很危险，现在她终于把这个洞填补上了。

她从来没有像现在这样腰酸奶胀，骨盆下坠，懒得动弹。下面老是湿乎乎的，好像全身都散发着甜腻腻的血腥味儿。但这些都是次要的，自打难缠的大姨娘找上门来，不知为啥有一团乱草在她心头疯长。女伴说沙子对女人很重要，将来生娃，产床上也要铺一层细沙，只不过那些沙要提前盛在铁铲子里，用火焙热。她们已经很幸运了，河沟就有现成的沙子。她有个亲戚住在山里，女孩子到了这个时候，要靠父亲或者哥哥一大早出门，带上干粮，走很远的圪僚梁，往家背沙。有个女孩大死得早，又没有兄弟，于是就取向阳坡上的白土代替，结果泥汤从布袋里渗出来，把屁股淹了，因此得上了闭经的毛病。她就偷偷去找附近的土郎中，郎中给了她一个蚕茧，蚕茧里塞满了神秘的药，让她把这个茧放进下身。说这个偏方十拿九稳，包治她的病，不过治疗期间要忌口——不能吃荤腥。正好女孩走口外的舅舅回来了，她娘就狠下心割了二两猪肉。舅舅舍不得吃，把肉夹到外甥女碗里。女孩几年都没闻过肉味儿，馋得直咽口水，实在忍不住就把肉吃了，破了戒，结果晚上肚子疼得满炕打滚儿，没几个时辰就肠穿而死。

这个故事给她的印象极其深刻，晚上她做了个奇怪的梦，在梦里大姨娘真的变成了一个老女人，把全身严严实实地裹在黑头巾、黑披风里，只露出一张皱巴巴凶巴巴的枣核儿脸，骑着一匹枣红色的马，先是在山梁上，然后在原野上，再然后在田埂上奔驰，头顶永远悬着一片厚厚的云彩，走到哪儿，哪儿就是阴天。她一直缩在属于自己的蚕茧里，但是大姨娘准确无误地找到了她，因为她是一个信使。她听到嗒嗒的马蹄声由远及近，仿佛四块打火石轮流碰溅出危险的火花，消失了，又高扬起来。冷硬的手指嘟嘟地叩门，就像敲打她的心房。虽然她很不情愿，但还是不得不出来招待这位大姨娘。她心里隐隐有一点儿恨意，这位不好伺候的主儿突兀地闯入她的领地，搅乱了她平静的生活。她看见大姨娘静静地站在黑暗里，白天还是夜半对她来讲都一样，手里拿着一盏很小的白纸灯笼，远望好像个狐仙。她没有感觉到风，但是灯笼的摆幅很大，刮得直飘。橘黄色的光晕把大姨娘的局部很不稳定地呈现出来。马，那匹传说中的马跟在后面，低着头用一个前蹄刨土，好像随时准备冲向假想的敌人。马身只能看到一个灰蒙蒙的轮廓，但是它的两只眼睛就像炉膛里正旺的炭块，无声地闷燃着。

大姨娘伸出关节粗大的干柴似的手，把两页沾着沙粒、湿漉漉的纸片递给她，神情肃穆，没有一丝笑容。她接过这两页纸，觉得沉甸甸得坠手，上面一个令人惊骇的消息，像一道白光灼灼的炸雷。她字认得不全，虽然信纸就在眼前，其中的意思却只能猜测出一鳞半爪，大量的细节依然隐藏在缝隙中，淹没在黑暗里。

于是她恳求大姨娘给她个口信。

大姨娘薄薄的嘴唇紧闭着，像一条用钳子拗出来的、向下弯曲的铁弧，线的两边布满了细碎的皱褶。

她看见那两团红通通的光向自己逼近，听见马蹄沉稳老练地敲打着砾石，翻起的蹄铁偶尔像打磨过的银洋闪烁一下，或者在前方的地面上投下一小片光斑。两根交叠在一起的缰绳在马脖子下面，随着步幅晃荡。然后马头和马颈的一部分钻进了光圈，就像突然浮出水面的巨蟒，带给人出其不意的惊吓。现在马的更多细节逼真地进入了她的视线。它的眼睛已经退去了红色，像两个大玻璃弹子一样凸起在面门上，眼仁儿黑得像墨玉，透射着精光。眼睑是双层的，眼角向下连着一根泪槽。它真的是匹红马，没有一根杂毛，鼻梁上没有宝剑，额头上没有旋子。笼头是棕色的，用落叶松和杨梅根鞣制过的皮革。带扣是黄铜的，弧面变形地映出她的脸，鼻孔喷出的白烟热乎乎地冲击着她的面庞，把她的头发往后拢，头绳往后吹。柔韧多毛的马唇向上翻卷起来，两排白瓷一样的切齿张开，粉嫩的滑溜溜亮晶晶的舌头像去壳的蚌类在口腔里搅动着。

大姨娘让她把双手合成一捧，在马嘴下边接着。然后她看见几乎和她紧挨在一起的长长的马脸开始痛苦地抽搐，痉挛的泪花在马光润的眼角膜里闪烁，瞳孔放大，面颊上条条脉管、筋腱扭结翻滚，从嗓子眼儿里发出一种声音。她知道这是马在反刍。终于一团麻线从马深深的食道中呕了出来，顺着舌头滑落到双手里。麻团冒着丝丝热气，外面包裹着一层口水，像个去壳的鹅蛋，强烈地散发出发酵过的青草和豆饼的气味。口水很黏稠，顺着她的指缝缓慢地渗下去而不坠落，分成几股挂在指头上，像数九寒天房檐上垂吊的冰柱。

大姨娘告诉她，只要她能把这团乱麻缠成一个平顺的线团，就可以知道信的内容了。

她皱起眉头，忍住肠胃的翻滚，深吸一口气，把呕吐的感觉压回去，找到一个线头，努力在乱麻中抽丝剥茧。但是麻线错综复杂，百转千回，圈套藏着圈套，疙瘩连着疙瘩，最终她失去了耐心，吧唧一下扔在脚边，攥紧拳头，怒气冲天地对着大姨娘叫嚷："告诉我！"对方并没有生气，而是把一只手放在她头上，平静地说："就是这样。"一瞬间她竟神奇地领悟了信里的意思，震惊得目瞪口呆。可到第二天早晨，梦的框架虽然还清晰稳固地耸立在她的记忆里，但信的内容却从其间消失得无影无踪了。

4

婆婆虫似的月牙缓缓爬上树梢儿。这次赵凤春终于做回了自己，他和王天存，还有同村的几个孩子，趁着夜色悄悄摸进孟家，春花是他们的内应。

赵凤春将马棚的门搡开一道边缝，黑暗中月光把摞了半墙高的青饲料划开一道金黄的缺口。借着这道光亮，他看见孟布云还吊在横梁上，赤裸的小小身体布满鞭痕。

他们搬腿的搬腿，抱腰的抱腰，爬高上低，七手八脚，把孟布云从梁柁上放下来。王天存已经长得粗手大脚，四四方方，用处于变声期的喉咙愤愤不平地说："呀，咋把人打成这个样子！"孟布云脚麻了，马宏图和马逢源一边一个架着他，一瘸一拐颠跶着溜圈儿。春花眼泪汪汪的，从怀里掏出个馍来，塞到孟布云手里说："哥，你饿了吧，你吃。"孟布云捧着馍，咬牙切齿说："今天这个事一不做二不休！墙头上骑马——有进路没退路！"赵凤春就举起小拳头热烈响应："对，西瓜皮擦屁股——没个完！！"

几个孩子从马棚钻出来，蹑手蹑脚蹭着屋檐走，经过一个窗口时，听见里面孟满仓和后娘的喘息声非常异样，急促而且夹杂着呻吟。春花把耳朵贴在窗根儿听了一会儿，紧张地说："哥，爹好像很难受，喘不上来气，是不是那个坏女人谋害他哩？！"过了一会儿听见后娘断断续续地说："你这个死鬼，快要把我弄死了……哎哟，我活不成了……"可是听语气又分明是很受用。春花说："这个狐狸精八成是迷症了，她说爹要弄死她，可她还这么快活。"

几个男孩儿面面相觑，一副茫然的呆子相，都觉得这是平生遇到的最古怪的事情。只有王天存皱紧眉头，捂着裤裆说："我想撒尿……"

孩子们摸进厨房，孟布云从灶台上取下口锅来，对春花说："把脸背过去。"春花照做了。孟布云叉开腿向锅里哗哗地尿。其他孩子也学他的样，纷纷往外掏小鸡鸡，不一会儿就尿下半锅。王天存远远地站到小板凳上往锅里尿，得意地说："六郎站在雁门关，一箭射到大青山！"孟布云排泄过之后，肚子里虽然松快了许多，可胸膛里还是气不出，说："干脆把房子点了！"

春花央告："哥，烧了房子咱们住哪儿呀？万一把爹烧死了，那可咋办？"

孟满仓毕竟睡不踏实，就披了件夹袄，打算偷偷把那个冤家放了。一到天井，就听见厨房有响动，扒在门缝一看，好家伙！一群小猴子正在闹天宫。孟满仓一怒非轻，冲进去一把薅住儿子，扬手又要打，但他举起的手腕却让人从身后牢牢攥住了……

他一回头，看见是吴先生，旁边站着报信的菊花。孟满仓挣巴着说："你放开，我家的事用不着你管！"

吴先生怒气冲冲说："布云是我的学生，我咋能不管？！古人说：'教不严，师之惰。'你非要打，就打我这个当先生的吧！"

吴先生弯腰搂住孟布云，眼泪在眶子里打转，说："你糊涂啊！常言道：'虎毒不食子。'你咋能把孩子打成这个样子？！你拍着心口窝问问自己，咋对得起我那死去的嫂子？！"

孟满仓脸胀得像六味斋的酱肚，额皱得像郭杜林的月饼，强辩道："我这是恨铁不成钢！"

吴先生上前一步，逼视着他说："那钢是炼哩，打能打成钢？！能打成钢，那还要先生干甚？要咱这学堂干甚？要圣贤书干甚？！"

后娘手提免裆裤，趿拉着绣花鞋，上身只穿一件肚兜，脸上烫伤的地方抹着黑酱，像坨粉蒸肉一样从屋里圪扭出来，叉腰撇嘴说："哟，你们这儿的先生管得还真宽，三个鼻子眼儿——多出一口气。吃盐不多，闲事不少。尺八纸糊一颗驴头，你有多大的脸面？！也不撒泡尿照照自己，不就是个孩子王吗？拿四两棉花纺一纺——老娘可不是好欺负的！！"她示威似的跳了一下脚，因为分量太沉，脂肪太厚，地球引力又太大，没跳起来。

吴先生皱起眉，嘬了一下牙花子，翻着白眼看天说："唯女子与小人难养也。"

孟满仓也责备婆姨："咦，不敢对先生无礼。这才是狗驾车子驴拉套，娘儿们打架瞎胡闹！"

吴先生领着一群娃走到门口，转回身来说："有件事我想再跟老哥商议商议，现在民国了，讲究男女平等，女娃跟男娃一样，也有念书识字受教育的权利。你老哥能不能带个头，让你家春花……"

没等吴先生讲完，孟满仓就把头摇晃得像拨浪鼓："无论到了哪朝哪代，也不能乱了祖宗的章法。老话讲：'女子无才便是德。'再说女娃要学针线，将来才好找婆家。"

后娘顺风扬沙，乘风吃屁说："就是，一个老大不小的闺女整天跟一群野小子瞎胡混，还有不学坏的？没事也能让街坊四邻编排出事来！"

吴先生面如生铁，撂下硬邦邦、掷地有声的一句狠话："中华民国制订的《强迫教育办法》已经颁布，我明天就上太原府，向省教育厅申请强制。等到端枪的寻上门来，看你们的嘴还硬不硬！"

那个声音——现实的声音又响起来了，好像在为吴先生壮声势。赵凤春心中涌起一阵狂喜，仿佛一个陷落在幽深隧道里的人看到前方传来一丝光亮，因为这次他听出来了，这是大型机械钟里的摆锤打击音簧的声音。

第十四章：出诊

1

陈羽菲在姨夫家草草安葬了父亲，不久从大同来了一支宣抚班，敲锣打鼓举着红红绿绿的小旗子，到各村各庄演讲，散发传单、罐头、糖果和香烟，说日本进攻中国是为了膺惩暴华，反对赤化，建设王道乐土。大日本帝国不爱中国的领土，不杀中国百姓，不要中国的东西，让人们打消顾虑，回城开工复业。人们虽然将信将疑，但流落在外总非长久之计，也就听天由命，陆陆续续地返城了。

城门洞前排起长龙，市民依次接受盘问，登记造册，经检查没有携带违禁品，并对守城的日本兵鞠躬行礼后方可入城。城中到处贴着安民告示，内容和宣抚班讲的，传单上印的大同小异。另外还有一些奇特的告示，比如倡议市民发起献铜献铁运动；严格限制食盐、药品、粮食、燃料的买卖；禁用五灯以上的收音机等等。可以看到清道队在用平板车往城外运尸，清理街面上横躺竖卧的灯杆和散落的电线，拆除各路口的掩体和工事，回填壕沟和弹坑。

街道两旁的店铺都已开张复业，整修过的门脸上插着商会发的太阳旗，新开的日本商店如雨后春笋。设摊叫卖的商贩也非常活跃，货物品种齐全，一片死灰复燃的景象。原来各条街上的混混儿很多都投靠了日本人，变得更加不可一世。时常可以看到他们坐着黄包车，戴着圆墨镜，胳膊上套着使用人(雇工)的袖箍，背着盒子枪的便衣跟随着，前呼后拥地招摇过市，拿包烟、拎个瓜也不给钱，但只要遇见日商或者宪兵巡逻队，就立即让到路边，点头哈腰起来。

陈羽菲先前供职的医专整修完毕，开始复业。日子在一天天地过，无论时事多么艰难，生活的车轮总要吱吱呀呀地转动。有一天，一家人围坐吃饭的时候，陈宇凡忽然宣布："我不想念书了。"

"胡说！你怎么这么没出息？爸在世的时候就常说，我们的国家之所以受别人欺负，就是因为有知识的人太少。希望你好好学习，将来做个有用的人，这些话你都忘了……"她说不下去了，泪花在眼眶里闪烁。

"我没忘，我想好好学。"陈宇凡争辩，"可是日本同学老欺负我们，日本老师欺负中国老师。他们让我们每周一次，上街游行喊口号、贴标语、演话剧……要不就去军营打扫卫生，给日本人擦鞋、刷马桶、洗衣服……还给日本伤员献过两回血呢。昨天刚搞了个勤劳奉仕，到神社悼念阵亡的日本兵，祈祷皇军早点儿获胜。他们还常说工业日本，农业中国；日本至上，天皇至上……"

以后陈宇凡再没提过退学的事，但事情并未就此好转，而是在向着更加危险，接近失控的方向发展。一次陈羽菲洗衣服的时候意外发现弟弟的校服上粘有硝粉，顺着这条线索她很快查出来宇凡和几个同学在秘密制造手枪……

2

青木教授已过耳顺之年，头发梳得整整齐齐，领节打得一丝不乱，带金边眼镜，腰杆笔挺，脚步轻快，举止稳重。一言一行都始终保持着儒雅的学研气派，宽宏的长者风度。无论在讲台上坐谈立论，还是在手术台前操刀走线，皆挥洒自如。据说他早年留学海德堡，曾是东京帝国医院最具权威的外科医师。又传说他对寺内寿一有过救命之恩。那是一次下克上的武装叛乱中，寺内腹部中弹，幸而不曾伤到脊柱，可是肠子流出体外，正是青木教授凭借精湛的医术使之死里逃生。现在教授手边那条水波纹檀木手杖，就是将军为了表示感谢馈赠的礼物。不用说院长了，就算特务机关长前岛升上个月来医专视察时，见到青木教授也深鞠一躬，口称前辈。

学生和医护之所以敬畏他，则是因为青木教授只做学问不谈政治。他业务精通，待人和蔼，提携后进，而对工作则要求得近乎苛刻，不允许有半点儿马虎。

医专地处大同城南门外的魏都大道，靠近御河，占地二十五亩，其规模使城内那些中小医院望尘莫及。只有设在北门（定武门）外操场城，英国基督教天津教区为应对鼠疫而出资，圣公会教徒史梅礼博士于1924年创办的首善医院可以与之比肩。在那些风和日丽的日子，只要走上临水一侧的晒台，就可以眺望见曲曲弯弯的河道镶嵌在浑厚的黄土层里，在不同时间、不同季节，变幻出不同的色彩和风情，或急促或舒缓地流过，从内蒙古的丰镇一路奔向桑干河。

天气晴好时，如果远望西南面的山脉，能看到永定庄煤矿二号坑铁锈红色的主井塔，六十四米高的提升容器造型独特，高出其他副井井架。顶部的天轮、磨绳和避雷针在钢材焊接起来的内外骨架中间，像钟表的表芯一样精密复杂。有一次午休时护士张玲给陈羽菲拿来一支单筒望远镜（某位住院患者的随身物品），在调整焦距后，她清楚地看到了与矿井配套的洗煤厂的水洗车间和脱尘车间之间的煤仓转运站上，原煤堆积如山，看到高低压水池和煤泥沉淀池边人来人往，看到运行中的槽式洗煤机和复杂的运煤皮带走廊纵横交错。而这只是距离大同城最近的一座，在她视野之外还分布着七座大中型煤矿，以及三座硫铁矿、一家黑铅厂和一座铜矿。所以对于友邦日本来讲大同是一只会下金蛋的鸡，而御河则是运输大动脉，水面上运煤挖沙的驳船川流不息，其中夹杂着送散装货的商船，运机器设备的货船和架着机枪、吐着烟圈儿、巡逻警戒的汽艇。有一次一艘货船在码头上发生了爆炸，巨大的响声震碎了医专南侧外墙的所有玻璃。报纸上说这是抵抗组织的一次恐怖主义行为，除货船被炸坏以外，满铁株式会社因此损失了二十多台变压器，以及四台链式割煤机，幸未发生人员伤亡。

现在所有矿藏统归满铁株式会社旗下的军管工厂所有，矿产会在御河码头装上汽车，沿专用的砾石公路运送到大同北部的孤山车站，满载的火车经过北京、承德、新京、哈尔滨，到达朝鲜，然后换乘火轮船，横渡日本海，把矿产源源不断地送往东京、大阪，以及其他战略基地。

医专设大小两个饭厅，小饭厅专供教授和医师就餐。而普通的学生、员工、医护则一律拥挤在大饭厅里。两个饭厅的伙食都不错，而且免费。据说其他高校有要求学生举行东方遥拜，升日本国旗，唱日本国歌，以及日籍教员打骂中国学生的事件，但这样的事情在医专是绝对没有的，在这里，无论中国籍员工还是日本籍员工都相安无事，如果你看到一个教师对学生发火，那就准是这名学生没有认真准时完成课业。总之，医专就好像是一座与世隔绝的桃花源，无论围墙外面的世界如何混乱，都始终保持着圣洁的学风，以至于有时候连陈羽菲都觉得迷惑了。这种梦幻和诗意的气氛一直到新民会成立和张玲失踪，才被彻底打破……

3

雨淅淅沥沥地下着，为黄昏平添了晦涩和感伤的气息。送走最后一名患者，从盥洗室出来，李探长已经在等她了。他的黑制服裹在雨衣里，兜帽背在后面，也许是因为等待太久，而且不准吸烟的缘故，他显得焦躁不安，有排椅不坐，一双大雨靴把干净的硬木走廊踩得到处都是泥印。他掏出个小本做记录，询问陈羽菲最后见到张玲是在什么时间什么地点。

那是个中午，快到开饭时间了，一群学生忽然闯进坐诊室。他们穿着新民会会服，样式怪怪的：上衣四个吊兜儿，上面两个小吊兜儿有活褶，胸前钉有五颗暗扣。"我们是新民大同分会的会员，现在医专很多人都入会了，欢迎陈医生也能加入组织。我们的宗旨是：发扬新民精神，显示王道。实行反共，复兴文化，确立和平。振兴产业，改善人民生活。睦邻结盟，建设东亚新秩序。"为首的后生把一本《新民主义论》摆在桌面上。

陈羽菲推开手册说："我对政治不感兴趣。"

"你这是什么态度？我们怀疑你有反日情绪！"

"别血口喷人！"

"今天说不出个子丑寅卯，咱们就到宪兵队理论！"

"少动不动拿宪兵队唬人，我一没犯法，二没做违禁的事，到了哪儿也不怕！"

正争执不下，张玲推着送药车从诊室门口经过，喊："陈医生，快点儿吧，有个病人不行了，青木教授让你过去一趟！"

两个人一口气跑到住院部，陈羽菲问："青木教授呢？"

"给你个棒槌就当针，我那是急中生智骗他们的。刚才那阵势可把我吓坏了，要是真到了宪兵队，能有你的好果子吃？"张玲把一绺头发塞进护士帽里，看左右无人压低了声音说，"咱们医专有鬼，你听说过浮尸案吗？"

陈羽菲点了点头。浮尸案刊登在几天前的《晋北时报》上，报道称：桑干河下游不断有人发现被解剖过的孕妇尸体，警方判断是从支流御河冲过来的。

张玲说："我怀疑这跟人种试验有关。"

陈羽菲惊讶得几乎喊出声来："天哪，你在胡说什么！"

张玲立刻用手掩住她的嘴，嘘了一声。就在这时，特护病房的门从里面推开了，一群穿着考究、派头十足的人走出来。记者撅着屁股一路倒退，脖子里的相机不断闪烁，镁光灯嘭嘭地冒烟，氧化剂的刺激味道盖住了来苏水味儿。

陈羽菲让到墙根儿悄声问："这么多人是干吗的？"

"都是上面的头头脑脑，来慰问的。"张玲回答。

在慰问团拐下楼梯后，陈羽菲好奇地扒在特护病房的观察窗上，向内窥视。屋里躺着一个日本军官，病床四周除了氧气瓶、输液杆，还堆满了各种慰劳品。

"是个中佐，据说作战很勇敢，受过大本营的通令嘉奖，但是现在……"张玲耸了一下肩，"子弹从他的腰腹横穿过去，双肾正好处在弹道的震荡区。他尿血，身上肿得一摁一个坑。青木教授给他做了剖腹探查术，诊断为外伤引起的肾衰竭。昨天上午专家会诊，争论了半天也拿不出个方案。青木教授说，除非给他换一颗健康的肾脏……"

4

陈羽菲走出大门，在路灯下撑开一把油纸伞，雨珠串打在涂了熟桐油的伞面上发出密集的叭叭声。路灯下一摊薄薄的积水，镜子般亮旺旺的。有那么一刻她的思想飘散了出去，漫无边际地到处游荡。昨天她和弟弟进行了一场严肃的辩论，开始宇凡摆出一副玩世不恭的样子想蒙混过关，但她咬住问题的关键不松口，结果谈话演变成了激烈的争吵，最后宇凡摔门而去，丢下一句话：有些人只配当亡国奴！她并不真生弟弟的气，她只是很担忧，有时候她觉得生活就像一个泥潭，弥漫的雾霭中潜伏着沼气的危险味道，如果说有错也是这个世界出了错，毕竟他们生活在一个惊涛骇浪的时代。

一辆停在房檐下等生意的黄包车迎上来。车子还算讲究，拧着麻花的黄铜喇叭，小倭瓜似的黄铜脚铃，左右外帮悬挂着用金刚沙打磨过的毛玻璃油灯，车厢和车把都镶着细铜花活儿，布帘子上印着"兄弟车行"。车夫是个大个子，脖子里搭着条被汗水浸黄的手巾，竹斗笠遮住了半张脸，殷勤地用手掸着座椅。她在上车的同时报出了地址。

陈羽菲继续沉浸在自己的世界里，她有过对未来的憧憬，她的心也为理想而燃烧过。至少有两次她和梦想擦肩而过。两年前她正在大同医专就读，毕业于北平大学的山西崞县人温松康和表弟郝振邦，集资募股创立了西北影业公司，太原成了国内继北平、上海、广州、青岛以外，第五座拥有电影公司的城市。

西北影业草创期间，总部设在坝陵桥裕德东里甲字22号的一座四合院内，派员从美国采购器材，同时委托上海莲花舞台的导演石寄圃、上海明星二厂的赫恩星，在西缉虎营开设演艺人员训练班并公开招考，分为拍摄术、表演术、化装术等学科。消息传到医专，她的心沸腾了，和同学坐了一夜火车硬板赶到太原参加考试。石导一眼就相中了她，不但录取了她，还特别把她领到总公司的印片室，和设在中山公园劝工楼的内景摄影棚参观。她至今还记得在所有同学中，年纪最大的一个叫赵树礼，当时虚岁已经三十。但是梦想的翅膀没有飞翔太久，训练班开课仅仅三天，父亲就怒气冲冲地找到宿舍，把她强行带回了大同，训斥："古语有言：'不为良相，必为良医。'一个女孩子家放着体面又能济世行善的医生不当，却跑去当下九流，你是不是得了失心疯！"

今年开春，她已经毕业半年。西北公司为拍摄有声电影《塞上风云》，采集外景，路过大同住在云冈旅馆。她到旅馆去探望石导，在那里她看到了许多仰慕已久的大明星，石导鼓励她，答应在新片里替她谋一个角色。她那颗冷却的心又热了，暗暗发誓就是和父亲闹翻，和家庭决裂，也决不能再失去这次机会。可恰在此时七七事变爆发，日军迅疾侵入晋北，外景队撤回太原，《塞上风云》停拍，人员被迫遣散……

黄包车穿过了护城河和瓮城，贴着城墙走永泰门内环路，拐进崎岖的牛角巷，四周都是私搭乱建的低矮平房，水在脚下散发着一种阴沟里的气味，好像打翻的泔水桶，水面漂过各种垃圾、死老鼠和腐烂的菜叶。黑暗正贪婪地吞噬着一切，而雨越下越大，强劲起来的风在助长它。闪闪电光好像要把天与地焊接起来，这是多么浩大的工程啊。车子猛烈地颠簸着，车厢下面的车弓子发出咯喇咯喇的弹跳声。有时候积水甚至没过了车轴，可见地势之低洼。

"停车！"陈羽菲清醒过来，坐直身子，猛踩脚下的踏铃，"大皮巷在城西，怎么绕大洼地来了？！"

车夫并没有回头，用后背对着她说："对不起了小姐，你得跟我们走一趟。"

我们？！陈羽菲的心一沉，警惕地向四周环顾，看见一个穿雨衣骑单车的人影快速靠近过来，从怀里掏出一把手枪。

大约十分钟后，黄包车在一栋二层小楼前停住，隐约可以看见白漆门框上吊装着铝合金骨架的法式遮阳棚，即使在这样的鬼天气也显得很洋气。恰在此时，一束耀眼的电流在建筑物上空展开，把乌云翻滚的哥特式屋顶照得通明瓦亮，让泛滥的大地布满了变形的怪影。

借着电光她清清楚楚地看见远处的钢轨，耸立在道岔上的扳道器，看见一块洋蓝底漆的大字招牌竖立在阁楼旁边，上面写着：太平洋钟表行。邻近是经营土木建筑的浅野组出张所。随后震耳欲聋的雷声在耳边炸响，好像有一门躲藏在敌方阵地的巨炮正向这边猛烈开火。她知道了，这里是城南棋盘大街。

迈入店门，仿佛是走进了一条时间的河流，墙上琳琅满目、眼花缭乱地挂满了大大小小的钟表。各种造型的珐琅、红木、玻璃和黄铜交相辉映。同时房间里还充斥着各种声音，庞杂而又整齐，活泼而又精密，锲而不舍又分工明确，就像一场盛大的音乐会正在进行：钟摆的摇晃声，齿轮的咬合声，杠杆的起落声，指针的转动声……钟表匠坐在明亮的灯光里，正在摆弄一台打开后盖的景泰蓝镏金圆顶钟，他两鬓斑白、皱纹密布、鼻梁高拱，上唇留着扫帚状的胡子，脊背微驼，工作服的两个肘部各镶有一块厚实的椭圆形补丁，抬起卡着放大镜的脸，向她微微颔首。他的表情很平静，甚至有一丝讨好，但是陈羽菲从他那只独眼里看到了焦虑，高度紧张把他的神经绷得像拧紧的发条，好像把她带到这里是一次巨大的冒险，好像这不是绑架而是入室抢劫。

一位女青年迎到楼梯口，站在高处问："请来了？"

车夫领陈羽菲上楼，回应："来了。"

5

阁楼里低矮昏暗，浓浓的中药味儿掩盖了楼下的机油味儿。床上，被子下面躺着个毫无血色的人，头发长长的，指甲长长的，胡子也长长的。陈羽菲恍惚间觉得这个人很面熟，但一时想不起来在哪儿见过。女子把被子撩开，她首先闻到一股恶臭。几只绿头苍蝇像子弹一样射过来，女子连连挥手，也不散开，围在头顶上嗡嗡地盘旋。

经过检查，陈羽菲断定，此人是被炮弹皮崩伤的。

他全身触目惊心地分布着多达三十六处伤痕，有贯通伤、沟槽状切线伤、反弹伤、冲击伤和烧伤……用战地救护的术语这叫满身插花。是以炸点为中心，投射物呈雾状向四周大面积飞散，将目标笼罩其中造成的。左胸的伤处最致命，预制破片在爆炸气浪的高压助推下，斜行切入胸壁，皮肤组织十字形撕裂，陡坡状伤口深入胸腔及纵隔。后背没有出口，是盲管伤，钢箭存留体内超过四十八个小时。

那个人始终处于昏迷中，发着高烧，干裂溃疡的嘴唇起满水泡。搪瓷盆里浸泡着两块毛巾，女子不断把它们交替捞出来绞一绞，敷在他的额头上降温。"冲、冲……"在昏迷的高热中他这样喊，剧烈的喘息里夹杂着湿性啰音，就像一匹在狂风暴雨中疾驰上坡的马。有时候他突然醒过来，抓住大个子的一只胳膊问："阵地，我们的阵地！！"陈羽菲看见从他深陷的眼窝里陡然射出两束橘红的火焰，呈现出无以复加的狂迷状态，指甲几乎掐进了车夫的肉里。车夫羞愧地低下头说："我们的阵地丢了，日本人已经进了繁峙川。"

陈羽菲的心猛然炸开了，脱口叫出声来："赵凤春——"

女子和车夫同时把脸对准她，诧异地问："你们认识？！"

钟表店距离同蒲铁路很近，外面传来了军列呼啸而过的巨大轰鸣。

"他的伤势很重而且相当复杂，需要立即手术，不赶紧送医会有生命危险。"陈羽菲没有回答，但语气中突然加入了一种紧迫和力度。

女子和车夫对望，都显得很为难。两个人退出去，过了一会儿只有车夫回来，把一个沉甸甸的布包放到陈羽菲眼前，里面有一摞银洋、几个金镏子和一只金壳怀表，说："医院他去不得，死活就在你手里。"

陈羽菲把布包推还说："能不能救他我也没有把握，只能试试看，但是我需要手术必需的药品和器械。"

车夫说："小姐，那些东西都是违禁品，市面上根本买不到。"

陈羽菲说："唯一的办法是回趟医专，看能不能从那儿找到。"

第十五章：逆风而行

1

夜色深沉得像块生铁，玻璃灯散射出的微弱光亮被雨水严密包裹着，只有两个自闭的光圈，托举着一道道流淌的水痕。看不见路，路已经被隔绝在另一个世界里，溶化在黑夜的肠胃里了。黄包车好像是向着一堵堵厚厚的墙壁撞去，又好像即将向一个个深渊跌落。医专大门紧锁。凭借对环境的熟悉，陈羽菲选点非常准确，她像一根轻巧的豆蔓踩着车夫宽阔的肩膀向上攀缘，爬上墙头，下面就是锅炉房的煤堆。这一切惊险刺激，使她觉得自己仿佛变成了飞檐走壁的女侠。

沿着碎石子铺成的环形甬道绕过喷水池，门诊部从黑沉沉的教学楼身后一点点闪现出来。门厅上的红十字牌匾被强风吹得剧烈摇摆，拱形门廊像巨兽张大的嘴巴。她听到自己心跳增快和血流加速的声音。

开放性气胸、纵隔移位、肺挫裂伤……

蜂窝组织炎、脓漏——伤腔深部蓄有脓液……

第一步，清创——取出破片、凝固的血块和异物、失活组织、衣织物碎片……

第二步，做环甲膜切开、气管造口术……

第三步，分层缝合肌肉和筋膜、消炎……

第四步，穿刺排气、引流、消炎……

第五步，注射抗毒血清，预防败血症、脓血症和破伤风……

这个工程对她来讲太复杂太浩大了，几乎是不可能完成的任务。

她首先撬开一楼的药房，撬杠撞击弹子挂锁的声音震荡着虎口，让她觉得惊心动魄。门上标着"非公莫入"的铝片跳动了几下，差点儿掉落在地。她打着手电在无数药橱中间踟蹰，拿了一包凡士林纱布、一盒单向排气针头，以及阿司匹林、阿芬太尼、吗啡之类的药品。然后沿着漆黑的楼梯向上攀爬，她敏锐的听力在这里派上了用场。有时候她会突然惊讶于自己怎么会出现在这里，而不是在温暖的床上。又怀疑自己其实已经躺在了床上，像其他平淡无奇的夜晚一样，只不过是梦把她带来了。这时候她就停下来，静静地聆听外面的雨声，把事情的过程梳理一遍，以重新确定自己这样做是否值得。她进入二楼器械室，从带压力表的蒸汽锅里摸出个白色金属盒——一盒消过毒的手术器械。她把蒙在上面的湿漉漉的棉布掀开，用手电筒照射着一一清点。她想起自己仅仅是作为一名践习医士观摩过青木教授的手术，从旁边给他递药棉、缝线和剪刀。

她发现里面少了一套止血钳。

她几乎把每个角落都搜遍了，仍然一无所获，失望地从器械室退出来。这时她看见走廊尽头，左手一扇门微微敞开着。这使她心里一动，那是青木教授的私人试验室，平时总是锁得很严，除了青木教授和他的助手以外从没有谁进去过，透着几分神秘，但是今天不知道为什么却忘记上锁了。也许那里有自己想要的东西，她想着，就向那扇门移动过去。

她步入这扇门，首先闻到一股刺鼻的气味。她赶紧捂住口鼻，同时觉得眼睛也非常不适。在手电的雾状光束下，展现在眼前的是一幅令人不寒而栗的画面：屋里竖着一排排一人多高的木架，搁板上密封的玻璃缸内装满了胎儿。有五六个月的，有七八个月的。他们蜷缩着，脐带盘在身上，其中一个还在吃手指。每个胎儿都有编号，全被福尔马林溶液浸泡着，浑身蜡黄，僵硬如棒……走廊上响起脚步声，陈羽菲熄灭手电，藏身到展示架后面。

随即灯泡就亮了，在刺眼的光芒中，走进来四个穿白大褂的人，手臂上套着长胶皮手套，戴着大口罩，只露出闪闪烁烁的眼睛。他们径直走到一张贴墙而立的架子前，在墙角的机关上摁了一下，木架就向侧翼滑开，露出一道暗门。原来这儿还连着密室呀！年轻人强烈的好奇心压倒了恐惧，在四个无脸人消失后，她也紧跟着摁动了按钮。

她想自己也许会触发警铃，站在黑暗中惊悚地等待着，但是没有，门沿着滑轨无声地打开了。

2

面前是一段没有扶手的混凝土楼梯，陈羽菲一边向下走一边暗暗数着台阶。周围黑得伸手不见五指。可能本来是有灯的，只不过那些人过去之后随手关掉了。不知走出多远，她敢肯定，这已经是在地下了。数到二十级时，阶梯转换了一个方向，脚下出现一块倒梯形的光斑，并随着她的步伐不断放大和抬升。下到底层，眼前豁然明亮，左手就是充当光源的房间。她躲在门口，冒着被发现的危险，探头向里张望。

里面完全像一所现代化诊室，条案上摆放着显微镜，各种型号的试管烧杯。仪器仪表和医疗设备随处可见。天花板上垂下一组特大的聚集型照明灯。房间中央有一张带橡胶轮的移动手术台，手术台上的皮带牢牢固定着一个一丝不挂的女人。陈羽菲惊讶地几乎喊出声来，她认得出，这正是已经失踪了三天的张玲。一块长方形胶布贴住了她的嘴，使她不能出声。她的脸上透出难以形容的恐怖和绝望的表情，赤裸的身体不时在皮带下面扭动一下。

除了刚才进来的以外，屋里还有几个人，同样穿着白大褂，同样看不见脸，彼此用日语交谈。此时，他们正着手对女人的身体反复擦拭和消毒，然后遮盖上大单和洞巾。

"可真不错呀，真不错，不能利用一下太可惜了！"说话的家伙舌头短短的，嗓音怪怪的，"贤二君，她的身材比起你九州的女友如何？"

那个被叫作贤二的有些愠怒，厉声道："住口宫本！你怎么能把这个肮脏的支那女人和日本女人相提并论呢？！这是对我们日本女人的侮辱！！"

宫本发出一阵沙哑的嘎嘎的笑声："你这小子，装什么正经。你干过的那些事，别人不知道我还不知道吗？可别逼我当场揭你的老底儿……"

贤二扑上去揪住宫本的衣领，叫骂："你这头该死的蠢猪，像你这样只射一次就再也硬不起来的家伙也配谈论女人？！"

双方扭打起来，腰撞在案板上，稀里哗啦碰翻了一堆器械。另外几个人过来拉架。

"八嘎！"响起一个威严的声音，"现在是在工作，请立即收回你们可耻的举动和无聊的话题吧。"

冷汗湿透了陈羽菲全身，她听出那个发火的人是谁了。

"体检结果如何？"青木教授刚从套间走出来，发问的同时在助手帮助下，给自己系上一条长可过膝的胶皮围裙。

"血压正常、肝功正常、血常规正常、尿常规正常，没有任何传染病。心率120次，虽然数值偏高，但应该是紧张造成的。"

教授满意地点点头，向手术台俯下身去，他儒雅的金丝眼镜鬼火般反光，慈父一样的声音似乎隔着墓穴，从很深的地下传来，让人觉得阴风惨惨："虽然我们急需一颗健康的肾源，不过原本打算从教化队搞一个。是你的好奇心害了你，使我们不得不这样做。你安息吧。"

一个白大褂用浸透了氯乙烷的脱脂棉捂住她的口鼻，张玲的眼睛瞪得很大，激烈地扭动着，发出呜呜声。但是仅仅不到半分钟她就瘫软下来了，她曾经极力抬起的头，重重跌落在手术台上，她的眼睛虽然还大睁着，但正像冷却的玻璃一样，渐渐失去了炽热的思想的光华。

有人把三只木桶并排在手术台下，然后他们把她围住了，陈羽菲只能看见露在人丛外面的一双赤裸的脚。

无影灯打开，调整悬臂的角度和高度。不断有人递过来剪子、刀子、镊子……只从场面来看，完全像是一场紧张的、救死扶伤的手术。

器械的叮当、粗重的喘息和精细的皮肉绽裂的声音交织在一起，填充着屋内令人窒息的寂静。陈羽菲看见张玲的脚猛然抽动了几下。血哗哗地顺着手术台流进木桶里，其中夹杂着点点白色的脂肪。血腥气浓烈得已经饱和，使人的嗅觉变得麻木不仁。

青木教授转了一下身，有人飞快地用毛巾替他擦拭了额头上的汗水。而他则把手里握着的一个红通通的、冒着丝丝热气的器官小心翼翼地放进伸过来的搪瓷盘里……搪瓷盘又很快被安放在计量器上，刻度盘上的指针在摆动。有人拿来了碳钢卡尺，有人在做记录……

再也不能躲在更衣间里分享同一份早餐和彼此的秘密了……上个星期自己还向她借过卫生棉……陈羽菲几乎不知道是怎么离开的，她只记得在黑暗中摸索，在暴雨中狂奔。天上瓢泼而下的好像都是鲜红的血浆，浇在身上，把她也染成了血红色。她想躲开，但是没有可以躲避的地方……助纣为虐的风粗暴地把她推来搡去……脚下磕磕绊绊，似乎都是僵硬的胎儿，地上横流的污水都散发着福尔马林刺鼻的味道。它们浸泡着她的双脚，她的双脚就也变成了蜡黄的标本……她分不清这是自己的脚还是张玲的脚，她只有拼命地逃跑……最后她扑倒在一个人身上，或者说是这个人抱住了她……

"小姐，你怎么了？！"车夫摇晃着她。

她嘴唇颤抖，视界正在变得模糊，半天才说出来一句话："快……带我走……"然后就什么也不知道了。

3

就在陈羽菲从赵凤春的胸腔里取出一枚枚沾满脓血的破片时，《晋北日报》在日本驻屯军授意下，以预测大日本皇军攻陷太原的具体日期为题，搞了一个有奖竞猜和悬赏征文活动。当然，大奖揭晓的那一天也就是太原沦陷之日。据说，有个叫李春鹰的落魄学生获得第一名，因此一跃成为报社的社论委员。

是日，军部下令在剪子弯召开市民大会，强令各商号、各街道、各学校参加。机关长前岛升从小汽车里钻出来，大肆鼓吹了一阵赫赫战果，说到激动处嗓音颤抖，数度哽咽。到了晚间，又强迫市民举行灯笼游行，大家人手一灯，每盏灯笼上都用朱砂写着"庆祝太原陷落、大日本帝国必胜"，并在头戴花笠或扎着布巾，身穿法被，吹着竹笛，敲着太鼓，拉着华丽的山车，扛着色彩绚烂的组大灯和竿灯的日本侨民带领下高呼口号。因为口号声稀稀拉拉，有人光张嘴不出声，日本人很不满意。为了烘托气氛，那些不会"跳人"大群舞的新民会员就索性唱起来了："新民青年意气冲天，兴亚大业置在双肩。练得全身文武才，不怕前途艰险……"

扮天狐的游男手执白扇，在山车上疯狂地跳舞，时而做一些模仿动物的怪异动作。陈羽菲也挑着一盏灯笼，但她没有像同伴们事后描述的那样，感觉到无地自容的羞辱。她觉得自己已经麻木了，虚无而机械地走在灯河中，只想早点儿结束这一切，以便能回家睡觉。可是突然间一种强烈的预感占据了她的心，她惊愕地抬起头来，并立刻就在两旁看热闹的人丛中找到了一双同宽阔帽檐相联在一起的，镇定自若的眼睛，和陷落在浓密胡须里的冷酷笑容。这笑容使陈羽菲觉得空气中顿时充满了血腥。由于他黑色的礼帽和翻起的黑呢大衣领子已经和夜色融为一体，因此就使他的脸显出了某种神秘意韵，仿佛是虚悬在空中的。又由于胡子的切割，使得这张脸就像没能完全对接在一起的金属残片，在黑夜里，坚硬得发冷。

陈羽菲冷却到冰点的心骤然充血、胀大，并慢慢地悬起来，一直堵住喉咙。她越来越坚信，这个人，在这个时刻，出现在这里，并不是无缘无故的。她目不转睛地盯住他，却始终没有看到他把手伸进呢子大衣里掏枪。事实上枪声是从另一个角度传来的，一个佩刀的日本军官鲜血飞溅，应声栽倒。街面上顿时一片大乱，有些灯笼掉到地上被踩扁了，更多的燃烧成了火球，随着风一个接一个在人们头顶上鲜红地翻滚。其中一盏把高高在上的天狐脸颊烫伤了，他大叫着一脚踏空从车上倒栽下来，幸运地被同伴集体接住。有两个庞大的武士脸灯也在燃烧，裸露出里面焦黑的竹撑，差点儿把扛灯的侨民衣服引燃。陈羽菲一边在溃决的人潮中随波逐流，一边用目光在险境中搜寻那个逆风而行的身影。但是最终她同那些赶过来的警察和宪兵一样，什么也没有找到。

4

多年以后，陈羽菲最后一次见到他时，赵凤春将军刚刚从牛棚里被解放出来。很难想象这个立志要解放全人类的人，最后竟也需要别人来解放。恢复自由以后，中央本来准备对他委以重任，但非常令人遗憾，这时的赵将军不但健康状况极差，而且已经有点儿神志不清了，因此不得不把他送到一所疗养院的高干病房里去。

当时，陈羽菲怀着无比激动的心情，站在住院部大门前立等。好几个工作人员把他从一辆红旗轿车里搀扶出来，只一瞬间，陈羽菲的喉咙就哽住了，说不出话来。而他就被人架着漠然地从她身边走过去。他的一条腿无力地在后面拖着，样子就像一只受到惊吓的老绵羊，露出一脸讨好的卑微相。生了锈的目光顶多看不出去两尺，唾液不断从中风的一侧倾泻出来，在空中划出闪亮的细丝，把崭新的毛料制服弄湿了一大片。

控制不住的眼泪终于模糊了她的老花镜片，犹如眼前忽然起了一片浓雾，蒙眬中她仿佛看到，在那间简陋的手术室里，当自己不得不用烧红的通条代替止血钳，残忍地按向喷涌的伤口时，他雪白的牙齿发出铿锵之声，刚毅的眼睛里腾起几颗星星。她仿佛看到，在那个艰难疲惫的黑夜，他像一根笔直的金属，宁折不弯地站在一群浑浑噩噩、木雕泥塑似的众生中，就这样把自己镶嵌进了历史最坚硬的那一部分。她仿佛又看到，他率领大军越走越远，在火红的晨曦中转过身来挥手告别，警卫员在旁边为他牵着骏马，风掀起他的衣摆，手枪握把在他的腰间闪动，使他多么像一只骄傲的雄鹰……

她想：假如他是以那样的形象死去，变成纪念碑上的一行名字，变成花岗岩的凿痕，那他将是完美的。她感叹：何意百炼钢，化为绕指柔。

5

有一段时间，他控制着整个雁北的地下组织，主持了一系列恐怖血腥的暗杀活动。不但杀日本人，对伪职人员和变节分子也毫不留情。"我们杀他们就像屠猪杀狗一样。""血不能洗净他们的罪孽，因为他们的血也是肮脏的。"他这样对部下说，并且引用一位曾经主持过白区工作的领导人的话，"为了革命，我们随时都可以扮演妓女的角色。"日伪立即进行了疯狂报复，几乎天天戒严，大街上布满了宪兵，为了搜索发报机，有时候会分区停电，市民们的耳膜里昼夜回响着囚车呼啸而过的余音。便衣密探到处盯梢，由于监狱人满为患，大批嫌犯未经审讯就被公开或者秘密处决，致使许多市民丧生，甚至亲人无缘无故失踪也不敢声张。有很多人，去工作，去购物，去串亲戚，去换粮证布证居民证……他们或者吻一下妻子的脸，或者拉一下丈夫的手，或者许诺孩子一件玩具，或者向母亲道声再见，又或者什么也没说，就这样跨出了门槛，从此再也没回来。

尸臭在城市上空凝聚成一团一团的，实体般经久不散。河渠里的水变得像舞女杯中的葡萄酒那样鲜红。成群结队的乌鸦、野狗夜夜聚餐，赶会逛唱一样兴高采烈。穿着连体防护服，身背喷雾器的防疫人员到处喷洒高浓度漂白粉和三合二乳剂。

赵凤春成了特高科黑名单上的头号人物，悬赏捉拿他的告示壁纸般铺满大街小巷，赏金数额直线攀升。但他根本不把通缉令放在心上，经常用孤身犯险来嘲弄对手，虽然屡屡得逞，却遭到上级的严厉警告和点名批评。他们通过中央核心部门掌握的特殊渠道，向他提供了一条重要情报。被激怒的敌人从满洲的新京调来一名叫大羽政章的反间谍专家，中国通，会讲流利的汉语，土肥原贤二的高徒，绰号绞索。此人侦察经验丰富，具有猎犬般敏锐的观察力和判断力，在他手中案件侦破率高达百分之七十以上。

为了引起一线同志的重视，情报中附上了大羽政章的非凡履历：

1932年，李顿代表团抵达满洲前数周，下令逮捕所有可能向调查团提供不利于日本的信息的嫌疑人，包括会讲英语、法语的普通市民共一千三百多名，集中关押于松北的宪兵拘留营。

1933年，参与破获横挑豁子（地名）日本军列被炸案。

1934年，主持侦破法国籍犹太富商西蒙·卡斯佩和其女友被绑架案。

1936年，在齐齐哈尔破获莫理斯间谍小组案，逮捕南斯拉夫籍红色国际特工劳伦斯夫妇。

1937年，逮捕偷越国境的苏联远东军区留希科夫少将，并成功挫败格别乌的暗杀计划，因此获得旭日小绶章一枚。

在按照规定烧毁这份情报的时候，赵凤春望着火焰轻蔑地说："他师爷坂西利八郎刚刚在北平闹了个土头灰脸，铩羽而归，他的徒子徒孙我看也扯淡！"

然而仅仅两个月后，他就为自己的麻痹轻敌付出了惨重代价。大羽政章领导的特工组通过无线电波的三角定位法顺藤摸瓜，经过缜密侦察，一举捣毁了地下组织的一个重要联络站。当时里面的人正在开会，由于他们奋力反抗，宪兵不得不当场打死三个人。事后日伪宣布谍匪赵凤春被击毙，枪弹命中了其脸的正面，各大报纸都刊登出了尸体的照片。陈羽菲虽然忧伤得夜不能寐，另一方面又固执地坚信赵凤春还活在这世上。

两周以后，谣言不攻自破，陈羽菲在另一个地点，另一所房间见到了活的赵凤春。他不仅活着，而且毫发未伤。房子四周远近到处都是他的警卫。当时他背对着窗户坐在一把木椅里，用瘦削的身体挡住了一片锋利的阳光，把面部融入自己制造的阴影，表情严肃，不住地咳嗽。他确实瘦得只剩下了一把骨头，肤色也显得极不健康，但却依然目光炯炯，好像两根随时准备凿穿一切表面事物的钢钉，令人难以对视。他的嗓音低沉而且带有金属的回声。一种矜持而富有穿透力的领袖气质替代了他以前的谦逊和爽朗。

"你需要静养，不应该这样奔波，过度劳累会要了你的命。"他再不是从前那个少年郎了，陈羽菲伤感地想。

"什么都不干才真会要我的命。"赵凤春说，既没有致谢也没有叙旧。

"人体总共有五片肺叶，由于创口糜烂，你的左肺上叶做了楔形切除，这可能会给你留下后遗症，导致部分肺功能丧失。我的手术一点儿也不高明，因为你知道事实上我还称不上是一名医生。"

"这对我算不了什么，为了赶走日本强盗，为了迎来一个美好强大的新中国，我们随时准备贡献出自己的一切，包括生命。关于你加入组织的请求，我们已经研究并且通报了上级。现在我正式代表组织欢迎你成为我们中间的一员。"他们紧紧握手。

"你真的要走了吗？"陈羽菲语气有点儿失落。

赵凤春回答得非常简洁："由于内部出了叛徒，上级认为我已经不适合在敌占区工作。"

"为什么我们不能过安定的生活？为什么我们总要面对离别和死亡？"在陈羽菲迷离的目光中，季风吹来，一只沙燕风筝正飞翔在三月的天空。

赵凤春沉思了一下说："在我们中间流传着这样一首诗：'假如我们不去打仗/敌人用刺刀杀死了我们/还指着我们的骨骸说/看，奴隶'。"

第十六章：来客

1

乌云压顶，黑暗笼罩住一切，天空阴沉得可怕。

太平洋钟表店顾客寥寥。钟表匠坐在榉木和玻璃板拼接起来的柜台后面，手边的锡盒里各种工具分门别类：小榔头、小起子、毛刷、拿子、酒精灯、金刚石锉刀……

几个月前阎机关撤了，晋绥第三十五军也撤了，城里的大小衙门都走光了，大街小巷空空荡荡。可是他没有走（他的同志们也没走），他平静地守着自己的小店，眼睁睁看着他们入城，看着悬挂太阳旗的摩托车、坦克、马队卷着滚滚黄尘，耀武扬威地走过空袭留下的残垣断壁、大坑小洞，强行把这座空虚的城市填满。

现在，钟表匠的视线透过大格玻璃望向对面，邮电局旁边那个阁楼的后窗。他知道那里是这个联络点的前哨站，此时正有一个机警的哨兵在观察周围的敌情，一旦发现情况不妙，就会在老虎窗前面的晾衣竿上搭一条红被单。

到目前为止，一切正常，那红旗般醒目的颜色并没有刺入他的目光。十五分钟后，这里要召开一场重要会议。丁大个儿是第一个来的，拉着他的洋车。这小伙子人不错，勤快实诚。钟表匠知道他提前到，是想和那丫头单独待一会儿。虽然没有人向他提起，可钟表匠知道两人好上了。可那丫头就是躲在卧室里不出来，把大个子独自晾在楼上，这就让钟表匠起了疑心，他们闹别扭了？拌嘴了？这些年轻

140

人啊！

客人就在这个时候推开弹簧门走进来，他是一位文质彬彬的中年人，光亮的大脑门儿好像电镀出来的，脸颊红润，面带微笑，牙齿白得令人生疑。中等身材，体型微胖，不过胖得很均匀，小肚子并没有特别突出。看打扮他像个洋派绅士，穿着板正的派力司西服外套，包绢戗驳领熠熠生辉，凡尔丁西裤中缝笔直，黑牛皮蒙克鞋，横搭带和铜扣环紧紧压在鞋舌上。客人未雨绸缪地拿着一把合住的雨伞，进店后环顾四周，然后才向柜台缓步走来。

"欢迎惠顾，小店有什么可以效劳的吗？"钟表匠问。

客人把伞竖在墙角，摘下手表轻轻放在柜台的玻璃罩上，说："老是走不准，时快时慢，请您看看是溜齿还是偏摆了。"

钟表匠拿起手表端详，是一块世界名表，瑞士产萧邦牌。"如果不急的话，三天以后过来取。"钟表匠拿起笔准备开收据。

客人面露难色："不好意思，时间对我很重要。我的工作性质使我每天马不停蹄，手表一刻也离不开呀。"

钟表匠犹豫了一下，指着高凳说："那请您坐下来等吧。"

他把寸镜卡进右眼眶里，打开带聚光罩的工作灯，灯头向下压了压。先用梅花扳手打开表的后盖，拧松拉挡螺丝，小心翼翼地取出表芯和表盘。然后一手用针拨转棘爪，使其不能卡住大钢轮，另一只手捏住表把，把发条的力矩逐渐放完。当他用镊子抽出擒纵叉的时候，赞叹："真是块好表啊，镶的是真正的红宝石！"

转眼间手表就被拆卸成了一百多个细小的零件，整齐地码放在绒布上。

套间的门推开了，一位姑娘走出来，凑到钟表匠身边，手扶柜台弯下腰问："需要帮忙吗？"

她戴着一副角质黑框眼镜，鼻梁高嘴大眼大，白皙的面容富有立体感，这在东方女性中非常罕见。梳着时髦的爱司头，针织薄开衫搭配粉色连衣裙，裙摆下是白色裤袜，镶铜皮的英式高跟鞋落地有声。

"干自己的活儿去吧，你帮倒忙还差不多。"钟表匠聚精会神。

姑娘吐了吐舌头，脚步轻盈地绕过柜台，向楼上走去。走到楼梯中间时，她又扭回头来，向柜台的方向稍做凝视，目光正好和客人碰在一起。他们一个俯视一个仰视，彼此礼貌地点头微笑。

"你女儿？"客人胳膊肘斜支着柜台，跷腿坐在高凳上，望着姑娘婀娜的背影想：这丫头在恋爱，她描眉画眼，把自己打扮得如此精致，而且这个季节穿裙装也太早了。

"惯坏了。"钟表匠漫不经心地回答。

"您的其他亲人呢？"

"她母亲前年去世了，两个哥哥，一个逃难的时候走散了，另一个让飞机炸死了。"钟表匠依然不抬头，声音像神情一样寡淡。

"对不起，勾起了您的伤心事。"客人抱歉地说。

"这年头，大家心里都苦。"说话间陆陆续续又有几个人进得门来，时间正好，除了头儿都到齐了。钟表匠抬起目光，"没什么大问题，如果误差在十秒钟以内属于正常现象。日常中很多因素都会对机械的精确度产生影响，比如气温变化，比如手臂的摆动次数，再比如上弦过紧或过松。不过能问一下您的手表有多久没擦洗了吗？"

客人撇了撇嘴角："整整十年，换句话说自打买了以后就从来没有擦洗过。"

"正常情况三年保养一次，里面的油泥太厚了，密封圈老化，从外壳看，您的手表好像受过几次严重的碰撞，蒙子上有明显的划痕。"

客人面露无可奈何之色，叹息说："何止碰撞，它进过两次水，一次蒸汽。干我们这行的，磕磕碰碰在所难免。别说手表，就连腕骨也断过一次。"他撸起袖面，让钟表匠看手腕轻度移位造成的成角畸形。

"表芯是很精密的装置，就像汽车的发动机，这样可不是待表之道啊！"钟表匠不禁对客人的工作性质产生了好奇。

"老先生教训的是，我听说有些表匠会偷偷把名表的零件调包。"

"世风日下，不过做这种勾当的终究是少数。"

"既然已经拆开了，那就劳驾您顺便擦洗一下吧。"

"半块银洋或者一张骆驼币。"钟表匠开价。

"怎么？大洋和纸币的比价又变了吗？"客人骇然。

"一天一个价码。"钟表匠摊了摊手。

"价钱好说。"客人很大度。

钟表匠用镊子把零件放进玻璃缸，再转身从搁板上取过一个金属筒，往里面注入汽油。

"这个不用放进去吗？"客人指指绒布上的发条。

"发条是碳钢的，浸入汽油容易断，只要用软刷子刷干净就好。"

"看来在精致的外表下，它有颗脆弱的心脏。"客人打趣，然后又问，"这是120号汽油吗？"

钟表匠用戴放大镜的眼睛瞟了客人一眼，心想他还很懂行，说："比那个还要高级，这是正经的航空汽油，从黑市上搞到的。"

2

钟表匠双手有条不紊，心情却越来越不安，他忽然有种极坏的预感，虽然观察哨并未亮出信号，但他确信已经出事了。

有一支巡逻队每天这个时间都会从橱窗对面的大街上走过，他们一向守时，但今天却没有出现。这是为什么？那个脖子上挎着烟箱的少年变成了生面孔。不仅如此，行人也比以往少，其中有一对搂着的情侣，在店门前晃过来晃过去，不到十分钟来来回回了三趟。他这一生只做了一件事，就是修复时间，所以他对时间的观察和掌握十分精准。

沉住气，沉住气，也许只是你太紧张了。钟表匠用拷贝纸把零件一一擦净，再用气球吹干，加润滑油，重新组装起来，一块老手表又变得闪闪发光。这时钟表匠发现表的背面有一行日文，显然是用刀具后刻上去的：大羽小次郎购于阿姆斯特丹。

有一刻钟表匠忘记了呼吸，恐惧像水银柱一样沿着脊椎快速推升，把汞直接注入他的脑动脉里。"你是日本人？！"他问，同时眼睛的余光看见，对面的撤退信号终于升起来了。可是……为时已晚……

客人从容不迫地取过焕然一新的手表，佩戴在局部弯曲的腕子上，站起身来朝钟表匠深深鞠了一躬："在下大同陆军联络部首席辅佐官大羽政章，还请前辈多多关照。"

分针正好抵达和地面垂直的位置，雷管般危险而坚定地竖立在那里。时间到了。满屋子的钟摆同时轰鸣起来，像连环爆炸一样此起彼落，击碎了凝固的空气，震荡得四壁微微摇晃。木头鸟飞出了笼子，金发美女在旋舞，小火车飞驰往复……世界变得无比疯狂。

四个端南布手枪的彪形大汉踩着钟声的节拍破门而入，用贸然登场表明这场舞台剧的高潮部分来临了。

透过大玻璃窗钟表匠看到，店门前一字排开了各种人员车辆集结的铜墙铁壁。

"快跑啊！"钟表匠大喊一声，眼睛瞪得像怀表，从柜台下面抽出一把锋利的铜冲子，修落地钟用的，猛然跳起来，想阻止那些闯入者。

客人身形原地未动，闪电般飞起一脚，弹腿功夫相当了得。榉木柜台轰然垮塌，玻璃罩炸裂成了无数碎片，上面的表、零件、工具四处弹射飞散。钟表匠瞬间被砸在了下面，动弹不得，额头涌出的鲜血污染了他的脸颊和须发，大张着嘴巴发出痛苦的呻吟。

客人蹲下身，轻轻拔掉他额头上的玻璃残片，和蔼地说："老人家，太激动对您的心脏不好。"同时他向冲在前面的河野洋平轻轻摆动下巴，于是这些特工排着队形冲上楼梯，紧接着，头顶上就传来激烈的砸门声、搏斗声和刺耳的枪响。

3

丁零零，丁零零——塑料壳子的电话机在桌面上震动。

大羽政章抓起听筒，眼睛还盯着文件夹里的《特别视察人登记表》，表格左上角粘贴有一寸黑白照片，项目栏中墨迹密密麻麻。姓名：赵凤春。代号：杜鹃。年龄：三十一岁。职位：中共雁北敌工部主任……一个非常危险的恐怖分子，他对帝国所犯下的累累罪行真是罄竹难书……听筒里传出秘书的声音："报告辅佐官，河野队长求见。"

"让他进来。"大羽政章声音倦怠，把听筒放回叉簧，关掉台灯，摘下老花镜，拧开收音机。晨光透过纱帘照射进来，不知不觉又工作了一个通宵。东京广播电台正传来晨祈的尾音。

晨祈结束，传来了雄壮的《爱马进行曲》：

"战马吆！我的坐骑，离开皇国数月矣，生死与共和你战斗在一起，前进在山川大地，双手紧收的缰绳里，涌动着你的热血和朝气。

"战马吆！我的坐骑，全仗着你，我跨越深沟激流，冒着枪林弹雨，完成任务的时候，我喜极而泣，报答你的将是满槽的饲草充饥。

"战马吆！我的坐骑，佩戴军刀不是为了豪爽阔气，驰骋沙场最先突入敌阵的就是你，脆弱的敌阵是多么不堪一击。

"战马吆，你嘶鸣吧！这声音就是胜利的乐器……"

走廊响起沉重的脚步声，从声音就能判断出来者体量惊人。大羽政章的脖筋一阵紧张地抽搐，心里说：他从黑绳地狱中来。门推开，河野洋平没穿外套，强壮的身躯使两粒男性乳头隔着衬衣布料看得十分明显，腰扎宽皮带，下身穿一条肥大的土黄色军裤。

"辛苦了，河野君。"大羽政章合上卷宗，随手将收音机关掉，做了个请坐的手势。河野洋平"嗨"了一声，在侧面正襟危坐，皮沙发被他压迫得几乎塌了架，里面的弹簧和木料发出痛苦的哀鸣。他注意到书架上摆着《源氏物语》《万叶集》《古事记》《日本改造法案大纲》……其中居然有一本禁书，小林多喜二的《蟹工船》。如果这不是长官办公室，他会立刻把房主逮捕，带进地下室严厉审讯（现在那里正在进行彻底清洗，不过很快又会变得像屠宰场一样肮脏）。

河野洋平肌肉发达，脸部线条相当粗犷，上面全是痘瘢，呈现出干燥后的砖坯颜色。他是空手道黑带，射击冠军，和二十个人徒手对战不落下峰，能双手同时击落飞行中的靶子。从心智方面说他既机智干练又冥顽不灵，所有的阴谋算计都围绕着一个石头般坚硬的内核展开，换一种说法，他的聪明都被挤压到了表层。他出生在一个贫苦的农夫家庭，父母含辛茹苦地供他读书，像所有底层人物一样他们经历过种种欺凌和不公，但他真心拥戴天皇，热爱大日本帝国，打心眼儿里痛恨那些包藏各种异端思想的反贼。正是因为这样，当他在刑讯室里面对那些负隅顽抗的犯人，聆听他们发出非人类的哀号时，内心并无丝毫负罪感。他是帝国的忠诚战士。奋斗、牺牲，他把自己毫无保留地奉献给八纮一宇的伟大事业，既是他的理想也是实实在在的生活。

"审讯进展如何？"大羽政章注意到河野洋平的白色袖口上沾着几枚半干的血点，从形状可以判断出是低速撞击，钝器外伤所致，用通俗的话说就是犯人遭到殴打时喷溅上去的。大羽政章脸上露出厌恶的表情。自己提醒过他，弄脏衣服对特工人员的形象不好，到刑讯室前应该换上工作服。

"不太顺利。"河野洋平显然意识到了长官的不满，不动声色地把袖口卷了卷，将血迹掩盖起来。"我们差不多把刑罚都用遍了，他们可真能熬啊！"

大羽政章深有同感地点点头："这是项艰巨繁重的工作，不过硬骨头我们也啃下来不少。"

"再向上面申请一套电刑设备怎么样？"河野洋平的双眼突然放射出灯泡一样的亢奋光芒，把疲惫的脸壳都照亮了，好像他的思想里藏着一个启辉器。

大羽政章揪掉薄毛衣上的一撮绒球，轻轻摇头："那种东西得通过外务省从德国进口，我们经费不足，拿不出那笔钱来。再说，用电话线和摇表也能达到电击的效果。"

"电话线的电压和电流不好控制，犯人还没怎么样，摇表的人先累瘫了。"河野洋平的表情黯淡下去，为诉求被当场驳回而沮丧。

"最后那个钟表匠先挺不住了。"河野洋平说。

"毕竟是上了岁数的老人家。"辅佐官满面同情。

"那倒不是。开始我们把他的十根指头都敲断了，你知道干他这一行，全凭有双灵巧的手。废掉他的手，心理打击比肉体疼痛更严重，可他居然扛住了。最后，我们只好当着他的面折磨那女孩。"

"结果呢？"大羽政章忧伤地抚摸自己的手表。

"不到十分钟就崩溃了。"

"你们对那姑娘干了什么？"

河野洋平皱起眉头，隐约觉得谈话至此已经偏离了轨道，掺入了一种邪恶而肮脏的浊流。这让他感觉很糟糕，他承认由于工作性质特殊，其中兽性的释放是不可避免的，但那属于个人隐私，只可以在内心的某个角落——阴暗角落里独自玩味，而不应该拿出来彼此分享，尤其不应该在这种正式场合。这是对他们所从事的神圣职业的亵渎。

"长官，那姑娘的嘴还没撬开。如果您对这个感兴趣的话，为什么不亲自去过一堂？"他寻衅地挑了挑眉毛。

大羽政章从自己的好奇心中退了出来，做了个到此为止的手势，并且意识到自己刚刚挑战了一个帝国特工的尊严。

"他承认死者不是赵凤春，这也再次印证了法医的判断。"

那么说这次胜利美中不足，留有遗憾。大羽政章眉头紧锁。

"要不要在报纸上发表一份声明，对昨天的报道进行更正？"

"没有那个必要。"情报部门没有义务给那些好大喜功、听风就是雨的随军记者擦屁股。

"我们应该趁热打铁，扩大战果，展开全城搜捕，尽快将首恶逮捕归案。"河野洋平建议。

"不会有结果的，现在他已经离开大同城了。"大羽政章敏锐地意识到，大鱼已经脱钩，时机稍纵即逝，对手绝不会坐等他们再次收网，"老家伙没全吐出来，他肯定留了一手，既然打开了缺口，就要持续施加压力。"

"已经没用了，他死了。"河野洋平捂着嘴咯咯地笑出了声，并不是真感觉好笑，就是停不下来，是那种莫名其妙、无中生有的病态笑声。

现在大羽政章终于知道河野洋平的外号为什么叫疯狗了，他阴沉地看着手下，线索就这样掐断了，严格来讲这是一次事故，虽然在刑讯中打死个把犯人在所难免，但这至少说明他们没有把握住力度和节奏，他们太急于求成了。按照相关规定，责任人应该向上级说明（应该写书面报告），有没有提前做好急救措施，比方说有没有安排军医到场，再比如刑室里是否准备有樟脑酊、强心剂、掺了咖啡因的生理盐水，含有高纯度甲基苯丙胺的葡萄糖液，给犯人擦汗的酒精棉球等等。不过这一回他没有打算追究，他觉得手下的工作压力太大了，在使犯人崩溃的同时，他们自己也不知不觉到了崩溃的边缘。他挥挥手，用亲切的口吻说："你去吧，好好休息一下，明天，不，也许过个两三天，再继续加大审讯力度。"

4

河野洋平退下后，大羽政章走到窗前，两手装在裤子口袋里，站在这个权力中枢，居高临下地俯瞰这座历史悠久的锁钥之城、军事重镇。虽然刚刚饱经战火的蹂躏，但那朝阳下的一座座牌楼、一重重院落、一条条古巷，无数高低错落、青砖灰瓦的古建，依然有着唐风宋韵，恢宏大气。太平街方向有一处工地正在施工，从脚手架和回旋式塔吊机来看，建筑物的高度超过了钟鼓楼，那是日本三辉银行的杰作。另外他知道，至少还有两处工地在他的视野之外大兴土木，一处在位于大同城西十五里的十里河畔，岩岭电厂已经破土动工，该厂总装机容量为17000千瓦，将是华北最大的发电厂。另一处选址在城郊南关新泉村，项目名称为大同南关机场（计划中的本地三座军用机场之一），以开辟大同至太原，以及张家口的空中航线。大同地处内外长城之间，是中国北方天然的国防线，千百年来它既是游牧民族进犯中原的重要门户，也是中原王朝抵抗外来入侵的最后屏障。不仅如此，作为探明煤炭埋藏量120亿吨的重工业基地，它正在为圣战提供无法取代的战略支撑。在陆军部企划的晋北自治政府扶植计划中，大同将成为该区域的首府。根据东京帝国大学教授内田祥三负责的课题小组提交的《大同城市规划方案》，在保留旧城原封不动的前提下，会在其外围建设三座新市区，旧城以西的新城，旧城以南的煤矿城市，以及十里河和御河交汇处的工业城市。母城和三座卫星城之间将以干线道路网连接。

这是个美梦——帝国的美梦，但他并未因此受到鼓舞。他甚至察觉出自己周围飘浮着某种若有若无、难以琢磨的思绪，像天空中残兵败将似的云块，让现实中的一切忽远忽近、乍明乍暗。虽然陆军部对大同的未来做出了野心勃勃的长远规划，可着手去实现并非易事，他觉得这座美丽富饶的城市是坐落在巨大的炸药桶上，随时可以让他和他的同事们玉碎，同时让帝国伤筋动骨，而制造这颗重磅炸弹的原材料就是中国人的抵抗意志。该如何拆除这颗炸弹，拔掉它的引信，这绝对是需要耐心和勇气的技术活儿。

兴亚院大同陆军联络部，原名大同陆军特务机关，机构中设有四位辅佐官，而自己是首席辅佐官，地位仅次于机关长。上任伊始，工作可谓千头万绪。他的顶头上司机关长前岛升大佐，原为华北派遣军本部参谋，此公忠勇可嘉，资格很老，履历丰富，两杠三星照耀下的勋表长得吓人，但要说到情治工作则实在不敢恭维，换句话说他把大同的治安搞得一团糟。他过于崇尚暴力，未能领会上层的良苦用心，而把军队的一套带到了现在的工作中，以为高压政策可以解决一切问题。显然大本营已经意识到了这一点，所以才急召他这个情报专家来救场。经过一段时间的艰苦筹备，他终于不负众望，初战告捷。虽然赵凤春的漏网没能使行动完美收官，但总算扭转了被动局面，不知道自己那位面容干瘦的上司此时心情如何，是长出一口气还是妒火中烧。

同时他深知廓清本地治安任重道远，以此次使自己在情报机关站稳脚跟的胜局为契机，他一夜之间向上级部门递交了五份报告。有些问题必须尽快解决，决不能拖延。

第一：整肃军纪。自去年9月皇军占领大同至今，城内共发生了二十五起强暴事件，还不包括未被发现的。"讨共爱民"的标语到处张贴，但毫无实效。按照日本军法规定，强奸案诉讼程序和普通刑案一样，必须经受害人自己告发，方予受理。但那是在日本国内，而中国当地百姓显然吓坏了。他向机关长建言，并请转呈山西驻屯军最高司令部，修改战区强奸罪。罪犯一经发现即由宪兵逮捕，交军法会议处理。在报告中他强调，奸污妇女不但关系皇国声誉，而且直接影响军队的战斗力。

第二：以战养战，以华制华。随着战线拉长，暴露出后方兵力不足的弱点，应汲取满清入关后的经验，加强中国地方军队的转化工作。

第三：为解决地方财政危机，上面有开放烟禁之意。日本是《国际鸦片公约》签约国之一，当此之时更应重申，日本官兵及在华侨民均严禁吸食鸦片，违者严惩不贷。

第四：据宪兵队报告，不少士兵从战区向家乡邮寄拍有残暴行为的照片，至上个月因违反邮政法律而予没收的邮件已超过数百件，今后此种行为应严厉杜绝。

第五：皇军对于抵抗行为的过激反应，必须制止。无辜良民必须受到保护。报复性的、大规模的株连和杀戮，结果将适得其反。皇国需要在占领区建立稳固的后方，新秩序必须代替混乱。对抵抗者锁定目标，精准打击，才是情报部门力量的体现。

赵凤春，这个名字又跳进他的脑海。大羽政章有种强烈的预感，今后此人仍将是自己的主要对手，当然是在另外的战场上。虽然此人已经逃出了特工掌控，不过他为目标预留了一个杀招——三十六计中的反间计，当这把撒手锏投掷出去的时候，无论他在哪儿，都必将死无葬身之地。大羽政章在心中发出鸱鸮般的冷笑。

电话铃再次响起来，大羽政章抓起话筒，秘书报告："商会会长田唯农到了。"

第十七章：访贤

1

一老一少面朝桑干河，相隔三米并排而坐，每人手里一条六米多长的钓竿……在他们身后浩浩荡荡的芦苇丛随风摇摆，雪白的芦苇下可以埋伏十万大军。河对面是一片百鸟翔集、生机勃勃的桑林。

老汉弯曲在小板凳上一动不动，好像老僧参禅。

年轻人却猴子打坐——总有些不得要领，一会儿低头看河面上苇叶做的长尾浮漂，一会儿又抬头看迷蒙的水汽袅袅上升，化为沉重紧实的云块。整整三天，他甩竿甩得膀子都快掉下来了，可还没有一条鱼咬过他的钩，哪怕是一拃长的麦穗鱼。三天来他向师傅请教了怎么找底，怎么打窝子，下钩的深度，用什么样的鱼饵、小药、风向、水流速度和钓位的关系……可就在刚才，师傅已经用四条蚯蚓换回了三条花鲢，外加一条三斤左右的红尾鲤鱼，可自己的鱼篓还是空的。

明亮的河水满载喧哗之声奔向宣化（那声音好像在嘲笑他），桑干河和汾河是一对亲姊妹，都发源于宁武的管涔山。它支流众多，滋养抚育着两岸的亿万生灵，但同时也脾气暴躁，喜怒无常，经常洪水泛滥，数度河槽改道，所以俗称无定河。

浮漂一颤，年轻人的神经绷紧了，猛力提竿，差点儿崴了手闪着腰。空竿。水淋淋的钓钩在阳光下闪着一弯夺目的银弧。

老头淡淡地说："你太心急了，那不过是过路的鱼碰了一下线，你得等它把钩子吸到嘴里，挂到肉上，再果断提竿刺穿它的上颚。"

年轻人默不作声地把泡胀了的死虫子拿掉，从饵食罐里换了一只活蚯蚓穿到钩上，又往水里撒了一勺窝料。十几节的斑竹挂着风声悠起来，渔线重新甩回窝子里。

太阳渐渐偏西，风吹来大片芦花，其中夹杂着一丝桑葚酸甜的气息。这中间师傅又把一条呆头呆脑的胖头鱼收进了编篓。

浮漂唰一声沉下去，竿子嘎嘣一下定住。黑漂了。腕子上那种奇妙的感觉让年轻人起了一身鸡皮疙瘩。他迅速抬臂短刺，钓线在风中发出一串美妙的嗡嗡声，如同拨响琴弦，如同发出天籁，竹竿弯成了一轮满月。

年轻人试着抬了抬腕子，钓线好像钩在树根上似的毫无反应。一个大家伙！它在水里一动不动，行话叫打桩。年轻人慢慢地站起来。

老汉转过目光点拨："要后发制人，柔字当先，沉住气，稳住竿，等它先动起来。对大鱼要礼让三分，不能使蛮劲儿。"

僵持了足有两分钟，年轻人腕子都酸了，它终于动起来了，像艘潜水艇不慌不忙，平稳地向前驶去。这说明它很傲慢，压根儿没把岸边的对手放在心上。

"是条二十斤以上的大家伙，别跟它拔河，溜它！要想办法把它带出窝子，留神别炸了窝。"老汉把自己的竿子支起，注意力完全被吸引过来了。

年轻人欲擒故纵，双脚向河边快速移动，尽量把鱼竿伸出去，抢在大鱼前头，把它向河心牵引，然后双手用上韧劲儿一点点改变方向。这样做很危险，一不留神就只能弃竿，或者被大鱼拖进水里。年轻人开臀提胯，膝盖弯成钝角，双脚站成桩形。大鱼就像被牵住鼻环的老牛，在不知不觉中掉过头来，兜了个大圈子又回到岸边。

狡猾的大鱼倒竖起来，拿着大顶射向深水，这叫扎草窝子。

年轻人蹲下身，像拉着一头倔驴，有节奏地拍打鱼竿，反复刺鱼，让它疼。

扎草窝不成的大鱼变换招数，出其不意地斜向突围。年轻人避其锋芒，横竿切角，左右挥转，对冲掉大鱼对竿子的冲击力，不给它丝毫翻身的机会。

"别生拉硬拽，要借力打力，四两拨千斤，让它使不上力，转不开磨，跟不上溜。"老汉屁股离开板凳，双手按着膝盖，盯住水面上移动的渔线目不转睛，"正口，要不这么折腾早就拉豁豁了！幸亏是大竿子，一寸长一寸强！"

几个回合的较量，大鱼的气力明显变弱了，渐渐从深水浮到了水皮上。是一条头扁口阔，足足三尺多长，嘴巴上长着四根胡须的金背大鲇鱼，在夕阳照耀下，灿烂的光芒射出水面。

"老汉活了七十多岁，见过的都是黑背鲇鱼，这还是头一回见到金色的。"老头摸着胡子惊叹，"快，用抄网，抄鱼头啊！"

年轻人弯腰拿起抄网。老汉卷起袖子，往掌心吐了两口唾沫，手提一柄又沉重又锋利的铁搭钩走过来，凶恶得就像个准备撕票的暴徒。

不等对方的帮手走近，大鱼一个箭蹿跃出水面，黄金脊背、羊脂玉肚皮和半透明的尾鳍在晚霞飞絮中转动出优美的弧线，眼神视死如归，水花直泼到后生脸上。年轻人顾不得擦，顺势起竿，和大鱼决战。大鱼凌空一个大翻身，把渔线缠绕在自己强壮的纺锤形身躯上，又落回水里，砸出一朵巨大的水浪，借助水的压力疯狂地拼死一搏。渔线啪地绷断了，后生高扬起失去渔线的竿子，一个腚蹲儿坐倒在地。

年轻人屁股疼得好像裂成了四瓣，眼见功亏一篑，摔了竿子沮丧地说："唉，要是渔线再粗一点儿就好了！"

老汉把铁搭钩交到左手，伸右手把年轻人拉起来，有些怅然地望着死里逃生的大鱼在河心划出的水痕，说："这是它命不当绝呀，说不定是龙王太子变化的。线要是加粗了，那断的就是竿子。钓鱼人宁可断线不可断竿。虽说瓦罐不离井台破，大将难免阵前亡，可丢车保帅总是划算。再者说做人要懂得适可而止，命里有时终须有，命里无时莫强求。"

"师傅教训的是。"后生拍打拍打身上的土，拾起钓竿，"时候不早了，我们也该回了。"

"百年心事总悠悠，壮志当时苦未酬。野老胸中负兵甲，钓翁眼底小王侯。思量天下无磐石，叹息神州变缺瓯。散发天涯从此去，烟蓑雨笠一渔舟。"老汉站立不动，凹抠眼沉静地望向远方，"有什么事还是照直说吧，大王公务如此繁忙，把工夫耗在我这么一个糟老头身上，这又何苦来哉？"

年轻人一时愣住了，恍惚间好像回到了春秋战国时代。

2

"那么说丁老爷子早就认出我来了？"半晌，后生问。

"草遮不住鹰眼，水遮不住鱼眼。大王不怒自威，亲而难犯，平易中自有霸者之气，老朽虽然眼拙，却哪有认不出来的道理？"

后生暗想这个老家伙不但是老江湖还是个马屁精啊，无怪乎能把那么多心狠手辣的军阀日哄得团团转，嘴上却说："老人不讲古，后生会失谱儿。烦请师傅不吝赐教，为徒弟讲一讲当前的天下大事。"

两个人重新坐回暮色里，三米宽的距离变成了肩并肩。老汉——振远县丁堡财主丁万邦讲话时粘牙倒齿，摇头晃脑："如今在中国势力最大的当然是小日本，天上有飞机，水里有兵舰，地上有坦克，可我掐指一算他们是兔子的尾巴——长远不了。九一八事变，日本出兵东北，不但损害了苏联的利益，而且对太平洋均势体系造成了不小的冲击。《九国公约》和《巴黎非战公约》都面临严重挑战。国联大会接受《李顿调查团报告书》，宣布不承认满洲国之后，日本就负气退出了国联，这是拉着老虎尾巴喊救命——把自己往绝路上逼。"

"七七事变以后，英美的在华利益更加受到沉重打击。现在是罗斯福总统的第二个任期，美国国内问题已经基本解决，此时着手处理国际纠纷正是天赐良机。所以今年美国政府对日本实行了道义禁运，宣布不承认大东亚新秩序，并对华贷款两千五百万美元。这就等于给野马套上了缰绳。"老汉从钓箱里拿出两份英文报纸，"这是我托人从美利坚捎回来的，一份《华尔街日报》，一份《纽约时报》，我把它们送给大王，你可以找人翻译出来做个时政参考。"

"大王想过没有，要是有一天日本人滚蛋了，中国的局势将如何演变？国共同床异梦，诸侯尔虞我诈。八路军和阎长官商定，以汾阳至军渡的公路为界，晋西北为八路军的活动区域，晋西南为晋绥军的铁桶江山，可实际操作中却摩擦不断。同时阎长官也跟他那些日本老同学眉来眼去，藕断丝连，一方面是为了让日军不要对他下死手，另一方面还可以借此跟中央政府讨价还价。山西本来是战略要地，抗战最前沿，可阎长官谁也不得罪，谁也摸不透，谁的便宜都敢占，分寸穴位拿捏得很准，身段十分柔软，就好比一个美女，跟谁都调情，就是不失身。"

"不说他们，我应该怎么办？"年轻人虚怀若谷。

丁万邦继续咬文嚼字："要吃辣子栽辣秧，要吃鲤鱼走黄河。大王为今之计是招兵买马、聚草屯粮、招贤纳士、积攒人望。天下一旦生变，大王即可坐拥振远，虎不离山，龙不离渊，只选派两员上将，一路向北假道怀仁，奔袭大同。一路向西并吞山阴和右玉。其他如繁峙、天镇、浑源诸县传檄可定。整个雁北就塞进大王的鱼篓里了。"

"之后，进则可以出平型关，克定太原。据太行山脉之紫荆关、倒马关，扼守自大同盆地经桑干河谷进出的通道。雁北好比钉进河北、陕西和山西之间的一根楔子，无论南下中原或西入关中，皆有高屋建瓴之势。然后沿火车道直下阳高，围攻张垣。扼华北、东北、察绥三地之咽喉，控平绥铁路之枢纽，北通库伦，西北通乌里雅苏台，东北一路通到热河。到那时大王使者四出，通电全国，这盘棋就活了。"

"退则可以关闭门户，封锁雁北，在诸侯之间左右逢源，跟他们溜鱼玩儿。雁北四周均为山地，西北有阴山，南有管涔山，外缘有黄河，东有恒山、太行山。只有雁门关、杀虎口、灵丘道是通向外界的孔道，易守难攻。中间是狭长的大同盆地，桑干河由西向东贯穿全境，使其能够自给自足。"他顿了顿继续说，"只有一点需要盘算，大王已经有了自己的关张赵马黄，但身边还缺少一个诸葛卧龙啊。"

"如果师傅不弃，何不慷慨出山，与徒弟共襄霸业？"后生鼓动。

"大王高抬老朽了，老朽闲云野鹤、风烛残年，爬个坡都会喘。尊师吴联丰热心民生，胸怀天下，王佐之才，云霓之望，大王何不留意？"

"卧龙凤雏得一而安天下。放屁吹灯，各练一功。如果我老师是诸葛孔明，那师傅就是水镜先生和庞士元相加。"后生紧着打劝。

老者连连摇手："惭愧、惭愧，我是上个时代的人。兔子要是能驾辕，谁还肯花钱买大骡子大马？"

孟布云没有相强，从怀中掏出一张银票说："一点儿小意思，不成敬意，望师傅笑纳。"

老者并不推辞，接过来说："既是大王一番美意，就却之不恭了。"他拱了拱手，把家伙事儿扛到肩上，用打火石就着火绒点亮一盏白纸灯笼，挑着，扬长而去。

孟布云目送老汉消失才转身，沿着河畔走了十几步，拐弯，穿过苇子丛中间的一条隐秘小径。月亮升起来了，两条菜花蛇纠缠在一起，孟布云想起老人说灵蛇起雾，得远远绕开，不要打扰到它们。走出芦苇荡，路边闪烁着一簇灯火，站着十几个背枪的汉子，马银科快步迎上来问："姓丁的上钩没有？"

孟布云说："人老奸，马老猾，兔子老了也难抓。"

马银科不满地说："这个老家伙是什么来头，这么牛皮哄哄的？"

孟布云说："他是北洋人物，前清举人，参与过公车上书，给袁大头当过幕僚，后来又给吴小鬼做参议。"

3

自从挤走八路军和王天存，成立保乡团，赶跑了蝗虫大军，孟布云就名正言顺地驻扎下来。他自封司令，公开征兵征粮，收集购买枪支弹药和马匹，扩充武装。

8月，小昌村的张朴称帝，国号昌盛，改公元1937年为昌盛元年。

张朴外号张小扁担，他穿一身戏班里的皇帝行头，手捧玺印，在老醋坊的曲子房里登基坐殿。下诏册封婆姨为正宫娘娘，李寡妇为东宫娘娘，孙寡妇为西宫娘娘。大儿为皇太子。封本家叔叔，一个前清的庠生为丞相。封蒋介石为平倭大将军、阎锡山为征夷大将军、傅作义为游击大将军、孟布云为镇国大将军、赵彻为讨逆大将军、赵传甲为荡寇大将军、郭养恩为武威大将军……

孟布云郑重其事地设香案，跪下接诏，三呼皇恩浩荡，并对左右说："这一点儿也不可笑，至少有一条，王老师说对了，其实中国需要一个皇帝。"然后他以朝觐为名，带人包围了小昌村，将张朴全家及文武大臣二十一人，装进熏醋的大缸里，用醋糟闷死。皇帝卒，国灭。

9月，护驾岗村的史美禄和晋北大盗——塞子村的郭养恩分赃不均，隔着小临河摆开战阵。孟布云单人独骥在小临河的七孔石桥上摆和事酒。

10月，孟布云联合史美禄和郭养恩，大举讨伐大北头村，问去年二赵兴兵犯界之罪，七进七出，三战三捷，赵传甲投烧锅自尽。之后移师泉头村，赵彻惧而遁。孟布云封锁县界，大举搜捕，足迹踏遍木瓜河、大临河、小临河、清水河……亲手用裤腰带勒死了赵彻。

12月，史美禄以宴请为名把孟布云约到护驾岗村，两廊埋伏刀客，打算摔杯为号加害之，孟布云假借上茅厕逃席而去。

同月，郭养恩携带史美禄的人头为觐见礼，率众合杆。孟布云封郭养恩为保乡团副司令，两个人斩鸡头喝血酒换庚帖拜了把兄弟。

郭养恩的归顺使孟布云实力大增，保乡团扩编为六个大队，两三千人马。同时，他还另设五个工作队，每队三十二人，分别派往全县五个区做情报和行政工作。张贴告示，勒令百姓交粮纳税，供应军需。设立军法处，让老百姓鸣冤告状，解决民事纠纷。兴致高时，他也亲自升堂问案。每到秋收季节，村民不再需要请人看田，而是由孟布云指派常年在乡间巡视的坐探，担负此项任务。这时的孟布云俨然以一县之长自居，但是他又不屑用这个已经被无数腐败官吏弄脏了的名头来玷污自己。于是，他给自己起了一个更响亮、更加具有复古色彩的封号，自称振远王。

从另一方面看，他又好像沉下来了，干事比以前讲究得多，见了要饭的小孩儿就舍钱，见了村里的长辈就弯腰，叔叔婶子大爷大娘地叫着，脸上常挂着亲热体恤的笑，但只要一冷下来就是几条人命。

第十八章：拜年

1

振远的火，太谷的灯，清徐的背棍爱煞人。转眼到了旧历年关，三十晚上村里一堆老汉汉和管事，有头有脸的，张着缀满小绸条的万民伞相跟来到孟堡。堡门大开，孟布云长袍马褂，风帽耳捂，黑色大直贡呢的裤子，黑色灯芯绒的鞋面，厚厚的手工针线白色千层底上涂了一层防水胶，双手接过伞转交给随从，抱拳作揖满口都是吉祥话。众人则不住地夸赞振远王自主政以来爱民如子、广兴仁义、轻徭薄赋、推恩养士的德政。说到他为振远的发展建设殚精竭虑、周公吐哺、日夜操劳的时候有两位甚至红了眼眶，一致恳请孟布云到打谷场上点火。

孟布云被簇拥着，众星捧月往大场上来。一路上净水洒街，黄土垫道，家家户户都贴着崭新的对子和门神，挑着大红灯笼，翠绿的松柏枝压着彩色麻纸的四字挂签，马蹄形纸穗子随风飘摆。耳边东响一挂鞭，西响两声炮，这是各家各户在安神，老话讲："安神不放炮，爷爷不知道。"场上万头攒动，望眼欲穿，看见孟布云来了，自动向两边闪出一条人胡同，孟布云一走过去，人潮又像水一样在身后合拢。

迎面高搭松门，各色旗子迎风抖动，威风锣鼓敲打得人热血沸腾。松门后面是已经搭好的无根架火。架子火的底座是个牌坊，十三张方桌一层顶一层摞起来六七丈高，用八根大棕绳摽住桌腿，马蹄扣把四角拴牢靠了。最下面一张桌子捆绑在椽子上，为的是待会儿烧起来，上面亮下面不亮，远望像一座飞起来的空中楼阁，人间仙境。现在整体看架子很像个宝塔，塔顶竖着灵幡，塔身披满花炮。每层吊挂三十六颗彩色大爆竹，以及十二开的起火串鞭、麻雷子。药捻儿都是交叉编串在一起的，一处着处处着，一处响处处响。檐檐角角扎着绣球，吊着铃铛，挑着宫灯。用花花纸和绸缎把每一层都装饰成亭台轩榭，里面画着树木花草、戏曲人物。外面贴着巧媳妇铰出来的剪纸，什么鹿鹤同春、喜鹊登枝、金玉满堂、普天同庆、五业兴旺……都是花里套花，对鸟团花。

几十米外的大戏台红毡铺地，串灯和汽灯交相辉映，中央竖立一杆方天画戟，戟头上架着一支花花杆的蹿天猴，只要一点燃，一道流星凌空飞过去把对面的架子火引着，然后就是鞭炮齐鸣，金蛇狂舞，烟雾缭绕，火舌乱蹿，万众欢腾，也就算把年节的喜庆气氛推向了高潮。按照老传统，这个点火的必须是地方上德高望重的舵把子。大家一致请孟布云点，孟布云再三再四地推辞，众人不依不饶，年轻的紧着让，好话说下一大车，老的就吹胡子瞪眼，假装生气。孟布云这才勉强应承下来，众人陪同着蹬上戏楼，走到方天画戟前头哈腰刚要点火，手突然停住了。吐着光焰的铁皮喷嘴在头顶上呼哧呼哧响，乙炔气体挥发的嘎石味儿勾起他一桩心事：自己现在也算有身份的人了，老和吴先生这么僵着可不太体面，不如请吴先生点吧，顺便给他拜个年，互相留个台阶。

想到这儿他把火种又放下，向四周抱拳说："各位父老乡亲对不住，我突然想起件紧要事，不过去去就来，烦请诸位稍等。"说完领上两个小厮快步出了大场。

2

才往巷子里一拐弯，就听见吵吵闹闹，鼓乐喧天，满街筒都是人。小孩儿大人怀里抱着，脖子上架着。大树的树杈上坐着六条鼻涕虫，好像变成了传说中的人参果。一队秧歌火龙似的围着吴先生的院子川流不息，其中有小车会、挑椅子、高跷、背棍、抬阁、旱船……各个花枝招展，行头也讲究，扮相也耐看，扭得也地道。尤其是踩高跷的，什么哑老背妻，聋子背着瘫老婆，在平地上一会儿爬山一会儿过河，一会儿张望一会儿下坡。还有个男人搽脂抹粉，涂两个红脸蛋儿，假髻子上插朵野芍药，跟孙猴子、猪八戒眉来眼去……观众不时捧腹大笑，不断变化的灯火渲染着一张张明亮的笑脸。

孟布云脑子一下乱了，心想今年的社火是自己亲自过问亲手抓的，紧张罗慢张罗，有几场表演，什么时间什么地点支摊，走什么线路，社家都列了单子，自己也提前看过，打哪儿又冒出来这么一队人？正想派手下盘问，从看热闹的人堆里挤出来一个戴毡帽壳的小后生，蓝对襟蓝马裤，裤腿角扎着，骆驼鞍子老棉鞋套到脚上略显笨重，走到他跟前深鞠一躬说："司令过年好。"孟布云一看，这后生长了个前奔儿楼后马勺的榔子头，细条条的很白净，柳叶弯眉，男生女相，认的是马富贵的三儿马六子，自己雇的包打听。他皱起眉问："这是哪儿来的社火队，是谁许可他们在这儿打把式的？"

马六子回禀："这是黄花岭大当家从山上带下来的，说是专意为给他老师拜年。我听说当初他们进村的时候，哨兵不敢放行，把情况层层上报，曾经请示过司令。司令批准了，才放他们进来的。"

孟布云一想还真有印象，只不过这两天太忙，把这件事给忘了。

马六子接着说："大过年的，村里突然挤进来这么一股子外路人，雷大队怕里面有戏法，派人轮班盯梢，让有情况立即报告。"

孟布云觉得这个马六子是个精明能干、滴水不漏的小伙子，以前倒是把他忽略了，又问："看出苗头没有，他们究竟想唱哪出？"

马六子说："他们是王大当家亲自领来的，从擦黑开始，已经在这儿绕了一个时辰，听说过一会儿还要到院子里面敲打。王大当家一家四口现在正在屋里。"

孟布云问："他们在干什么？"

马六子说："朝南来了一伙猴，扑通扑通跳下沟。"这是一个榔子村大小人儿都知道的谜语，意思是煮饺子。

孟布云暗想那自己还是暂且别进去，避让为好，谁让自己在大哥跟前做下没理的了呢？这大过年的，要是见了面闹个大红脸，生一肚子闲气，何必呢？于是，对马六子说："你以我的名义，进去给王大当家送两头就饺子的大蒜。"

马六子躬身说："难得司令还这么顾念兄弟情义。"

孟布云问："哦，你知道送蒜是个啥意思？"

马六子回答："兄弟七八个，围着柱子坐。只要一分开，衣服就撕破。司令这是不想跟王大当家割袍断义。"

孟布云往回走，半路上突然一阵堵心，觉得事情没那么简单。狼若回头，必有理由，不是报恩，就是报仇。今年这个架火搞得这么铺张是自己一手安排，专意要在村里显摆显摆。一进腊月门纠首就举着自己的信牌挨家逐户通知社事，摊派杂役、搭台子、埋灯杆、集合唱家、筹备响器和执事。可是他王天存偏偏弄出来这么一出，这不是和自己唱对台戏、打擂台吗？说不定他还是不服气，想借着吴先生的势压自己一头。

3

第二天孟布云冒着纷飞的雪花，率领五挂满载的大车，浩浩荡荡招摇过市，大张旗鼓地去谢师。把吴先生的院门堵得严严实实，光牲口就占去半条街。吴先生的家负阴抱阳，背山面水，坎宅巽门，挑檐下的门墩石刻着两个香瓜一卷书，门框上一副春联：要是父而身身而子各能尽职，那才幼至壮壮至老不枉过年。院子当间儿用煤糕垒着塔塔火。

孟布云向吴先生执弟子礼，婉转地提出想请吴先生出山当军师的意思。吴先生给孟布云讲了三则寓言故事。第一个寓言故事讲，从前有两个国家，一个建在蜗牛左角上，叫触氏。一个建在蜗牛右角上，称蛮氏。两国常为争抢地盘而开战，打得七荤八素、万死千伤，追亡逐北要花费十五天时间。第二个寓言故事，记载在唐代传奇《南柯太守传》中，淳于梦在大槐树下睡觉，梦中来到槐安国。他做了槐安国国王的乘龙快婿，出任南柯太守。梦醒以后，发现这个国家就是槐树下的蚁穴。第三个寓言故事讲，当年庄子身为漆匠，面黄肌瘦，终日劳苦。楚王闻庄子之贤，于是派遣使臣，带着黄金百两、文锦千匹、安车驷马，欲聘庄子为上相。庄子叹曰：牺牛身披文绣，吃的是精细饲料。见耕牛在地里辛苦劳作，则自夸其荣。而牺牛一旦迎入太庙，刀俎在前，欲为耕牛而不可得也。

他揶揄昔日的学生："王有千乘之尊，金宝银册，食邑屏藩，世袭罔替，而振远不过是座弹丸小县。你如今在振远称王，就好比是个不足月的婴儿，却偏喜欢戴一顶九尺高的大帽子，目的是想让所有人都看得见，实际上只是在给别人演滑稽戏。"孟布云又向吴先生求卦，卜问前程，吴先生说，"不用占了，我看除非是你急流勇退，老老实实做一介农夫，否则必定前途艰险，凶多吉少。"

所有礼物，吴先生都让孟布云带回去，唯独只收下一头小毛驴。但是才出正月，他就在驴脖子上挂了一块木牌，嘴里吆喝着："吁——喔，嘚儿——驾。"好像张果老一样倒骑着满街转悠。牌子上写三个字：振远王。他向众人解释："振远王送我的这头驴，是全县最棒的驴，再没有哪头驴地位能超过它了。因此它也是振远王，是驴里面的振远王。"

<h2 style="text-align:center">4</h2>

所有人都为吴先生捏着一把汗，甚至有人预言，吴先生死期已到，下场不会比那个吝惜银钱的赵堡地富更好。凤春娘右眼皮老跳，埋怨吴先生不该去招惹那个混世魔王，拿自家的性命开玩笑。可是吴先生依然我行我素，有一次他调侃万年居棺材店老板："想从我身上赚钱，门也没有。我要是死了，席子一卷烧掉就行，躺在棺材里反倒闷气。"

孟布云偏偏在这件事上睁一只眼闭一只眼，他让手下装扮成牙行，当街拦住吴先生，大惊小怪地称赞："好驴，好驴呀！"假迷三道地掰开毛驴的嘴唇看齿数，然后把衣裳角往腕子上一搭，凑过来对着袖口和吴先生捏码子。吴先生推开对方的手，指着驴说："不通生意经，买卖做不成。你先告诉我这是头小草驴呀，还是头小叫驴？是刚刚齐口还是七方八圆？是关中驴、广灵驴还是德州驴？"

那伙人张飞纫针——大眼瞪小眼。其中马六子比较机灵，弯腰撅腚往毛驴肚皮上看。吴先生不等他看分明，接着说："车船店脚牙，无罪也该杀。牙行的规矩是退帖顶补，父子相传，把你们的牙帖拿出来我看。"没想到这伙人还真有牙帖，并非无帖私牙。吴先生指着毛驴脖子上的牌牌说："睁大眼睛瞧清楚了，这可不是一头普通毛驴，它是振远王。振远王你们也敢买？"

对方连声说："看见了，看见了。我们也知道先生这头宝驴格外金贵，踏破铁鞋，得来不易，只要先生肯开个价，我们决不还价。"

吴先生翻着眼睛说："诚心买不诚心买？要是诚心买，就给一个铜板吧，多一个大子儿也不卖。"

对方反而不敢买了，因为振远王只值一个铜板，这要是传扬开来，孟布云说不定就会在一怒之下要了他们的脑袋。

孟布云不动声色，但部下却气炸心肝肺，每天都有成群的人挤在司令部里，请求孟布云下令或者默许把吴先生做掉。他们跪下恳求，赖着不走，他们顿足捶胸，涕泪横流，甚至夜里也不离开。

"司令，他这是变本加厉！这件事您再不能心慈手软了，否则，您的一世英名就将断送在这么一个腐儒手里！"

"司令，您处事一向恩怨分明，杀伐决断，雷厉风行。如此优柔寡断，举棋不定，可不像您的作风！"

"他这是学祢正平击鼓骂曹，是踩着司令的脑袋为自己沽名钓誉，树碑立传，其行可鄙，其心可诛，是可忍，孰不可忍！"

孟布云仰天长叹："树欲静而风不止啊！我不想杀人，可有人却偏要把脑袋往我的车轱辘上碰。然后再把欺师灭祖、不仁不义的千古骂名加在我头上。送他上路吧，给他来个痛快的，别让他零星受罪！丧事要大办，多请几个裁缝，准备全军戴孝。一百天内全县不准婚嫁，不准放炮，不准见红。天王寺的和尚也要请，道场要做得隆重，我要亲自顶盆摔瓦，扶棺守灵。"

手下问时间。孟布云说："择日不如撞日，长痛不如短痛。"

5

孟布云翻来覆去睡不着，轻佻的风推窗而入，像一只冰凉的手抚摸他的脊梁骨，围着他的额头盘旋不息，在他耳边哼歌唱曲。孟布云就从这股风中嗅到了一股墓穴里的气息。这味道令人作呕，挥之不去，仿佛一只已经死去三年的、腐烂的秃鹫拖着千疮百孔，载着青蝇白蛆，在屋里窜过来窜过去，扑棱得到处都是鳞光闪闪的暗绿色黏液。

孟布云翻身坐起来，面前有个人影。他哆哆嗦嗦地从被阁里找出半盒洋火想点灯，火柴擦一根灭一根，光闪火花不出火苗。屋里充满了黄磷挥发后的刺鼻味道。在火花闪动的瞬间，他看见父亲站在床边，浑身水淋淋的，愁苦幽怨的目光望着自己。

有个声音在孟布云心里说：这盒火柴正在死去，因为他的归来而恐惧得奄奄一息。他扔掉空火柴盒问："缺钱？"

孟满仓摇了摇头。

孟布云又问："缺女人？"

孟满仓还摇头。

孟布云绷起脸训斥："那你来干啥？"

孟满仓说："最近死的人太多，阴间鬼满为患，阎王爷不再接纳新丁，所以阳世到处都飘浮着无处可去的孤魂。"

孟布云穿上衣服，掀枪下地，他倔强地不再理睬对方，也没有绕道，笔直地穿过父亲虚幻阴冷的身体。当他艰难地冲破阻力，来到屋外时，深吸了一口气，仰望满天繁星，有种被这个世界重新生出来的感觉。

孟布云顺着宽窄不一的冲沟走，地势在他脚下慢慢地高上去，想起来一句老话叫下坡容易上坡难，这些年自己究竟是在上坡呢还是下坡？两边是一孔孔土窑，一垛垛抹着麦秸泥的砖墙，以及树木杂草乱生怪长的土梁。冲沟是山洪在地表冲刷侵蚀出来的洼地、沟槽，依地势自然形成，没有一定的规格，是水土流失的元凶。这个夜晚特别清明，小而厚的浮云掠过了银盆似的月亮，在古老深厚生他养他将来埋他的土地上，投下一块块形状不规则的阴影，像幽灵船一样从他身边无声无息地划过，风的阻力使它们轻轻地颤抖，缓慢地变形。

路过小学校时他站住了，表情显得很空茫。整个雁北再找不出这么气派的小学校了，别村的学堂不是龙王庙就是土地庙，不是夫子庙就是关帝庙。而这里大门前立着骑楼，木牌匾上写"维新小学"。院子里青砖墁地，教室是三间大瓦房打掉隔断连起来的敞厅。以前这里本来和吴先生家是一体的，后来吴先生要在本村开办学堂，并私塾为初小，他先到省教育厅备案，然后把自家两进的院子分开，前面做了学堂。

他穿过门洞走到院子里，月光下，看见冷冷清清的教室前一棵白杨树孤独倔强地挺立着，丫杈上挂着半截犁头（代替铜钟），和他小时候一模一样。他向着门扇步步走近，蹚过无形的岁月之河，恍惚中听见里面有许多稚嫩的童音在朗朗地念："春夜有明月，都作欢喜相。每当灯火中，团团清辉上。人月交相庆，花月并生光。有酒不得饮，举杯献高堂。"他内心回旋激荡起一层又一层曲折高亢的波澜，像潜流把势能源源不断地推送向洋面，巨大的冲动裹挟着他，孟布云身不由己地跨了进去。

第十九章：杀与赦

1

一个拥挤明亮的空间像刚出锅的糖稀，瞬时就把他紧紧包裹住，让他动弹不得。三十多个摇头晃脑的胎娃停止了动作，小脸齐刷刷扭过来定定地瞅他。课桌上摊放的既有《三字经》《千字文》《百家姓》，也有民国课本。教室中间生着铁炉子，炉盘炉圈封火盖，锈迹斑斑的烟筒拐脖在头顶上圪溜拐弯。被阳光投射进来的树影在教室的砖地上缓缓推移，有时候麻雀也会赶来凑趣，它们的影子比树影生动得多，像竹竿子挑的驴皮影一样，灵巧地在地面上做二维跳跃。孟布云可以精确地计算出，在不同季节里，某根枝条移动到什么位置，就正好是下课时间。

戒尺拍在桌案上"啪"的一声响，把孟布云吓得一哆嗦。阳光被震荡出一圈圈涟漪，枝头的小鸟张开翅子扑棱棱惊飞，留下一地斑驳的树影兀自晃动。教室里的空气顿时紧张起来。"孟布云，你又迟到了。"吴先生端坐在讲案后面，天庭饱满，两鬓开阔，五官俊朗，颧骨拔起，长长的眉毛尖攒成一股，根根向上。额头和眼角的皱纹突然变少变浅了。在他身后是块缺了角的黑板，黑板上方有张条幅，四个横平竖直的大字是先生亲书：知行合一。

孟布云答不上来，他想不起自己今天为啥迟到。他太紧张了，紧张得连身旁王天存的暗示都硬是反应不过来，平时那点儿机灵劲儿早就丢到爪哇国去了。一紧张就想尿裤子，一想尿裤子眼泪就先流出来，眼泪一流出来鼻涕就跟着流出来。

吴先生翻弄着戒尺说："不成器的东西，傻愣着干啥，还不回座位上去。"孩子们兴高采烈，天存长吁了一口气，马宏图和马逢源冲他挤眉弄眼，赵凤春露出狗窦对他龇着豁牙子傻笑。并非所有面孔都是友善的，拴子坐在最后一排，因为他年龄大个头儿高，吴先生今天没打孟布云手板似乎让他很失望。他斜着两个琉璃咯嘣似的眼睛，转动着玻璃弹子一样的眼球，凉森森的目光像青鼻涕抹了孟布云一脊背，让他感觉浑身不自在，好像顺着脖子爬进去一只洋辣子。他甚至能看见一个又一个坏主意正像黏稠的脓汁，在拴子的大脑袋里慢慢地流淌，不断变幻组合，一个连着一个成形。

吴先生问："刚才念到哪儿了？"

凤春回答："勿作枝想，勿作花想，勿作叶想，勿作实想……"

那声音越来越遥远，画面起了一阵晃动，像风吹皱的河水，火融化的焊锡，所有人物忽然不见。虚幻的迷雾把他吞噬了又囫囵吐出来，只留下某种凄怆的味道。

2

院门没有上闩，孟布云用手托着横撑轻轻推开，看见东屋亮着灯。

吴先生闭目斜靠在圈椅里，一本打开的线装书滑落在地上。孟布云心想难道我来晚了？伸手试了试鼻息，同时看到先生的眼球正在薄薄的眼皮后面转动。他弯腰把书拾起来，拍拍上面的土，放回桌面时愣了片刻，注视自己童年拣的矛头正压在一摞毛边纸上。他钻进厨房烧了一大盆热水，调好水温，矮下身子，小心翼翼地摘掉先生的方口布鞋，捧起先生的双脚放进水盆里。水中不断幻化出一幕幕往事，孟布云鼻子发酸，眼泪一双一对地掉下来，滴落在水盆里，打在吴先生静脉曲张的苍白脚面上。

吴先生挪动了挪动，张开眼吃惊地说："是布云来了，好好的，你怎么给我洗起脚来了？"

孟布云用衣袖抹了一把泪，边为先生搓脚心边笑道："记得小时候常听先生念：'清流足以涤尘垢，人生何必叹坎坷。'都这么晚了，先生怎么还不上炕？当心熬坏了身子骨，咱们晋北可就只有这么一条卧龙啊！"

吴先生也笑了，玻璃灯照射下，松形鹤骨，烟云水气，好像被一团别样的光晕笼罩着，说："我掐算着这一两天你就该动手了，要是赤条条死在炕上怪难看的，还得麻烦你找人给我穿衣裳，所以就给自己摆了个姿势。看来我还是不能像天王寺的方丈那样，无色声香味触法，无眼耳鼻舌身意。"

孟布云抬头仰视，喉咙带着轻轻的哽咽说："先生，刚才我梦见我爹了……我就想，我已经错过一次了，不能再错一次。我已经失去了一个父亲，不能再失去一个父亲……"

吴先生抚摸着孟布云的头发说："布云，你心里也一定很难受吧？难受是件好事，说明你的良知还没有彻底泯灭，你的心还没有从血肉变成石头。是我这个先生没有当好，没能把你引上正道。'何桀纣之猖披兮，夫唯捷径以窘步。惟夫党人之偷乐兮，路幽昧以险隘。'在这条路上，你可能会获得很大的权势，满足一时的贪欲。但你的内心却永远是孤独的，既不会有真正的朋友，也不会有真正的同道，更不会有真正的快乐。"

几条魅影翻墙越户，在月光汹涌的院子里晃动，塌腰弓背，好像逆流而上的鱼，无声无息地贴近房门，他们是振远王豢养的冷血杀手。

孟布云顺势双膝跪下，用膝盖向前爬行了两步，从后腰拽出手枪，一拉套筒推上顶门火，双手举过头顶说："我知道自己作恶太多，不配做您的弟子，先生要是不能原谅学生或者想为天下除害，就一枪打死我吧。能死在先生的手里，布云虽死无怨。"

杀手破门而入，手里拎着勒脖子的钢丝套索，青绿的脸上刻满凶残，各个身手敏捷，训练有素，尖牙利爪，心如铁石，唯振远王之命是从。但从进门的那一刻他们的戾气就变成了惊愕，进而惊愕又变成了无比的懊丧，扭捏着不知如何是好。他们本来是这场戏里的主角，现在却变成了跑龙套的小丑和多余的陪衬。如果不是亲眼得见，他们无论如何也不相信会有这样的事情。他们想不通，狮子怎么会给老山羊下跪。

孟布云头也不回地说："都给我滚回去！"

杀手们像看见螳螂的地牯牛一样倒退着走。

吴先生感慨道："杨子见歧路而哭，为其可以南，可以北。墨子见练丝而泣，为其可以黄，可以黑。'悟已往之不谏，知来者之可追。实迷途其未远，觉今是而昨非。'我老了，随时随地皆可死，而你要走的路还很长……那头驴，你牵回去吧。"

3

月色空灵，万籁如霜，草木不摇，风在天上。孟布云像一个被赦免的死囚，牵着那匹瘦驴。在广袤的黄土沟壑里，他踟蹰的身影显得渺小又彷徨，孤独且忧伤。

第二天，孟布云就用这头驴炖了一大锅驴肉汤，分给部下吃，并且也开了一句玩笑："我们总算可以松口气了，因为振远又只有一个王了。"就这么一笑了之，从此绝口不提这件事。

有人迷惑不解，有人惊愕诧异，也有人趁机打溜须，表面上大家称颂振远王宽宏仁爱、尊师重道、豁达大量。但是实际上除了可以用"喜怒无常"这四个字来解释以外，谁也猜不透孟布云真实的内心想法。其实他是很想在吴先生面前抖一抖振远王的威风的，他像孩子渴望糖果一样，渴望从吴先生的眼睛里看到敬畏，就像他每天从别人那里看到的那样。可事实上虽然岁月已经把他彻头彻尾变成了一只嗜血成性的野兽，但只要一看到吴先生那双温和而清澈的眼睛，他就立刻觉得舌僵口讷、手足无措，浑身不自在，一跤跌回到十八年前，又变成了那个因为闯下大祸而从家里逃出来的，寻求庇护的小男孩儿。当时吴先生就是用看似温和的目光严厉地审视他，他就只好低下头，双手扯着衣角，先用左脚搓右脚，再用右脚搓左脚。终于吴先生走过来，把他领到脸盆旁边，先舀一瓢冷水，再倒一股热水，然后用手试了一下水温。孟布云就在吴先生这个漫不经心的动作里，感到鼻腔开始酸胀，眼泪一点儿一点儿拱出来，于是他就抢先一猛子扎进了水盆里。

吴先生给孟布云的鞭伤抹药。灯火摇动着满室书香和先生清瘦的脸庞，并把灵动和神韵注入他的双眸。他的双眸又把这光芒放大，回馈出来，就像在灯头上加了一个聚光的玻璃罩，让人觉得眼前顿时就明亮了。孟布云趴在炕席上，紧握双拳，嘴角一歪一歪地抽冷气，牙齿间发出蛇一样的咝咝声。

吴先生停了手问："疼吗？"他安静而温暖的眼眸中有两粒光点在闪动，闪得很大气也很有力量。孟布云摇摇头，第一次觉得先生的眼睛可以止痛。

吴先生放下药碗，拿起孟布云的小褂，觉得沉甸甸得坠手，在兜儿里一掏，摸出一根两寸来长、铜绿斑驳的矛头，问："哪儿来的？""边墙的大墩台下面拣的。"孟布云咧嘴傻笑。吴先生借着灯光端详，感叹道："九里山前古战场，儿童拾得旧刀枪。"顺手放在案头。这个矛头先生没再还给他，留下来作了镇纸。

晚上，他躺在被子里，偷看吴先生腰板笔直地端坐灯前，给自己缝衣服上面扯开的口子，那是他头一次看见男人做针线活儿。吴先生缝的衣服针脚细密，手艺和娘不相上下。那件衣服孟布云很久不舍得丢掉，虽然最后他还是丢掉了。就在那天晚上，他心里涌起一个念头，要是吴先生是自己的父亲那该多好啊！也是那天晚上，他做了一个只有自己知道的梦……

4

孟布云虽然暂时化解了与吴先生之间的对立，但从那天以后，却受到失眠症的折磨，每个夜晚都大睁双眼和父亲对视到黎明。数羊也不顶用，泡分心木水喝也不顶用，喝酸枣仁儿汤也不顶用。为了摆脱父亲的纠缠，在孟满仓祭日那天，他请出天王寺所有的和尚，做了一个隆重的道场，为亡魂超度。放焰口、放蒙山、梁皇忏。整个孟堡烟雾昭昭、慈云结盖，烧掉的纸扎不计其数。悠扬的法器和虔诚的经唱整整回荡了七天七夜，法力所至，连村里的骡马和驴子都变得比以前温顺了，猫不再叫春，猪不再闹栏，狗不再连裆，婴儿不再夜啼，但是孟满仓偏不买儿子的账，鬼魂照来不误。孟布云被折腾得筋疲力尽，神思恍惚，他去问吴先生，鬼会不会死掉。吴先生回答："人死为鬼，鬼死为聻，聻死为希，希死为夷。"于是孟布云决定转而用恐吓手段来对付他父亲，他吩咐把寝室的每个角落都点上松明和洋蜡，荷枪实弹的护兵从庭院一直排列到他的床头。

"看，他来了，他又来了，抓住他！"孟布云手指虚空，眼眶瞪得都快裂开了。

护兵们面面相觑，都以为他们的首领神经错乱了。

有一天，孟布云终于失去了他的耐心，从枕头底下掣出上膛的手枪，瞄准鬼魂开了火。一个距离他最近的护兵捂着喷涌四溅的伤口，被弹丸的冲击力抛向墙壁。鬼魂随即消失。所有在场的人都满脸震惊地望着他，而孟布云却毫无愧疚之意，相反固执地坚信那个护兵是被鬼魂附体的。他得意扬扬地吹吹枪口说："现在你知道老子的厉害了吧？即使做鬼，我也照样可以叫你再死一回！"然后甚至没有等到众人把墙上和地面的血污擦干净，就蒙头大睡，鼾声如雷。

第二天，他又让父亲的鬼魂死了一遍。从此后每天都有一声凄厉的枪响打破深夜的宁静，给村庄制造最恐怖的噩梦；每个夜晚都有一缕硝烟从他的窗口飘散出来，然后一具血淋淋的尸体被从卧室拖到外头。心惊胆战的卫兵不得不用抽死签的办法，来决定那个离他最近的位置由谁来站。土匪们开始人心涣散，议论纷纷，逃走的越来越多。一种不祥的、居丧的气氛笼罩着孟堡，事实上葬礼也的确天天都在举行。

又一天夜里，在又一个倒霉的护兵天灵盖被崩飞之后，孟布云没有像往常一样倒头就睡，而是提着冒烟的、枪口被火药残渣染黑的手枪，愣头愣脑地冲进马棚。护兵立刻把这件事报告给了头目，结果所有人都被惊醒了，乱纷纷地骑上马，举着一溜儿火把在后面断他。

孟布云打马如飞一直往南梁上跑，钻进墓地里，当啷扔下一把洋镐，指着父亲的坟头吩咐："刨！"

手下围成一个人圈儿，全都身体僵硬呼吸急促。孟布云跳下马，向坟包杀气腾腾地走过去。雷金钟从后面抱住他哀求："司令，不能这样干！"

孟布云掰手指踩脚面，然后霸王卸甲，金童坐殿，左出肘右出肘，都未奏效，后脑勺儿朝后猛磕。雷金钟鼻血长流，双手捂脸哀号着倒退开去。

他抡起十字镐，先把石碑砸成两段。风吹林动，山野回响。在他飞溅的汗水，有节奏的肌肉运动和紧张的刨土声中，周围那些杀人不眨眼的汉子各个惴惴不安，变颜变色。连天上的一弯残月也颜色惨白，躲藏进了云隙。郭养恩端坐在马上，表情严肃地大声说："来人，把司令搀扶回去，把老爷子的坟头填上！"

孟布云指着坟头跳脚发疯："狗日下的，死了还不让老子安静，老子非把你挫骨扬灰不可！"四五个汉子硬是拉不住。马六子晃着肩膀大摇大摆地走过去，在孟布云对面叉开双腿站稳了，说："抓紧他！"拳头挂着风，一拳把孟布云打翻在坟坡上的断碑旁边。

孟布云用手指沾了沾嘴角的血，举到眼前细看，脸上挂着难以置信的表情，坐在地上撒泼："小王八蛋，你他妈活得不耐烦了，敢打老子？！"

马六子从容地掏出手绢擦拭关节上的血说："我这一拳是替老太爷打的。"

郭养恩甩镫离鞍，在坟前双膝跪下，朗声说："老爷子，你老人家宽宏海量，务必饶恕我二哥这一回，他年轻鲁莽不懂事，干完也就后悔了。侄子今天来得匆忙，它日一定多带纸钱，替我二哥向你老人家赔罪。"然后吸着一支烟卷儿插到坟堆上，稳稳地磕了三个头。

从此孟满仓就再没来找过儿子的麻烦。一周后，孟布云任命马六子为卫队长，马银科不再兼任这项职务，专心做他的大队长。

第二十章：在路上

1

赵凤春和母亲、吴先生，以及勤务兵同桌吃饭，这是他重返振远的第一天。有一个片刻他晃神了，回想起刚刚发送了拴子那几天，就在这个房间，自己睁开惺忪的眼睛，一轱辘爬起来坐在晨光里问："娘，是不是吴先生夜里来过？"娘站在灶边烧水，拴子死亡带来的苍老正在消退，她就像一棵返青的树，活力和风韵又神奇般回到身体中。听见儿子的问话，"咣"的一声，手里的水瓢掉到了锅里，水花溅了一胸脯，斥责道："兔崽子，发烧还是说梦话，你吴先生哪里来过？再鬼嚼，看我不打烂你的屁股！"赵凤春挠了挠头，觉得糊里糊涂的，可他明明记得半夜醒来的时候听见娘和吴先生在隔墙那边说话。也许真是自己做了个梦吧。他推开房门，看见今天的院子扫得格外干净，两个水缸都满满的，一堆新劈的柴火在门后头码得整整齐齐。

勤务兵的家是邻村的，勤务兵站起来说："赵县长，要是没事的话，我想请假回家看看我娘。"赵凤春点头说："咱们还要赶路，快去快回。"

凤春娘听说儿子当了县长，就撂下饭碗，把赵凤春领到厢房，在大躺柜上的牌位跟前，点上一炷香说："他爹呀，咱赵家世世代代都是泥巴腿子，现在居然出了个县太爷，也算是凤春这孩子给老赵家挣回了脸面，光宗耀祖了。"说着眼里涌出了喜泪，用手推儿子，"还不跪下磕头。"

赵凤春为难地说："我们在党的人不兴这一套，鞠个躬算了。"

凤春娘照儿子的脸就是一巴掌，说："别以为当上县太爷我就不敢打你了，在党咋了？我不信这在党的人就连自己的祖宗都不要了。"

赵凤春就跪下给爹的牌位磕了三个头。当然，凤春娘并不知道，在振远这块巴掌大的地盘上，除了大权独揽的振远王以外，加上赵凤春在内，一共有三个县长。一个是山西省政府任命的国民党的县长；一个是日本人遗留下的伪县长；还有一个就是共产党委派的，抗日政府的游击县长。

凤春娘忽然又悲从中来："昨天夜里娘又梦见拴子了，我娃模样没咋变，就是比以前福相了，脸像盘似的，胳膊像椽似的，肚子像坛似的，浑身胖得像那核桃虫虫一般。个头儿跟你差不离，戴着铜盆帽（礼帽），穿绸裹缎，里外三新，一看就是个体面人。他在梦里埋怨娘，没把媳妇给他看住……"

赵凤春劝解道："梦是心头想，人死又不能复生，况且我哥都走了那么些年了，咱总不能耽误人家菊花一辈子。"他问吴先生最近忙些啥，吴先生回答："自己正在编纂一部《算数分类指南》，不久即可完稿。"后来《算数分类指南》成了雁北，尤其是振远中小学生必读的教科书，莘莘学子颇受其益。当时振远县学生外出考试，数学常得优分，概得此书之力。

赵凤春又讨教村里为什么看不见一座宗祠，却有那么多堡子。

吴先生说："梆子村九沟八堡十三巷，自古以来就是胡汉杂处，昭穆不辨，姓氏很杂。别说宗祠了，连氏族家谱也很少见。现在还能看到的最老的堡子，是隋朝末年刘武周的营盘。到了明代，杨虎、王顺、李自成、张献忠、老回回，甚至蒙古土默特部的俺答，各路人马纷至沓来，屯兵的堡子也就越修越多。"

赵凤春走了以后，吴先生说："这孩子在外面混得不得意。"

凤春娘白他一眼说："你真是越老越呆了，人家说县太爷都是星宿下凡。孩子年纪轻轻就做了朝廷命官，别看他表面绷得紧，心里不美气才怪。"

吴先生却坚持说："非也，你看他正当青壮，又不站脚地到处奔波，可饭量还比不上咱们两个老家伙。再加上面色发乌，少言寡语，必是心志不舒，肝气郁结所致。"

事情的真相正好被吴先生言中，赵凤春这次来振远赴任是一次左迁。县长这个职务比他原来的行政级别低一格。原因涉及了白区工作两条路线的斗争，对立面联合发难，认为党组织遭受严重破坏，是因为他违反隐蔽战线的工作原则和"左倾"冒险所致，是盲动主义和立三路线的一次回潮。

2

离开梆子村，赵凤春直奔魏庄，找到县委书记薛明哲。薛明哲递给他一支纸烟，赵凤春摆手说："戒了。"薛明哲把烟屁股在板凳上蹾了蹾，就着炉子点上，开玩笑说："男人不抽烟，对不起老祖先。"

薛明哲高个儿，烟嗓，背稍微有点儿驼。饱经风吹日晒的脸颊就像久已断流的河床一样粗糙。在这张脸上有双眼距较宽、微微鼓出、显得转动不灵的呆板的眼睛。从面相到举止，一看就是地道的农民，但如果你真这么认为那就上当了。薛明哲是真正的学者，见闻广博，堪称党内一流的理论家。本来以他的资历完全可以获得一个更高的职务，问题在他头上至今还扣着一顶不小的帽子——托派。

薛明哲是在建党之初被组织派往苏联深造的，从黄浦码头乘轮船穿越朝鲜海峡到海参崴，再坐烧柴火车沿横贯西伯利亚的铁路旅行整整两个星期，抵达莫斯科沃尔洪卡大街16号的中山大学。不久，一个来自彼得格勒的姑娘闯入了他的心扉。

那是一次同学聚会，地点在林木稠密的克里姆林公园。雪后初晴的天空湛蓝，积雪就像刚刚出炉的面包一样松软，在脚下发出咯吱咯吱的响声。包围他们的是参天的白桦、橡树、云杉和落叶松。巴扬手风琴奏出欢乐的旋律，俄罗斯姑娘和小伙儿全都能歌善舞，中国学生受到气氛的感染，也入乡随俗跳起来了。只有薛明哲独自坐在篝火旁，默默地给大伙儿准备晚餐。

这时奥尔佳走过来，对他说："请你跳支舞可以吗？"

她有点儿气喘，光滑的前额密布着细细的汗珠，藏在布拉吉里的胸脯不停地起伏，精巧的靴子周围沾满了雪块，带波纹的栗色发辫上扎着一条花手绢，脸上挂着顽皮挑逗的笑容，向他伸出一只手来。

"对不起，我不会。"薛明哲窘迫地涨红了脸。

奥尔佳固执地保持着邀请姿势，说："来，我教你。"

"奥尔佳。"一个小伙子拉奥尔佳去跳果帕克，奥尔佳就向他做了一个表示遗憾的动作，转身回到舞伴中间去了。但是从那一刻开始，薛明哲的目光再也没有离开奥尔佳的身影。

夜晚躺在床上，他眼前依然晃动着轻快的舞步，飞扬的发辫，迷人的笑容……他睡不着，偷偷爬起来，在校园里绕着篮球场和溜冰场徘徊，不知不觉中晨曦翩然而至，建筑物的背景由炭红变成了灰白，再由灰白变成银白，一栋栋宿舍以及远处基督救世主大教堂的钟楼和人民委员会楼顶的裙边一点儿一点儿地亮了，渐渐有了层次感，先是只能看清楚轮廓，然后就连门窗的装饰物以及彩绘玻璃的花纹也清晰可辨……

"教我跳舞好吗？"薛明哲恳求室友。同学很吃惊，因为就在两天前，他还断然拒绝过别人教他跳舞的好意。同学认真教了，他也努力学。他的悟性极佳，笔锋健朗，像《共产党宣言》《资本论》之类的经典皆能逐章背诵，无论多复杂的公式，多拗口的卷舌音和颤舌音，只要背一遍就会在脑子里生根，却偏偏毫无乐感，虽然死记硬背了一些步法和招式，但一出手就僵硬得像广播体操。

正好奥尔佳还兼任图书管理员，薛明哲就频繁地借书。有一次他终于鼓起勇气，在还书的时候，把一封情书偷偷夹在书页里。他红着脸，有点儿胆怯地对奥尔佳说："这本书你看过了吗？"奥尔佳接过来，瞟了一眼褪色起皱的封面，是绥拉菲摩维奇的长篇小说《铁流》。她微笑着说："看过了"。

"那就再看一遍吧，再看一遍！"

奥尔佳觉得莫名其妙，当她要打开这本书的时候，薛明哲却又慌乱起来，说："不不，不是现在。"

然后是难耐的等待，日子流水般过去，可是奥尔佳那边却没有一点儿回音，这就使薛明哲更加胡思乱想起来，当他看到奥尔佳和别的男生拉着手，说说笑笑地从校园走过，感觉自己就快要发疯了。然而就在这时，一起突发的政治事件把他从这种危险的、个人化的情绪中拖了出来。

1927年4月，蒋介石发动政变，在上海疯狂屠杀共产党人。一位目击者称："头颅像熟透了的梅子一样滚进沟壑，疲惫不堪的刽子手以拉风箱的单调节奏挥动着他们的大刀。"所有在苏联的中国同志都义愤填膺，可是苏共高层却态度暧昧，静观事态的发展。在这种形势下，薛明哲不顾禁令，参加了一次在马涅什广场举行的秘密集会，声援中国工人的反蒋运动。

第二天，他被叫到了一间宽敞的办公室里。库尔涅夫五十多岁，身材魁梧，发际线很高，额头陡峭，面色红润，唇边和下巴上留着列宁式的山羊胡子。他出生在旧俄国时代的察里津，一个没落贵族家庭，受过良好的旧式教育。但是他同情那些受压迫者，背叛了沙皇，成为列宁最早的追随者之一，为此他被流放到荒凉的西伯利亚将近十年。如今他不仅是中山大学的负责人，同时还在中央监察委员会任职。他坐着，隔着宽大的写字台，用山鹰一样锐利的目光盯着薛明哲。在他身后，嵌着栎木的墙壁上落满了阳光，连成一溜儿地挂着马克思、恩格斯、列宁、孙中山、苏沃洛夫和库图佐夫的画像。库尔涅夫语调严峻地说："阿列克谢·马克西耶维奇，有人检举你参加了非法集会。"

薛明哲此时已经很清楚自己的处境，并做好了承担一切后果的准备，他镇定地回答："我的祖国，我的同志们正在流血，我对他们表示声援，这难道有错吗？！我不明白。"

库尔涅夫态度生硬，盛气凌人。"除非你想断送前程，否则，请不要感情用事。你必须清醒地认识到问题的严重性。喏，这是最后一个机会，你甚至没有选择的权利。如果你把和你一起参加集会者的名字说出来，我保证你会得到宽恕。"

薛明哲对库尔涅夫的话感到愤怒，于是，他冷冷地说："那么说这是一笔交易了？但是库尔涅夫同志，我的回答可能令你失望——我没有做错什么，所以不需要任何人的宽恕。再说出卖同志，也不是共产党人的作风。"

库尔涅夫深沉的眼眸里闪过一丝惊异，重新打量了一下面前这个青年，沉默片刻他忽然问："阿列克谢，你对上海的事怎么看？"

当时，虽然所有留苏的中国同志以及苏联的革命青年都对四一二政变无比愤慨，可言论大都停留在对蒋介石背信弃义的抨击与谴责上，但是薛明哲却一针见血地指出："由于苏联某些领导人对变化着的斗争形势的麻木，和对蒋介石的纵容，使中国革命和中国共产党人蒙受了巨大的损失，血的教训应当总结。"

库尔涅夫岩石一样的表情松动了。薛明哲并不知道，他的这一观点正好和斯大林的反对派不谋而合。

3

过了几天，库尔涅夫把薛明哲单独约到了自己郊区的一栋别墅里，提出希望他能用业余时间到一家秘密印刷所帮忙。当时的薛明哲对于苏联上层的政治斗争一无所知，出于对库尔涅夫的尊敬和信任，他毫不犹豫地答应了。这间印刷所设在依里因卡区，一所公寓的地下室里，印刷的材料主要是《列宁遗嘱》。

1927年11月7日是十月革命胜利十周年纪念日，这一天，要在红场举行盛大阅兵。阅兵式之后，工人、职员和学生方队将接受斯大林的检阅。中国学生准备到那天，用传统的舞龙灯作为向大会的献礼。国庆节前一天奥尔佳找到他，把一包东西交给他，希望他能把这包东西安全地带进会场。因为他们事先得到消息，所有进场的人都会受到内务部派出的秘密警察的盘查，但是作为一种礼遇，中国同志将不在受检之列。

薛明哲用手捏了捏，觉得这东西很柔软，他问："这是什么？"

奥尔佳严肃地说："这是良心，一个共产党人的良心；也是忠诚，对理想和苏维埃政权的忠诚。"窗外大雪纷飞，他们还是那样年轻。看见薛明哲迷惑不解，她补充道，"不要多问了，这也是库尔涅夫同志交代的任务。"

薛明哲一直把她送到大门外，两个人默默无言，扑朔迷离层层叠叠的雪花迎面扑来，迅速染白了他们的帽子和双肩。好像时间飞逝，他们突然变老了。他们的脸颊和鼻头都冻得红红的，在告别的那一刻，奥尔佳突然踮起脚尖，吻了一下薛明哲的脸，给他焦渴的心田注入了一股温暖的清泉。

"再见。"她哈出一团热气，举了举鹿皮手套。昏黄的街灯下，在保尔·柯察金的招贴画旁边，她褐色的大眼睛里涌出一道凄迷的泪光，并转瞬间在睫毛上凝结成了白霜，使她的双眸变得更加迷人，也更加难以琢磨。

晚上，薛明哲不断地做梦，在梦境中，他看到奥尔佳变幻不定的深眸和涂了唇膏的血红的嘴唇，他感到自己颊上的唇印就像烙印，使半张脸都在抽搐中燃烧。她洁白修长的双臂伸过来，搂住他的脖子，他们亲热了……但是突然间，她脚下的地面裂开一条锯齿状的缝，她跌落下去。他及时伸手拉住了她，攥住她的几根手指，但是她仍在缓缓地下滑。他感觉到了她的体重，也感到深渊的可怕，它仿佛是巨兽张开的大口，云遮雾锁，深不见底，不断向上吹送着阵阵腥风。定睛细看，又恍惚望见崖底堆满了成群的毒蛇和骸骨。"抓紧我！"他喊。她仰起头来望着他，向他绽开一个玫瑰色的神秘微笑。她的笑容夹在两个大陆之间，像深秋一颗最后的、坠在枝头的熟透了的浆果，风吹散了她的长发，夺走了她辫子上的花手绢。她用压抑的声音叫着他的名字，然后就松开了相握的手。

"不——"他大叫一声从床上坐起来，心脏还在怦怦狂跳，震得整个胸廓都在轻轻摇晃。窗外，雪终于停了，而夜色正浓，薛明哲用湿漉漉的手指默默点燃一支烟……

阅兵式盛况空前，步兵、骑兵、炮兵和坦克方队雄赳赳地从观礼台前依次通过。战机拖着长长的烟尾，以大雁阵形从低空呼啸而过。

薛明哲激动地想，不知道什么时候中国人民也能有一支这样的、自己的军队。当接受检阅的群众队伍行进到一半的时候，突然从队伍里跃出几个青年，高喊："打倒新沙皇！执行列宁遗嘱！"并向人群抛撒传单，场面顿时混乱不堪。

薛明哲目瞪口呆，挥舞龙尾的手僵在了空中，他看到在那些疯狂的青年当中，有好几张熟悉的面孔，其中就有奥尔佳……

埋伏在会场的秘密警察迅速冲过来逮捕了他们……

薛明哲忘记了接下来发生的事，他的脑子里是一片空白，时间仿佛停顿了，直到跌跌撞撞地离开红场。这一路上，他看见到处都在发生骚乱，主要大街都戒严了。有人双手举着托洛茨基的画像，高呼："乌拉，乌拉！"一排排马队冲向人群，警察吹着刺耳的警笛，用橡胶棒和高压水龙驱散游行的队伍……一座金灿灿的圣殿在薛明哲心中轰然坍塌，给他的精神世界留下一片混乱……

4

奥尔佳失踪了，地下印刷所遭到查抄，《列宁遗嘱》被宣布为反革命秘密文件。几名印刷工人被捕，虽然薛明哲当时不在场，但他知道火势一定会蔓延过来，一切只是时间问题。于是他决定去找他的导师——库尔涅夫。

他搭乘有轨电车穿过老阿尔巴特街，踏着齐膝深的积雪走在莫斯科郊外，一挂马拉雪橇响着铃铛从身边飞驰而过。天很冷，他的心更冷，正在被冻僵的不是肉体，而是灵魂。在这茫茫的雪原上，夕阳从白桦林的枝丫间坠落的情景无比壮丽，像一首充满悲情的诗，像遥远的，失落于记忆之外的梦。望着它，滚烫的热泪在眼中涌动。终于血流尽了，雪地上泛起幽蓝的月光。他来到别墅前，远远望见窗户上亮着灯。他踏上台阶，按了几下门铃，里面没有丝毫动静，用手一推，橡木门开了。他看到壁炉里的火隔着铁栅熊熊燃烧，释放出温暖的红光和松油的芳香，偶尔松节发出轻微的爆裂声。炉架精雕细刻，花岗岩台面上凌乱地堆放着《真理报》、空酒瓶、一枚银质列宁勋章。库尔涅夫仰面躺在地上，手里握着一支图拉兵工厂生产的柯罗文袖珍手枪，他身下那条猩红的地毯吸去了血水，也隐藏了血的颜色，使一切都显得如此平静。

库尔涅夫自杀了，他是托洛茨基红军时期的部下和旧友，联合反对派的得力干将，《八十三人声明》的签字者之一。他知道自己在劫难逃。

那天晚上，薛明哲久久在河边徘徊，冬天的河水结成了厚厚的冰盖，宽广的河面像镜子一样反射出两岸的璀璨灯火。这条河叫莫斯科运河，是一条连接莫斯科河与伏尔加河的运河。这里的水上交通可直达波罗的海。空旷的河畔偶尔走过依偎着的恋人。如果是白天，这里常能看到散步的老人、坐在长椅上拉小提琴的艺术家以及兜售私货的无照商贩。孩子们欢蹦乱跳地玩自制的冰车，让他回想起儿时抽冰嘎的情景，木制的冰猴在冰面上转啊转……是啊，家，那是个多么美好的地方啊。他想到了死。他喝了整整一瓶伏特加。在天快亮的时候，他爬上了基督救世主大教堂的钟楼，向下俯视。三百公斤重的老铜钟像断头台上的大斧一样悬在头顶，朝阳幽灵般从他身后浮现出来，一点点染红了脚下整齐划一的街道，熔铁炉和马丁炉的烟囱，拖拉机厂模块化的房顶……城市如同一个微缩模型正从黑暗中顽强地挣脱出来，并展开一片大的幻影。然后街道上开始出现了人流和车辆，他们像无数蝼蚁和甲壳虫一样穿梭忙碌，给世界带来勃勃生机，宣布这又是一个欣欣向荣的早晨。他闭上眼睛向前走，这时他眼前出现了亲爱的战友和苦难深重的祖国，一切都是活生生的，这样的画面使他的脚生了根，他哭了……

薛明哲是1928年被格别乌逮捕的，同年，中共旅莫支部宣布开除他的党籍……他一直在苏联被关押到1934年，才被遣送回国。本来他还可能面临中国同志更加严厉的惩罚，但是当他来到苏区时，正好赶上第五次反围剿失利，大敌当前，红军命运未卜，就谁也顾不上管他的事了。薛明哲参加了长征，在陕北期间重新入党，并一度在红一军团总政治部从事文秘工作，然而不久就有人旧事重提，认为像他这样有严重历史问题的人，不适合在要害部门任职。

第二十一章：重逢

1

区委和县委设在一个大院里，院门口挂两块牌子，这叫联署办公。薛明哲告诉赵凤春，一支队实际上只剩下一个建制了。晌午，孟春花到县委汇报工作，进门先打招呼："薛书记。"接着就愣住了。

薛明哲站起身说："我来介绍一下，这位是上级派来的县长兼武装部部长，赵凤春同志。这位是孟春花同志，咱们振远难得的一员女将……"他中途住了口，惊奇地看到刚才还谈笑自如的孟春花，突然变得脸色苍白如纸，而且已经热泪盈眶了……

赵凤春显得冷静许多，脸上几乎找不到任何情绪的变化，只是向前跨了一步，隔着层层往事的烟雾伸出一只手去。"我们很久没见了。"他说。

好像如梦初醒，又像是为了和对方达成同步，孟春花慌乱地掩饰着，笑容也不自然，说："早知道上面要派个领导来，早也盼晚也盼，可做梦也没想到会是你。"通过两只相握的手，光轮倒转，世界纷纭，万物飞翔，大树缩成幼苗，庄稼化为种子，花朵合成苞蕾，母亲变成孩子……他们彼此感知到了对方不同寻常的体温，赵凤春冰冷，而孟春花滚烫。曾经走过的无比漫长的岁月被这突如其来的相见，生硬地压缩在咫尺之间，质量和密度大得超出想象，令人窒息。就像是受到无形的压迫，赵凤春突然手捂胸口倒退开去，爆发出一阵翻天覆地的咳嗽。

孟春花抢步扶住他，不顾飞沫四溅地问："你咋了？！"

赵凤春脸涨得通红，半天才带着砂轮转动般的痰鸣说："没啥，小鬼子的炮弹皮崩的。"

春花就不管不顾地拉开赵凤春的衣领查看，只见他胸前的累累伤疤像狂野的图腾文身，由于瘢痕挛缩，把肩胛都牵拉得移位变形了。

薛明哲好像发现了新大陆一样，眨巴着眼睛说："闹了半天你俩是老相识。"

赵凤春挡开春花的手，边系扣子边岔开话题："我正和薛书记聊三中以前的教员，日本人遗留下的县长王相。"

孟春花随口敷衍："没想到王相是这样的人，我记得当年你跟我哥，还为他跟同学干过一仗。"苦涩的回忆裹挟在逝去的青春里，从遥远的地方折回头来，汹涌奔腾，冲击着她的心灵世界，于是疼痛替代了麻木，那颗隔年的种子又痒痒地顶开了冰冻的土壤。

赵凤春说："1926年阎冯混战，开到振远布防的就是王相的二哥王藩，当时他是李生达手下一个团长。王藩提出让县里解决部分军饷，购买柴油发电机，以及征用民房等要求，高增寿寻找种种借口推诿。王藩为逼其就范，给高公子捏造了一个蓄意破坏军事设施的罪名，关押了几天。高县长好汉不吃眼前亏，马上改口应承了军方的所有要求。王藩也投桃报李，高公子一毕业就推荐他上了北方军校，可以说因祸得福。但是，高云鹏当时转不过这个弯来，觉得自己受了冤屈，部队一撤，就领着一帮人要收拾王相。我们几个出头给王相打抱不平，殴斗中孟布云砸了高云鹏脑袋一砖，就因为这事被学校开除了。"

薛明哲说："王相依靠所谓师生之谊，得到了孟布云的庇护。在大同失守，一支队遭受重创，龙泉支队撤走后，振远就成了各方势力无暇顾及的真空地带，这也就是孟布云能以区区二百来人枪，在短时间内发展壮大，控制了整个振远的原因。"

"河里无鱼虾也贵。山中无老虎，猴子称大王。"春花掠了一下乱发，一条闪亮的伤疤在额角一晃，就隐没在发丝里了。

赵凤春知道这是她为他们的爱情付出的代价，但并非唯一的代价。"孟布云对待老百姓咋样？"他暗暗告诫自己，现在不是想这些的时候。

薛明哲说："这个孟布云猫一阵狗一阵，想起一出是一出。总的来说，他身上有浓厚的乡土思想，在他身边得到重用的大都是一块儿长大的乡党故旧，外人一般靠不了前。所以他在梆子村迷惑了不少人，也确实有些人拽着他的衣角发了洋财，包括很多老汉都认为孟布云这个人良心可不赖。孟布云基本不在本村发坏，但是一到外村就有点儿管不住手脚。虽然也四处救济孤寡，申冤平事，邀买人心，为这他还专门组织了在理会，发动各村庄成立分会，设立敬善堂，自任总会首。一年开两次香堂，说是惩恶扬善，替天行道。但总是磕一个头放三个响屁，修好不如作恶多。另外，孟布云的下乡工作队来魏庄骚扰过多次，打出来口号：'五湖四海当间儿分，天下黄河敬一神（大禹）。'好在因为顾及春花这层关系，总算没有轻举妄动。"

"光靠春花的关系恐怕搪塞不了多久，咱们得赶紧抓枪杆子。"赵凤春转头问春花，"你是怎么参加革命的？"

孟春花笑了一下，笑容和目光都很缥缈，说："那年我从赵家跑出来，觉得走投无路，一闭眼就投了河。薛书记正好领着队伍经过，把我搭救起来。他开导我，送我到抗日干部训练班学习了半年，结业后就脱产了……"

这时，从外面哭着涌来一群人，进门就跪下磕头。为首的是魏庄的村民孙伴伴，状告孟布云抢了他闺女，求政府做主。三天前，孙秀兰跟娘到浑源串亲戚，回来的路上正碰上孟布云的马队蹚着河过来，翻起水花朵朵，娘儿俩就赶紧避让在道边。孟布云见秀兰颇有姿色，顿生邪念，立马扬鞭吩咐："浑源人，抢！"

孟春花柳眉倒竖，拍案说："这还得了，抢人都抢到咱们眼皮子底下来了！像这种欺男霸女的事要是不管，人民政府不成了聋子的耳朵——摆设了？老百姓谁还信服咱？"

赵凤春说："这件事比较棘手，解决问题也不能靠一时冲动。临来的时候上级再三叮嘱，一定要处理好和孟布云的关系，尽量避免摩擦，要把争取孟布云作为工作的重中之重。"

孟春花反驳说："上级说尽量避免，没有让我们见了孟布云就跑，更没有让我们举白旗，任何忍让都是有限度的。"

薛明哲说："时候不早了，先开饭，吃完饭咱们开个党委会，坐下来认真研究一下再做决定。"

到食堂刚把饭碗端起来，还没顾上往嘴里送，一个民兵就风风火火进来报告："不好了，孟春花同志到梆子村要人去了！"

2

孟堡，张灯结彩，鼓乐喧天，贺客盈门。连门岗的刺刀上都扎着红绸子。

院子里盘的是霸王灶，厅堂里摆的是流水席。每张桌子上都是七个碟子八个碗，五荤六素九个凉拌，主食有擦圪蚪、猫耳朵、剔尖面、拨烂子、搓鱼鱼……孟布云一身簇新的黑缎子大褂放射着幽暗的光波，交叉十字披红，胸前挂着脸盆大的绢花，宽边硬礼帽上插着两根花里胡哨的野鸡翎子，满面春风，笑容可掬，端着酒碗在一张张桌子之间来回穿梭，应酬宾客。雷金钟和马银科端着酒碗，捧着酒壶，像哼哈二将一样寸步不离地跟随左右。马银科的容貌比从前有一点儿微小的变化，他把门牙镶成了金的。

已经喝得醉醺醺的王相手抓着桌沿儿说："司令也太小气了，咋不让新娘子出来敬酒？我王相咋说也是你老师，新娘再不出来，我可就要掀桌子了。我还说掀就掀，我这就掀，你信不信？！"

孟布云赔着笑脸，附在他耳边小声说："正在里面哭闹哩，寻死觅活的，出来怕冲撞了各位。"

郭养恩拍桌子打板凳说："这个娘儿们真是有眼不识金镶玉，孟司令'潘驴邓小闲'都占全了，她还有甚不满意的？"

马银科说："咱们是一帮子粗人，郭副司令这话是个啥意思？"

马六子拎着把大铜壶挨桌续茶，笑着插话："这是《水浒传》里王婆对西门大官人说的：指的是潘安的貌，驴一样大的屌，邓通的钱财，装猫变狗解得风情，还要有一天到晚在床上厮混的闲工夫。"

孟布云指着自己的脸说："扯他娘的淡，你们见过这样的潘安？我的屌大不大你们见过？"

郭养恩抓着泛青的光头皮说："反正是三天无大小，要不咱们这就把司令的裤子扒下来，当场牵头驴来比比看？"

孟布云倒着往后大跳一步，亮了个云手说："谁敢？谁过来我咬谁！"

刘宝珅说："郭副司令是在说笑话，验身我们是不敢，还是待会儿让新娘子验吧。不过我听说孟司令有个外号，叫老捷克。别看新娘子现在闹腾得凶，只要过了今晚，就是往外轰，怕她也不肯走。"

马六子全身透着机灵，眼睫毛都是空的，敢说话也敢要宝，趁机插科打诨："笑一笑十年少，不说不笑不热闹，咱们给孟司令出个戏码吧！"转圈儿就起哄架秧子。王相说："郭副司令的点子最多，让他先出。"

郭养恩小时候出天花落下的，一张肉团子脸上全是麻坑，连蒜头鼻子上都有，他说："哎呀，王县长不愧是有文化，骂人都不带脏字。出一个就出一个。那就给我二哥猜个闷儿吧，咱们就以洞房花烛夜为谜面，猜五位《水浒传》里的人物。"

孟布云抓耳挠腮半天猜不出来，被罚了一大碗酒，问："罚也罚过了，这五个货到底是谁？"

郭养恩说："他们是高俅、林冲、史进、刘唐、阮小二。"

众宾客哄堂大笑，王相把刚夹到嘴里的一口菜又喷出去，站起来拉住孟布云的衣袖，一边表演一边说："你还记不记得我第一次带你去量黄米（逛窑子），你那个扭捏呀，在那个合浪浪（小巷子）里走一步退两步，脸臊得跟猴子腚似的……"

孟布云从桌子上抓起一个鸡屁股塞到王相嘴里，顺手把他按回到座椅上，说："打住、打住，鸡屁股都堵不住你的嘴？"接着挨个儿给孟布云出难题，轮到雷金钟的时候，王相认真地说："我听说雷大队最近一直在学文化、练大楷，现在屋里都摆上文房四宝、四书五经了，非复吴下阿蒙。将来半部《论语》治天下，前程必定不可限量。"

雷金钟抱拳说："多谢王县长勉励，点戏码我看就算了，今天我想借这个机会说几句掏心窝的话。我雷金钟是苦孩子出身，自幼父母双亡，是姐姐含辛茹苦把我拉扯大的。你们别看我现在五大三粗，小时候长得跟豌豆芽一样，受尽了白眼和欺负。能吃口饱饭就念阿弥陀佛了，读书认字连想都不敢想。有一次，姐姐领我在街上碰到一个摸骨看相的瞎子，摸过我的脸以后对我姐姐说：'你别愁肠，你这个兄弟命里有贵人帮扶。'后来家乡年景不好，连榆树皮都被啃光了。我当时才十几岁，就跟着姐夫上天津卖折罗。折罗你们知道吧？说好听点儿叫福根，说白了就是泔水。用大桶从租界饭店收回来，早晨推着车子，到三不管的地方支上铁锅煮。就算长了两寸长的白毛也照样用，要是从里面挑出个绿头苍蝇，一点儿不稀奇。一加热，馊味儿酸臭酸臭得刺鼻子。这个东西沸得很快，呼一下子就扑到锅沿儿上来了，你得赶紧撒一把碱面到锅里，把它压下去。用勺子把上面一层厚厚的浮沫撇掉。过一会儿又扑上来，再撒碱面，再撇白沫。反复几次，直到不再往上沸就能卖了。"

王相点点头说："这是酸碱中和了。"

"一个大子儿一碗，卖给早起撂档子的、拉洋车的、扛大个儿的。就这，天津卫的混混儿，名号响当当的嘎歪毛，硬说我们占了他的码头，犯了他的边界，纠集一伙花鞋大辫子，把我姐夫活活打死在了海河边上。后来我为了养全家老小就下了煤窑，每天嘴里含着小油灯，爬进爬出地挖煤，脊背磨破了生着大疮。出的是牛马力，吃的是猪狗食，过着暗无天日的生活。直到遇上孟司令，我雷金钟才时来运转，活得像个人样了……"雷金钟一向稳重，今天是动了真情，越说越激动，到最后声音哽咽。

众人赶紧劝慰，马银科说："今天是大喜的日子，翻那些陈芝麻烂谷子干啥？喝酒喝酒。"

3

正在这时，孟春花像阵旋风一样刮进来，大喝一声："孟布云！"

所有人都一愣，目光齐刷刷望过来。孟布云皱起眉头问："我又没请你，你来干甚？"

孟春花走过去，大大方方拉住孟布云的手说："我来和你拜堂成亲。"

孟布云脸涨得跟鸡冠子一样，甩脱妹妹，低声斥责："这种不要脸的话你也说得出口，真不嫌丢人败兴！"

孟春花嗓门儿反而更响亮了："你也知道丢人败兴？！你不就是想要个女人吗？咱们索性肥水不流外人田，败兴就咱一家败了，总强过你今天坏了张家的姑娘，明天搞了李家的媳妇，到最后全县十户倒有九户没脸做人！"

孟布云一个耳光甩在妹子脸蛋儿上，厉声喝道："你疯了？！"

孟春花脸上五个红指印鼓出来，不怒反笑："你说我疯，我今天就是疯了！"一口气掀翻八张桌子，霎时间，菜汁四溅，满地狼藉，稀里哗啦声不绝于耳，鸡鸭鱼肉满天飞，杯盘碗碟碎得到处都是。女人们躲闪不及，大声尖叫，宾客四散奔逃，有些上了岁数的腿脚不利落，跌倒了又爬起来。郭养恩拔出手枪说："这是哪儿来的疯女人，不要命了？！敢搅闹司令的喜宴！"雷金钟赶紧攥住他的手说："她是司令的亲妹子。"

孟布云腮帮子上起圪塄，叫嚣道："她疯了，把她捆起来！"

一个不知深浅的小土匪过来就要伸手，让春花一脚蹬在命根子上，疼得双手捂住，蹲在地上龇牙咧嘴。春花一招得手，气势如虹，把枪套的木头盖啪地翻开，以极快的速度抻出金鸡满槽十响大镜面匣子，枪钢表面的四氧化三铁黑汪汪闪光，在手里漂亮地翻了个身，拇指一压，把大小机头同时张开，说："不怕死的就过来！"那副威风凛凛的样子，就像是薛家的樊梨花，又好似杨门的穆桂英。

土匪们暗暗称奇，均想：你俩再闹，毕竟是亲兄妹，本家骨肉，斗得不过是一时之气。咱们咋说也是两姓旁人，管不着人家的家务事。再说这个女人这么愣，要是万一失手弄伤了，怕的是日后不好交代。可真要是让她一枪崩了，估计也就白死了。所以只是撸胳膊挽袖子，大呼小叫，把架势拉得十足，但谁也不真动手。

孟布云扯下来礼帽掼到地上，一脚踩扁，伸手在后腰一抓，抓了个空，才想起来今天身上没装枪，从旁边抢过来一支桦木托的水连珠，哗啦一下推上顶门子，指住春花说："老子全当没你这个妹子！"

孟春花也瞄准孟布云，说："姑奶奶压根儿就没你这号哥！"

马银科怕真闹出事来没法收场，出其不意从旁边蹿过去，一把攥住春花拿枪的那只腕子，说："妹子、妹子，好妹子哩，都是亲亲的一家人，贵贱不敢开枪。有话好好说，听哥一句话，把枪给我。"

孟春花一边和他扭打，一边扣动了扳机。枪膛里膨胀出连续不断的火焰，马银科左躲右闪，头颅在轰鸣中震荡出五六个副本，里面的血管瞬间破裂开，鼻血喷溅出来。灼热的涡流和弹道波把他的腮帮子烫脱一溜儿皮，子弹擦着耳朵嗖嗖地划破空气，顶棚被射穿两三个大洞，瓦片接连炸裂，房梁上的土哗哗地落下来，把好几个人的眼睛都迷了。僵持的时间一长，毕竟女人家力怯，让马银科缴了械。土匪们趁机一拥而上，把春花锁喉过肩，五花大绑。

孟春花破口大骂，在地上又蹦又跳。马银科正在包扎，看起来神志不清，好像快要昏过去了。孟布云喊："把她的臭嘴堵上！"土匪们有抹布不敢用，找了一块干净毛巾，剪开，掐着两腮填到春花嘴里。

孟布云叉着腰，在厅里来回踱步，坏心情使满肚子酒肉迅速发酵变质，要释放出来肯定是遇火能燃，惊天动地，熏死蚊子，毒化空气。但是他的气流不顺，腹胀如鼓，肛门如堵，只能憋在肚里，翻来覆去，梗阻肠胃，加快心率，戳点着妹妹的鼻子尖训斥："你个瘟丫头，没脑子的傻货！当了个狗屁区长，连身二尺半都没捞着，就烧撩得不知道姓啥了？人家是拿你当枪使，把你捧得高高的，专意让你对付你哥哩，你还以为拣了块狗头金？吃了个香饽饽？！明天老子就带人一把火烧了你那个区政府，共产党老子见一个宰一个！薛明哲日本人没逮住他，老子把他倒点了天灯！你想棒打鸳鸯，你想坏老子的好事，你想断老孟家的香火，门也没有！老子索性这酒也不喝了，先去把你嫂子的肚子搞大，看你还有啥说法！"

第二十二章：阮小二

1

当赵凤春赶到孟堡的时候，孟布云刚刚败下阵来。这是一种刻骨铭心的失败，虽然他极力试图使自己振作，却无法把眼里的幻象从现实中抹去。他看见改香的脸和新娘子的脸不断切换，好像拉洋片一样，时而两张脸又错乱地重叠在一起，幻化出第三张陌生的面孔，使他产生一种近似眩晕的恐惧感。有一阵他发了疯，双手掐住新娘子的脖子，声嘶力竭地质问："你是谁？！"新娘子抖作一团，哭着哀求："饶了我吧……"

孟布云清醒过来，他向吓坏了的新娘子百般道歉，并以一个过来人的老练向她展示成熟男子的勇猛和温存。新娘子被弄得满面潮红，手刨脚蹬，哼哼唧唧，晶莹的汗水浸润着扭来扭去的娇躯。可是只一转脸，改香的鬼魂又笑盈盈地回到了他怀里。孟布云也知道魔由心生的道理，他使劲儿揉揉眼睛，但是这一次却没有奏效，一霎时，改香的媚笑就凝固成了怨恨，一股阴冷的风使生命之火骤然熄灭在了她瞪圆的眼睛里。她的脸色变得像没有长成的柚子一样青绿，努力把膨大的舌头吐出来，浓稠发黑的血顺着眼角和鼻孔缓缓地淌，散发出一股浓烈的刺激味道。黄磷和水银从肠胃开始，把她的内部彻底摧毁了。孟布云大叫一声，惊出一身冷汗，阳刚之物顿时软塌塌地没了半分力道。

在这之后，他就羞愧地将双手埋在头发里，头蒙在被子里，像一只把身体潜伏在砂粒中，躲避阳光暴晒的四脚蛇，静静聆听自己的心跳和时间汨汨的流逝声，一种英雄末路的悲凉沿着崎岖的肠子一路翻涌上来，猛捣了他的鼻子一拳。于是那块绣满了大富贵牡丹，撒着枣和栗子，本应被处子之血染红的被单上，就渗入了两行振远王的泪水。

此刻，他唯一想做的一件事就是杀人，他觉得只有血，新鲜的血才能让自己从这场噩梦中苏醒，并证明，自己还是不折不扣的男子汉，还是高高在上的振远王。一个面目可憎的怪物鬼鬼祟祟，从幽深潮湿的洞穴爬出来。它的样子有点儿像巨型蟑螂，但比蟑螂臃肿。当它把六条生满倒刺的腿折叠成锐角的时候，捯饬得很慢，就像在用肚皮蠕动。但腿节、胫节和跗节一旦撑开了，就哧溜哧溜地飞快，拐弯比兔子还灵巧。现在它正蜷曲着腿脚一点儿一点儿拱出岩缝，两根念珠状的触须从头顶垂向前面，须子尖平端着，像探雷器一样抖抖索索，捕捉着空气中最细微的波动和成分复杂的气味。它的身体像火车一样，由一系列环节组成，背上覆盖着蓝幽幽的鳞片，鳞片下藏着喷枪，通过毒腺连着脑部的毒囊，剂量大得一次就能杀死一群牛。沾满鳞粉的灰翅子笨重地拖在身后，像肮脏的燕尾服，跟随着穷困潦倒的绅士。要是它能飞起来，翼展会把半边天都遮住。它的鳃和肢节里寄生着蛆虫，一路走一路掉，到处传播瘟疫。它每爬出一步，两边生机勃勃的叶子就变成了枯黄连片的病斑，地上就会留下鼻涕状拉着细丝的黏液。它的结构很复杂，是怪物（如果世上真有这种生物）进化的终极样板。它在食物链顶端的顶端，食谱涵盖了一切有机物和无机物。它无性繁殖，雌雄同体，左边长着产道，右边生着怪鞭，里面悬着卵巢，外面吊着睾丸。虽然丑陋，好在万事不求人。嘿嘿、哈哈、嘻嘻。孟布云抬起呆滞的眼光，摸索着从被阁里找手枪，神情好像在某种幻觉中，发出一串节奏单调的精神病人的鬼祟笑声。

2

赵凤春才跨进孟堡便嗅到了一股浓重的杀机，这是只有身经百战和直面过死亡的人才会有的直觉。他的手指头神经质地跳动，本能地摸了一下后腰，但是却什么也没有摸到，因为他的武器已经在进大门时，被卫兵扣下了。就在这时，他耳边滑过了一声凄厉的枪响，赵凤春立刻判断出枪声是从婚房传出来的，用的是美国柯尔特牌左轮子。他抬头看了看天，只见暮色苍凉，残阳如血，一只猫头鹰惊惧地从屋脊上飞起，在半空悄无声息地盘旋了一圈，又笨重地落回原地，瞳孔是金黄色的，巨大的眼睛射出冷光。

两个人抬着尸首跨出门槛，一个搬肩一个抱脚，和赵凤春擦身而过，另外几个人在清洗房间里的血迹。

只一个照面儿，赵凤春就注意到了孟布云的眼睛，那已经不再是他曾经熟悉的那双明亮刚强、闪烁着侠义光芒的眼睛，而是变成了一双混浊晦暗、霸道残忍的野兽的眼睛。他披着外衣，露出贴身大红的腰腰，本地叫汗塌子，垮着双肩，抻着青绿的脖颈儿，努力把身体往前探，像寻找食物的大型昆虫。有时候，他兴奋地抽动一下鼻子，仿佛屋里浓烈的死亡气息让他感到快意。

赵凤春无比愤怒地逼视着他，质问："为什么要下这样的毒手？！"

孟布云露出一个邪恶的笑容，这使他的面部奇异地歪向一侧，眼底闪动着癫狂和混乱，神经质地颤抖着说："你真的想知道？那我就告诉你，只告诉你一个人，谁让我们是无话不谈的好兄弟呢？"他凑过去亲密地搂住赵凤春的肩膀，压低声音，样子很神秘，唾沫星子直溅到对方脸上，"因为她的那玩意儿长在肚脐眼儿上。古人说，女阴在首，则天下大乱；若在腹，则天下有事（指战争）；若在背，则天下无后。她是不祥之女，是亡国之兆，是白虎精，是扫把星，是妲己，是褒姒，是赵飞燕……"

他醉了一样唱："自从贱人进家门，搅得我全家不安宁。死不要脸勾汉子，野猫发浪驴叫春。你真是妨主圪蛋扫帚星，你真是活活的丧门神。你真是白头母牛扁角角，你真是白虎无毛妨男人……"赵凤春震惊地看见他的眼里涌满了泪光，表情无限悲怆。然后他又突然拔直身子，神色凛然，手指梁柁理直气壮地大声宣布，"我为天下人牺牲了自己的女人，天下人就应该用他们的娇儿美眷来报答我！"

以后事情的发展如《一千零一夜》里的故事，孟布云每隔一段时间，就要娶回一个新娘，然后又在洞房之夜亲手把她弄死。因为振远王不能没有婆姨，振远王更不能让她们的嘴把自己的无能传扬出去。但事实上这只是一种欲盖弥彰的做法，关于振远王性无能的说法早已在民间编排得沸沸扬扬，人们给他取了一个恰如其分的绰号，叫他阮小二。当然除此以外还有一种更为恐怖的解释，说振远王在修炼采阴补阳大法，这是一种阴毒的旁门左道功夫，类似于房中术，每逢晦朔弦望之类的特定时刻就需要吸干一个少女的经血来固本培元。

喜事和丧事总是连在一起办，因此礼服和丧服都是事先由一个裁缝师傅赶制出来的。为了省事，土匪们在租花轿的同时，就已经为新人订好了合体的棺材。响器班子在吹奏完喜乐后，都赖着不肯走，期待能够在葬礼上再一显身手，以图挣个双份。

先后有六名少女成了牺牲品，她们的冤魂经久不散，大白天也出来四处飘荡，野地里、埝子上、井台边、大路旁……到处都是她们美丽动人的形象，有的笑有的哭有的扭有的唱，她们在阳光下沐浴，在木瓜河中嬉戏打闹，水珠像一串串到处弹射的音符，像断了线的珍珠项链，随着她们的身段起舞，在这个深一些，那个浅一些，这个胖一些，那个瘦一些的肌肤上闪烁着迷眩的光芒。她们坐在柔软纤细的树梢儿上，荡秋千，白净的脚趾在人们头顶上晃呀晃，引诱路人和她们玩瞎子摸、玩疯子逮、玩捉迷藏……她们飞扬的袖带、飘逸的长发、婉转的咿呀，像风筝一样，像柳絮一样，像花瓣一样，像三月一样……她们已经解脱了一切礼教的束缚，自由自在，无拘无束，随心所欲，原汁原味，时而天真时而优雅时而妩媚时而放荡，时而花枝招展，时而赤身裸体……那些经不起诱惑的光棍儿汉犯了花痴，拼命追逐她们丰腴洁白、又如同纸鹤一样轻盈灵巧的身影，结果有的掉进了水里，有的跌进了沟里，有的栽下了悬崖。有的喂了鱼，有的喂了鸟，有的喂了蛆，有的便宜了狗，有的便宜了狼，有的有人寻，有的没人寻，有的寻到了，有的寻不到，那些寻到的尸首，脸上都挂着幸福而满足的微笑……

对此所有人都一筹莫展，无论是女孩子们的爹娘还是抗日联合政府。直到第七个少女出现才使大家如释重负，这个女子名叫李彩娥，是县城一个皮匠的女儿。她的刚强和计略大大超出了她的年龄和美貌，她并非不知道自己所处的险境，但从一开始就没有流露出丝毫慌张。她对哭得昏天黑地的双亲说："我不会死，而且我爹以后也再不用钉鞋了。"她从挂在墙上的工具箱里取出三根鞋钉子，交到兄弟的手里，叮嘱，"他们家纵然富贵，也越不出规矩；咱们家虽然恓惶，但决不能缺少礼数。三天以后别忘了接我回门。"

婚礼上，她举止得体，仪态雍容，落落大方。当孟布云在极度的狂乱中掐住她的脖子，向她大喊大叫，追问你是谁的时候，她竟毫不手软地扇了振远王一记耳光，说："你是你，我是我。"当孟布云再一次失败，而觉得无地自容时，她安慰他，给他唱家乡的小调……当太阳又升起来，土匪们准备进洞房去收尸的时候，孟布云堵着门，把他们拦在外面，笑道："休得无礼，夫人正在梳妆。"

3

半年后，某旅浩浩荡荡地开进振远。晚上，一个干部跑来通知赵凤春，让他到旅部开会，商讨筹建独立先锋团的相关事宜。这时的赵凤春已经不再是抗日政府的县长了，也不再担任任何领导职务，仅仅是县政府后院的一名马夫。

事情发生在他从孟堡回来不久的一个晚上，赵凤春百忙中抽出空闲，踏着一路月色，叩开一扇虚掩的房门，去和那里的女主人幽会，没提防被人盯了梢。赵大头半夜领人来提奸。火把的光亮，人与狗的同声嘈杂驱走了夜晚的温馨和宁静。砖头瓦块伴着污言秽语飞进来，砸烂了水缸、豆角藤、茄子秧……然后有人翻墙而入打开院门。赵大头非常有心计，他不但引来了赵家门的一帮闲汉，还请出了村里有威望的老人和一些妇孺。

赵凤春和孟春花挽着手从屋里走出来，他们镇定的态度、安详的眼神和无所畏惧的气概震慑了全场，一时间鸦雀无声。没有风，天气是如此沉闷，热浪把桑干河蒸腾起的水分凝结成无数肉眼看不见的微小颗粒，使肺叶的张弛变得缓慢而吃力。一团一团的火苗似乎都冻结住了，好像中间有个没化开的冰坨子，仅仅为了吸吮氧气，才偶尔抽动一下。双方就这样在黎明前朦胧晦暗的色调里，隔着一院子破破烂烂静静地对峙。然后赵大头第一个活动起来，跳脚喊："打呀，打这个人面兽心的东西！"他的几个叔伯兄弟就率先响应。

春花见势不妙，拔枪在手，赵凤春被好几个人推来搡去，还喊了一嗓："不许开枪！"刚说完，后脑勺儿就挨了一记闷棍，血稠糊糊地盖住了眼睛。春花一愣神，驳壳枪就被夺走了，眼看几个人围着赵凤春拳打脚踢，她一边奋力挣扎一边大喊："你们不准打人！"一头撞在一个扭住她胳膊的胖女人的小肚子上，那个女人"嗷"的一声，皮球一样朝后翻滚出去。但立刻就有更多的手抓住了她，有人扯她的头发，有人扇她的脸，有人拧她的大腿。一个妇女说："哎呀，这个臭婊子这么泼辣，姐妹们，咱们扒光她的衣服，看她还凶不凶！"然后就有好几只手从不同的方向，同时剥她的衣服。女人们扒，男人们看，人群中不时爆发出噢噢的起哄声。有个小后生拣了她一只布鞋，挂在竹竿子上，挑着。

人们已经顾不上管被打得昏过去的赵凤春了，全都拼命往这边挤，火把的光芒照耀出一张张因为过度亢奋而变得呆傻的脸，几个上岁数的老头被挤得差点儿蹶过去。赵大头划着双臂挤到跟前，揪住一个正起劲儿往下撸裤子的女人，劈手两记耳光。那个女人一屁股坐倒在地，又哭又骂撒泼打滚儿。挑鞋的后生气急败坏，叫道："你敢打我妈！"扔下竿子，冲上前薅住赵大头的衣领。

赵大头也反手撕扯住对方，说："你妈欠揍！"

小后生骂："我是你家猿猴，坐在你家炕头，你妈给我烧香，你爹给我磕头……"两个人就扭打在一处。

混乱中人圈外面当当响了两枪。红通通两道火线，洞穿了浓稠沉重的夜雾，笔直地冲向月亮。薛明哲带领民兵赶到了。他们分开人群，把两个人解救出来，制止了事态的进一步扩大。

赵大头也挂了彩，他整整衣服擦擦血，摆出一副不卑不亢的样子说："薛书记，共产党的县长和我婆姨通奸，勾引良家妇女，你看应该咋处理？！"

薛明哲脸色铁青，冷冷地说："这件事我们调查清楚后自有公论。"

将事件通报上级前，薛明哲在禁闭室里和赵凤春进行了一次纯属私人间的交谈。"只要你一口咬定，找春花是为了和区长谈工作，除此以外绝无男女私情，就不会受到任何形式的处分，没有人能把你们怎么样。"薛明哲熏黄的手指夹着纸烟，披着双排纽扣大翻领哈萨克旧大衣，高加索长筒软靴驮着他瘦长的身体晃来晃去。

赵凤春已经解除了武装，头上缠着纱布，一言不发地坐在对面的行军床上。

"凤春，老赵——"薛明哲恳切地说，"别再固执了，你就是不为自己想，也该为人家想一想。这样，你就说我知道这件事，是我叫你去的，去商量一件很重要的事——争取孟布云的事。有老哥给你做证，你还担心什么？然后咱们就把狗娘养的赵大头抓起来……"薛明哲把烟屁股扔在地上，狠狠用脚尖碾碎。

"我爱春花，我要和她成亲。"这是赵凤春在会面中说的唯一一句话。

4

这样，严厉的惩罚就不可避免了。孟春花受到党内严重警告，赵凤春免去一切职务，留党察看一年，到基层接受劳动改造，县长一职暂时由薛明哲兼任。

孟布云亲自带队突袭了镇子梁，出村的各条道路都被封锁起来。镇子梁的人不应该忘记在春花身后还站着一个叫孙猴子的大哥，惹下她就等于踩了猴尾巴。匪兵显然得到了特别许可，见东西就抢，见门就砸，光天化日下调戏妇女。房檐上、土围子上、道口上，高高低低到处站的都是子弹上膛的兵。关帝庙前架起两挺机关枪，一村子男女老少都像牛马一样，被枪托和皮鞭驱赶到打谷场。但是孟布云摆下的阵势虽大，关键人物赵大头却没有抓到，因为他提前得到风声，头天半夜就脚底抹油了。

赵大头东躲西藏。孟布云放出风来要用三千块光洋、二十垧地买他的大头。危急中他想：唯有离开振远，远走高飞，才能保住性命。但是后来事情渐渐平息下去，他就又犹豫了，毕竟他在振远人熟地熟，家大业大。再后来他听说春花病倒了，就买上四味坊的麻花、双合成的糕点，跑去魏庄探望。

"我叫赵反臣，是孟春花的爷们。"在区政府门口，他对站岗的民兵自我介绍。民兵是个精干小伙儿，包头的白手巾上三道蓝杠，肩上扛着杆土枪，斜背一条粗布口袋，里面鼓鼓囊囊填着铁砂，红腰带上拴着个火药葫芦，上上下下打量他，说："原来你就是赵反臣，我们已经找你很久了，站在这儿别动。"说完就转身进去报告了。

赵大头在门口转磨，心里十五个吊桶打水——七上八下。民兵的话锋和眼神使他怀疑自己是来自投罗网，共产党很可能也在拿他。过了一会儿，民兵引出来一个穿制服的干部，把一张纸递给他说："根据孟春花本人的意愿，人民政府已经依法解除了你们的婚姻关系，这是判决书。"

赵大头眨巴着眼睛一动不动，仿佛不明白对方在说什么，他的思维停摆了，被这片薄薄的纸挤出了这个屈辱的世界，愣了半天才狂叫："我不服，杀头我也不服！孟春花是我赵家下过聘，摆过席，换过庚帖，大茶小礼，三媒六证，明媒正娶回来的。生是赵家的人，死是赵家的鬼！自打盘古开天地，只有男人休女人，哪有女人反过来休男人的道理？！"

干部神情冷峻，带着几分鄙夷望着他，说："时代在变，如今男女平等了！"

5

孟布云家的后院围墙高耸，大而无当，李彩娥坐在六角凉亭里，独倚斜阳自斟自饮。马六子头戴牛逼帽，扛着一支崭新的四四式小马枪，在亭子外面转来绕去地走操甩正步。

彩娥微醺半醉，人面桃花，手里的锡器闪着暗光，俯视脚下的马六子说：“小兵啦子，你又不是条哈巴狗，老跟着我干啥？”

马六子回答：“这是司令的吩咐，在他外出考察期间，让我寸步不离地保护夫人。”

“那么说你是司令的哈巴狗？”李彩娥毒舌刻薄，继续挤对马六子。

“我马六子就算是条狗，也是条忠于主人的狼狗。”马六子面无愠色。

“那我要是上茅厕呢？洗澡呢？”彩娥双手托着发热的脸颊，噘起嘴问，酒精让她的脑袋有点儿犯迷糊。

“那我就在门口给夫人站岗放哨。”

“司令信得过你我可信不过，不怕贼偷就怕贼惦记，你能保证不偷看？”彩娥觉得马六子的谦恭后面有股子傲劲儿，她喜欢这股劲儿。

“我要是想看，就推门进去，光明正大地看。”马六子目不斜视，牛皮哄哄地说。

李彩娥翻了翻眼睛，“切”了一声，饮下杯中物说：“司令又上哪儿考察去了？不会是找野娘儿们遛鸟去了吧？”

“司令上了镇子梁，说考察文雅，其实是给他妹子拔横去了。”

“大姑子多了婆婆多，小姑子多了是非多。他那个妹子不是盏省油的灯。”西边围墙上的炮楼子把太阳遮去了，院里的光线暗淡下来，“你们家一共兄弟几个？”

“我是家里的老幺，上面有两个哥哥。”

“那你应该叫马小三，为啥叫马六子？”

马六子挺胸收腹，定臂抬腿拔军姿，平视前方说：“我们这是大排行。”

“我看你也蹦跶累了，上来喝一口吧，这是县城里的传教士送给司令的洋酒，叫什么……白兰地。”暧昧的气氛在两个朦胧的身影之间潜伏着。

马六子一动不动，眼珠都不错地说："洋酒中看不中喝，就跟马尿一个味儿。"

"不识抬举，你喝过马尿？！"彩娥又白了他一眼，"人人都说你管儿直，天上飞的能打下来不？"

马六子说："只要是在有效射程以内。"

太阳从炮楼的另一头露出绚丽的玫瑰色光芒，把院子重新照亮了。李彩娥将酒瓶盖子拧紧，抬手向亭子外面的空中扔去。马六子枪下肩弹上膛，快似闪电，一发命中，闪亮的碎玻璃和琥珀色酒液混在暗红的夕阳中清脆地炸开。

彩娥的双眸被枪火照耀得目眩神迷，问："它飞得那么快，为啥还能打中？"

马六子笼罩在硝烟里，低头擦枪说："这得计算弹道和靶子的提前量。"

彩娥说："你教我打枪吧。"

马六子说："司令也是神枪手，你咋不跟他学？"

彩娥声音变得很幽怨："他呀，枪膛里没子弹，端的是一支空枪。"

马六子油嘴滑舌地接上："要不我替司令补一枪？"说完立刻就后悔了，恨不得抽自己一个嘴巴。

彩娥冷下脸来说："你真是色胆包天，就不怕他杀了你？"

马六子的心咚咚直跳，嘴上却不肯服输："牡丹花下死，做鬼也风流。"

彩娥掐着小拇指的指肚说："我看还是算了吧，常言道：'兵熊熊一个，将熊熊一窝。'你也好不到哪儿去，枪那么小，光准顶什么用？"说完捂着嘴咯咯地娇笑。

马六子循着笑声向上打量，第一次觉得彩娥长得像画里的仙女，于是说："我对付男人才用枪，对付女人的时候都用炮。"

彩娥说："那我就见识见识你的炮，可千万别是一发哑炮。"

马六子顺着台阶登亭说："我这炮不放则已，保准一炮就把你的魂崩到云彩上去。"

第二十三章：马夫

1

　　"我们结婚吧，现在没有什么能够阻拦我们了。"赵凤春满怀深情地说，但是孟春花却出人意料地拒绝了他，伤心欲绝的赵凤春断绝了和她在私底下的一切往来。所有舆论都对赵凤春寄予了无限同情，而对春花的负心则同声谴责。春花在街谈巷议里被塑造成了一个水性杨花的女人，内心轻浮的红颜祸水。当赵凤春大权在握，呼风唤雨，高高在上的时候，她就主动勾引他，甚至不惜和他通奸，最终把他害得身败名裂。然而一旦他失去了权势和地位，她就狠心地拒绝了他光明正大的求婚。

　　春花默默地承受了所有非难和指责，从来没有为自己辩解过，她用忘我的工作来纾解心灵的伤痛，从表面看，她丝毫也没有改变自己活泼开朗的天性。在众多的传言和议论当中，曾有人这样分析春花拒绝赵凤春的原因。虽然她长久以来，和赵凤春保持了超越男女友谊的特殊关系，但是两人交往得越深，她就越痛心地发现如今的赵凤春已经不再是当年的赵凤春了。当年的赵凤春真诚爽直，热情如火，而现在的赵凤春却深沉含蓄，喜怒不形于色。他心中埋藏了太多的回忆和秘密，那些残忍恐怖的岁月在他身上留下了不可磨灭的深刻烙印，他把自己包围在自己竖起的围墙里了。他非常多疑，而又极力掩饰。有时候他是神经质的，常常从噩梦中惊醒。从前他的笑容就像春天一样，极其富有感染力，有多少次，当他微笑着走来的时候，她甚至惶恐起来，觉得他的笑容不可抗拒。但是现在他已经很少笑了，偶尔笑一下，也只能使人联想到那些冷的和硬的东西。还有他的眼睛，从前他的双眸清澈如水，现在它们却锐利得像剑，警惕得像盾。所有这些都和春花的性情格格不入。她太爱以前的赵凤春了，以至于常常在幻想中把现实中的赵凤春当成从前的替代品，但是现在如果让她和这样一个人朝夕相对共处一生，那简直是不可想象的。

事实上，终其一生春花都不太了解自己至爱的人，这对于她是个悲剧。其实赵凤春背负着多层外壳，从来不曾向任何人真正敞开过心扉。很多和他朝夕相处的战友同事，觉得对他熟悉得不能再熟悉了，可只要一分手，哪怕很短的时间，就会觉得回忆中的他面目模糊不清，像烟雾像传说。

晋北靠近蒙古草原，自古以来就是农牧并举。赵凤春他们主要饲养的是蒙古马，也有伊犁马、三河马和产自四川建昌、云南大理的西南马。另外还有几匹马骡、驮骥和骆驼。有一段时间，马厩突然成了最热闹的地方，比办公室还热闹，有形形色色的人混迹其间，出入其中。骡马不洁的味道和各种深奥的之乎者也，复杂的国际国内形势，雄辩的高谈阔论混杂在一起，从而又一次用实践证明了唐代诗人刘禹锡的独到见解："山不在高，有仙则名。水不在深，有龙则灵。斯是陋室，惟吾德馨。"

薛明哲就是经常光顾马厩的一个，有时扯点儿闲篇，更多的时候是来商量和研究工作中出现的新情况新问题。于是在入夏的夜晚，当纳凉的人们经过马棚时，就常常可以看到两个人一个叼着烟卷儿，一个手挥蒲扇驱赶蚊虫，歪斜地坐在拴马桩的横木上，在牲口的反刍声，吃草的唰唰声里，在满天星光，或者马灯的照射下促膝谈心的情景。由于两套班子合并成了一套，薛明哲就像一匹马拉双辕车，感觉非常吃力。开始他甚至默许和暗示工作人员直接走到马棚，向正系着围裙喂马的赵凤春汇报请示，就像从前他当县长时那样。但是赵凤春却对这种做法无比愤怒，在一次生活会上毫不留情地提出了尖锐的批评。

孟布云也来看望过赵凤春，他让马六子俯下身去擦他的高靿儿马靴，拍打着赵凤春的肩膀，大大咧咧地说："妹夫，跟我干吧，马上给你个副司令当。咱哥俩还跟上学的时候一样，焦不离孟，孟不离焦。又何必给土八路当弼马温，受这份鸟气。"马六子随身带着擦靴子的家伙事，弯腰撅腚，抢开膀子，手脚利索得如同风轮。他不知道用的什么方法，擦出来的皮靴像镜子一样亮得能照见人影。但是当孟布云听出来对方在拐弯抹角做他的争取工作时，他忽然没头没脑地问："你想要的是什么？"

赵凤春认真回答了，但孟布云却觉得他压根儿什么也没说，而且不出所料，冷笑道："你这个小滑头！"

王天存是一身重孝来的，把他抚养成人的姑母在不久前的日本飞机轰炸中丧生。赵凤春也以此为契机，向他展开了政治攻势，最后王天存被说得动了心，他说："但是，无论如何，我绝不能向一个马夫投诚。"

赵凤春趁热打铁："我可以为你引荐你想见的任何一级领导。"

王天存摇头说："以前我和薛队长谈过。不过现在我只跟你谈，你老弟这些年来出生入死，对共产党没有功劳也有苦劳，现在为这么一点儿芝麻绿豆的小事，就受罚干这种下贱的活儿，又岂能不让天下英雄齿冷。"

2

凤春娘急火攻心犯了老毛病，吴先生劝解说："当县长有什么好？当马夫有什么不好？天下之事凶藏吉，吉藏凶。塞翁失马，焉知非福？"他代表凤春娘探望赵凤春，为他把脉，并对症开出药方，叮嘱他按时服用。事实上打那以后，赵凤春的身体就一天天强壮起来了。这倒并不全因为吃了吴先生的药，而是得益于有规律的劳作，和他逐渐恢复了平和的心境。他甚至爱上了喂马这个行当，很快就学会了给马钉掌、修理马鞍和笼头。掰开马驹子柔软多毛的嘴唇，通过观察齿数和排序来判断年龄。学会了先用胰子洗手，再把马尾巴根儿扎起来，用温胰子水给母马灌肠，然后将手缩成鸟喙状伸进马的肛门，在第3—4腰椎的下方，探摸卵巢上是否有滤泡，以判断排卵期。能分辨出各种饲料之间细微的差别。分辨出挽马和乘马，南方马和北方马生活习性上的不同。知道它们什么时候发情，什么时候交配，什么时候生养。所以他喂出的马全都膘肥体壮。

许多认识或者不认识的人，也跑很远的路来和他搭讪，仅仅为了亲眼看一看这个昔日的风云人物如今落魄的样子，但是他们都乘兴而来，扫兴而去。他们看出来他确实是个喂马的行家里手，踏踏实实地干活儿，少言寡语，没有一点儿做作和骄矜，平凡得使他们很快就失掉了对他的兴趣。

当然，也有人对他的过往一无所知，只把他当成一个平常的马夫，正像他所希望的那样。和他一块儿喂马的老李头就是其中一个，老李头外号赛伯乐，半聋半哑，同骡马打了半辈子交道。赵凤春的养马之道进步神速，大多得益于他。虽然两个人不能用言语交流，但只要用心观察，一样可以学到许多东西。老李头也隐约觉得这个后生来历不凡，只是糊里糊涂地搞不清楚，也不想搞清楚。事实上，除了摆弄牲口以外，他对世上的任何事情都不感兴趣。

老李头有个女儿叫槐花，常来给他送饭。这闺女样子长得挺好，清凌凌的、细溜溜的、水汪汪的，心地单纯得就像一张没蘸过墨的纸。她已经到了谈婚论嫁的年龄，但是没有媒婆上门提亲，因为有人在背后议论她，认为她脑子有毛病，里面的某根筋搭错了。证据是不止一次她在人堆里闷声不响地坐着，神情遥远恍惚，有时候呆呆地傻笑，有时候又毫无征兆地突然跳起来，好像被针扎了一下，又好像被二流子摸了腚，把周围的人都吓一大跳。然后她会红着脸脚步仓皇地逃走。

事实上，她也确实是个怪女孩，她的安静不只存在于表面，而是从内部投射出来的，这使得她在这个浊重的人世间就像一个轻灵的异类。当她和别人靠近的时候，他人的内心对她仿佛是打开的，这种感觉有时候清晰有时候模糊，很难用语言界定，就连她自己也讲不清楚。他们各种各样，有些人是善意的，有些人很有趣，而有些人像顽石，还有一些人污秽不堪，散发出某种不属于气味范畴的恶臭，令她避之不及。

和爹一样，她对赵凤春的过往一无所知。对她来讲，他是一个外来的陌生人，她几乎不知道他是谁。但是有一天她忽然发现了他，然后她惊着了，她感觉他的里面和她遇到过的所有人都不一样，他复杂庞大而又遵循着某种内在秩序，同焰火一样明亮，同星空一样壮丽，同追鞭一样疯狂，同蹄刀一样冷酷。她没什么文化，连自己的名字都不会写，所以并不理解自己看到了什么，以及其中的含意，但是她从此就着了魔，这个与众不同的灵魂令她深深地痴迷。无梦的童年已经过去，从此以后她就经常梦见种马和骒马摩颈、爬胯的情景。这些梦对她的直觉构成了严重干扰，让不确定性增多了。就好像在她要观看的场景前面又增加了一台戏码，有了前景和后景。这种叠加效果让她眼花缭乱的同时变得更加好奇，只是这种吸引和开始时有所不同。

从此以后，赵凤春的饭盒里就像变戏法一样，常常莫名其妙地多出许多吃食。换下来的衣服一转眼就不见了，但过不了几天，就又洗得干干净净，叠得齐齐整整地摆在床头，抖开来看一看，破了的地方都织补过，每个褶子都用熨斗熨得平展展的。她不怎么爱说话，赵凤春铡草的时候，她就蹲下来给铡刀喂料。赵凤春抠蹄钉掌的时候，她就在旁边摇鼓风机，给他递钉子、铜锤和切刀。当赵凤春用火钳子从炉膛里夹出烧红的蹄铁，按在马蹄子上，坚硬的角质滋滋响着喷出大团焦臭的浓烟，她总会心疼得哆嗦一下，好像挨烫的是她自己的脚掌。

有一回大黄马难产，赵凤春和老李头在马棚守了整整一宿。到天似亮似不亮的时候她来送饭，看见大黄马安静地卧着，而地上一团血糊糊的东西正挣脱胞衣，一次次挣扎着站立，肚皮下面当啷着一节脐带。一轮橘红色的太阳从山坳的那一边升起来，像虚弱的大黄马一样，显出了一种纯粹而又高贵的气质，把破烂的村子照耀得充满了诗意。赵凤春两只微肿的眼睛里布满红丝，双手沾着马血，慵倦地站在院子里，被朝阳勾勒出一抹绚丽的光边，指着天上动情地说："看，她升起来了，她多美呀！"

老李头木然地蹲在板凳上吸烟袋，眼皮也不抬一下。她抬头看了看，觉得今天的日头跟平日没甚两样，看不出什么好来。但既然心上人那么高兴，她也就跟着高兴起来了，心里想：要是他后面那句话说的是自己，那该多好啊。

3

后来一连几天她都没有见到小马夫，人就瘦了整整一圈，一张小脸越发清汤寡水，人见人怜。她猜他可能是回家探亲去了，又不好意思打问，于是往马厩跑得就更勤了，一心巴望他早点儿回来。同时，她的梦境也变得更加离奇，梦中她置身在一间破败的大屋里，四周充满了骡马的味道，青饲料和老皮革坐垫的味道，但是却看不到一匹牲口。马粪色的土坯墙上满满当当，挂着马鞍子、马脖套、马鞭子、马辔头……屋里没有掌灯，破窗户用纸板遮挡着，但火炉子烧得红旺旺的，使周围的一切都只有红与黑这两种充满力度的颜色。再就是羊角砧子、大锤小锤、搁板马凳……她明白了，这是个给骡马挂掌的地方。

屋子正中竖立着门形木框，左边的立柱上悬挂着油污的马灯和几个锈蚀损坏的铁镫。她四肢着地趴在木架子下面，两根粗绳穿过她的胸部和腹部吊在横梁上，几乎把她平托了起来，身体两侧还拦着几道草绳。

他，迈着沉重的脚步推门而入，过膝皮围裙上烫的都是窟窿眼儿，中间有个鼓鼓囊囊的大口袋，钳子的胶皮把儿和榔头的木头柄从口袋里露出来。他在光芒和阴影之间来回移动，身上的颜色变来变去，目光却始终深邃而冷峻，表情严肃而阴沉，像个掘墓人，条条肌束纠缠在骨头上。他用布满血管的大手，拎过来一只沉甸甸的柳条筐。筐子落地发出"咣"的一声轰鸣。

她倒吸一口冷气，看见筐里寒光闪闪：铲刀、剔刀、镰刀、钢锉、起子……和数不清的铁钉，都是两寸多长，三个棱子。给他打下手的是个面目不清的陌生人，独眼儿驼背，歪着脖颈儿，不怀好意地向自己上下打量，言辞下流无比："嘻嘻，发育得不错呀，明年就能配对，后年就能生养了。"

他先拍了拍她的脸颊，又抚摸她的头发，说："今天要给你挂掌，你是个好姑娘，得乖乖地配合，然后去痛痛快快地洗个澡，否则我就用马鞭子狠狠抽你一顿。"然后他绕到后面，双手抓住她的一条小腿掰得朝后翘起来，搁在马凳上，把她的布鞋从脚上摘下来，再脱掉她的袜子。

她的心回肠九转、五味杂陈，交织着恐惧和兴奋，同时还无比愤怒，非常委屈。她想问问这个狠心的小马夫，自己哪里做错了，他为什么这样对待她。可是她说不出来话，她嘴里横着一根马嚼子，口腔里全是铁腥味儿，只能发出含混不清的呜呜声。

打下手的后生起劲儿地摇鼓风机，棕色的皮肤汗光闪闪，在火苗子的照耀下更显得肌肉强硬。炉火的光芒把她的影子清晰地映在墙壁上，她惊讶地看见木架子下面捆绑着一个马形，缰绳一头连着嚼铁，一头拴在横梁上，一条后腿在马凳上翻蹄亮掌。她低下头向自己身上看，映入眼帘的是发达的前肢和健壮的胸廓。她的热泪涌出眼眶。原来自己是一匹马，一匹耽于幻想的年青白马，马群里的异类。而且终究是另一匹马的新娘。关于人类生活的种种，只不过是出自母马驹过分热情澎湃、狂放不羁的大脑。

他给她修脚，先用铲刀把掌面切平，再用剔刀抠蹄子缝儿，最后用一把两尺长的大钢锉把她的蹄子打磨得光滑圆润……他的动作熟练而温柔，奇妙的共振使她全身麻痒，使她感觉很难为情。

他把从马蹄子上削下来的角质物搜集起来，放到一个粗瓷碗里，因为那是一味中药，可以卖给药铺，然后用火钳子从炉膛里夹出一块U型蹄铁，被炉火烧得红光闪闪，晃人的眼睛。

"戴这个得趁热。"蹄铁发出的光亮照耀着他的脸，"别怕，钉了掌，以后千山万水，南征北战，腿也不会疼。"

她感觉到滚烫的气流抵近了自己的脚心，她光滑的额头和浓密的门鬃渗出汗水，脚背绷直，不由自主地缩腿。但是她的脚踝被绳子摽着，被他的大手紧紧攥着。

他只是比量了一下，就把料坯放在锻砧上，那个驼子抡起大铁锤，把料坯锻打得火花四溅，叮叮当当，屋里回响着铁与火的奏鸣。

"这下就差不多了。"他心满意足地说。

滚滚热浪再一次逼近过来，她的牙关再一次咬合，神经再一次绞紧。就在这时鸡叫声把她带出了梦境，她浑身汗湿地躺在被窝里，心跳如鼓点，拉开被子如释重负地看了一眼自己的女儿身。但同时又有点儿失望，在恐惧背后，其实她渴望感触到他带给自己的灼热的疼痛。

4

直到有一天，村里热闹得好像翻了湾一样，都说是部队要在这儿开个什么大会，她就和女伴儿们相跟上去开眼。挤进去一看，场面大得让她头晕眼花，墙上贴满了花花绿绿的标语。看热闹的虽然人山人海，但都让维持秩序的民兵拦在场子外面。新搭的主席台被彩旗、横幅、画像点缀得庄严神圣。主席台左侧有一排擦得锃亮的小钢炮。战士们怀抱步枪，坐成好几个整齐的四方块，真比刀割下的豆腐还要规整，连坐的姿势都一模一样，让人觉得他们喘出来的气都是排列有序的。

大会开始前，他们先唱了几首歌。过了一会儿，一个大官站到桌子后面讲了一通话，她离得太远，风顺着吹过来的时候还能听见一句半句，逆着吹的时候就什么也听不清了。只听见末尾他铆足了劲儿，一字千钧地说，什么什么正式成立了。然后所有人一起鼓掌。大官接着宣布，现在，他代表，某地委、某行署和某某军分区，正式任命：薛明哲同志为政治委员；赵凤春同志为团长……他把每一句完整的话都切分成一小段一小段的，目的是为了使自己的声音更有力，也让别人听得更真切。

她站在人群中，简直不敢相信自己的耳朵，怀疑听差了，可是马上又觉得好笑，世上重名重姓的多了，张王李赵遍地刘，哪能只许他叫赵凤春。主席台上走马灯似的又换了个人，也同样铆足了劲儿，同样一字一顿地大声说，现在，授军旗！

接下来发生的事简直像做梦，她看见一个人从一组四方块中应声而起，他穿着和战士们一模一样的军装，佩戴着臂章，打着绑腿，唯一不同的是腰里挂着一把带牛皮套的手枪。正午的阳光垂直地照射下来，给他镀上了一层金属色，也使他前面的道路有了闪闪的光泽。他就在无数人的注视中，昂首挺胸，目不斜视，以一种雄赳赳的步伐穿过了钢枪与钢枪、阵列与阵列组成的夹道。用挺拔的背影把千军万马挡在身后。他的一举一动都好像用布尺量出来的那么不偏不倚，抬手投足都带着击打金属般的铿锵。他有一种恢宏的气势，仿佛可以顶着火走、踩着刀走、冒着弹雨走、迎着死神走，也可以力拔千斤、摘星揽月、移山填海……他健步登台，在接过军旗前，先双脚立正，行了一个标准的军礼。

第二十四章：行刺

1

赵凤春的复出引发了激烈的争论，最后由旅长一锤定音，他问："我们中间有谁没有犯过错误？又有哪个敢保证一辈子不会犯错误？"他环视全场，目光从每个人脸上扫过。"现在我们的国家正处在生死存亡的关头，正是用人之际。赵凤春同志是我党培养出来的优秀指挥员，我个人觉得，让这样的人长期喂马是我们的一大损失。"就这样，赵凤春虽然重新走上重要岗位，但党内给予的处分并未撤销，以便使他时刻反省自己，接受组织的监督，以观后效。

独立先锋团共辖五个连，近千人，接受地委和旅双重领导。主要任务是发展敌后武装，开展群众运动和游击战争。政委薛明哲，兼任振远县委书记。团长赵凤春，兼任振远县县长。组建之后，他们英勇善战，屡建奇功，被誉为晋察冀西北角上的一支铁军，振远南山一带的群众也曾多次向先锋团赠送锦旗，称赞他们是人民的看家佛。日本投降以后，该团主力编入野战部队，继续投入到了解放全中国的洪流中。

赵凤春恢复职务的当天，带着首长的亲笔信上了一趟黄花岭。才走到王天存的窑洞外面，就听见传出来高腔高调、有板有眼的唱，各种乐器夹着敲桌子打板凳的声音。唱两个字，后面就有六个"嗨嗨"。再唱两个字，又跟上七个"哎哎"。也听不出来是神池的道情还是上党的落子，晋南的迷糊还是代县的耍孩儿，正好菊花拎着托盘从窑里出来，一脸愁肠地说："快劝劝你哥吧。"

赵凤春问："我哥咋了？"

菊花没好气地说："你哥魔怔了。蚂蚁提豆腐——提也提不起来。成天山寨的事不管，家里更别指望。就只钻到窑里，好酒好肉地供着一群'打地圪圈'的活祖宗，从天明一直'嗨嗨'到半夜。好像光唱就能唱成仙了。"

赵凤春双眉紧皱说："我哥喜欢唱戏人人都知道，虽然说人不疯魔不成活，可也不能这么不务正业，玩物丧志。这样下去人岂不就废了！"

挑开帘子一看，里面烟雾缭绕，水汽蒸腾，真像个仙境。一方明亮的阳光实实在在地落在炕席上。十来个老汉汉有的戴着花镜，有的捧着唱本，有的打着渔鼓，有的吹着笛子、小号、唢呐……有的端着夹板、马锣、铙钹、截子、铮子……围着枣红色的炕桌，浴着阳光，满满腾腾坐了一大炕。其中还有两个瞎子。王天存拉着弦子挤在其中，身子偎住被阁。炕桌上摆着纸烟、茶水、花生、大枣、核桃、点心……应有尽有。砖地上泼着几溜儿茶根，火上还熬着一大锅油茶。大伙儿轮流唱，一个人唱的时候众人不但配乐还要帮腔，全都闭起眼睛，前俯后仰，两颊明光灿灿，一脸亢奋陶醉相。让人觉得生命和肉身若即若离，时分时合，好像蜡一样正在慢慢融化，在天界和凡尘之间往来不定……

这些艺人散摊儿以后，赵凤春和王天存整整谈了一宿，最终把他劝下了山。因此在先锋团的五个连中，就有两个连是王天存的班底。

讨论的第二个问题是打不打孟布云，虽然大家历数了孟布云自盘踞振远以来的种种劣迹，但会议最终还是决定暂时不去碰他，并且继续做好争取工作。因为孟布云在振远聚敛多时，已经养得羽翼丰满，树大根深，未必可以将其一鼓荡平。反过来说，日本人一直没有再次进犯振远，也是顾及孟布云的实力。况且以孟布云的奸猾，必不和大部队正面交锋，而我旅重任在肩，也不可能与之长期周旋。要是一打，被他跑掉了，可能会给刚刚组建，准备在此长期坚持斗争的先锋团留下无穷后患，而使日本人坐收渔翁之利。

于是赵凤春又不顾疲劳披星戴月地赶往孟堡，劝说他的老同学，拜把子兄弟参加革命。条件当然非常优厚，只要孟布云同意接受抗日政府的领导，就把他另外改编成一个独立团，由他自任团长，上级只派一名政委协助工作，绝不拆散吸收，不化整为零，不打乱原有建制，不干预干部任免。

这些天孟布云也很紧张，生怕对方突然下手。为以防万一，他主动收缩地盘，把分散在各乡村的工作队和小股驻军都撤回了大本营，命令自己的队伍衣不解甲、枕戈待旦，处于二十四小时的待命状态，做好了打与逃的两手准备。在会谈中他支支吾吾、吞吞吐吐。一会儿说身染风寒，希望改日再谈；一会儿说考虑考虑，不能马上答复；一会儿又故意打岔，你说城门楼子，他偏说胯骨轴子。你说南墙头子，他就说蹲着个猴子。赵凤春只好起身告辞，临出门的时候，孟布云把上次的问题又问了一遍："你想要的是什么？"赵凤春把同样的答案又回答了一遍。这次孟布云没说他是小滑头，但心里怀疑他是。

赵凤春刚走，王相就像一缕幽魂，神头鬼脸地从套间钻出来，对着孟布云的耳朵吹阴风："司令，有道是隔夜金不如到手的铜，墙上画马不能骑，纸上画饼难充饥。别看他们现在封官许愿说的比唱的都好听，可只要你一上套，很快就会身不由己，只能像案板上的肉一样任由摆布，哪里还有争长论短的余地。况且他们部队又不能常驻，振远是谁人之天下尚未可知。"

2

王相鬼鬼祟祟地溜出孟堡，潜入暮色苍风，在城郊一间废弃的木工房里，有个人正焦急地等待着。

"王先生，你来了。"赵反臣踏过满地锯末和刨花迎上前来。

"要是你想退出的话，现在还来得及。"王相欲擒故纵。

赵大头连耳朵上的疤瘌都涨红了，焦躁地搓着手说："王先生，我跟共产党有夺妻之恨，现在他们又烧了我家的地契，没收了我家的祖屋和良田，分给那些穷棒子，此仇不报，我赵大头就枉披这身人皮！！"

"是个爷们儿！只要你能把这件大事办成，太君一定不会亏待你，保你高官得做，骏马任骑。"王相把一支南部自动拳铳和一叠金票塞进他的口袋，说，"明天晚上，他会在韩家坊的石桥上经过。"

第二天，赵大头就扮成货郎，埋伏到了桑河南岸的一棵杨树后头，从草丛里飞出一大群蚊子围住他叮咬，赶也赶不散，打也打不败。他的脸很快肿起来，但他忍着。大约二十分钟后，他果然看见有一群穿土布军装的人，挑着两盏纸灯笼，说说笑笑地从石桥那一头走过来。但是由于他们的装束完全一样，他根本分辨不出来到底哪一个是王相要他干掉的大官。偏偏办事精明的王相百密一疏，没有事先把目标的容貌特征向他描述清楚。眼看那些人越走越近，于是他就在匆忙中向那个他觉得最像大官的人开了一枪。赵大头的眼力是一流的，被他锁定在准星里的正是那位日本人久欲除之而后快的旅首长，但他的枪法却没有他认人的眼力那么好，这颗罪恶的子弹擦着这个首长乌黑的发梢儿飞过去了。警卫喊了声："有刺客！"首长身前哗地竖起来一道人墙，与此同时，前面一条人影一闪，纵身跳进了桑河。警卫们追到河边，趴在桥栏上，把一排排子弹向着河当间儿掀起的水花倾泻下去，从枪口喷吐出的火焰把河面映照得一片璀璨。过了一会儿，从水底泛起来几张老头票和一层混浊的红色……

3

征兵处设在县城的小学校里，赵凤春每天在操场上训练新兵，忙得不可开交。这天他路过征兵处时，看见围了一大群看热闹的，负责征兵的干部正在跟人争吵，于是就分开众人挤到前面。曹笑吟满面通红地站起来，说："团长，你来得正好，这儿有一位大爷，非要参军不可。我们再三向他解释，招兵是有年龄限制的。"

赵凤春说："吴先生，你怎么来了，走，咱们爷俩到团部去，坐下慢慢叨拉。"

吴先生不满地说："你是团长，我知道你忙，所以你也不用跟我浪费唾沫星子，我也不想跟你磨嘴皮子，就问一句话，我这个兵八路收还是不收？"

赵凤春说："队伍上有明文规定，这次征兵仅限于十六岁以上，三十六岁以下的青壮年，您老已经超龄了。"

吴先生不依不饶地说："这个章程不好。姜子牙八十岁登台拜相，佘太君一百岁挂帅出征，孙悟空五百岁西天取经，白素贞一千岁谈情说爱。三国的黄忠老不老？定军山大破曹兵，刀劈了夏侯渊；廉颇虽老，还能一顿吃一斗米做的饭和十斤肉，你行不行？后来不能掌印，都是奸臣坑害的，换了个年轻的赵括，只会纸上谈兵。结果长平一战，落个全军覆没，黄沙掩面。这就叫嘴上没毛，办事不牢。"说到这儿他有意斜了一眼曹笑吟。

眼见人越聚越多，已经妨碍了征兵处的正常工作，赵凤春说："这样吧，先生要是决心投笔从戎的话，那就先住下，和新兵一起参加训练。至于最后能不能正式在编，我也做不了主，得请示上级才能决定。"

等吴先生离开后，曹笑吟咧着嘴问："我的团长，这能行吗？咱们这儿是兵营，可不是老人院呀。"

赵凤春拍拍他的肩说："训练上几天，他身体吃不消，不用人劝，自己就打道回府了。"

从第二天起，吴先生就成了一名八路军战士，和新兵一起住集体宿舍，穿军装，打绑腿，吃大锅饭。每天军号一响就起床，跑步、出操、刺杀、投弹……和后生们摸爬滚打。但他毕竟上了岁数，每项训练都要付出旁人几倍的心血，为了练投弹，手腕子肿得像胡萝卜一样，有几天连碗都端不住。跑步的时候，背包带子把肩膀勒磨得出了血，而他又隐瞒不报，结果使伤口化了脓。生活虽然艰苦，但是他的心情却很舒畅，每天一有空闲，不是教人识字，就是给大家讲古，从祖逖、岳飞、戚继光，一直讲到淝水之战。兴致高时他还喜欢背诵边塞诗给大家听，什么：月黑雁飞高，单于夜遁逃。欲将轻骑逐，大雪满弓刀。什么：青海长云暗雪山，孤城遥望玉门关。黄沙百战穿金甲，不破楼兰终不还。

新兵最怵王副团长，大家反映他不但脾气暴躁，而且一身军阀作风。当兵的犯了错，要是让赵团长逮到，顶多也就是剋几句，可要是落到王副团长手里，二话不说，劈头盖脸就是一顿马鞭。团长和政委给他提了多次意见也没有用。

这一天新兵在操场上分成两组，一组在东南角练习投弹，另一组在西南角练习刺杀。单说西南角竖起一溜儿草靶子，刀光闪闪，口令一道连着一道："出枪、左刺、右刺、向后转、突刺、垫步刺。"教练官做着示范，一步步讲解动作要领。战士们挥汗如雨，吼得嗓子冒烟，脚底下弄得黄尘飞扬。王副团长摇着根马鞭在操场上来回巡视，人高马大特别显眼，有时候停下来，纠正一下新兵的动作，遇到笨的就踹两脚。他远远地用鞭子向队列一指，扯开喉咙喊："第一排左边第二个战士，对，说的就是你！膝盖弯一点儿，再弯一点儿……你那是腿啊还是木头桩子啊？！身体向前倾，你老挺着个肚子干什么？！你他娘怀上了？让你收腹不是让你撅腚……两臂不得外张，教练官没教过？你他娘挓挲着个胳膊，像只抱窝的老母鸡似的，想找抽啊……转体、迈步、出枪要同时，同时懂不懂，你他娘扭大秧歌呢？！"

他越骂，那个新兵越着急，越急越不得要领。最后把王副团长气得脑筋直蹦，拎着鞭子就冲过来了："你个屎兜油子，欠揍的圪僚货，一颗老鼠屎坏了一锅汤！今天不美美修理你一顿老子随你姓！！"周围的人都用同情的目光望着犯错的新兵，心里想这回小老汉可是撞到了枪口上，这顿马鞭子看来躲不过去了。王副团长气势汹汹冲到新兵对面，嘴里还是不干不净的，扬起鞭子来正要往下落，突然定住了，愣了几秒钟后他又变得像大姑娘一样扭捏，好像身上长满了跳蚤，跺脚说："哎呀——我这张臭嘴——"然后就左右开弓，连抽了自己好几个嘴巴，把旁边的干部战士都看傻了。

从此后每天训练前，王副团长一来到操场上，哪怕是路过，第一件事就是先正步走到那个新兵跟前，啪地打个立正，然后才开始一天的工作。而且从此以后王副团长再没打过人，有时候他的暴脾气上来了，扬起胳膊刚要打，老汉新兵在旁边若无其事地轻轻咳嗽一声，王副团长就立刻像做错事的孩子一样红了脸，他威风凛凛的鞭子就像蔫儿黄瓜一样耷拉下来。这还不算，除非在外地开会，否则每天晚上，王副团长必会钻进某间新兵宿舍，亲自给老汉新兵捏肩捶腿，打下洗脚水，服侍老汉躺下才默默地退出去。老汉很不欢迎他，当啷着脸说："说过多少回让你别来，你怎么又来了？把我的话当作放屁了？！"王副团长光嘿嘿地笑，也不走也不解释，该干啥干啥。有时候他会从怀里掏出来两三个烤地瓜或者煮鸡蛋、一瓶小酒、一包五香花生豆算是孝敬……老汉随手就给大伙儿分了。还有一次他小声问老汉，要不要听段戏？老汉瞪起眼训斥："这里是啥场合？你现在是个啥身份？你也是三十出头的人了，咋还这么不懂事？"王副团长缩了缩脖子，低下头不言声了。

4

这件蹊跷事被新兵私底下传得不行，说东道西天上地下有的没的，可把脑袋憋大了也猜不出来究竟是个啥情况。有人说："老汉莫不是咱们王副团长的亲爹？"另一个立刻反驳："王副团长姓王，老汉姓吴，再者我听说王副团长的爹妈早就没了。"又猜："老汉莫不是微服私访的高级首长？"让他这么一煽乎，另一个人也来了机灵劲儿，说："你们发现没有？其实不单单是王副团长见了老汉打立正，咱们赵团长见了也打立正。只不过赵团长在人前能绷住劲儿，不像王副团长把事做得那么明。"在这两个人的启发下，大家的觉悟噌噌地往上长，终于有人爆炸性地发言："这么一说我突然想起来了，以前我在区小队当民兵的时候，有一回出席英模表彰大会，远远见过晋察冀军区的司令员站在台上讲了几句话，司令员那张脸……现在回想起来怎么跟老汉像从一个模子里刻出来的？"此言一出，屋里立时鸦雀无声，每个人的表情都显得很凝重。过了好半天，一个娃娃兵才手摸着后脑勺儿说："乖乖，齐个隆咚锵，怨不得他知道那么些事，原来司令员一直就和咱们在一个炕头上滚，一口铁锅里搅饭勺！"

不管这些流言蜚语是不是有人当真，反正所有人都喜欢上了这个老夫子，无论他走到哪儿，身边总围着一群新兵蛋子，像尾巴一样甩也甩不掉。吴先生说出话来是那么风趣，讲的故事是那么生动，很快就连目不识丁的放羊娃也知道了卢纶、陈子昂是谁。另外吴先生还出人意料地和曹笑吟成了忘年交。曹笑吟参加革命前在燕京大学中文系专修古典文学，在《语丝》周刊发表过文章。有一次课堂上，老师问及每个学生的志向，曹笑吟起立回答："上马击狂胡，下马草军书。"

第二十五章：落水

1

有一次吴先生和曹笑吟居然溜出军营，跑到郊外的边墙上，一老一少吹着习习凉风，就着清白的月光，之乎者也，唱和点评，臧否人物，摇头晃脑了整整一夜，彼此都觉得找到了知音。回来以后他们理所当然地受到了严厉批评。偏偏曹笑吟又是新兵营的教练官，在训练当中暗暗给吴先生吃了不少小灶。

新兵训练结束的这一天，举行了隆重的实射演练。旅首长亲临靶场观看。新兵五人一组，听到自己的名字就跑步出列，一字排开，持枪站上靶台。教练官曹笑吟手捧花名册一一点名，当轮到吴先生的时候，他喊："吴联丰！"

吴先生一直在观察树枝和旗帜的摆动，大声回答："到！"正步出列，登上土台子。

教练官一共下达三道命令，第一道命令："子弹上膛！"

吴先生耳边风声猎猎，他端的是一支八一式边区造，拉开枪栓，一粒粒黄澄澄的子弹推进枪膛，咔嚓咔嚓带响。

教练官喊："预备！"

吴先生就地卧倒，食指压在机簧上，轻贴腮慢呼吸，三点成一线，缓缓调整枪的位置。心里琢磨着曹笑吟传授的有意瞄准、无意击发的窍门，用心算修正侧风对弹着点的影响。

教练官把扬起的胳膊往下一落，喊："射击！"

吴先生屏息静气，扣动扳机，随着撞针敲打底火的声音，被火药气体推动的弹头沿着膛线螺旋飞奔，冲出枪口，尖叫着划破空气，扑向靶纸。引力将弹头拉向地面，而风力又让轨迹微微偏左，使弹道弯曲成复杂的弧形。后坐力把他向后推搡了一下，便见靶壕上，热烈丰满的阳光下扬起了一团淡淡的黄尘。

　　报靶员爬出壕沟，闪亮的汗水把脸上的黄土冲出道道斑纹，晃动旗语指示弹着点，对面就有人大声报靶："9环！"

　　靶场上冲荡弥散着浓烈的硝烟味儿，吴先生沉着冷静，心跳比平时缓慢，搂着枪托，端着枪把儿，拉一下枪栓开一枪，子弹炒豆般飞出，金灿灿的弹壳在空中欢快地跳跃，耳朵里只听报靶员不断报靶："9环、9环、9环、10环……"眨眼间五发子弹全打了出去，弹无虚发，枪枪上靶。四周掌声雷动，观摩台上的旅首长边鼓掌边侧身问赵凤春："这个新兵心理素质不错，操枪很稳，我刚才没听清楚，他叫什么名字？"

　　赵凤春嘴咧得跟吃了苦瓜一样，说："这个人不是咱们先锋团的战士，在册但是不在编。他是我老师，梆子村的吴联丰。"

　　旅首长惊奇地说："原来是位老先生，这就更加难得了，他其他科目成绩咋样？"

　　赵凤春说："除了跑步和刺杀两项不合格，其他各科均为优良。"

　　演练结束后，旅首长在赵凤春、薛明哲、王天存等人的陪同下，到宿舍去看望了吴先生。一间宿舍其实就是一间教室，因为正好是假期，所以被先锋团临时征用。看见首长进来，宿舍里的战士们全都立正敬礼。

　　旅首长拉住吴先生的手说："在下乃一介武夫，久仰先生高名，早该登门拜望，不想今天在这儿遇上了。"

　　吴先生宠辱不惊，说："你是首长，估计说了能算。我就问你一句话，我这个兵，八路军到底收不收？"

　　旅首长说："当然收，八抬大轿都请不来。只要先生愿意，我们求之不得。不过说句实话，先生虽然老当益壮，但是扛枪打仗毕竟让人不放心，万一有个闪失，我们对雁北的父老乡亲也不好交代。现在旅部正缺少一名文化教员，不知先生肯不肯屈就。"

吴先生听罢阴沉不语，第二天就不辞而别回梆子村去了。

2

王相轻声慢语："听说司令病了，我从大同请来一位名医，给司令把把脉。"当时孟布云面向山墙侧身而卧，并不知道人生的一次重大关口已然来临。他只"嗯"了一声，几根指头就像带吸盘的无脊椎动物一样黏在他的手腕上……

随后传来王相关切的询问："怎么样？"

切脉人回答："司令的脉象滑软浮躁，按之不鼓。三焦炽热，虚火上行，侵犯离宫。症状一定是精神恍惚、不思饮食、心慌气短、彻夜难寐。五行之中心属火。我看司令得的是心病，有道是心病还需心药医呀。"

孟布云闭着的眼睛突然瞪圆，一个鲤鱼打挺坐起来，从蚕屎枕头下面掣出手枪的同时拇指扳开保险。他的动作快似闪电，因为干这行的只要比对手慢一秒钟，下一餐饭就得到阴曹地府去领了。他的病容一扫而光，目光亮得像灯，用炸雷一样的声音呼喊："来人，拿刺客！！"

卫兵一拥而入，全都端着上膛的枪，屋里的空气瞬间就凝固了。王相感觉紧张得快要尿裤子了，伸出双手来压孟布云持枪的手，说："司令千万不要误会……"这是一个安抚和讨好的动作，他并不知道自己犯了忌讳。

孟布云反手抽了王相一记耳光，是用手背打的。王相翻滚出去，嘴唇崩裂开，就势蹲在砖地上，双手捂着流血的脸，开始颤抖和哭泣。其实孟布云已经手下留情了，虽然是在盛怒之下，如果他用的是枪把儿，那王相的下颌骨就保不住了。"还有脸哭？！说，你把什么妖魔鬼怪领到老子床头来了？！"孟布云双眼死死盯着那个江湖郎中。

王相用衣袖抹了一把鼻涕，抬起泪光闪闪的无辜面庞，用受了委屈的腔调抽噎道："这位是兴亚院大同联络部首席辅佐官大羽政章阁下，也是早稻田大学的医学博士，来给司令瞧病乃是一番好意……"

孟布云双眼眯成两条细线，微仰的脸壳像刷过桐油一样硬邦邦地放光，拿手一敲当当响。"辅佐官？！来头还挺大，胆子也不小！现在中日正在交战，常言说：'擒贼先擒王，骂人先骂娘。'既然送上门来，这颗脑袋我就收下了。"

大羽政章始终面容平静地端坐不动，现在他终于开口了："医者父母心，作为医生，治病救人是我的本分。作为一名帝国军人，为皇军网罗人才，为天皇陛下尽忠，也是我的本分。我所做的都是分内之事，所以心里非常坦然。况且我相信，司令是识时务的俊杰，而非心胸狭隘、不计后果的匹夫。"

孟布云摆弄着手枪说："你的中国话挺溜，看来中国的史书也读过不少吧？你知不知道西村有个傅山，发明了一种小吃——头脑杂割清和元。宋朝的岳飞说过一句话：'壮志饥餐胡虏肉。'他们不过是打比方，可老子是来真的！"

大羽政章说："我死不足惜，但只有我才知道司令的病根，也只有我开出的方子才能让司令药到病除。"他的小组提前为此行做了评估，得出的结论是风险系数极高，劝他放弃这个计划，但他还是来了。因为中国人有句老话叫：不入虎穴，焉得虎子。临行前他给远在东洋的家人留下了简短的遗书，并把手头尚未完成的工作进行了分类和归档。

"哦，这么说大羽先生是妙手回春的当世华佗了？我倒想听听。"

"子曰：君不密则失臣，臣不密则失身，机事不密则害成。"

"哟哟哟，还他妈子曰。"孟布云嘲笑道，挥手让警卫退下。

大羽政章说："司令日夜忧心的是你这个振远王已经名不副实，随时有可能被八路赶出振远，落个上无片瓦遮阴，下无立锥之地的可悲下场。"

孟布云打断他："笑话！他们旅部已经屎壳郎搬家——滚蛋了，

剩下区区一个团，人枪只有我的一半，能奈我何？"

大羽政章仰起脸盘，发出银铃般欢快的笑声。

孟布云怒道："你笑什么？吃上鸽子屁了？！"

大羽政章止住笑声说："我笑司令在自欺欺人。不错，他们旅部这尊大神是已经开拔了，单单按人枪算，先锋团的实力也确实不及司令的实力。但是薛明哲、赵凤春趁其旅部驻扎期间，抢占了振远的大部分乡村。受共产党控制的民众团体、武工队、区小队遍布全县，和先锋团遥相呼应，组成了一张撕不破、剪不开的大网。他们又善于煽风点火、蛊惑人心，民心向背如水归川，一目了然。甚至他们还把所谓政治工作，直接做到了司令的队伍里。这样算起来，司令的实力其实已经屈居人下了。这也就是司令虽然和八路军势同水火，却迟迟不肯摊牌的原因。有道是卧榻之侧，岂容他人酣睡。司令想过没有，这样拖延下去，只能是养虎遗患，使共产党在振远的势力越来越大，不断向司令的地盘蚕食渗透，到头来司令不是被挤走，就是被迫就范，接受八路军的改编。"

"那依你之见呢？"孟布云的这句提问暴露出了他内心的彷徨。

"只有跟皇军合作，反共灭党，才是司令唯一的出路！"大羽政章果断地亮出底牌。

孟布云像被热烙铁烫了一下，跳起来说："什么，让我当汉奸？！"

大羽政章跟着站起来了，说："司令何以与那些愚夫愚妇同等见识？古人云，天下者，非一人之天下，有德者居之，无德者失之。物竞天择，适者生存，乃宇宙不灭之法则，规律之必然。以中国幅员之辽阔，人口之众多，却一直受制于西方列强，更不要说在大日本皇军的武力下一触即溃、土崩瓦解。究其因由，不在他人，而在自身。"

孟布云向地上狠狠啐了一口："你们日本鬼子在中国的土地上奸淫掳掠，杀人放火，无恶不作，也配谈德？！"

"德有大人之德，有小人之德。文王一怒而天下治，武王兴兵而四海平。日本相较于中国，地形狭小，资源匮乏。几千年来，我们一直在中国这个老师和强邻面前，毕恭毕敬，卧薪尝胆。明治以后，为了埋头追赶那坡上的云，为了实现八纮一宇、开拓万里波涛的伟大抱负，一代又一代日本的志士仁人殚精竭虑、前仆后继。从甲午之役到对马海战，再到奉天事变，日本破釜沉舟，干将发硎，已经走上了领导亚洲对抗欧美列强的必由之路！"大羽政章口沫横飞，两颊浮起了冲动的红云。

"刚才司令问我是否了解中国历史，上至轩辕，下至民国，中国的事没有我不清楚的。秦始皇也曾被时人指责为侵略者，可是千百年后，人们传扬的却是他统一天下的丰功伟绩。屈原投江，并不能改变楚国灭亡的命运。而士人朝秦暮楚，像百里奚、商鞅、张仪、李斯……择主而仕，择木而栖，海阔凭鱼跃，天高任鸟飞，照样可以青史留名。

"历史上，华夏被外来民族统治的例子屡见不鲜，有的人因为妄图顽抗，而死于非命。有的人因为心怀抵触，而潦倒一生，最终只能像草木一样默默无闻地枯萎。而像元好问，太原秀容人，出仕于金。贾鲁，山西高平人，出仕于元。清代的汉臣更是不胜枚举，闻喜不就出了一个杨深秀吗？可史书称赞他们是贤臣、能臣、忠臣；家乡故里视其为骄傲；后世子孙以有这样的祖先而荣耀，又有谁说过他们是汉奸？所谓成王败寇，世上的事不过如此，真理永远掌握在强者手里，史书都是由胜利者的笔书就。"

有个声音在孟布云心里发出讥讽的冷笑，看这条披着人皮的豺狼表演得多么卖力，多么投入，以为姓孟的是三岁的孩子，以为阴谋诡计能够得逞，他花言巧语、信口雌黄、摇唇鼓舌，就像一个妖精不停往自己的鬼画皮上涂脂抹粉。可是他的另外一部分，使他生病的那一部分，却摆出了一副实事求是的公正面孔，认为对方说得对，条条有理，句句都在点子上。想要活下去只能以毒攻毒，无论他端到自己面前的这碗药味道多恶心，里面有多少虫子尸体，到最后你还是得喝，因为它是唯一的救命良方！

蹲在地下的王相眨巴着眼睛，从大羽政章的滔滔不绝，和孟布云的沉默不语中悟出了门道，事情好像正在转圜，于是不失时机地敲边鼓："司令，天下大势，分久必合，合久必分。大羽先生说的可都是肺腑之言，掏心窝子的话。共产党如洪水猛兽、瘟疫毒草，杀之不绝、烧之不尽。连蒋公都无可奈何，只有皇军才能把他们连根铲除！"

3

彩娥好几天没有见到丈夫，问手下，说司令要在刘武周营盘旧址上重修一座兵营，忙着主持工程建设。晚饭后，彩娥就带了几件换洗衣裳出门。一到现场她就被惊着了，因为从来没见过这么大的阵仗。

整座营盘占地足有三十亩，里面却十分拥挤，人来人往，嘈杂而有秩序，并且他们不是施工队。虽然地面已经硬化，基坑已经回填，几个巨大的石滚子还遗留在现场。虽然四处堆放着设备和物料，一个挨一个的砖垛子超出了全县砖窑的年产量。虽然有许多半拉子工程，砌了一半的墙垛壁柱预留了门窗，打好了圈梁。但这里显然中途停工了。来来往往的都是军人，他们手里拿着各种各样她以前见都没见过的新式武器。其中还有炮车、军用卡车和挂斗摩托。夜幕降临，营盘里明亮刺眼，亮光不是来自松明或者马灯，而是两台架在卡车上的大型探照灯，盯上一眼就能把人晃瞎的那种，得用哺乳期妇女的奶水点眼睛才能恢复。

彩娥感觉好像走在梦里，想布云一定是在哪儿发了洋财，要不就是绑了肥羊，想今晚肯定有重大军事行动，想这么多枪炮可以把太原打下来了吧？要是真把太原打下来，那布云就是抗日大英雄了吧？是不是就连王天存和赵凤春都得佩服他，是不是全中国就都知道他的大名了……这么一想她就兴奋不已，恨不得立刻见到自己的丈夫，把他抱在怀里狠狠地亲上几下。

距离探照灯不远，有一台暗红色的柴油发电机，在铁推车上大声咆哮，嗡嗡地喷吐呛人的青烟，涡轮排气管突突地跳动。两个陌生人戴着肮脏的线手套，照料这台机器，倚靠在卡车的引擎盖上吸烟卷儿，完全不顾及脚边就是塑料油桶。当彩娥从他们身边经过时，其中一个家伙转过脸来用猥亵的眼神看她，向同伴讲了句什么，然后两个人就同时发出轻薄下流的笑声。彩娥带着不屑的高傲表情，仰着脖子，扭着双胯从他们旁边走过去，她猜出他们是在描述她的某种身体器官，却并不知道这个黄色笑话的具体内容，因为他们说的是叽里咕噜的外国话。

她一路向认识的人打听，来到孟布云的军帐。其实从进堡门开始，往里走有很多哨卡，包括两处机关枪和沙袋构成的环形阵地，盘查也越来越严，不过彩娥的脸就是通行证。

走进指挥室她先闻到一股浓重的酒气，和外面的灯火通明恰好相反，屋里黑灯瞎火。而且这个房间的窗户开在广场另一侧，所以外面的灯光照射不进来，照进来的只有月光。她看见孟布云独自端坐一动不动，守着一台电话机，双手叠在身前腹部的位置，不知道扶着个什么，因为他的上半身还能看清个轮廓，下半身则完全沉浸在暮色里。霜一样的月光晕染着他的发顶，使她的丈夫看上去好像一夜白头。

彩娥叫了他两声，却没有回应。不祥的感觉充满了彩娥的心，生硬地把她的情绪弯折向另一个方向，一个岌岌可危心惊肉跳的方向。这里的场景不对劲儿，一切都和她想象中不一样。她看见有盏玻璃罩灯，就摸索着过去点，过程中手不停地哆嗦。当光芒呈现的一瞬间，她双手捂住嘴连连倒退，觉得血都凉了，震惊得仿佛黑暗降临。对面坐着个鬼子官，簇新的黄呢子军装上缀着鲜红的领章和闪亮的金属片，足蹬大马靴，双手挂着一柄带杏黄灯笼穗的东洋刀。

鬼子眼睛直勾勾地望向她，但他的眼神告诉彩娥，他既不知道身在何处，也不知道来者为谁。荒唐感让彩娥的腹部一阵抽搐，只想放声大笑，同时她对自己说这就对了，他是另外一个人，是和布云长相一模一样的孪生兄弟。过了片刻，他清醒过来，向她露齿而笑，说："怎么样，吓到你了吧？我这身扮相是不是很威风？"

彩娥回答："对，你吓到我了。而且你应该问，这身扮相有多遭人恨！"

孟布云的笑容收回去了，就像从来没有出现过。昨天他在吴先生家的门口徘徊呀徘徊，可就是没有勇气走进去。

"婊子就算穿金戴银终归还是个婊子！"彩娥突然感觉很愤怒，

说过这句话她就挺起胸脯等着对方发作，等着他暴跳如雷，甚至伸手打自己。有一种东西牢牢卡在他们中间，就像卡在喉咙里的蚕豆一样令人恐惧，现在她终于不顾一切地把它咳出来了。

"别这么说。"他缓缓起身，半中间又一屁股坐了回去。他站不起来，即使挂着刀也不行，双腿瘫痪了一样不听使唤，有气无力地为自己申辩，"没有一个婊子是心甘情愿的，都是逼良为娼，都是因为走投无路！"

"谁逼你来着？！"彩娥大声质问，胸中的怒火无情地炙烤着她，要是她不把这腔火发泄出去，就要被活活烧死在这里。

孟布云的嘴角开始抽搐，眼里有泪光闪现："他们都逼我，人人都逼我，往死里逼，逼着我跳这个火炕。现在我真的跳了，他们又往我脸上吐唾沫，扔烂菜叶，骂我是臭不要脸，下贱坏子！"

"说到底你就是舍不下你的地盘！"她的胸脯剧烈地起伏，两颊闪现出奇妙的红晕，好像她正站在火场边缘，紧贴着熊熊烈焰。

"没错，我就是咽不下这口气。"孟布云以手拊膺，怨毒使他的面容无比阴暗和扭曲，"赵老三想把振远从我手里夺走，他休想，就算回娘胎里再造一回也不行！"

因为双方都太激动了，他们开始各说各话："振远不是你的，也不是赵老三的，它谁的也不是……"

"去他妈的仁义道德，去他妈的忠孝廉耻，去他妈的民族大义，统统去他妈的……"

"宝塔还没盖起来的时候它就在这儿，等我们化成灰以后它还在这儿！"

"老子开门做生意，想睡就得掏钱，先交银子后上炕，这是天经地义……"

"到头来你的地盘就是你的棺材，而且最后就连这点儿地盘你也守不住！"

"硬把别人睡了，还说是自由恋爱。发一张民族大义的褒状就想白嫖。这叫巧取豪夺！天下哪有这样的理？！"

彩娥突然唱起来："三年多折腾得我骨瘦如柴，年轻轻就把那杨梅大疮害，不到二年我就小命归了西，狠心的老鸨子把我的衣裳全都剥下来。一张破席两根绳，穿心杠子往外抬，一下扔到西门外，狼吃狗啃骆驼踩，被骨头匠做成骨头麻将牌，死后还由人玩来任人摔。"唱过之后，她已经没有那么火大了，但依然很尖刻，"这身行头，还有院子里那些破铜烂铁就是你的卖身钱？！"

孟布云挫败地垂下头无声地叹息："日本人没那么大方，今晚有军事行动，他们派出一个机械化小队来配合我。"

"那你卖得真是太贱了！连我都替你不值！还不如说他们是来监视你的！！"她突然明白了接下来会发生什么，吓得魂飞魄散，残酷的现实让她不得不快速冷静下来，事实上她的心都快要结冰了，想这可不是夫妻拌嘴的时候，她说，"你是我的爷，当汉奸家属我认了，和你一起在粪坑里滚我认了，像蛆一样活着我认了，遗臭万年我也认了。但凤春是你兄弟，做人留一线，日后好相见，凡事别做得太绝。就算是银芬堂的头牌也有从良的时候。"她的语气酸楚和柔媚掺杂，近乎哀恳。

"上了这条船就再也回不了头了。要是有一天我落在赵老三手上，他能饶过我？别做梦了！他不是王天存，到开公审大会枪毙我的时候，他连眼睛都不会眨一下。先下手为强，后下手遭殃！"

彩娥认为丈夫说得对，但依然苦口婆心："兴他不仁，不兴咱们不义。就算不为别人，也想想你妹子，春花还在人家那边。"她明白现在劝阻已经太晚了，她唯一能做的补救是让他一直站在悬崖边上，而不要掉进身后那个万劫不复的深渊里。

孟布云瞳孔后面混乱的云翳正在散开，好像突然从一场害得他发疯的热病中清醒过来了，如同老话讲的：一句话点醒梦中人。彩娥从他的眼睛看出来，自己的方子对症了，只不过剂量还不够，还得捏着鼻子给他灌两壶。"你想春花落到日本人手里吗？想让她被那帮畜生糟蹋？想听赵老三告诉你，她最后是叫刺刀攮死的还是乱枪打死的？是叫狼狗咬死的还是浇上汽油活活烧死的？想吗？！要是她被逮到日本人的牢里，你有多大的脸面能把她保出来？要是日本人不答应，你是去劫牢反狱还是眼睁睁看着她死？！"

孟布云脸上汗光闪闪，他被彩娥的假设惊呆了，他的手指毫无目标地在虚空中乱点，用火烧火燎的声音说："快、快，你得替我上一趟魏庄，拿着我的信牌，现在就走，马上就走，不然就来不及了！"

4

星辰隐匿，暗夜无光，一个戎装快马的信使过沟走岭，破雾而来，指名道姓要见赵凤春，说有十万火急的军情。于是村口的哨兵把她带到团部。

赵凤春披衣而起，见来者个头儿不高，面容和身姿里有一种别样的俏拔英武之气，立刻明白此人是女扮男装，客气地说："请坐。"

"我不坐了，马上就走。布云让我给你捎个口信，日本人今晚要合围魏庄，半夜两点发兵，五点钟动手，想活命的话就赶紧准备。"

当她告辞走到门口的时候，赵凤春终于认出了对方，从身后叫了一声："二嫂。"

她转回身时有所触动，眼睛里闪烁着一种被压抑的殷切光芒，用失落的语气说："无论如何，布云的心还是向着你这个兄弟的。"

与此同时，孟堡的电话机响了。孟布云等它响了好几声才抓起听筒，刚刚接通的大同热线送来了大羽政章的声音："孟司令，我正式通知你，为了防止消息泄露，今晚的讨伐行动提前一个小时。"

"开什么玩笑？！我的人马还没有准备停当……"孟布云额头上全是汗。

大羽政章语气威严肃杀，不容置辩："这是命令，也是针对所有参战部队的保密措施，请马上对表。"

行动的时候，赵凤春和孟春花在村口碰上了，他们只略停了几秒钟，彼此相视而笑。各种队伍——扛枪的和不扛枪的，紧张而急促的脚步裹挟着骡马车辆从他们身边哗哗地跑过，沿着村外的大道向东西北三个方向分流。赵凤春注意到孟春花的腰带上拴着一颗光荣弹。她这次不随先锋团走，任务是带领民兵就地疏散掩护群众、坚壁清野和转移兵工厂的物资。赵凤春说："保重。"孟春花也说："保重。"

然后就各自带领自己的人，随着两溜儿火把，奔赴了不同的战场。

此次讨伐代号为C号作战，是一次对整个晋北地区规模空前的大"扫荡"，出动第七航空兵团配合，瓦田少将坐镇大同亲自指挥。情报部门提前用无线电测向仪发现了八路军的首脑机关，日军于是调集重兵，采取铁壁合围、梳篦式清剿和马蹄形堡垒战术，倾巢出动，分进合击，叫嚣一定要活捉共产党的大人物。而振远县只是庞大火山的一角。由于提前获得了情报，先锋团本来可以向山区从容撤退，但是为了迷惑敌人，掩护总部机关脱险，赵凤春和薛明哲命令打开电台（这时总部机关的电台已经处于静默状态，断绝了一切对外联络），用电波诱使敌重兵向自己合围。他们牵着敌人的牛鼻子，在桑河两岸兜圈，在炮火硝烟中打穿插，连续行军三昼夜，七进七出上马峪，数次和敌人擦肩而过，几乎就遭遇上了。车载探照灯的光柱从他们头顶上滑过，连装甲车上的机枪都看得一清二楚。飞机不停地轰炸扫射，航空炮弹把他们经过的地皮都犁了一遍。当先锋团奇迹般从几万鬼子的包围圈里，从死神的手心指缝里钻出来的时候，赵凤春在高岗上勒缰立马，沐浴着黎明的第一缕光，回望饱受战火摧残的家乡，用马鞭子指天发誓说："振远，我是一定要回来的！"

第二十六章：忠告

1

孟布云投日以后，不但重新控制了振远，而且实力得到极大的加强。于是他将自己的队伍扩编为六个团，其中增设了骑兵团，在龙泉村建有专门的训练基地和军马场。同时，还设立了军法、军医、副官、参谋、秘书、稽查、军械、军需八大处。附设军官教育队，轮训中下级军官。

他早将孟家老宅扩建成了前后两进，东西跨院。外面加修明碉暗堡，高大的院墙和外壕，墙头上栽着铁蒺藜，拉着铁丝网，四个角都有小炮楼，人称孟堡。做了日本人封的防共剿匪总司令以后，又在刘武周营盘旧址上新修了一座城堡式建筑，作为总部，号称新堡。营盘原为夯土砌砖，但因为年代久远，城砖都被村民拆走了，只剩下长满野草的土围子。内外门额上的石匾有的不在了，有的虽然还在，也已经风化得模糊不清。西门的瓮城被扒开一个大口子，以方便南北交通。更有甚者，因为堡子的夯土厚实，很多后迁来的人家为了省钱省力，就沿着堡子的南墙挖窑、扎山墙、安门窗。孟布云把这些住户全部迁走。堡城东扩一倍，墙壁倾斜，上设马道，全部以百斤大砖重新包砌。置三座城门、两座弹药库、四座望楼、三百六十个垛口。城堡周围深沟高垒，堡墙上架设轻、重机枪，另外将大榆树圆木挖成炮筒，中间焊三道铁箍，装上黑色炸药、铁砂和石子安置在垛口上。他的部队分驻大同和振远公路的桑干河桥头、水磨村；振远和山阴公路旁的杏寨村；浑源和振远公路上的北楼口和罗庄；城东的边耀村；南山的小石口等地。构成了一个互为犄角、层层设防、布局严密的军事网络。

孟布云一手抓枪一手捞钱，他鼓励乡间大量种植鸦片，在成熟的季节里，无数饱满的球形果实就像胀痛的乳房，充满浓稠的白色浆汁。沉甸甸地晃动着，沿着河滩向东西蔓延，缀满了乡村的原野，如火如荼般直抵天际，种植面积大大超过其他作物。它们在黎明的霞光里招摇，在黄昏的雾霭中挺立，焦急而又不露声色地盼望着采摘，倾听木瓜河潺潺如老情歌般的吟唱。从花房里散发出的妖冶而暧昧的香气熏染着泥土，栓塞了四周的空气，乘着风飘进一个个窗口，飘进劳碌了一天的村民们躁动不安的梦境里。而以前心肝宝贝似的大豆、谷子、高粱……却失宠般被圪挤到了盐碱荒滩、沟汊、土峁、台塬上，像打入冷宫的怨妇。

人们传说，孟堡的夹壁墙里都是粮食，下面有一个神秘的地窖子，里面金子压银子，银子压金子，藏着成筐成篓的烟土，成捆成捆的快枪，以及古玩字画、奇珍异宝。还传说他把每三千块光洋装成一箱，趁半夜往丁堡拉了十六辆马车，托丁堡财主丁万邦代藏。

有一天，孟布云做了个奇怪的梦，梦见一根着火的大梁从房顶上掉落下来，烧伤了自己的后背。于是，一大早他就带领几个随从，步行到天王寺，去找玄觉大师解梦。

当时还是大烟花开得正艳的月份，蓝天白云广大无边，远道而来的风像隐形的马群在平原上驰突撒欢儿，田野骚然，枝叶以起伏摇摆勾勒出它们放荡不羁的形状。振远的乡村从来不曾这样五彩缤纷、美不胜收。蜂群在阳光中嗡嗡地飞舞，野狐野兔一闪而过。一行人沿着田埂，在铺天盖地的香味儿和层层叠叠的色彩中穿行。孟布云随手采摘一朵问："这就是大羽辅佐官说的那种能结出金子来的、神奇的花吗？"

雷金钟觉得孟布云装傻充愣的样子十分可笑，但还是随口附和："这种草花学名叫罂粟，日本人管它叫杨贵妃，老百姓叫它大烟。《本草纲目》里说，它有止咳、平喘、镇痛的功效。你看它开出的花多美呀!"

孟布云把花朵举到鼻孔下面,扩张开鼻翼抽着气说:"不仅美而且还很香,不仅香,香里还透着几分妖。"随手插在扣眼儿里,"带回去送给夫人,她一定欢喜。"

马银科乌龙绕柱走了个小圆场,拉开戏腔道白:"听说夫人已经是双身人了。这才是一把栗子一把枣,小的跟着大的跑。"

"你小子耳朵很灵嘛,连老子的家事也知道得这么清楚,该不会是半夜跑到老子窗根儿底下听房了吧?"孟布云挂着孩子般天真的笑容。

马银科比孟布云笑得更开,蒙着一层唾沫的金牙被阳光直射着,使他的笑容俗气而又辉煌,蜷着腿来回走矮子,叉着腰晃肩膀,身体里好像有弹簧,唱:"正月不看鹰打鸟,二月不看狗连裆,三月不看蛇起雾,四月不看人成双。"

雷金钟汇报正事:"刚刚得到情报,王相依照日本人的命令,从我们的地盘上抓走两百名壮丁,都集中在县城的警备队里,明天就要送往怀仁。"

孟布云说:"日本人的爪子也伸得太长了,到我振远来抓丁,事先连个招呼都不打,摆明是没把咱们当碟菜!"

马银科说:"他们一直拖着不解决我们的正式编制,不按照约定给我们发饷发武器,却随便从我们的地盘上抓丁,真是欺人太甚!要不我带些弟兄,半道儿把人夺了?"

雷金钟有顾虑,说:"王相毕竟是奉了日本人的旨意,生抢硬夺怕不合适。"

孟布云说:"凡事要多动脑子。不能生抢,还不能让弟兄们化装一下?到时候就给他来个背着牛头不认账。关键是要做得干净,不能留下任何线索和把柄……"

马银科说:"属下明白。不过……把人弄回来以后,是放了还是……"

孟布云打断他:"你这个脑袋是不是让驴踢过?含到嘴里的肉,哪有再吐出去的道理?补充到各团,全当是王相替咱们代劳了。"

2

　　天王寺的大殿里烟雾缭绕，木鱼声声，孟布云先上一炷香，又布施钱物若干，袈裟数领，然后来到禅房。玄觉大师正在蒲团上盘膝打坐，孟布云凑到跟前，一躬到底说："先生。"这位玄觉大师就是以前的吴先生。

　　自从孟布云挑起膏药旗，吴先生就很少出去了，每天把门窗关得紧紧的，生怕外面的污浊之气飘进来，弄脏了自己的书斋，沾染了自己的清听。但他越想清静，有人就越不让他清静。这一天吴先生的旧相识，原来的大同商会会长，现任维持会会长田唯农，屁颠屁颠地寻上门来，一跨进门槛就放声欢呼："好消息，好消息呀，日本人要还政于华了！"

　　吴先生说："哦，莫非日本人要退出大同，退出晋北，退出中国？"

　　田唯农连连摇头说："先生误会我的意思了，日军虽不撤走，但以后就不再过问政治，只负责地方治安，帮助中国人建立防御力量，以抵抗外人的入侵，另外再由中国人成立一个自治政府。"

　　吴先生说："但不知这个政府听命于谁？重庆、南京还是东京？抑或就自己成了一个国家了？要不要设立外交部？所谓需要抵抗的外人，不知道指的又是谁？"

　　田唯农说："既然是自治，咱们当然是说了算的，谈不上听命于谁。但也并不是说就成了一国，设立外交部更加没有必要。晋北自治政府是大东亚共荣圈的一个成员，可以充分享受大家庭的温暖。至于所说的外人，当然是指那些一心破坏五族和谐、共存共荣的狭隘之徒。现在筹备工作接近尾声，兄弟不才，已被筹委会内定为最高委员，受命组阁。我本来是不想干的，当个平头百姓有多好，无官一身轻嘛。但一来是日本友人再三请求，诚恳的态度令人感动。二来我以为，时世艰难已极，非我辈自命高蹈之时。总该挺身而出，为国家和老百姓做点儿事。我不入地狱，谁入地狱？"

吴先生语带机锋说："田兄可真是读书人的楷模啊，佩服佩服。不过你也不要太悲观了，照你所说，晋北从此就是共荣圈的一个家庭成员，而田兄又是晋北的最高首脑，以后见了裕仁天皇，也可以兄弟相称，平起平坐，拍肩搭背，岂不快哉？"

田唯农像被马蜂蜇了一下，跳起来又坐下："哪里哪里，贤弟取笑了，天皇陛下乃是这个大家庭的家长，好比我们慈祥的父亲。我本人，以及共荣圈的所有成员都对他老人家敬仰倍至。常言道：'一个篱笆三个桩，一个好汉三个帮。'兄弟此番来是想请贤弟出山，助我一臂之力，民政部长一职我看非贤弟莫属。"

吴先生敬谢不敏："诸葛武侯有句话叫：'苟全性命于乱世，不求闻达于诸侯。'我现在已经到了知天命的年龄，两耳不闻窗外事，一心只读圣贤书。兄台何必'手荐鸾刀，漫之膻腥'。"

磨叽一会儿，田唯农见话不投机，站起来叹息："吾辈不出，如苍生何？新政府求才若渴，虚席以待。想当年刘备为了请卧龙出山，曾经三顾茅庐。我请贤弟，十次够不够？"

田唯农再没有登过吴先生的门，来三顾茅庐的是大羽政章，但是每回吴先生都避而不见。

孟布云去找吴先生，说："大羽辅佐官数番访贤不遇，惆怅得很，委托我务必请先生到大同一晤。"

吴先生正吃晚饭，往碗里夹芥辣丝说："这连裆裤一共就两条裤腿，有你跟他们合穿已经很紧巴了，我要是再插一腿，说不准裤子就得扯成两半，到时候大家都露个光腚眼子，笑话可就大了。"

孟布云再劝："辅佐官说到了大同以后，也不是非要先生做官。只想接之以高宴，纵之以清谈，以慰他的仰慕之情。"

吴先生冷哼了一声说："仲尼之徒无道桓文之事者跟一个社会达尔文主义者有什么好谈的？非要我去你就拿根绳子来，把我捆了去。"

孟布云说："先生，如今大势如此，如果拒绝他们，可能会对你不利。"

"不利？"吴先生用手指顶住自己的鬓角，做了个抠枪的动作，"打死我？把我当抗日分子抓起来？太高抬我这个老头子了吧？！"

孟布云突然顿足道："先生，我求你了，不要硬把鸡蛋往石头上撞！"油灯下，他的表情苦涩而沉重，和平日那个飞扬跋扈的振远王、防共剿匪总司令判若两人。

吴先生目光深沉地凝望他，半天说："从善如登，从恶如崩。学好不容易，学坏一出溜。趁陷得还不算太深，你要猛醒啊！"

第二天，梆子村就再也没有了吴先生，而天王寺里却多了一个玄觉大师。

3

玄觉大师在听完了孟布云对梦境的描述后，点化他："当心有人打你的黑枪。这也是你五蕴炽盛、妄念丛生所致。今生的苦就是前世的业，今生的业就是来世的苦。我看你气色不正，似乎被什么邪秽之物缠上了。"

孟布云说："你是说我撞邪了？身边有不干净的东西？我说最近怎么总是头疼，睡不着觉，请大师给个破解之法吧。"

玄觉大师伸出两根手指，从孟布云身上拔下那朵花，问："这是什么？"

孟布云说："一朵大烟花。"

玄觉大师说："'闻花空道胜于草，结实何曾济得民？'这就是妖物，这就是邪秽，它会给你，也给整个振远带来无穷的祸秧。"

从此以后，孟布云身旁就常带着一百多人的卫队，都是从各团千挑万选出来的好手，武器精良，弹药充足，待遇优厚，双枪双饷。

到1949年5月间，天下大势业已明朗，正所谓："山河百战归民主，铲尽崎岖大道平。"解放军借平津之威，挟渡江之勇，乘胜围攻振远县城。攻城前，雷金钟接到了由他十二岁的外甥送来的一封信。大意也不过是劝他认清形势，率部反正，与解放军里应外合云云。雷金钟说："士为知己者死，女为悦己者容。"为了剖白心迹，他把信件原封不动转呈孟布云。此时的孟布云也预感到了末日临近，高度紧张再加上失眠症的折磨使他经常幻听幻视，自言自语，手颤不能控制，精神已经有点儿失常。直勾勾的眼神里透出惊人的衰朽和迟钝。他要见送信人，雷金钟只得硬着头皮将外甥叫来，哪知孟布云一见孩子即兽性大发，歇斯底里地颤声尖叫："这个小家伙是八路军！"当场下令把孩子拉出去活埋。听着外面外甥凄惨的哭号，雷金钟的脸青一阵紫一阵，敢怒而不敢言。

由于架设云梯爬城伤亡巨大，解放军改强攻为智取，选择城池西北角，距城墙约二百米的一座民宅，先从地面向下挖了四丈多深，再向城墙悄悄掘进。坑道顶部和两壁都打上木头撑子，以防塌陷，有渗水或稀泥处，则用被褥铺垫。用了半个月，坑道终于通到城下，并在那里挖就一座地下室，堆了满满七棺材炸药，装上击针和火帽，接通了电线。到6月28日夜间，准备工作就绪，只等命令一下，工兵就压手柄引爆，把城楼送上半空。这叫坐土飞机。为了转移视线，在总攻前解放军先发起连续不断的佯攻，由于战况十分激烈，孟布云就亲自登上城头督战，把守西南城角的雷金钟，在混乱中顺手朝孟布云的后背开了一枪。孟布云脑海中划过一根燃烧的房梁，接着就应声扑倒……

当然，这些都是后话。

第二十七章：选择

1

时间回到抗日战争时期，虽然吴先生拒绝登台，但是皇军照样开锣，新政府照样唱戏。正像田唯农得知吴先生出家的消息后说的那样："没他这颗臭鸡蛋，还不做槽子糕了？"

孟布云也收到一张筹委会发来的、喷洒了香水的烫金大红请柬，应邀以代表身份赴大同出席新政府成立庆典。当他抵达的时候，距正式开幕还有三天。孟布云就先在旅舍安顿下来，想趁这段空闲在城里四处逛逛。他觉得大同毕竟是日本人的地盘，自己不宜过于招摇，所以轻装简从，只带了两名贴身卫士。

他先参观了九龙壁和上下华严寺，正在商幌市声中穿行，忽然看见一个穿青布长衫、戴宽边礼帽的人，挎着个珠光宝气的时髦女郎从对面走过，孟布云就一愣。大街上人流熙熙攘攘，两边的门脸和布棚一个挨一个，炉子明火响油，笼屉热气腾腾，瓜果的香气和河鲜的腥臭混杂在一起，不时有鼻子上穿着大铜环的卷毛骆驼，甩着飞沫擦身而过。孟布云跟定前面的目标，穿过一座座朱红色的跨街牌楼，很快就离开闹市，出了城门洞，走上郊外僻静的土路。再一拐弯，人突然不见，前面有条小河拦住去路。河滩上是一片瓜菜地，一个孤零零的窝棚在河水明快的背景下，暗淡地歪斜在天边垂落的最后一抹夕辉里。

孟布云掏出手枪，拉套筒推弹入膛，小心翼翼地向窝棚摸过去，两个卫兵举枪跟在他身后。现在是三比一，我们逮到你了。他想。这回要好好吓唬吓唬他，看他还会不会像小时候一样哭鼻子。他刚要用手推门，突然从瓜地里蹿起几条黑影，冷冰冰的枪口顶住了他的后脑勺儿，有人用威严的声音命令："别动，举起手来！"

孟布云把双手举起来，用眼睛的余光看见，自己的卫兵也已束手就擒。一只手从后面伸过来拿走了他的枪。与此同时，前面那扇柴门吱呀一声打开，赵凤春弯腰从窝棚里走出来，问候："兄台别来无恙？"现在他已经除去了掩人耳目的圆墨镜和假胡须，一只手把礼帽贴在胸口上。

孟布云吹了一声悠长的口哨儿，摆出一副蒸不熟煮不烂的德行说："凤春老弟可真是越来越抠门儿了，你们在里面风流快活，颠鸾倒凤，行云布雨，哥几个都是旱地的萝卜，扒在门上听一听，过过耳朵的瘾难道还不行吗？布下这么多好汉把风，是不是怕人家的男人来捉奸？"

背后的人用枪把子狠狠捣了他的脊椎骨一下，呵斥："让你小子再喷粪！"另一个人请示："下馄饨还是背娘舅？"

孟布云扭动了一下疼痛的脊背，恶狠狠地说："有种的来吧，老子要是皱一皱眉头就不算好汉！可姓赵的你别忘了，当初要不是二哥冒着掉脑袋的危险给你通风报信，先锋团早他娘让日本人包饺子了，你赵老三今天还能在这儿玩女人？忘恩负义，过河拆桥！！"

赵凤春说："你也不必往自己脸上贴金，我今天暂且饶你一命，不过你要记住——多行不义必自毙。如果你不及早悔过自新，而是继续为虎作伥，助纣为虐，跟八路军作对，与人民为敌，哼哼，是绝不会有好下场的。把枪还给他们，让他们走。"

2

由于孟布云突然搅局，为安全起见，赵凤春和陈羽菲迅速转移了谈话地点。现在他们坐在帅府街11号，一个德国银行家二楼的会客厅里。进门的时候，女仆要求他们换上了布拖鞋，以免把主人名贵的驼绒地毯踩脏。他们从欧式水晶吊灯下走过，红木护墙板上各种装饰物稀有难得，充满异域风情。隔壁，不时飘来典雅的音乐，那是银行家的混血女儿在教表妹弹奏钢琴。

赵凤春陷落在柔软的皮沙发里，水晶威士忌杯在茶几上折射出几道光的棱柱，使他有一种恍若隔世之感，觉得身体轻如羽毛。他在心里问：血雨腥风的战争在哪里？白骨累累的杀戮在哪里？痛苦呻吟的奴隶在哪里？那个叫作赵凤春的人又在哪里？屋内富丽堂皇，如梦似幻的气氛，和他们之间冷峻的话题形成了反差，赵凤春就在这种反差中找回了自己失去的重量。他这次来大同，是想通过地下组织搞一批急需的药品，以打破敌人的囚笼政策，并顺便了解大同驻屯军的调防情况，但现在却被此间一项惊人的计划吸引住了。

陈羽菲从坤包里取出一个西洋闹钟，赵凤春接过来，带着明显的好奇把玩着。它只比香烟盒略大，看上去非常精致，烧制过的全钢外壳散射出幽蓝而冷峻的光泽，嘀嗒嘀嗒的走时声使人相信它有一颗坚强无比的心脏。

"把这个定时装置和雷管，以及两磅钝化太恩高能炸药捆绑，装在皮包里，威力相当于普通梯恩梯的三倍。"陈羽菲说。

"可是谁能把它带进去？到时候盘查肯定很严，便衣特务会对每个进入会场的人盯梢，到处都是眼睛。"

"我来，我有新民大同分会委员的身份，况且还有田唯农这把保护伞……"她顿住了，表情像刚吞了只苍蝇，望着窗外发呆。

赵凤春为这个姑娘感到伤心，他知道，为了获取有价值的情报和在敌人心脏安插自己的同志，陈羽菲一直在和那个老色鬼调情。他轻声说："成个家吧老同学，我认识一个人，觉得挺适合你，他是我的政委，比你大八岁。"

陈羽菲转回头来，有那么一刻，她端咖啡杯的手停在空中，一言不发地凝望着赵凤春，眼神里含有一种成分复杂、欲说还休的谴责。

赵凤春没有回避她的注视，面容诚恳而坦率，坚持把话题继续下去："他是个托派，在莫斯科中山大学留过洋，有个苏联名字叫阿廖沙。"

"阿廖沙——高尔基《童年》里的主人公？一个托派？有意思，可以见一见。"陈羽菲松弛下来，优雅地呷了一口咖啡，补充道，"如果这次我能活着回来的话。"

"直说吧，需要我做什么？"

"需要两名武装人员在戏院外面接应和掩护我……"

"人员没有问题，可这太冒险了，我担心的是你的安全。"赵凤春脸绷得很紧。

"可我们认为冒这样的险是值得的，如果成功，那将会在华北，乃至全国造成多么大的影响！"

"客观地说，成功的几率只有百分之一，而一旦失手后果不堪设想。"

"你曾经对我说过，我们这些人，是随时准备为了理想而牺牲的。自从我加入组织以来，已经有六名同志——我身边的战友，被宪兵逮捕、拷问，直到被杀害。为了讨还这笔血债，讨还他们欠全中国人的血债，我并不介意当第七个。"

3

几天以后，当她遍体鳞伤地躺在审讯室里，躺在坚硬、冰冷、潮湿的洋灰地上，被粗野的目光环视着。当她从深度昏迷中苏醒过来。当那些生着胸毛的打手像对待砧板上的肉一样任意摆布她的时候，在赤红的烙铁将落未落的可怕瞬间，在那些极度紧张、极度恐怖，不堪回首的日子里，她的脑海中就闪现了这栋豪宅。她惊讶地想：人的生存环境怎么会有如此巨大的差异？

"你知道自己躺在这儿像什么吗？一条搁浅的鱼——美人鱼。我知道你现在一定很无助、很痛苦，但实际上你还不知道什么叫痛苦。"

为了战胜内心的动摇，她把屠格涅夫的《门槛》默诵了一遍，并最终使自己相信，屈服只能使她由一个被地狱折磨的对象，变成地狱本身，那将是一种比死亡更可怕的蜕变。

他们说到做到，在她身上变换各种花样，而她只有无穷无尽的忍耐。从咬紧牙关痉挛、抽搐、打挺，到放弃尊严的哭泣、哀号，用头撞墙。然后是一个灵魂出窍的时段，她的身体松弛下来，但脑子里却仿佛有一个线轴在紧张地转动（全世界只剩下这个线轴），把时间的经纬向后倒回去一轱辘。

是一个黄昏，她打着油纸伞站在路灯底下。竹子伞骨在头顶上撑开一片透亮的伞面，雨珠串子敲打在上面发出连续不断的叮咚，节奏清脆，像一面法国军鼓。开始她很困惑，极力想搞清楚自己在哪儿，在什么时间，于是四顾寻找参照物。她看见两侧镶嵌球形壁灯的锻铁大门就在身后的左侧，然后明白了这是医专门口，张玲刚刚失踪，自己刚刚下班，李探长才做过笔录。她隐约有一种解脱的轻松感，因为她知道这是一次重新选择的机会，她马上就会迎来人生的转折点，她的所有冒险都是从这里开始的，这儿是她做个普通女子，还是成为一名战士的岔道儿口。退出，从这里退出，将不会受到任何指责，不用出卖任何人，不用背叛，不用签字画押。

她在等待。她觉得包围着她的灯光比上次明亮，是个硬而实的光圈，于是顺着身边的灯杆望上去，只见在杆顶上挂着的不是普通的白炽灯，而是摄影棚里的那种安装了凸透镜的聚光灯。回头再看，身后的一片建筑都变成了临时搭起来的布景，全套舞台机械装置把真假透视巧妙地结合在一起。然后她知道了浇着自己的这场豪雨，是左右两根消防水龙的杰作。灯杆下面有一洼薄薄的积水，像水银镜反射着灯的强光。她就从这面镜子里看到了另外一个自我的形象，眼睛里流露着渴望的倔强少女，脸上挂着构思般的沉静与焦灼，头戴一顶天鹅绒红帽，帽圈上打着蝴蝶结。积水还反射出许多无法用肉眼直接观察到的东西，摄影棚的棚架、天桥、灯板、吊杆、通风设备，还有躲藏在黑暗中、手里攥着剧本的命运……

一挂洋车碾碎了镜面，顶到她的鞋尖。镀铬的钢圈、风磨铜的车轴、镏金雕花的喇叭、纯银压花的脚铃，左右外帮悬挂着水晶灯，周遭镶嵌西洋彩绘玻璃。车篷下面的椅子就像戏院包厢里的软座，靠背和坐垫都包着海绵，安着弹簧，罩着大红灯芯绒的椅套。屁股坐上去会弹起来陷进去，又弹起来又陷进去。总之，它是个好道具，华丽得就像一辆送葬的灵车。

车夫登场了，他是个大个子，裹着发光的雨衣，兜帽竖着。陈羽菲相信他的雨衣里面一定穿着笔挺的西装，打着斜纹领带，插着派克金笔，腕子上的瑞士手表咔咔地走时，一点儿不像在风刀霜剑里打熬岁月的人，倒像是一个来约会的舞伴。现在就差音乐了。车夫弯腰放下洋车，一撅腚，一条又粗又沉的大尾巴掉出来，是草原狼的尾巴。上面棕灰色的硬毛根根都像大号针头，制作成提斗一定笔力苍劲。他背着手把它塞回裤裆，然后转身面对她。她惊讶地发现兜帽里空空如也，是个深不可测的洞穴。他不慌不忙把手插进怀里，掏出一根大雪茄，有枪管那么粗，撕去外包装，打了一个很响亮的嗝儿，把烟屁股填进兜帽里。再变出一根长杆儿火柴，在车帮干燥的底部"噌"的一声划着，端出来一团寒冷的蓝色火焰，把雪茄点燃。在这一瞬间，陈羽菲看清楚了对方，他的手是泛黄的骨头棒子，脸是骷髅架挂着积液和腐肉，眼窝子像两枚闪亮的光洋。他摇灭火柴，深吸一口雪茄，不是从鼻孔或者嘴巴里向外喷烟，而是四处冒烟，好像发生了火警。然后他说话了，声音很沉闷，好像夏季闪电过后，从遥远天边一路滚动过来的雷鸣："嗨，小姐，上车吧。"

虽然到处散发出种种不祥，虽然车夫的邀请十分可疑，虽然灾难感如此强烈，她还是扶住抓手登上了脚踏。车厢的门框把伞阻挡在外面，她不得不把伞骨收起来。寒冷像个冥界幽灵攥住了她，急骤的风雨劈头盖脸地鞭打她，在她耳边发出冒犯的喘息和狞笑。她倒吸一口冷气，感觉一下子就湿透了。衣服紧紧裹在身上让她觉得好像突然赤裸了。她手臂交叉抱紧双肩，用胳膊肘挡住突出的乳房，身体微微摇晃了一下，眼睁睁看着自己的帽子被风吹向了远方，在这个黑白灰的世界里无比鲜艳、无比刺眼地翻滚着、翻滚着，如同一个象征性的符号……在头发唰地飞扬起来的一刻，她突然领悟到周围的一切存在都是虚假的，自己是唯一的平面中的立体。

在把自己填进去之前，她犹豫了一下。确实有一个犹豫的瞬间。她看见裱糊着天蓝色壁布的车厢里，压着几何暗花的后墙上，有大片铁锈状的淡色，其中夹杂着微褐的斑点。她知道那是血液喷溅上去的痕迹，上面的斑点是脑浆的灰质。同时她的鼻腔也在这个封闭空间里嗅到了各种异味儿，热烙铁落在皮肉上的烧烤味儿，熟皮革和铁链子的腥气味，打手发达的汗腺的酸臭味儿，停尸间令人作呕的腐败味儿……她知道这辆车是个陷阱，它曾经拉过一千个乘客，并且为他们制造了一千种死法，而她是第一千零一个。它打算载着她笔直地冲进黑暗，战争的阴云遮挡住了光明，像个风雨无阻的邮差，一秒也不耽搁地把她送回热气腾腾的刑室。饥肠辘辘的野兽正迫不及待地等待她，心里盼望着她的拒绝，一具宁死不屈的肉体让他们无比亢奋，睾丸酮和肾上腺素飙升。在那里她是从天花板上垂下来的一束裸露的痛觉神经。然后她死了，在非人的惨叫中被折磨致死，尸首还沉甸甸地挂在上面，木然的眼睛大睁着，用来恐吓下一个殉难者。或者它和刑室本来就是一体的，洋车是张开的嘴，垂涎着她香喷喷的身体，露出黑黄的烂牙根吐着口臭说："来吧小姐，我保证把你吞下去之前多含一会儿，多嚼几遍。"前方崎岖的黑暗是盘绕的肠子，那个让她吓得发抖的审讯室是空虚的胃，砖墙上布满了蠕动的黏膜和触突，鲜红粗壮的神经在其中忽隐忽现地跳动，洋灰地上流淌着稠乎乎的酸性溶液，只要你在里面待五秒钟衣服就全没了，再待五秒钟就得脱去一层皮。

最后，她毅然决然地坐了进去。她的脸色像白粉笔一样白，不断滴水的发绺披在前额上，手脚冰凉，浑身哆嗦，脊梁沟却在冒汗，好像同时感觉很冷和很热。紧握的双拳搁在身体两边的坐垫上，指甲掐进掌心里，咬着雪白的牙齿说："去那里吧，我已经准备好了！"

4

会址设在兴隆大戏院，会议由田唯农主持，大同驻屯军司令瓦田少将，大同联络部机关长前岛升大佐，首席辅佐官大羽政章等莅临指导。开幕那一天，日军首脑以及与会代表的车队经过的街道都提前戒严，军警宪特倾巢出动，路面事先用探雷器探过，军犬闻过。

大戏院的台阶和甬道红毡铺地，外墙两侧悬挂醒目的巨幅红绸，左边写：热烈庆祝晋北自治政府成立大会隆重召开。右边是：日中满朝蒙携手并肩促进共存共荣。戏院门前车水马龙，西洋乐队掀起的巨大噪音和闷热难耐的天气一起败坏着人们的胃口。装点一新、花花绿绿的大戏院就像一块霉变的蛋糕，吸引了来自四面八方的各种害虫。

大会历时三天，选举情况如下——

最高委员：田唯农

最高顾问：前岛升

委员：马永魁、迟伟庭、古希尧、孟布云

顾问：大羽政章

民政厅厅长：吕登瀛

民政厅顾问：平下喜代吉

财政厅厅长：崔孝骞

财政厅顾问：桥本一次

警务厅厅长兼顾问：森一郎

晋北自治政府以大同维持会为基础，以"与日满两国亲善合作，反共灭党"为纲领，统辖大同等地，一百五十万人口。代表们粉墨登场，身上穿的不是绸缎就是高级毛料，无数鲜红的燕尾形代表证在胸前拂动，新当选的左云县县长即席奋笔抒怀：豪气堂堂横大空，日东谁使帝威隆。高楼倾尽三杯酒，天下英雄在眼中。

主席台上日本国旗和五色旗十字插花分列左右。大羽政章戎装剑佩，迎着闪成一片的镁光灯，对着银光灿灿的麦克风发表了激情澎湃的演说："我看到邻邦中国人住的房子、穿的衣服、吃的饭都比不上日本人。在日本土地上看不到像你们这样的困难形状。这是阎锡山加害于庶民的苦难。阎锡山在日本银行拥有巨额存款，这些存款都是山西庶民的血液。大日本顺天命、应时势，先铲除张作霖，后讨伐阎锡山，给你们除害。大日本皇军以武士道精神，操必胜之信念，除暴安良，这是军人的天职……"刚才登台的时候，他瞥见机关长前岛升脸上凝结着一丝阴云，虽然掩藏得很好，但还是没有逃过一个老特工的眼睛。兵不血刃招降孟布云，让大羽政章的威望达到了顶点，他才是此次大会中的耀眼明星。他端起茶杯喝了一口，脸在咔嚓咔嚓的灯光中变幻着颜色，惨白—土黄，惨白—土黄。

"我们要来建设东方，把所有的地方都建设成乐园。几年以后，大同西门外要建设成一个新兴的都市，人口将要增加到三十几万。口泉煤矿要出煤三万吨以上，从大同开一条运煤铁路，经过多伦到达塘沽口。到那时，你们的生活和日本人就达到同样的程度了。一直有中国朋友问我，日本为什么要发动这场战争。我回答他们，那是因为日本真心诚意地希望所有黄种人不再受白人的欺压，希望东方各民族雄视环宇，希望亚洲人民安居乐业。但是天下没有免费的午餐。《司马法·仁本》中说：'杀人安人，杀之可也；攻其国爱其民，攻之可也；以战止战，虽战可也。'圣战正是为了人类和平和世界大同而发动的，终结一切战争的战争。"

会议进行到第三天，代表们刚刚举手通过了《自治政府暂行组织章程》，会场外面突然响了几枪，气氛顿时紧张起来，代表们交头接耳。王相包裹着一身英纺纯羊毛西服三件套，本来就大的眼睛被厚厚的镜片又放大了几倍，站起身扭着脖子向外看。主持会议的田唯农连叫了几声"肃静"，可一点儿效果也没有，用眼角偷瞟在主席台后排就座的日酋。只见那些日本人各个板着脸，目光平视，腰板笔直，双手平放在膝盖上，摆出一副雷打不动的样子。

过了一会儿，一名治安官正步走进会场，径直登上主席台，用日语汇报情况，日酋们绷得跟麻将牌一样的脸才放松下来。大羽政章起身走到前台，先做了个大鹏展翅的动作，说："诸位，让大家受惊了。刚才有个混入会场的恐怖分子，还是个女人，偷偷把一颗定时炸弹放在了座位下面。但她的一举一动早已在我们的监视之中。为了不影响大会正常进行，安保人员没有立即惊动她，而是等到她假装上洗手间溜出会场的时候，才出其不意地逮捕了她。她的两名同伙驾车来接应，也被当场击毙。现在炸弹已经被专业人员取走，险情已经排除，请大家继续开会吧。"

第二十八章：探阴山

1

过了两天，大羽政章打电话给孟布云，说要和他叙谈叙谈，并派车来接他。汽车行驶了二十多分钟后停住。孟布云透过沾满尘土的车窗，看见两扇紧闭的铁门和一块白底黑字的长条形木牌：兴亚院大同联络部。铁门前面戒备森严。

汽车缓缓拐进门廊下的鹅卵石停车道。站在这个高墙耸立的大院里，孟布云周身的毛孔就像鱼鳞遇到逆流一样不由自主地张开了，他觉得这个空间很特别，阴气很重。他抬头望天，目光穿过一排电线，看见惨白的太阳悬挂在头顶，但光芒冷得瘆人。周围有一种微密的波动，像暗流藏于水，像瓦斯隐于风。要是穿过他的胃，他就恶心想吐，腹部抽筋。穿过胸膛，他就觉得心律不齐，慌乱气紧。穿过脑袋，他就体会到一种深深的悲哀和绝望……隐隐约约，这些怨灵背后似乎还潜伏着另外一种力量，更危险更古老。要想触及它需要更加强大的精神力量，而他的定力根本无法支撑那样的探索……

"孟桑，你怎么了……"孟布云回过神来，看见大羽政章笑容可掬地站在面前，说，"你来大同这几天我实在太忙了，一直顾不上尽地主之谊，请不要见怪。今天请你来，是想让孟桑参观一下我们的工作室。"

工作室其实就是刑讯室，修建在办公楼后面，是一个院中之院。也有铁门和守卫，院墙上的水泥杆子和陶瓷瓶像竖立的鲸鱼骨，串联起高压电网。高高的塔楼上架设有探照灯、手摇警报器和机关枪。

进到内院，迎面是一排红砖砌成的平房，每个房门上都用油漆编了号。大羽政章把孟布云领进一号工作室，这是间散发着恶臭和血腥味的狼犬室，几条体型巨大的德国黑背，吐出紫红的长舌头，蓝眼睛爆闪着残忍和疯狂的光芒，哈喇子顺着发黄的尖牙往下滴答，低沉地吠着，围着笼子乱窜，往木栅栏上扑。两个光着膀子的日本兵打开门，把犯人推进去，咣当一声再锁上。鬼子喊："大大的咪西！"狗就咬头；喊："小小的咪西！"狗就咬脚。犯人开始把背抵在栅栏上，挥舞着双手想保持站姿，但很快就无助地倒下了……留在孟布云脑海中的最后一个镜头是，一条狼狗抢先同伴，把头探进了腹腔，随即传出咀嚼声。另一只则倒退着往外拉扯一根肠子，嘴脸和爪子鲜红……

孟布云一连参观了五间工作室，就觉得身体开始不适应，肠胃乱翻，头冒虚汗，眼前布满了焊弧一样的细小闪光，走路像踩在棉花垛上。但是他终于控制住了这些不良反应，极力使自己显得无动于衷。虽然他在振远也有地牢、水牢，也经常私刑审讯犯人，但和今天见到的场面相比，可谓小巫见大巫，让人不得不佩服人类在折磨同类时高超的想象力。大羽政章招手说："孟桑，这边走。"然后绕到平房侧面，一个地下室入口，沿着陡立的台阶走到底，眼前出现一条狭长的走廊，走廊顶上排列着一个个通风的气孔，每隔一段，就站着一个端刺刀的日本兵。由于采光不好，虽然是大白天，也靠装在马口铁网罩里的白炽灯照明。

走着走着，孟布云猛然听见传出一声女人的惨叫。在这声音消失后，走廊里又是一片寂静，静得只能听到自己和大羽政章靴底的回音。过了一会儿，又是一声拉长的颤抖的尖叫，震撼了他的耳膜。孟布云意识到，自己正在走向一间设在地下的秘密审讯室。

2

孟布云泰然自若地从联络部出来，虽然脑门儿一跳一跳地疼，但却表情淡然，目光平静，微笑着和把他送出来的秘书挥手告别，说："撒友那啦。"可是一走出日本人的视线，他就踉跄起来，好像膝盖支撑不住了，身体正在失去重心。两个保镖抢步扶住他，他就在他们的支撑中弯下腰去，哇哇地呕吐起来，开始吐出来的是早饭，后来吐黄水，吐完黄水吐绿水，最后居然吐出来一个心形的肉球。这个肉球绝不像吃进去的，它色泽鲜活，表面光滑，掉在地上以后还弹跳了两下。当他终于止住肠胃的痉挛，再把脸抬起来的时候，颜色已经像死人一样蜡黄。马六子赶紧叫了辆黄包车，把他拉回旅舍。

中午，孟布云饭也没吃，大瞪着双眼躺在床上，感觉脑门儿疼得一阵急似一阵，像钻子钻，像锯子锯，像钉子钉，不久就牵连到了整个颅腔，包括牙床和脖颈儿都一窜一窜的，天灵盖更是疼得要裂开，然后这种感觉又火焰般从头部直抵脚心。

他听见朗朗的笑声，看见裙裾飘扬，一只沙燕风筝擦过木塔的仰莲和雀替，飞翔在三月的天空中，像流逝了的一去不复返的金色年华……他也想去跟他们放风筝，但是他正占着手，一块沉甸甸的热烙铁，木头把子握在自己手中。他知道除了交纳投名状已经别无选择，因为他用余光看见，大羽政章的三角眼射出两道阴惨惨的绿光，像毒蛇吐出的芯子。

他把暗红色的烙铁面翻向自己，向上面啐了一口唾沫。唾沫连一个气泡都没拱起来，转眼间就蒸发了。他拿着这把烙铁艰难地转身，走近被悬吊在刑架上的女人，在她眼前晃动着说："小姐，你行行好说了吧，就算兄弟我求你了。"

明光耀眼，热浪扑面。女人抬起头来（她认出他来了，但并没有打算说破），意味深长地望了他一眼，从她的明眸中跳跃出一粒滚烫的光点。孟布云立刻觉得被她目光击中的额头像被火炭烫伤了一样，跳着疼。这种疼痛伴随了他差不多半年，老是一蹦一蹦的，好像针刺刀剜，折磨得他吃不下饭也睡不好觉。后来居然鼓起个大包，这个包硬得像木头，用手指弹一下，叮当有声。中医说这是内热外感引起的疽疸，需要调和阴阳，活血化瘀，或用艾绒灸之。西医说这是某种脂肪瘤，久治不愈，恐有恶性病变的可能，建议手术切除。直到后来听说陈羽菲被营救出来了，这个包才不再增大，渐渐平复下去。

他的耳边不停地回响着一个声音：别动，就这个姿势，我给你俩照张相。他的鼻腔好像又闻到了皮肉烤焦的味道，这股味道吸进肺叶以后，就沉淀在那里了，使他感觉像得了尘肺病一样难受。他的眼睛又看到，当烙铁落下时，半透明的青烟把她娇弱的躯体包裹起来，她的胸廓和四肢在烟幕后面痛苦地收缩，如果她可以一直收缩下去的话，那她一定会最终把自己凝聚成一个密度无穷大的点，来抗拒外力的摧残。但是事实上，她收缩的幅度非常有限，有限到可以忽略不计。她就这样不断地努力，像只虾一样卷曲自己，每根血管都鼓胀起来，汗水从无数毛孔喷涌而出，迅速在极度紧张的体表汇集成闪光的溪流……

这些声音和画面像山一样压迫得他喘不过气来，他觉得自己无比渺小，只有变形成某种扁平的爬虫才能苟活下去。然后他爬起来，盘腿坐在床上，双手抱着头。保镖都吓坏了，马六子小心翼翼地凑近，像凑近一颗滋滋冒火花的地雷，问："司令，要不要请个郎中？"孟布云顺手操起一把紫砂壶，向马六子的脑袋掷过去，哀号："滚蛋！"

马六子灵巧地闪身躲转了。就在茶壶陶片纷飞，击碎在地上的瞬间，从他疼痛的头颅里突然升腾起一个念头，作为报复，他要去玩一个日本女人，他要玩得她大出血，玩得她三天下不了地，方可稍解心头之恨。这样的念头居然像驱痛片，使头疼症状稍有缓解。于是他就跳下床，特意穿上军服，蹬上马靴，系上洋刀，踉踉跄跄地往外走。保镖们一窝蜂地跟上去，孟布云转身命令："别跟着老子！"

3

来到的这个地方，招牌上写着"××料理室"，料理室日文的意思是饭店。这就跟特务机关不叫特务机关，而叫联络部，刑讯室不叫刑讯室，而美其名曰工作室一样，都是挂羊头卖狗肉的把戏。在大同城谁都知道，这间所谓料理室，是专门为日本军官开设的高级妓院，中国嫖客一律不得入内。

孟布云昂首阔步，直眉瞪眼地往里闯，因为他穿的皇协军将官制服,不细看跟日本正规部队的军服相差无几，所以把门的未加阻拦。

他径直穿过装饰着浮世绘和行灯的大堂，拽开一扇推拉门，向房间里那个穿着绿圆袖小纹和服，跪坐在榻榻米上的女人扑过去，发疯一样撕扯她的丸带……那个妓女可能对急不可耐的军官早已司空见惯，闭着眼，非常温顺地由着他来，不拧巴。在一阵折腾之后，孟布云还是败了，他懊丧地捶打着自己的脑袋，骂了声："他娘的！"这句国骂泄露了他的身份，军妓顿时脸色大变，光溜溜地跳起来质问："你是支那人？！"

孟布云抡圆了就是一巴掌，骂："臭婊子，老子是哪儿的人关你屁事！"

但是那个军妓没有屈从于他的威胁，而是摇晃着两只木瓜似的乳房，果断地用一大串哇啦哇啦的鬼子话引来一群正在嫖妓的军官。孟布云猜她的意思是：快来人呐，这儿混进来个支那人！

一个只系着丁字兜裆布的壮汉第一个破门而入，按肩搬腿拿头拱，想用相扑八十二技中的上手投把他扔出去。孟布云五鬼拍门照脸一掌，下面仙人照镜子提膝磕裆，趁势将对方拦腰抱住，把他向一段隔墙撞过去。日式房屋的隔墙只是一块薄薄的木板挡在那里。只听咔嚓一声，那个日本大块头的脊背把隔墙撞开个大洞，两人一起翻滚到走廊里。孟布云从地上爬起来，抹了一把摔出的鼻血，像狼一样龇着牙号叫："老子就是中国人，怎么样？你们这些鬼子、倭寇！糟蹋了多少中国的黄花大闺女，现在老子玩一个日本婊子你们就受不了啦，呸！老子操你妹子的！！"

日本军官群情激愤，料理室跟开了锅一样，不少人挥舞着拳头，嚷嚷着要杀死他。

几个人又从走廊一路打到大厅，毁坏器物无数，正在不可开交的时候，一辆军用卡车在大门前停住，十几名宪兵冲进来。河野洋平走在前面，沉重的体量和气势汹汹的脚步让地面都在颤动，接到料理室经理的电话，他的火一下就蹿到了脑门儿上，支那人想造反吗？给三分颜色就要开染房的家伙！他一直来到孟布云跟前，抢起戴着白手套的巴掌，运足气力挥向那张一副欠破相的刀条脸。在他的手掌距离那张脸只有两公分的时候，对方突然双手握住他的手肘，像猴子一样迅速贴了上来，侧身用臀部顶住他的腰眼，他失去重心不由自主地趴向面前的脊背。然后突然之间他庞大的身躯就被甩出去了，毫无依托地在空中飞行。后背砰然落地时的那种疼痛让他怀疑五脏六腑都震碎了，恨不得背上有个乌龟壳。

他躺在木地板上半天没有回过神来，他不敢相信这是真的，怎么会有这种事，那个瘦得像痨病鬼一样的支那人给了他一个结结实实的过肩摔，俗称大背跨。不是自己武功不如对方，而是太大意了，根本没有料到一个皇协军敢跟宪兵队长动手，连想都没有想过。在大同，不，在所有占领区这都是不可能发生的，绝对不允许发生！除非他不想要命了。更可恶的是那家伙太狡猾了，当自己向他走过去的时候，他没有表现出丝毫要反抗的意思，只是一动不动地垂手站着，好像在打立正，好像等着自己赏他几个耳光，来稍稍抵偿他的罪行。但是突然间，天和地就调过来了，自己就莫名其妙地躺下了，而那个家伙居然还站着。然后他意识到周围所有人都默默地看着自己（主要是嫖客和妓女），全都一言不发，全都屏住了呼吸，只有把他扔出去的那个疯子在无所顾忌地放声大笑，笑声在大厅久久回荡。他的脸瞬间涨得像猪肝，太丢人了，把大日本皇军的脸、武士道的脸都丢到太平洋去了，他想自己应该立刻站起来，重新跟他打一场，来一次男人和男人之间的公平较量。如果这次再打输了，那他就切腹。等着瞧，等着瞧，在整个宪兵第七联队没有人比外号疯狗的河野队长疯起来更吓人！但是当他踉跄着从地上爬起来的时候，看见其他宪兵已经一拥而上，给那个家伙戴上手铐，半推半架地向门外的卡车推搡过去。

4

孟布云离开大同的前一天，大羽政章在私邸为他设宴送行。大羽政章身着和服木屐，湖蓝色博多织比翼纹的小袖外面用绑带打了十字襻儿，裸露出两个胳膊肘，手握一把精致的小刀就着案板片活鱼，血流得像凶杀现场。除了生鱼片，餐桌上还摆着一壶清酒、几盘炒菜和四五样军用罐头。角柜上，飞歌牌收音机旁边立着个相框，孟布云背着手凑近端详，见照片里是一位中年妇女和穿军服的少年郎，从臂章和脖子里扎的白毛巾看，应该是入伍不久的航空兵。

"是内人和犬子。"大羽政章眼睛里充满骄傲和爱怜之色，洗手然后请客人入座。

孟布云学大羽政章的样子席地而坐，觉得非常辛苦，两条腿很快就麻木得失去了知觉。

大羽政章说："如果不习惯盘腿的话，也可以改为跪坐。"

孟布云说："盘腿放松，跪坐听训，在日本好像娘儿们才跪坐。"他刚刚从宪兵队释放出来，脸上带有多处血肿和瘀青，左上六号牙缺失，牙医管它叫第一恒磨齿，虽然要在张大嘴巴的时候才能被发现，但是大羽政章注意到了。它说明孟布云在被宪兵拘禁期间遭到了暴力对待，而且殴打得很严重。这完全可以想象，河野那家伙头脑简单，不知轻重，在面对犯人的时候很容易情绪失控。

当他得知孟布云被宪兵逮捕的消息时，本可以立刻打电话要求放人，如果那样就能让孟布云免受许多皮肉之苦，但他却故意拖延了两个钟头，因为他觉得应该给他点儿教训，让他多吃点儿苦头，为自己的嚣张跋扈、无法无天付出代价。现在后悔倒是谈不上，不过他心里不太舒服，常言说："打狗还得看主人。"他们可以狠狠地修理他，但是不应该造成永久性伤害，尤其不应该伤在脸面上。孟布云的归顺具有示范作用。从某种意义上说，面前这个人也是帝国的脸面（当然更是他大羽政章的脸面），是帝国在晋北的第一恒磨齿。它不像门牙那么光鲜，也不像虎牙那么锋利，但它就是用得上看得见。所以让它闪闪发亮，坚固如新，没有龋坏，没有黄斑，才最符合帝国的核心利益。

大羽政章淡淡地问："身上的伤不要紧吧？"

"就像抓痒痒一样。那帮宪兵应该好好整顿一下了，他们没少吃饭，可干起活儿来娘儿们叽叽，一点儿都不卖力。"

大羽政章知道他说的是假话、场面话，他现在一定浑身上下痛彻骨髓，但他是条汉子，故意在自己面前显得满不在乎。他客气地说："今天特为孟司令压惊，战争期间条件简陋，将来如果有机会到日本，一定请你品尝地道的日本菜，天妇罗、大阪烧、关东煮……"

孟布云没有像他宴请过的其他中国客人那样，说哪里哪里，已经很丰盛了，而是顺杆爬，做出夸张的同情表情："何止简陋，简直太寒酸了，这不公平。这种事得下手快，听说前岛升机关长就在鼓楼街占了座大宅门……"

大羽政章严肃地望着他，示意他闭嘴，这个还轮不到你来说三道四。

孟布云转换了话题："在宪兵队的时候，河野太君老是骂我：'八格牙路，八格牙路！'吵得我耳朵直嗡嗡，头都大了。我想问问辅佐官大人，这'八格牙路'在日本话里到底是啥意思？"

大羽政章解释："'八格'和'牙路'其实是两个词，'八格'是日本话的发音，如果用汉语意译出来，就是马鹿。典故出自秦朝的赵高，有一次他牵了一头鹿到朝堂上，告诉秦二世说这是一匹良马。"

孟布云颔首："这个故事我知道，小时候我老师教过，叫指鹿为马。"

"不错，可见日本深受中国文化的影响。所以'八格'就是像秦二世一样连马和鹿都分不出来，是混蛋、傻瓜、废物的意思。至于'牙路'，意思是野郎。指没有教养、不懂礼仪的乡下人。"

"承蒙指教，不过这句话我看说河野太君倒是正合适，太他娘不是东西了，什么鸡巴玩意儿！"孟布云托着杯底敬酒，"首先要感谢辅佐官从大牢里把我弄出来，使卑职重见天日。出去嫖个女人就让宪兵队逮了，什么世道？你说这还有天理吗？！"

"这完全是场误会，不过孟桑，如果你要寻欢作乐的话，大同城有的是中国妓院和朝鲜妓院，你应该到那里去尽兴。"大羽政章换上责备的语气，用手指敲打着桌面以示强调，"你知道现在有多少人在盼着你栽跟头，好看我的笑话。"

大羽政章话里的意思孟布云听懂了，却装作没听懂，一语不发地大口吃菜，横挑竖拣吧嗒嘴，其实他每咀嚼一下就感觉很疼，好像口腔里含着烧红的炭块，这点就连大羽政章都看出来了。孟布云讨厌这种把自己装扮成恩人和庇护者的口气，大羽政章的潜台词是：你是我的人，是我竖起来的标兵模范，中日提携的样板，所以你得给我长脸。

大羽政章紧紧盯住孟布云的双眼，目光威严，示意他不要沉默不语。

孟布云不慌不忙地擦嘴，把两个酒盅斟满，端杯的同时给了大羽政章一个特大号的笑容，说："我懂我懂，辅佐官的意思是我们两个是竹节钢不掺混凝土，我给你撑住台面，你给我托住屋梁，一根绳上拴两只蚂蚱，蹦不了你也跑不了我，一荣俱荣一损俱损。"

大羽政章听出来其中的味道变了，对方篡改了自己的原意，但还是和孟布云碰了一下杯，问："听说你跟王县长是师生关系？"

孟布云点点头："王县长是我的中学老师。"

大羽政章把两只手交握在一起说："尊师重道是东方的传统美德。你和王县长一文一武，一个负责行政，一个负责军事，都是皇军的左膀右臂，要各司其职，精诚团结。"

孟布云心想，王老师算个屁，少给老子下套，脸上却保持着谦恭的笑容，说："好好好，回去以后，我就烧炷香把王县长供起来。"

大羽政章接着说："现在我们要暂时分手了，不知阁下还有什么要求。"

孟布云再次把酒满上，表情变得认真起来："终于说到正题了，我得再敬辅佐官一杯。当初我向皇军归附的时候，辅佐官曾经亲口允诺，解决我部的正式编制，并且按照编制拨给足量枪弹，每月发饷。可是现在已经几个月过去了，这笔款项我连一个大子儿也没见到，弟兄们为此多有怨言。武器虽然运来一些，但全部是缴获蒋、阎军队的旧枪支，有的枪栓生了锈，拉都拉不开。当初辅佐官答应我的可是先进的日式武器啊！"

饮下这杯酒后，大羽政章两颊浮现起深深的红色，说："你应该相信皇军，皇军答应的事就是一张信约，不起稿、不划行、不需要书面传达情意，说话就是办事务的证据……不过也不能太性急，凡事都要有过程。今天我准备了两件礼物送给阁下。"他拍了几下巴掌，勤务兵拉开房门，将一个黑漆木盘端到几前。

托盘上并排着两只锦盒。大羽政章先拿起一个，打开盒盖，里面是深灰色的种子。孟布云不解地问："这是什么？"

大羽政章捏起一撮，从指缝间慢慢撒落，仿佛他的手是一只沙漏，说："这是刚刚从满洲运来的优良的罂粟种子，只要司令把它撒在振远的土地上，就会长出黄金、光洋、军饷……要什么有什么。"

他又打开另一只锦盒，绒子底衬上整齐排列着十来颗樱桃大小的蜡丸。"我听说孟桑对女人非常感兴趣，可惜偏偏性功能有障碍。这是大日本帝国特别研制的金枪不倒丸，对于阳痿早泄有奇特的疗效。"一句话把孟布云臊得无地自容。

5

回到振远以后，孟布云在睡觉前偷偷服了一粒。这个药果然厉害，不消片刻，孟布云就觉得一团热气自丹田直逼精关，老二转瞬间就立如山、坚如石、硬似铁、大如杵。这一夜是成亲以来，孟布云第一次把彩娥送上了快乐的巅峰，在高潮的迷乱过后，彩娥流下了幸福的眼泪，亲吻着男人的胸膛喃喃："谁说我的布云不是个真汉子。"让她这么一说，孟布云的鼻子也酸溜溜的。

可是他们高兴得太早了，孟布云一干一个小时，就是不泄，把彩娥折腾得腰酸背软，两鬓汗流，她说："你这个人咋回事，要不一碰就跑，要不就大半个时辰下不了鞍。"

孟布云说："你再坚持一会儿，再坚持一会儿就差不多了。"

彩娥就又用嘴叼了一回，用手攥了一回，那东西反而更粗更硬了。隔壁的落地钟发出当当的报时声。孟布云自己也不耐烦了，说："算了，咱们睡吧，不用管它了。"

睡到后半夜，他就觉得越来越硬，开始还只是发木发胀，到后来就硬得生疼。他想可能小便一下就软了，就起来解手，开头尿不出来，好不容易滋出来的都是发红的血水。孟布云惊出一身冷汗，赶紧派人把薛神医请来。这个老中医长长的指甲盖儿，白胡子一直垂到肚脐眼儿上，鹤发童颜，精神矍铄。

薛神医先查看了他的东西，这时候孟布云的老二已经明显肿起来了，紫红紫红的闪亮。然后他又取出来一枚药丸，剥掉蜡封，掰开看了看，放到鼻子底下闻了闻。最后他为孟布云配制了两服草药，一服外敷一服内服，又让他把下身浸在豆油里，如此这般折腾了半个时辰，这才软下来。

孟布云问："是不是药里下了毒？"

薛神医捻髯道："有没有毒老朽倒不敢说，不过这个蜜丸里有一味至刚至烈的虎狼药，叫斑蝥，这是一种毒虫。它可以把人的精力集中于一点，在短时间内耗散掉，表面看颇有奇效，其实是大伤元气的东西。司令只要不间断地服用一年，双手就会不停地颤抖，再也不能骑马打枪了。"

薛神医随即教授给他一套呼吸吐纳之法、神仙导引之术，叮嘱说："这个道，非常道。性命根，生死窍。说着丑，行着妙。人人憎，个个笑。要行时，令人叫。莫厌秽，莫计较。得他来，立见效。口对口，窍对窍。吞入腹，自知道。有道是药补不如食补，食补不如气补。司令只要把这套内家功练精了，自能随心所欲，运转自如，交而不泄，还精补脑，气机先发，松柏后凋，比吃药强得多。"

第二十九章：夜宿

1

赵凤春在伪自治政府成立大会开幕前就离开了大同。群山重峦叠嶂，峰回路转，在他眼前展开一轴苍劲浓烈的泼墨写意画，他扬鞭策马于大自然的雄奇画卷。崎岖峥嵘的羊肠小道隐蔽在荆棘杂草后面，交织如网的藤藤蔓蔓长着尖刺，挂满兰花花、红果果、紫串串。狗尾巴、鸡冠子、蛤蟆衣、马齿苋、白头翁、山莴苣……被西北风弯折成无数弓弩。巨岩壁立，势欲倾倒，夕阳在山的棱线上闪耀着最后的辉煌。另一边则是万丈深涧，千年古树，虬枝铁干，九死还魂、枯骨生肉的仙草，见血封喉、七步断肠的毒药，在崖壁上横生侧长。赶在太阳落山前，他们来到了南山和繁峙交界的碓臼坪村。特务连在这里接应。

村子坐落在半山腰，是个光秃秃的石头世界。十几孔窑洞，层层梯田，几盘石磨和一眼旱井，就是碓臼坪人世世代代苦熬苦守的家。连长余占江和一个村干部在村口迎接他们，村干部说："你们就住孙嫂家吧，别的人家已经住满了，碓臼坪就这么屁眼儿大的地方。兔子不拉屎，野雀不生蛋。原本说孙嫂是个年轻寡妇，就没给她安排。反正你们只住一宿。孙嫂满开通，她是从山外嫁过来的，毕竟跟咱们山里的土豹子不同哩！"

他们扯着闲篇从村子中间走，夕阳像个被撕开的巨大伤口。赵凤春并不知道，在他经过的一扇普普通通的柴扉后面，正躲藏着一双仇恨的眼睛。这个在暗中窥伺他的人就是一只耳朵的赵大头。太阳完全落下去了，赵大头呆呆地站在铁灰色的天空下，冷得直打哆嗦，感觉无法呼吸，好像自己又一个猛子扎到了桑河里，受到惊吓的大鱼小鱼四散开。水压让他耳膜塌陷，眼球鼓出，头颅胀痛。钻入水中的子弹带着咻咻的声音，贴着身体交织出一条条小气泡组成的白线，水流的强大阻力使弹头的速度不断趋缓，缓慢到可以用肉眼看到它的自旋，看到它们像泥鳅一样啪啪地钻进河底的淤泥里，看到几根水草被拦腰斩断。突然，他半边身子一沉，一股血呈雾状从肩膀上弥散开。他疼得张口要喊，河水带着泥沙灌进口鼻，呛进他的肺管，水中包含着鱼卵的腥味儿。一串泡泡从他张开的嘴巴里吐出来，升上水面。他咬牙闭气，在水里翻了个倒毛跟头，脚尖用力蹬踹河床，锋利如刀的苇子茬儿割伤了他的脚踝，他像条大花鲢一样蹿出去三十多米才浮出头来换气。他单臂搏水，脚蹬手刨地游向对岸，但是疲劳、紧张、伤痛和失血过多，却在这个关键时刻征服了他。他昏迷过去，被湍急的河水卷到下游，并在那里幸运地被人搭救起来。开始他想去找王相，又不知道在哪儿才能找到他。他感到走投无路，最后认为先找个没有人知道他的地方，隐姓埋名方为万全之策。于是他就往山的褶皱里走，饿了向人乞讨。在一个风雪之夜，他冻僵在了碓臼坪的那眼旱井旁。一位好心的大叔发现了他，把他背到自家热烘烘的炕头上，用雪给他搓脚，让寡居的女儿熬下姜汤，一勺一勺地喂给他喝。后来他就给这位大叔做了上门女婿，入赘到了碓臼坪。从此以后，他几乎绝了一切杂念，摒弃了所有不切实际的胡思乱想，甚至忘了过去，忘了春花，忘了镇子梁，也忘了自己是谁。为了一家老小的温饱，他白天像牛马一样干活儿，背着星星下地，扛着日头劳作，累得骨骼都变了形，腰杆断成了三节，屁股从身子上掉下来，肛门从屁股里掉出来。晚上倒头就睡，连个梦都来不及做，鸡就叫了。

他家里也住了几个当兵的，可由于这些人都是便衣，他就糊里糊涂地搞不清他们是谁的队伍。直到有一天他偶然听见熟悉的声音，并随即从门缝里看到对方的身影，一切相关的往事才被回忆起来，忌妒的烈火再一次点燃了仇恨，熊熊的烈火折磨着他那颗扭曲的心灵。于是他就摸黑儿下山，去向日本人告密。

当他绕开村口的岗哨，站在山脚下的时候，却又犯起愁来。因为从这里，即使去最近的据点，往返也要四五个时辰，而到那时，赵凤春和他的队伍可能早就离开碓臼坪了。

就在这时，从远处来了点点火光，嗒嗒的马蹄声里有个声音粗野地喝问："什么人的干活？！"赵大头大喜过望，连蹿带蹦地迎上前去。这支路过的队伍是驻繁峙砂河的日军小队，领着一个伪军中队，押运二十余驮军用物资送往白马石据点，走了一天，人困马乏，也正在寻找住宿的地方。山本小队长拉巴着腿坐在鞍桥上，耐着性子听赵大头连说带比画。

2

孙嫂蓝花手巾包头，圪蹴在地上焌炕，屋里倒扑得烟雾腾腾，突然听见有人叫自己的闺名："槐花！"她诧异地抬起蹭着灰的脸，立刻认出眼前这个腰扎宽皮带、脚蹬"爬山虎"的带枪汉子，就是经常在梦中出现的那个马夫。她只腼腆地一笑，好像这是本来就该发生的事。村干部指着隔壁尚在襁褓中的婴儿，告诉赵凤春："那是她丈夫的遗腹子。"

半夜，赵凤春听见院子里传来斧刃揳入木头的声音。这使他深刻意识到一个寡居女人的艰辛。他猜想：槐花之所以半夜三更起来劈柴，一定是不愿意让村里人因为看到她干这种粗重的活儿，而对她产生怜悯。赵凤春不是木头，当年他装傻充愣，就是为了逃避这个姑娘对自己的感情。不知道为什么，他忽然想起了自己接生过的那匹黄骠马……

通常马出生后十到十八个月就会发情，而母马驹子比公马驹子更早一些。但这时候它们的身体还没有发育成熟，为了避免乱交乱配，影响马匹的健康，所以儿马长到八九个月，就会把公驹和母驹分开来饲养。到三岁的时候，大黄长成了一匹结构紧凑、步伐轻快、清秀灵敏、性格活泼的处女马。七月的一个早晨，老李头给大黄喂了一次最好的青饲料，然后把它牵到一间陌生的棚子里。隔着一道和它的肩胛等高的木栅栏，大黄看见一匹年青的公马向自己奔来。这是一匹五岁口的伊犁马，浑身好像披着闪光的黑缎子，只有鼻梁上有一条宝剑形的白章。兔头狼腰鲤鱼背，门鬃浓密，蹄瓣结实，蹄音清脆，胸廓发达而深广。它奔到大黄对面，明亮的眼睛里迸出热情的光芒，兴奋地龇牙、跺脚、打响鼻。

这一瞬间大黄好像傻掉了，呆呆地望着对方不知所措。老李头拢着缰绳，慢慢转身，让大黄的尾部对正公马的头。公马则弯下优美的脖子，用毛茸茸的嘴唇在大黄的尻尾和胯间轻轻碰触，扩张开鼻孔嗅着气味。这是一个关键时刻，如果此时大黄躲避，或者后踢，那就意味着失败。可是大黄好像突然明白了，它眼里闪射出奇异的光彩，四肢亢奋地颤抖着，尾根高举，一声长嘶，排出了一行尿液。

老李头满意地把大黄牵出门去，大黄恋恋不舍，频频回顾，扑闪着黑葡萄一样的大眼睛，含情脉脉地注视着一见钟情的伊犁马，表情完全像个娇羞的少女。这是大黄的初恋，从此以后大黄开始闹栏，从此以后大黄再也没有见过这匹年青的伊犁马。

伊犁马只是一匹试情的公马。

因为种马少而宝贵，为了避免试探造成的疲劳，或者被母马踢伤，所以骄傲的种马一般不负担试情的工作，而是把它交给那些精力充沛，情欲旺盛，敏捷健壮，但育种价值不大，或者毫无价值的其他公马。从某种角度说伊犁马是个真正的花花公子，每天乐此不疲地和各种母马谈情说爱，但是终其一生从来没有真正交配过。为了避免在调情中伤到母马，它的四蹄从来不钉挂铁掌。而它自己即使隔着栅栏，即使栅栏上包扎了麻袋和草绳，还是常常被不解风情的小母马，或者一心牵挂着幼驹的成年母马踢伤。虽然它血统纯正，高大英俊，并无失格，却没有被选作种马。因为它身上有一种遗传疾病，叫喘鸣症。

大黄生的小马驹也是遗腹子。马驹的父亲是一匹著名的功勋马，一匹背上有旋子毛的蒙古马。它额广头沉、关节粗大、坚韧沉默、结实笨重，屁股上的戳记下面烙有三颗军功星星，活到二十八岁的高龄。它的毛色由纯白变成了灰白，渐渐失去了原有的光泽，像破毡子一样杂乱无章。本来突出的眼眶深深凹陷进去，前、后肢均长出了坚硬如疤痕般丑陋的附蝉。在死前那一年，它还交配了九匹母马，大黄是最后一匹。

3

赵凤春从炕梢儿坐起来，轻轻地开门再轻轻阖上，走到洒满星辉的天井里，默默递过一只手去。她还是没有任何惊讶或者不安的表示，顺从地把斧头交给他，然后坐到旁边的马扎上，掀起围裙擦脸上的汗水和木屑。她累坏了，喘得很厉害，满面通红，丰满的胸脯急遽起伏。虽然才不到两年，但一些枝枝权权的细碎纹路已经攀缘着岁月的大树悄悄爬上了她的额头和眼角，可她的身体却越发丰腴了，从中散发出成熟女人的魅力。和从前那个柳枝般纤细，桂花样清爽的少女相比，别具一番韵味。是啊，她已经拥有了重量，跟体重无关的另外一种重量，尘世的重量。灵性的大门正在关上，家长里短，鸡毛蒜皮，像杂质嵌进了她的生命里。

"你咋嫁到这山沟沟里来了？"赵凤春卷起袖子叉开腿劈柴。

"那年我参死了，可当时县政府已经撤离，我一个人无依无靠，只顾了哭。正好他贩马路过咱庄，出钱替我安葬了老人……女人嘛，得认命，守着谁过不是一辈子。"

"后来人咋又不在了？"

微光中，她的情绪冷落下来。"有一天，碓臼坪来了支像你们一样的队伍，人家动员他，让他为抗日做贡献。咱家那口子是个实心碾子，不会藏奸，把家里仅有的两匹马都贡献了。人家说他爱国，给他披红戴花，敲锣打鼓地游了一回街。后来队伍走了，日本人来了，说他私通八路，把他祸害了……"

一时间两个人都不言声了，只有劈柴声，只有阵阵悲凉的风吹来，摇动房檐下沾满鸟粪和铜绿的吊铃发出叮叮当当的回音，仿佛在述说着生活的悲欢，人世的艰辛。

赵凤春想，明天得把火炕倒烟，还有炕头和炕梢儿温差大的问题解决一下：许是灰把烟道堵了，热气循环不起来；许是迎风砖和迎火砖砌法不对，分烟阻力大；又许是烟囱抽劲儿小，得加高一下……

村口突然响了一枪，夜深人静，声音显得特别凄厉。紧接着枪声大作。一个放哨的战士飞跑来报告："团长，鬼子来了！"

赵凤春立刻集合队伍，占据有利地形。这时天已经蒙蒙亮，碓臼坪地处跑马梁的东半坡，可敌人在梁上，居高临下，火力凶猛，打得土坷垃乱飞石头乱崩，压制得战士们抬不起头来。

余占江说："撤吧，鬼子这种打法叫土鳖扛铁牛。再不撤，让包了饺子就麻烦了！"余占江外号余大牙，左边有颗犬齿支棱在嘴唇外面。

赵凤春侧耳倾听，说："不对，敌人火力虽猛，但主要是依靠机关枪和掷弹筒，步枪大多是汉阳造，三八大盖寥寥无几。再者说，鬼子为什么不包围了我们打？为什么不冲下山来堵住村口打？难道有意网开一面？不用问，这支鬼子肯定是兵少无援，才故意摆下这么个虚张声势的迷魂阵，想把我们吓走，然后再从后面追击，趁机占便宜。"

余占江一拍大腿说："对呀，我怎么就没想到！"

赵凤春让余占江带一个排，以及后勤人员，留在原地呐喊佯攻，稳住敌人。自己率领其余的人从沟里的小道迂回过去，悄悄移动到敌人背后，猛烈开火。敌人被打得晕头转向，有的伪军就喊："不好了，我们被八路包围了！"赵凤春趁敌人混乱之际，命令一声："上刺刀，冲锋！"

战士们猛虎扑食般冲入敌阵，展开白刃格斗。混战中，赵凤春看见一个小战士正和一名鬼子官抱住扭打。鬼子官就是山本。小战士是个司号员，背着一支金黄色的铜号，手里攥着把撸子，可是他的力气不如山本大，让山本攥住手腕压在身子底下，急得想下嘴咬，也够不着。赵凤春枪膛刚打空，压子弹怕赶不上趟，于是把枪插到腰里，一个箭步跨到跟前，抽出鬼子官的战刀，斜肩铲背劈向他的肩颈连接处。山本中刀的同时，小战士的撸子也响了。鬼子和伪军看见队长死了，军心大溃。这时余连长也领人冲上高岗。特务连合兵一处，满怀胜利的豪情和群山迎来红通通的日出。

第三十章：风波

1

特务连押解俘虏和满载战利品的驮车，兴高采烈地返回驻地。可是一到驻地，赵凤春就觉得气氛不对。几乎全团的干部战士，包括炊事员、卫生员都聚集在团部门前，默然肃立，每个人的表情都显得很激动。赵凤春连问了几个人："怎么了？出什么事了？"可是谁也不回答。赵凤春心里发毛，想：肯定出大事了。他几乎是跑到团部的，一个箭步蹿上台阶，推门进去。

一看，先锋团的几位主要领导，政委薛明哲、副团长王天存，以及新上任的政治部主任冯雨宣都在座。另外屋里还坐着个人，这个人他不但认识而且还挺熟，是军分区政治部锄奸科的夏科长。

看见这几个人都安然无恙，赵凤春松了口气，于是先跟夏科长打招呼："老夏，是哪股风把你给吹来了？"说着就过去跟他握手。

夏科长缓缓起身，看了一眼他伸过来的手，没握。冷若冰霜的脸上连一丝笑纹都没有，说话像泥瓦匠砌一堵砖墙，有条不紊，却一字千钧："赵凤春，我代表组织向你宣布军分区的命令：撤销你独立先锋团团长的职务；撤销你振远人民政府县长的职务；开除你的党籍、军籍。现在由我押送你到分区受审，这是逮捕令。"

扬起一张泛着草绿色的马兰纸，上面军分区的大印鲜红得刺眼。

赵凤春顿时如坠冰窟，周身寒彻，他知道凡是锄奸科抓的人都是罪大恶极，不是叛徒、反党分子，就是打入我军内部的奸细。他极力使自己显得有尊严，镇静地问："我犯了什么罪？"

夏科长的表情还是那么严丝合缝，说："我奉命不予解释，到了分区，你自然就会知道。把佩枪交出来吧。"

赵凤春说："敌情千变万化，军中不可一日无主，我走之后部队由谁来指挥？"

夏科长冷冷地说："这个用不着你咸吃萝卜淡操心，上级已经任命王天存同志代理团长职务。快交枪吧，不要拖延时间。"

当赵凤春和夏科长出现在团部门口的时候，一名等候在那里的锄奸科小战士，不识时务地扑过去，狠狠扇了赵凤春一记耳光。他气得浑身发抖，用尚未退尽童音的声音咒骂："呸，可耻的叛徒！软骨头，没有灵魂的狗！！"

他的小巴掌在赵凤春极度苍白的脸上，留下了五个红指印。

这名小战士无意间泄露了机密。他年龄尚小，并非锄奸科的正式科员，是作为替补，第一次执行重大任务，非常情绪化而全无斗争经验，对革命却赤胆忠心，恨透了眼前这个出卖同志、出卖灵魂的家伙。

内情是这样的，赵凤春从事地下工作的时候，有一次召集线上的负责人开会，而自己却因故没有到会。可偏偏是这次，宪兵包围了会场，三名同志当场遇难，九人被捕，其中七人被残酷杀害。当时就有人对赵凤春提出过怀疑，但因为没有证据，也就不了了之了。然而不久前，一个在那次事件中被捕的同志，从教化队里逃出来，和组织重新接上了关系。他指控是赵凤春出卖了大家，并且言之凿凿地说："赵凤春曾经在日本人的陪同下到监牢，对他以及另外几名已经牺牲的同志进行诱降。"

小战士不明智的行为，就像在巨大的火药桶上投下了一个烟头，立刻就有十几支冷冰冰黑洞洞的枪口戳住了他的脊梁和脑袋，锄奸科其他成员也受到了同样的待遇，到处都是枪栓开锁和子弹压入弹仓的声音。小战士脸色惨白，可怜巴巴地看了一眼科长，眼泪在眼圈里打转。他可能不惧怕任何强大的敌人，哪怕迎着滴血的刺刀也不会退缩，但是像这样同室操戈，被自己同志围攻的场面，却连做梦也没有想到过，这显然和他平时所接受的宣传和教育是相悖的。

夏科长狠狠瞪了鲁莽的部下一眼，这个小战士今天出了他的丑。他像个岩石雕像一样，面无惧色地挺立在人海枪丛中间，表现出了大无畏的英雄气概，指点着自己的胸膛，动情地说："你们可以向这里开枪，也可以从背后打我的黑枪，这对于我来讲并没有什么可怕，因为自从我把自己完完全全地交给了党，交给了我们的事业——我们共同为之奋斗的事业！我的生命就已经不再属于自己了。今天你们打死了我，打死了一个自己的同志，一个和你们血肉相连的阶级兄弟。那么在明天，我的尸体将会被光荣的党旗覆盖，在我的墓碑上，会刻上这样几行字：夏怀远烈士，在执行公务时以身殉职，他是为了民族的解放和革命事业而牺牲的，他的死比泰山还重。"

曹笑吟说："赵团长不止一次和我们经历过血与火、生与死的考验，要说他是叛徒，杀头我也不信！"

余占江黄呢子大衣敞着怀，脑袋上顶着个日本钢盔，两样都是刚刚缴获的战利品，用盒子炮顶开帽檐说："团长，你就下命令吧，我们都听你的！"

赵凤春的双眼湿润了，由于激动，他的声音有点儿发颤，说："好，现在同志们，请听我的最后一道命令，我命令你们——让路。"说完这句话，他就义无反顾地走在前面，为夏科长和他带领的锄奸工作组开路。他边走边用手压下一支支拦路的枪管，他像个兄长一样，端正了这个战士的帽舌，又系好那个战士的纽扣，并用熔化的金子般的声音同他们讲话："夏科长说得对呀，他是在执行公务。你们的枪口不应该对准革命同志，对准阶级兄弟，而是应该对准日本法西斯，对准汉奸卖国贼。替我多杀几个鬼子吧……"

2

那名被他从山本手中救出来的小战士首先控制不住，把头伏在他的肩上，叫了一声："团长……"就撇开嘴抽抽嗒嗒地哭起来，在他的感染下，啜泣声在那些女战士和年青战士中间迅速蔓延，一种巨大的悲怆感统治了这群身经百战的钢铁汉子。

本来在赵凤春的努力下，夏科长他们已经穿过人群，就要离开这个危机四伏的雷区了，但就在这时，新的麻烦又来了。一匹枣红色大马沿着官道飞驰而来，孟春花双手平端一支从日本人手里缴获的骑枪，食指压在扳机上，横枪立马把前进的道路堵住。她握枪的手坚如磐石，表情毅然决然，稳稳瞄着夏科长的眉心说："把人放了！"她原本是来给队伍送军鞋和军粮的，半道儿上听到风声，就扔下一串独轮小车，自己先跑来了。

夏科长的头已经够大的了，偏偏部下不体谅他。闯祸的还是刚才那名小战士，由于过度紧张他的枪突然走火了。幸好没打住人，子弹只射穿了马耳朵，那匹马流着血，暴躁地长嘶一声，陡然间马立起来，把孟春花从马背上掀下去，落地时鬓角磕在了路边的石棱上。卫生员奔跑过去，按压她耳朵后面为其止血，回过头喊："快去拿我的药箱！"

走火事件正好给那些一心想借题发挥的人留下了口实，后果严重到几乎引发了一场兵变。

"他们敢向群众开枪！"

"打伤人了！"

"下了他们的枪！"

"捆起来，等上级来处理！"

……

战士们蜂拥而来，三下五除二，把包括夏科长在内的锄奸科人员全部下了枪，不由分说按住就绑，更有不少战士拳打脚踢，趁机发泄心中的不满。

在这起事件中，薛明哲采取了明显的纵容态度，关键时刻稳坐团部，拒不露面，使战士们的情绪宣泄失去了束缚，过激行为愈演愈烈，眼看场面就要不可收拾。冯雨宣实在坐不住了，明明知道自己初来乍到，摸不着锅灶，但出于责任感还是挺身而出，站到了前台，挥舞着双手大喊："同志们，请你们冷静点儿！"可是任他喊破喉咙，根本没人理睬。最后他急了，不计后果地抛出两句重话："难道你们不为自己的行为觉得可耻吗？你们是革命战士，不是土匪草寇！！"

话音刚落，几块砖头就迎面飞来。

冯雨宣的近视镜本来就少一条腿，现在算彻底报废了，手捂额头，鼻青脸肿地返回团部，对靠在椅背上闭目养神的薛明哲发火："薛政委，你到底管不管？！"

薛明哲把眼睛睁开一条细缝，反问："管什么？怎么管？谁爱管谁管，反正我这个政委也不想干了，让上面撤我的职好了。"

冯雨宣两个眼睛都快喷出火来了，擂着桌子说："你们这是叛党！是哗变！危险呀，同志！！"

薛明哲的双目陡然瞪大，直视冯雨宣，用拇指一点自己的额头说："这儿没有人叛党，也没有人要哗变。如果你害怕危险的话，就不该到先锋团来。不过你放心，有我薛明哲这颗人头顶着，天塌下来也轮不到你扛！"

几句话把冯雨宣噎得咯喽咯喽的，说："你……"

始终一言不发的王天存霍地站起来，大步来到外面。他沉默得像铁，结实得像树，不断把挡住去路的人粗暴地搡向一边，使自己魁梧高大的身躯能在人的旋涡中勇往直前。他一直站到这个旋涡的中心，然后拔出手枪朝天上开了一枪。所有人都安静下来，偌大的兵营变得鸦雀无声。王天存不做一句解释，不说一句动员的话，仅仅凭借长期共同生活和战斗积累起来的巨大威望，镇住了场面。他亲自给夏科长等人松绑，然后领他们走向前面那道似乎是坚不可摧的人墙。他面无表情，却力大无比，把那些固执的部下拉扯得东倒西歪，终于开辟出一条路来，把夏科长一行送上了大道。

夏科长不失尊严地正了正军帽，和王天存紧紧握手，然后翻身上马。

当王天存目送夏科长一行消失在道路尽头，转身往回走的时候，才意识到他已经使自己陷入了多么不利的境地。所有人都用鄙夷的眼神望向他。余占江走过来，龇着那颗永远也盖不住的大长牙，恶意地冲他抱拳："恭喜你呀王团长，这下你高升了。"

3

这是一次强中自有强中手的极限狙杀，距离超过了世界上任何一支步枪的射程，而那名躲在暗处的狙击手就是大羽政章。他以惊人的耐心和钢铁般的意志潜伏在潜伏者身后，隐蔽在隐蔽者身旁。某个兔起鹘落的瞬间他果断扣下扳机，然后子弹就坚定不移地飞向目标，一直飞一直飞，直到出其不意地把死亡推送到被狙击者视野里。

中午，他们来到一个八路军控制的镇子，土围墙上杂草丛生。两个民兵，一个操着红缨枪一个扛着鬼头刀，在镇口把他们拦下。夏科长甩镫离鞍，从挂包里翻出一张路条，递给民兵验看。一行人从土堡的门洞中穿过，来往的战士和百姓驻足围观，连蹲在墙根儿下面晒太阳的老汉也戳戳点点，猜测捆在马上的是个啥样的坏蛋。他们在当地政府的招待所就餐，每人一根老咸菜一盆高粱米饭。赵凤春对着饭吃不下去，夏科长就去跟当地干部商量，能不能专门为他开个小灶。一会儿咸菜高粱米饭撤下去了，换上来两个热腾腾的白馍，一份蒜薹炒肉。炊事员笑嘻嘻地用围裙擦着手说："这白面金贵着哩，上次司令员打这儿路过，才给他上了两个白馍，司令员还没舍得吃。"

几个锄奸科的战士使劲儿咽口水，用又忌妒又气愤的眼神看他。可再好的伙食进了赵凤春的嘴里都是苦的，嚼着像蜡，过嗓子眼儿像棉花。但是为了不辜负夏科长的一片苦心，他就强迫自己都吃了。

过了镇子，前面是一段荒无人烟的河滩，这条河叫洋河。脚下都是滚蛋石，有的像黄豆粒么小，有的比山药蛋还大。虽然赵凤春因为反剪两臂，不能驾驭，只能由前面的人牵着缰绳走，从而影响了全体的速度，但是乐观估计，他们还是会在天黑前赶回分区。

走着走着，突然变天了，狂风大作，尘头涌起，小飞蓬漫天飞舞。在风力的作用下，河边的苇蒿一起一伏。刚才还澄清碧绿的河水转眼间就变成了墨汁，湍急的波涛像成群的野驴野马，相互挤撞着在河面上奔跑。风也驱策着乌云，从周边向中央汇合。当中央的乌云越聚越厚的时候，就向人们的头顶压下来，终于变成了瓢泼大雨。

夏科长面冷心热，他把蓑笠让给赵凤春穿戴，宁可自己淋得透湿。暴雨中，从他们身后缓缓地走过来一匹铁青马，马背上的人也穿着蓑衣，戴着八角斗笠。开始谁也没在意，这个人越走越近，很快就和他们并排在一起。这时夏科长突然发现来人用一块黑布蒙着脸，四目相对，杀机已露，夏科长倒吸一口凉气，喊："有情况！"就向套子里摸枪。可是为时已晚，那个人出手太快了，他稳稳地坐在马鞍上，身子轻轻一扭，从后腰拽出来两把二十响大肚匣子，横过来水平端着。幽蓝的火舌在他的双手交替震响，枪口喷射出毒焰，播撒着死亡。鲜血在雨帘中横飞四溅。不到两分钟，夏科长和他率领的锄奸队，连人带马纷纷瘫倒在了血泊里。

"开枪吧，你这个混蛋！！"赵凤春挺直胸膛，冲着蒙面人怒吼。

但是那个人却收了双枪，然后缓缓地揭去罩脸的黑布。一霎时，赵凤春惊得目瞪口呆，在他面前的不是别人，正是他的结义大哥，独立先锋团代理团长——王天存。

王天存跳下马来，给他松开绑绳，赵凤春一脚蹬在王天存的胸口上，王天存闷哼了一声，跌坐在雨水里。赵凤春几乎是从马上扑下来的，一把薅住王天存的领子，挥拳就打，并骂道："你这个屠夫、杂碎，多管闲事的王八蛋！"遍地尸骸，血线混合着雨水漫过来。

王天存的脸颊肿起来，嘴唇和眼角开裂，双手攥住赵凤春印着勒痕的手腕说："兄弟，你别傻了，到了分区，他们不会让你活到明天早上！"

赵凤春一愣。巨流翻腾，洋河变成了一条疯河，风雨在广大天地间肆虐着叫嚣着。

王天存推开他，扔过来一个钱袋说："你跑吧兄弟，这么死太不值当了。你到口外去，先保住自己这条命。等我干娘老的那一天，好歹有个儿给她披麻戴孝、扶灵摔瓦。别想那么多了，我会替你多杀鬼子的。"

赵凤春把钱扔还给他，说："我不要杀人凶手的东西。"

第三十一章：马鲁它

1

赵凤春钻进了山的怀抱，东一头西一头，渴了接雨水喝，饿了摘野果子剜野菜，甚至生吃田鼠和蜥蜴的幼崽充饥。他伤心极了，觉得天底下没有人比自己更冤屈。腊月七八冻死鸡鸭，大暑小暑灌死老鼠。接连十几天风狂雨骤，晋冀两省多处山洪和泥石流暴发，污浊的大水围困着苦难的生命——胎卵湿化，蜎飞蠕动，十二类生都在痛苦中挣扎。吴先生二十年前修造的水利工程，经受了自建成以来最大的一次考验，淤塞造成一处涵洞坍塌，水闸机崩裂。涌向干渠的激流冲腾起咆哮的洪峰，将桥梁冲垮，但石坝岿然不动，把这条狂躁的恶龙牢牢束缚在了水槽里。虽然平洼地房倒屋塌，树拔田淹，但山上的庄稼却长势苗壮，疯了一样拔节孕穗，抽枝发芽。这天晚上，赵凤春在不知不觉中又转回到了碓臼坪。

他觉得这座村庄死气纠缠，诡异万分，被不祥的气息笼罩着，于是准备转身离开。但就在这时，他遥望见了从一孔窑洞里透出的灯光，这一团橘黄又使他觉得无比温馨。他想：守着一孔窑，几亩地，日出而作，日落而息，晚上一吹灯，搂着老婆孩子，一家人热乎乎地挤在一张土炕上，就这样平平凡凡过一辈子，不也挺美气，不也是一种幸福吗？

槐花已经奶着孩子躺下了，正要吹灯，突然听见院子里有响动，她问："谁？"没有人应声。她就重新披了件夹袄，打开门。她看见门口站着个野人，眼窝深陷，目光呆滞，颧骨如削，头发乱得像毡，上面沾着树叶和草梗，胡子又长又肮脏，破烂不堪的衣服已经湿透了，贴在肉上，赤着的双脚浸泡在雨水里。

"快，快进来。"她用手拉他，他就顺从地跟在她后面。她只穿着一件坎肩，赤裸着酥红的肩膀和双臂，一点儿也不避男女之嫌，帮他脱下湿衣服，搭在火炉上烤，又递给他一条干毛巾。她做的是那么自然，好像一切都顺理成章，以至于没有使赵凤春感到任何难为情。

"饿了吧？"她问，然后不等对方回答就把饭菜端上了桌。他光着膀子埋头吃饭，两片肩胛骨悬在骨缝鲜明的脊梁上面，像双翼一样突出，狼吞虎咽的样子，使她的鼻子酸溜溜的，问："咋了，他们又不要你了？又让你喂马？"

赵凤春喉头蠕动着，嘴角一抽一抽的，把一口干饭未经咀嚼就吞咽下去，喃喃地说："他们说我是叛徒，要枪毙我。"然后就双手捂着脸，肩膀头一耸一耸的，泪水顺着指缝流淌下来，滴落到饭碗里，但依然强忍着不让自己发声。

女人把他搂进怀里，让他的额头枕在自己奶汁充足、散发着酥油香味儿的乳房上，抚摸他的累累伤疤，柔声说："要哭就哭出来吧，这样会憋坏了身子。"

赵凤春感觉像躺在云朵里，又好像倒在棉花垛里，抽泣说："我不是叛徒，我从没有出卖过任何人！"

女人细声细气地说："我知道，你是天底下最好的好人，他们这样冤枉你，连龙王爷都气得撅胡子了。"

赵凤春的眼泪像开了闸，自从长大成人他还是头一回这样痛快地哭。他感到他已经不再是他了，已经让这个女人融化分解，变成了这朵包围他的云的一部分。

女人说："叫干咱也不干了。啥县长、团长，谁稀罕谁干。干这个有啥好，还不是把头掖在裤腰带上，不知啥时候就把命搭进去了。听说没有，大同那边刚逮住个女女，打得都没有人形了……"

就像平地响了一声炸雷，赵凤春的脑子里重音轰鸣，回声不绝，把他从亦梦亦幻的温柔乡中惊醒。他腾一下拔直了，攥住对方的手腕问：“那个女女叫什么？长得甚模样？！”

女人甩了一下小臂，嗔声叫：“你疯了，吓人忽跳的！”

赵凤春这才意识到自己的失态，松开手歉然地说：“对不起，你说的那个女女，可能是我的一个亲戚。”

女人揉着手腕说：“叫啥不知道，甚样子咱没瞧见，是隔壁婶子去大同看闺女，回来叨拉的。说日本人在一个戏园子里开会，这个女女就往身上揣了颗炸弹，想把里面的人都炸死……把她往太原押解的时候，婶子说她亲眼看见了，是几个人用担架抬着上的囚车，身上蒙着条血毯子……”

“赵凤春，别忘了戏剧社下午还要排练，咱们老地方见。”

“是的，这是很冒险。可是我们认为这样的冒险是值得的。你只要想一想，如果成功那将会在晋北、华北，乃至全国造成多大的影响！”

“如果失败？是啊，那可能会被捕、受刑，直到被屠杀……但是你曾经对我说过，我们这些人是随时准备为了理想，为了大多数人的利益而牺牲自己的。”

她说这些话的时候面容微仰，眼睛是那么明亮，神情是那么端庄。隔壁，正好有一支悠扬的钢琴曲在为她伴奏。这背景音乐在当时被他们忽略掉了，但是现在，当它再一次回响在赵凤春耳畔的时候，他却感觉它们就像配乐诗一样珠联璧合、荡气回肠。漫漫长夜里渗透了玫瑰的芬芳。

他默默地起身，从火炉旁边的晾衣绳上取下烤得半湿不干的衣裳，穿戴起来。就像当年的小马夫突然变成了赵团长，刚毅和忠勇的火光又重新回到了他的眼神里、举止中。当他转过身去的时候，女人从背后把他拦腰抱住了，她丰满的乳房垫在他们中间，像两个吸盘，想把他飞扬高远的思绪拽回到暧昧的巢穴。赵凤春听见她心跳得很急，呼吸也很急，贴在他背上的脸颊滚烫。她用略带沙哑的声音说：“好人，你别走，只要你不嫌弃我们娘儿们，就把这儿当成自己的家吧。”

但是赵凤春掰开了她的手指，铁石心肠地说："不，和你听说的那个女女一样，我的命不是属于自己的。我已经错过一次了，不能再错第二次。"

他听到从身后传来压抑的啜泣，他心里难受，但却强迫自己的双脚，笔直地走向那扇房门，和门后面肆虐的雷电，泛滥的风雨，翻浆的道路，始终没有回头看一眼。

2

当他踏进暴雨里的时候，恍惚中看见天上纷纷掉落的都是形状各异的音符，在脚下汇集成了流淌的旋律。他感觉不再孤单，好像自己的体腔就是一个琴胆，中间竖满颤动的弦，和战友们时刻在同一个频率上共鸣。突然，从院墙拐角蹿出一条黑影，扁片子鸭掌拍击得泥水四溅，抡转手中锋利的板斧，向他当头劈落。赵凤春闪身，一股逼人的冷风擦着耳朵横贯过去。他厉声问："什么人？！"

对方不回答，他弓着身子，双手拿斧，鸡胸驼背，跛脚圈腿地站着，浓稠的夜色使整个人模模糊糊、若有若无。只有蒙着水的斧刃阴森得反光，只有他粗重的牛喘和身上散发出的股股恶臭，才能使赵凤春判断出与危险的距离。

他就像一个哮喘病晚期患者，喘息中夹带着咝咝痰音。一道锐利的闪电划开厚重的云层，把大地照得雪亮。赵凤春在这一瞬间，隔着层层雨幕看清楚了对方，看清了他只有一只耳朵的大头和肿胀流脓的脖子，看清了那张脸上凶残愚鲁的眼神和凝固住的狰狞诡异的笑容。

赵凤春惊讶地叫出声来："赵大头！"一种原始的恐惧笼罩住他，他明明白白记得赵大头已经死了，是被排枪打死在桑河里的。保卫科事后调查过那个刺客的来龙去脉。还有对面的那副尊容也在加深他的这个念头。他对自己说，是的，他确实已经死了，可是现在又回来了，他蹚过了地狱的火河，趁着雨夜来向这个世界复仇。

碓臼坪战斗的第二天，几辆罩着棚布的卡车开到跑马梁，日军冒雨勘查了战斗现场，一个穿雨衣的鬼子端着相机拍照，所有尸体都装进一种白色编织袋里，抬上卡车运走。然后他们进了村。从那些逃回据点的日伪口中他们已经得知了全部细节，因此怀疑赵大头是八路军的探子，故意把山本小队引进伏击圈，所以就把他抓走了。谁也不知道他被带到哪儿去了。

十几天以后，赵大头跑回来了，他穿着一件样式古里古怪、蓝白条纹上编了号的衣服，样子痴痴傻傻，不管谁问什么都不回答，只不断地重复一句谁也听不懂的话："马鲁它，马鲁它……"晚上睡觉的时候，婆姨发现他左臂肿起来一块，肿块中间有个红点点。山里女人没什么见识，以为是让毒蚊子叮了一口。直到有一天槐花看见了，对她说："呀，我大哥胳膊上咋有个针眼儿哩？一定是日本人给他注射了什么药。"

没过多久，村子就开始流行瘟疫，相继死了很多人和牲畜。又过了几天，赵大头的身体开始发出刺鼻的恶臭，村里所有人都闻见了，这臭味儿是从他的身体内部发出来的，仿佛他整个人正在从芯里烂掉。可是虽然村里死了那么多人，虽然活着的人都掩鼻而过，绕着他走，但赵大头本人却连一点儿痛苦的迹象都没有，他能吃能睡，一有空闲就沾着水磨他那把斧子。

有一天晚上，天上的闪电一道连着一道，窗扇被光明和黑暗猛烈地推来搡去，忽远忽近，你争我夺。赵大头窝着身子，坐在小板凳上，呼哧呼哧地拉风匣。从炉口迸射出来的红光映在脸上，他的双眼就像两块燃烧的热炭一样直视着前方，目光仿佛穿透了墙壁，专注于远处一个谁也看不见的物体。这样的目光使他原本呆板的表情显出了几分神秘。火光一强一弱，他的脸乍明乍暗。渐渐这张鬼怪般的脸上涌满了恶毒的笑意，挂着糖稀状的明亮口水自言自语："他来了，他又来了，嘿嘿，嘿嘿嘿……"

他的眼睛直勾勾地看向前方，手斜伸出去，准确无误地抓住了斧头把子。然后他站起来，也不拿雨具就往外走，一道道突如其来的电光使他时隐时现的身影同时出现在屋内的各个角落，好像获得了无数分身。婆姨躺在炕上，有气无力地问："死鬼，你去哪儿？"赵大头没搭理她。这个女人正在等死，因为她也感染了瘟疫，从鼻子一直溃烂到脚趾。每天都有成群的苍蝇围着她旋转，打她的主意，往她身上下蛆。

闪电就像一只接触不良的荧光灯管，把眼中的世界切割得支离破碎、四分五裂。令赵凤春震惊和恐怖的是，赵大头的表情从始至终没有发生任何变化，他不断扭动着自己那颗失去平衡的大头，做一些难以用语言描述的怪异动作，双手端斧，凝而不发。

3

赵凤春抢先飞起一脚，踢掉了他手里的斧头，然后向他的面颊连出重拳，反作用力带来的震动顺着胳膊传达到他的肩膀。赵大头脸上大大小小的脓包爆裂开，脓汁迸溅到赵凤春手背上。他的嘴巴塌陷进去，由绀紫变成鲜红，不可思议地歪向一侧，鼻子扭向另一侧，吐出一口血沫和几颗黄牙。赵凤春猜测他的下巴骨和鼻梁骨已经被自己打断了，但他既不躲闪也不招架，坦然受之的样子终于使赵凤春明白，这家伙根本就没有痛觉。

赵大头轴着头颈反扑过来，好像穿过了一条神秘的黑暗隧道，把自己的面部突然贴到赵凤春的鼻子尖上。他变形的大头裹着厚厚的黏稠的血浆，连眉毛上沾的都是，眼睑裂开，混浊的玻璃体闪着狂暴的光，张开齿列缺失、舌苔厚腻的嘴巴，牙花子从嘴唇里伸出来，够着咬赵凤春的脸。"咔"的一声，又"咔"的一声，牙齿和密布着鸡皮疙瘩的颧骨始终相差一根头发丝的距离。赵凤春感觉对方黏糊糊的痰渍和血沫甩进了脖领，喷出的气体不但恶臭而且异常灼热。他本能地意识到只要被这个怪物啃上一口，哪怕是咬破一层油皮自己就完了。他用双手托住赵大头的下巴，想把这口上下有刃的铡刀关上。赵大头却突然握住了赵凤春的一只胳膊，他的力量大得惊人，只有被魔鬼附体才会有那么大的气力。他用单臂就把赵凤春端了起来，一下一下往院墙上摔打……最后精疲力竭的赵凤春被重重地掷在地上。开始他还想支撑着爬起来，但是对方狠狠地迎面踢了他一脚，他吐出来一口血，又趴回到泥浆里。赵大头拖着脚背向左侧挪了两步，机械地弯腰拾起斧子，再转回来，他身体摆动的幅度很大，两只眼球不协调地转动着，把斧头高举过顶说："你这该死的……"

但是那把斧子却没有砍落，而是从赵大头的手中滑落了，他的头顶突然长出一个奇形怪状的铁疙瘩，有点儿像古代的头盔，沉重的身躯晃了晃，然后沿着那条不灵便的腿轰然垮塌。在赵大头栽倒后，赵凤春看见了槐花惊惧的形象，她双手紧攥着镐把，关节像玉石一样苍白，开始她还想把镐头从赵大头的脑袋里拔出来，但只尝试着撬动了一下就丢了手。

赵凤春挣扎了几次才站起来，大地在他面前像风浪中的甲板一样左摇右晃。槐花伸出双手扶他，结果却扑进他的怀里，两个人就这样静静地拥抱了一会儿，当他们再分开的时候，惊奇地看到满天都是闪烁的星星，这个世界已经雨过天晴。

赵大头失踪了，碓臼坪的瘟疫也渐渐得到了控制。但是村里有那么一块地从此就不再长庄稼，方圆十几米内，所有植物全都枯死了，什么也不长，连一个蚂蚁窝都没有，小动物们都远远地绕道而行。任何种子撒进去，都只能活活地沤烂在土里。村民莫名其妙，开始盛传这块地下有宝。俗话说："聪明的脑袋不长毛，有宝的地里不长草。"后来越传越神，连哪朝哪代，姓字名谁，埋的什么物件都说得有鼻子有眼儿。终于一个闲汉按捺不住，趁半夜出来挖宝。夜风呼啸，月光青白，一盏铁皮罩灯被吹得摇摇摆摆。他从三更直挖到鸡啼，除了一具发黑的骨殖什么也没挖出来不算，手还让铁锹刃划了个口子。山里人硬气，从不把小伤小病放在心上。他就照当地人止血的法子，从地上抓起一把土摁在伤口上。三天以后，这个闲汉悲惨地死在了自家的炕头上。

三年以后，从这块神秘的土地里长出了一种连牲口都不闻的、散发出阵阵腥臊恶臭的野草，当地人就管这种草叫——马鲁它。

第三十二章：绝唱

1

赵凤春历尽千辛万苦，终于找到了分区。他是抱着凛然赴死的决心而来，出乎意料，军分区首长热情地接待了他，告诉他，他的案情已经真相大白，原来那个诬陷他的人才是真正的叛徒。现在上级已经为他恢复名誉，先锋团的全体干部战士正翘首期待他早日归队。但是按下葫芦又起瓢，这个案子刚刚水落石出，另一桩无头公案又把他牵扯了进去。夏科长等人死得不明不白，由于案件扑朔迷离，调查科查来查去还是毫无头绪，现在他们要求作为唯一当事人的赵凤春揭晓谜底。

开始赵凤春避而不谈，宁肯背处分也不愿说出凶手是谁。于是他们就把他暂时留在了分区，耐心做他的思想工作，一刻不停地从早谈到晚。

"赵凤春同志，你受了冤枉，对上级有情绪、有怨言，这我们都可以理解。但你是一名老党员，是久经考验的老同志，应该懂得党和人民的利益高于一切。对组织我们就应该像婴儿一样透明，像赤子般坦诚，绝不应该有任何欺瞒。"

"你的觉悟呢？一个共产党员的觉悟呢……你曾经向党旗宣过誓，现在，请对照自己的行动，重温一下那些誓言吧……"

"也许你不愿意把他说出来，是因为他救过你的命。但是同志，别忘了你是一个革命者，一个肩负着民族未来和希望的战士。如果你把江湖义气看得比肩上的担子还重，和党离心离德，拿党性原则做交易，那将是很危险的！"

薛明哲连夜马不停蹄从驻地赶到分区，见了赵凤春语重心长地说："老哥是过来人。咱们在党的人，要是犯了生活错误，还有改正的机会。可要是犯了政治错误，再想翻身就难了……现在是个风口浪尖，上上下下多少双眼睛都盯着，你一定得站稳立场，不能犯糊涂。"

2

处决王天存是秘密进行的。锄奸科的人先到牢房验明正身，然后把犯人押解到行刑地点——野外一片黄土坝子。埋人的坑已经事先挖好，坑边上铺着张草席。一个排的战士面朝外，围成一个弧形的保护圈。

赵凤春提着手枪在坝子上立等，由于这起事件影响非常恶劣，各种流言传播得沸沸扬扬，上级决定给他一次接受考验、洗刷自己的机会。

王天存反捆双臂，绑绳收得很紧，深深勒进肉皮里。下面用草绳扎着裤腿角。口腔里塞了一枚青皮麻核桃，嘴巴外面再紧紧缠一层布条。两个战士把他架到坑边的席子上，锄奸科的新任科长姓周，用威严的声音命令："罪犯王天存，跪下！"

王天存立而不跪，在目光和赵凤春交会的瞬间，他挣扎着做了一个前冲的姿态，嘴巴里发出含混不清的呜呜声，口水浸湿了布条，不受控制地垂挂下来。

赵凤春目光平视，冷静如铁，岿然不动。架着王天存的战士在他的腘窝上狠狠踢了一脚，王天存就身不由己地双膝跪倒。他英勇不屈的高大形象一垮下来，立刻就像条断了脊梁的狗般瘫软了。

周科长走过来向赵凤春点头致意，态度诚恳地说："你可以要求回避，让锄奸科的同志来执行。"

赵凤春刚刚检查过手枪，他缓慢地往枪机里压子弹，同时用眼睛的余光看见，一个锄奸科的战士正在鞋底上磨弹头。赵凤春心想，这是在做偏心弹，也叫炸子，射出去肯定是爆头大开花。他面无表情地说："没有什么可回避的，我坚决服从组织决定。"

周科长向旁边使了个眼色，那名战士样子有点儿失望，不情愿地把磨平的子弹装回子弹袋，再从腰间的皮鞘里抽出一柄刺刀在手中握着。刺刀呈四棱形，两边的刃都新磨过，是从苏制马步枪上卸下来的，灰白色的刀身上开着四条血槽。因为每一颗子弹对于革命来讲都是宝贵的，所以按照规定，犯人三枪不死，就不再补射，由助手一刀破喉。

"这是犯人留下的，托你转交给吴联丰先生。"周科长把一个磨损的旧挂包递过来，是用黄牛皮的下脚料拼接起来的。

"他还有什么要求？"赵凤春接过挂包问。

周科长回答："犯人唯一的要求是让他临刑前再唱一段。"

"还是让他到阎王殿唱吧。"赵凤春沉着地反手上膛，推开保险，上步抬臂，枪口向下四十五度角，瞄准王天存后脑勺儿的位置，目光向枕骨后面的中枢神经吊线，干净利索地扣下扳机。

一声闷响，一群黑色和灰色的鸟从林梢儿飞起。

子弹穿头而过，在地上溅起了半米多高的尘柱。王天存立马向前扑倒，头栽进坑里，面门喷射出一道一尺多宽的长血条，然后又迅速扩散成了直径大约一米的圆圈儿，其中夹杂着豆腐渣状的脑组织和碎肉。腥臊穿过火药味儿在空气中弥散开，周围的人看见王天存的裤裆湿了一片，外翻的手指还在轻轻抽动。

赵凤春在硝烟里收枪后撤，皱起眉头，厌恶地看了一眼袖口飞溅上去的脑浆。

周科长上前，蹲下身按了按王天存的颈动脉，招手让旁边的工作人员做记录，确认犯人已经死亡。然后取出一根40厘米长的钢扦，小心翼翼地由弹孔插入，搅动了两周半。

3

吴先生虽然出了家，和曹笑吟的书信往来却未间断，他在一封信中说："凤春转来的手稿已拿到，全是天存整理记录的戏词和唱腔。睹物思人，不忍卒读，原封转托山西华文书局编辑肖叔平君……前年春节，天存带社火队来拜年，我说，天存啊，咱们晋北的小戏各种各样，丰富多彩，可是个宝！你要能下些功夫分门别类出来，那是功德无量的事。随口一句话没想到天存牢记在心。孔子听说子路死了，就从此不再吃肉酱。现在天存不在了，我也从此不再听戏。"

孟布云为王天存设灵堂祭拜，供桌前贴着画像，香烟薄雾后面的王天存头戴通天冠，身穿蟒龙袍，两侧贴着对子：天生帝王相，就是当不上。

有一天歇晌，菊花趴在炕桌上丢了个盹儿，梦中听见腔高板急，慷慨激昂。她看见天存哥白盔白甲白银枪，白旗白马似秋霜，头戴额子、翎尾，身扎硬靠，腰间盘着自己的肠子，和几个番兵番将车轮大战，他一个朝天蹬，接着一个大劈叉，突然间横身腾空，枪尖流星般刺向敌将咽喉的同时凌空旋转七百二，背旗、靠牌、流苏像扇车的风叶般飞舞起来。群寇仰面惊呼，四散奔逃。然后他坠落下来，一个抢背，像根桩子一样直僵僵摔在台口。菊花想上前扶，但是转眼间帷幕变幻，场次更迭，天存哥又金冠软铠，变成了《小宴》里俊美风流的吕布。他脚步踉跄，面如桃花，一双潮红的醉眼向自己频送秋波。头盔上美如银蛇翻舞的翎子单抖、双抖、交绕、独立，忽而左右轮转，忽而前后分刺，好像温柔放肆的手指，在自己脸上涮、挑、绕、摆……用勾人的嗓子唱："小姐她吐真情满面羞臊，喜得我吕奉先魄散魂飘。似这等绝代佳人尘世少，求淑女结鸾俦共度良宵……"她觉得脸蛋儿、脖颈儿被翎毛挠得痒痒的，胸乳发胀，浑身酥软麻懒，身不由己倒向吕布的怀抱，却靠了一个空。她惊慌地回眸四望，只见壮士艾千（蒲剧《贩马》中的主人公），正手提软杆子五缕彩穗马鞭，骑着他那匹看不见的宝马火焰驹兼程而来。他风尘仆仆，霜痕满面，眼角唇边，岁月的须藤遮盖住了青春的华彩，方正刚毅的下巴上已经挂上了象征中年的髯口。只有目光依然电光火石般闪烁，只有身板子还是那样挺阔宽厚，身手还是那样敏捷不凡，控马、驰马、飞马、勒马……功架稳健，急如星火，不减当年。

在这一瞬间她辛酸百结，泪涌双眼，朦胧中听见他唱："火焰驹四蹄腾红光耀闪，逐风云追日月飞往边关。惊动了林中鸟离群飞散，猛抬头又只见日落西山。"他从她面前驰过，把鞭子向身后一背，伏鞍欲睡。她喊："当家的，等等我！"他从马上转回头来，强睁倦目说："他来了，我不想见他……"鞭子凌空一甩，台后的响板"啪"的一声清脆，"马"纵身向前一蹿，就消失不见了……

她从梦中惊醒，透过窗子看见赵凤春带领几个工作人员走来，径直推门而入。两个孩子惊恐地紧紧依偎在母亲怀里。赵凤春虎着脸站到屋子中央，从口袋里掏出一张纸来念："反革命家属贾菊花，现在我向你宣布团党委的决定，限你三天之内搬出干部大院。"

4

王天存的名字在正史中很快就消失了，但是在民间却越传越神，到了邪乎的程度。解放以前，晋北有很多请仙的坛口，供的顶的都是王先生，王戏痴，都说这个王先生很灵验。许多人声称在村里走夜路时碰见过王先生。直到土改的时候，村公所值夜班的干部和民兵还经常听到从戏台方向传来唱戏的声音、梆子渔鼓的声音、碰盅三弦的声音，可是出来一看，整个大场只有风在呼啸盘旋，戏台子黑漆麻乌，空荡寂寞。

有一年，马六子的哥哥马宏图到县城给公社买种子，直到半夜才回来，困意如山，瞌睡迷瞪地往公社去交差，经过大场的时候，远远望见戏台上灯火辉煌，好像被一团明亮的烟气所笼罩。台子正中摆着个紫红的方桌，桌面上摆着盘盘盏盏、碟碟碗碗。两个老头相对而坐，都是左腿架到右腿上，一个拉胡琴一个吹笛子。周围的光线里飘浮着若有若无的粉尘。曲折喑哑的胡琴和纤细高扬的笛音就像一红一绿两条滑溜溜的大鱼，一条在深水潜泳，一条在水皮畅游，给人一种"空里流霜不觉飞"和蓑翁"独钓寒江雪"的美丽忧伤的意境。明月如冰盘如玉盆如宝镜，初春纷飞的柳絮像缭乱的雪花在马宏图眼前飘舞，起到了某种催眠的作用。他好奇地走近几步，认出来老汉都是本村响器班的。两个老汉看见他就一起站起来，张着手往台上让，皱纹舒展，满脸喜庆，笑呵呵地说："来得早不如来得巧，正说少个吹唢呐的，马老弟就来了。"

马宏图也是好耍的人，一时兴起，就扒着栏杆跳到戏台上，刚背靠着围栏把小唢呐端起来，铜哨子含到嘴里，忽见上场门写着"出将"二字的灰布帘子一挑，走出来个高大魁梧的中年人，左手提着一壶烧酒，右手端着一笼热气腾腾的包子，大大方方在他对面坐下。马宏图觉得这个人面熟，但一时想不起来是谁，对方给他满上一杯热酒，说："我姓王，也是本村的，小时候咱俩还同过学。"

于是四个人吃喝一气，吹拉弹唱一会儿，不知不觉马宏图就喝高了。第二天早晨，从村公所出来的民兵把他摇醒，吃惊地说："马大伯，你怎么一个人在戏台子上睡了一晚上？！"马宏图揉揉眼睛，猛然醒悟，那两个响器班的老汉几年前就过世了，而那个大汉就是如雷贯耳的王先生。

5

赵凤春刚刚复职，就正好赶上晋察冀军区发动扩大解放区的战役，为了钳制敌人，分散敌人的兵力，先锋团深入到敌占区，在那里打了几场硬仗。

战斗中，赵凤春不但亲自勘察地形，并且多次冒着枪林弹雨步行到最前沿，用望远镜观察敌情。他把指挥所完全扔给了薛明哲和冯雨宣，自己则常随尖刀班、敢死队一起行动，挺进纵深，腹地掏心，扫荡内壕，打反扑摧碉堡。谁也劝阻不了他，横飞的弹片闪着火光，流弹和跳弹密集地射在他脚下，冒着烟钻进泥土里，噗噗地荡起黄尘，死神总是围着他跳舞，许多战士就在他身边倒下了，然而他却神奇般毫发无伤。上级先严厉地点名批评他，因为他轻率地拿一个指挥员的生命冒险，这可能会给全局造成不可估量的损失。但是紧接着又通令嘉奖他，赞扬他身先士卒，赴汤蹈火，完全将个人生死置之度外，真正体现了一个革命军人无所畏惧的英雄气概和高尚情操。

可战斗一结束他就病倒了，高烧39℃，连庆功会都无法出席。军医诊断是劳累和紧张造成的旧伤复发。夜晚躺在床板上，他觉得自己飘呀、荡呀、摇呀，无边无际，找不到彼岸，就像一条漂泊在汪洋大海里的火之船。他觉得身心俱疲，想，那就沉吧。突然，岸自己移过来了，一束光从上方垂落，给他带来清凉的慰藉。

他勉强睁开眼，看见春花站在床头，用怜悯温情的目光俯视他，把一只手掌贴在他的额头上感觉体温。他问："你咋来了？"

春花说："我调到兵工厂了，明天要去报到，临走前薛政委让我来看看你。"

"我有啥好看的？只不过有点儿着凉。"赵凤春努力露出微笑。

"薛政委说你最近情绪不对劲儿，说你……"春花顿了顿，在她眼里赵凤春从来没有这样虚弱过，"薛政委让我转告你，菊花的去处已经安顿好了，叫你放心。"

泪水顺着眼角流下来，赵凤春轻声喃喃："他有机会逃走……我就是在想，不停地想，他那天要是没有堵住嘴，会对我说什么……"

"你这样会把自己逼疯的。王天存是咎由自取，谁也救不了他。"春花说得毅然决然，但是眼睛里突然涌出的泪花暴露了她内心的纠结和矛盾。

"对了，他想再唱段戏：忠义二字你不讲，你是个人面兽心肠。"赵凤春自嘲地猜测。

"我们讲的忠，是忠于党忠于人民。我们讲的义，是民族大义。"春花辩解。

"如果那天不是因为走火，你真的会开枪吗？"赵凤春问。

"如果我真的开了枪，下场会和王天存一样吗？"春花反问。

这个问题沉甸甸地悬在他们中间，就像一个令人绝望的死循环。

他出生在这个时代，全部的努力就是不被变异崩坏的世界带歪，宁肯放逐也不随波逐流。他想他和孟布云分手的那个岔道儿口就在这里。那么现在他必须把已经开始的事情做完，既然已经像子弹一样心甘情愿地被压进了枪膛，既然下定决心射穿面前的黑暗，以及一切障碍物。那么在击发的那一刻，就应该预料到……没有选择，因为他已经选择过了。没有中途停下来的理由，从来没有，除非粉身碎骨，消耗掉全部能量。他想只有化为现实的愿景才能洗去征尘，只有未来才能对他和他的同志们做出评判，就像只有辉煌才能照亮来路。他想不是他选择了道路，而是道路选择了他。他想无论是苦难、波折、残忍……甚至死亡，甚至唾骂，都只是代价和考验，而百折不挠、披荆斩棘、一往无前才是自己这一代人的使命，否则……所有的牺牲就全都白费了。

第三十三章：对刀

1

战役进行到白热化的关头，前岛升给马银科打电话："马团长，我命令你团开赴赵家嘴，协助皇军，围剿八路军。"

马银科说："对不起，没有孟司令的命令，我团不能擅离防区。"

"我是陆军大佐，总顾问官！"前岛升的肝火把电话线都快烧着了，在听筒上震荡出刺耳的嗡嗡声。

"我不管你是大左还是大右，我只听孟司令的调遣。"马银科不耐烦地压掉了话筒。

头一年振远的罂粟长势喜人，无数刀子客，也叫烟把式，从华北华中翻山越岭，蹚水渡河，怀揣利刃和娴熟的割浆技术，千里迢迢，成群结队地涌入振远。像一次暴动或者讨伐。田间地头到处都是这些异乡人忙碌的身影。在他们后面浩浩荡荡，跟随着声称善于观察天气，预报晴雨变化的僧道和巫婆（割浆需要头一天中午开刀放浆，第二天清早收浆，中间如果有场大雨，收成就会落空），乞丐、娼妓、拉洋片的、变戏法的、演驴皮影的、演傀儡戏的、甩霸王鞭的、耍猴卖唱说莲花落和大鼓书的，有的撂地，有的用草席或布围搭台，他们以鸦片为中心，形成了一个完整的生态圈，为期一个月的烟市，规模超过了奶奶庙的庙会。

这一天，孟布云视察了刚刚开工的烟土火房，厂区面积庞大，门口停满胶轮大车，左边靠河流，右边通公路。负责这个项目的雷金钟向他做了一次统计："我县种烟户一共三千五百六十四户，地三千六百七十五亩，占全县水浇地面积的百分之八十一，即便晒干直接卖出去，收入也在五十万元以上。要是加工成料面，获利更大。我们准备先成立五个土药店，批发零售兼营，已经和绥远、北平、天津、上海的客商谈妥，只要保证质量和货源，他们愿意高价收购。"

孟布云很兴奋，说："没想到这土里还真长出黄金来了，这下可解决了我们的大问题！幸亏没听吴先生的。开春还要多种，农民今年尝到了甜头，估计明年的地租还会上涨……"

雷金钟指着角落一桶桶灰白的软膏介绍："这些是各乡村送交的第一批原汁。"然后指向另一个方向，"那些堆着的是大烟葫芦，也是宝，去掉蒂头和种子，晒干了醋炒蜜炙，可以入药，种子还能榨油。"

院子中央，成批的黄褐色土泥铺在烈日下暴晒，强烈的氨味儿勾魂摄魄。孟布云从土泥中间走过。雷金钟说："这些是凝固住的大烟土泥，等晒干后就可以炼制鸦片了。司令这边请。"

孟布云顶着一股热浪走进火房，感觉像钻进了太上老君的八卦丹炉，里面炉火熊熊，烟雾腾腾，一些光着脊梁的后生在老师傅指导下，把稀糊糊在铜锅里煎熬炮制。竹笼、瓷盆、火纸在旁边伺候着。雷金钟说："纯净的烟膏需要文火三熬九炼，徐徐收膏，这是个技术活儿，得用老水京炭，最忌讳铁器，熬老了有焦味儿，熬嫩了挑不上扦子……"

一名坐探小跑进来，鞋底蹚起一溜儿尘烟，气喘吁吁地报告："不好了，来了一伙日本人，不许咱们割浆，说是要征收什么……罚款！"

2

田垄上闹哄哄地围着一大群人，有村民、警察，也有拿账本、算盘、皮尺，扛着丈杆的技术人员。王相和刘宝珅点头哈腰地陪着个穿军服的日本人，看见孟布云赶紧迎住说："介绍一下，这位是刚刚上任的禁烟局局长兼榷运清查署署长高乔五郎太君。"

孟布云上下打量说："像他这样的腿脚也能踩高跷？"在晋北几乎没有不认识高乔五郎的，也很少有人不畏惧这位太君，虽然他是个跛子。

高乔五郎出身长州藩一个旗本武士家庭，九代相传都是腰物奉行，祖上曾参加过倒幕运动的鸟羽伏见之战。在先人留下的众多宝物中，他最珍爱一柄御赐宝刀。用他的话说：刀乃武士之魂。后来他从军来到中国，随熊本师团攻陷南京后，就是挥舞着这把刀疯狂砍杀，从中华门一直杀到水西门，自称"杀遍南京城，斩首三百余"。和涩谷亲友的通信中，他写道："请问日本哪一位将军的军刀上没有沾过血，战争还分得清士兵和百姓吗？将军夸宝刀，功在杀人多！大和民族的武威，天照子孙的光荣，离不开一柄青锋杀人刀！"无奈好景不长，他所在的联队一离开南京就中了新四军先遣支队的埋伏，他眼睁睁看着前面一个军曹胫骨撞在绊雷上，瞬间变成了满天飞舞的肉块，冲击波挟着血雨把他从军马上掀下来，造成左腿和肋部三处骨折……

"高乔太君说振远县私种烟土，违反了新政府的禁烟令，所以要按亩征收罚款。现在正丈量土地，登记造册。"王相解释。

孟布云说："放他娘的骡子拐弯屁！我种大烟是皇军特许，光明正大，烟种子还是大羽辅佐官亲手送的！"

王相循循善诱："布云，你咋是个榆木疙瘩脑袋——这么不开窍。说罚款只为顺耳，其实就是征税。新政府百废待举，可是财政入不敷出。日本顾问想开放烟禁，推广台湾经验，活跃农村经济，贴补财政，可又怕招致国际国内诸多误解，所以想出个变通的法子。暗中鼓励各县种植，每年夏初，由民政、财政两厅联合派出查勘烟苗委员下乡，以查勘的名义督促此事。另一方面再公开成立禁烟局，以罚款为名，按亩抽税。一明一暗，寓禁于征。这样就可以造成禁令森严、政府并不许种，只是农民为牟利而违法偷种的舆论。"

孟布云道："听说田唯农对种大烟很反感，一直硬顶着不肯签字。"

王相附耳说："田委员长究竟是书生气重了些，开始酸文假醋，说了一大堆浑话，什么三军可夺帅，匹夫不可夺志。什么苟利社稷生死以，岂因祸福避趋之。后来大羽辅佐官授意特高科调查他和陈羽菲的关系，老田立马就软蛋了。"

孟布云问："征多少？"

王相伸出两根手指："不多，每亩才二十元。当然，另外还有应缴不种烟县份补助费、禁烟局执照费、土地税、农业税、省附加、县附加……"

孟布云不耐烦地一挥手："不用这么零刀碎剐，干脆来个痛快的，把我振远这一年的收成都拿去算了！"

王相还是轻声慢语："各县都是这个章程，太君也没偏谁向谁。再说你上次有意躲避太君，不肯出兵赵家嘴，还有截留壮丁的事，已经使皇军十分不快了……"

孟布云再次打断他："上次我正好下乡，不过是赶巧。咱又不是诸葛亮能掐会算，谁知道皇军偏那个时候调兵？！至于截留壮丁根本不是咱干的，别什么屎盆子都往我姓孟的头上扣！"

王相也有点儿蹿火，自治政府其他各县的县长多少都有些实权，唯独自己这个振远县县长位置尴尬，形同傀儡。这次他之所以这么卖力，不仅是为了讨好日本人，也是想借高乔太君的威名，压一压孟布云的气焰，最好让他栽个跟头，于是他说："举头三尺有神灵。你也不用赌咒发誓，咱们当着真人不说假话，事是谁做的，屎是谁拉的，天知地知你知我知，皇军心里也跟明镜似的！"

孟布云说："呀嗬！你是属王八的？还咬上不松口了？！"

"我不和你抬杠，咱们只说眼前的事。按照政府新规，凡是种烟的乡村，都要由榷运清查署下设的特产科烟政股登记造册，丈量田亩，征收土地税和农业税，以便于管理。各县出产的大烟也必须由榷运清查署下设的土药公司统一收购，统一运往张家口（总公司和榷运清查总署所在地），他人不得随意经营此项业务。"

孟布云问："收购价是多少？"

"七成品以上，去年每两是三元五角，今年皇军格外开恩，提高至每两五元。"

孟布云说："现在京津和上海的市价是每两十五元，压价也得有个谱儿。他们这是要垄断整个晋北的烟土买卖，胃口倒不小，也不怕撑死！你替我翻译，就说本司令要钱没有，要命一条！让他们统统开路一马死，哪儿凉快哪儿歇着！！"

"哪呢？！"高乔五郎逼视着孟布云，向前跛行了两步，一按压簧，带有闭锁装置的战刀从鞘中弹起，当啷一声被握在他的白手套里。

孟布云看到精钢锻造的狭窄刀身镜子一样反射着阳光，锋芒夺目，冷气森然，淬火时形成的波浪形刀纹清晰可见，笔直的血槽直贯刀尖。白色鲛鱼皮包裹的刀柄两侧珠粒细密，镶嵌着并联的樱花银饰，双面丝带编花挽扣，缀着沉甸甸的玉石刀穗环。刀锷下端镀金镂空的铜夹刃上刻着"三胴业物"的楷字。古典华贵，工艺考究，一看就是手工制品。

孟布云嘴角挑起一个微笑，说："久闻阁下的佩刀吹毛利刃、削铁如泥、龙藻虹波、切金断玉。孟某也有一口祖传宝刀。我看不如这样，你我来个以刀会友，三日后在此地设一赌局，比比谁的刀更快更锋利！如果阁下赢了，振远的税款我一文不少如数缴清；振远的出产我全部交由土药公司经营。如果胜不了我的刀，阁下不仅拿不走一文钱、一两烟土，还要答应从今往后永不踏足振远，不插手我的烟土买卖！不知高乔先生意下如何？"

王相小声翻译，高乔五郎乌亮的眼珠飞快地转动，傲慢和自信很快替代了迟疑,将刀还匣，用生硬的汉语说："君子一言。"

孟布云拔高音量接上："快马一鞭！"

3

城南铁匠铺从那天起忙碌起来了，熊熊炉火映照下，锻砧像一只浴血的独角兽，昼夜嘶鸣，喷吐出扇面形的火花。身围皮革，脚上包着帆布的老铁匠，手握一柄小铜锤在关键处巧妙击打，节奏清脆，神情陶醉，如同一位技艺高超的乐师。他鸡胸驼背的独眼儿子,抡转十八磅重的大铁锤，向鲜红的刀胚全力狠击，似力士开山。他的胸膛像风匣一样有力地起伏，油黑的脊梁上汗珠滚滚,大大的独眼里布满了红丝，翻张的鼻孔喷着白烟,发出有如新蹄铁在冷水桶中凝固变硬的哑哑声。炉火把他们鬼怪般的形象放大数倍，投射在对面挂满火钳、镰刀头和犁铧的砖墙上。他们的劳动成果在三天后令全县群情振奋，一片惊叹。

那天地头上摆开一张两端小翘头的条案，并排两把交椅，分别坐着高乔五郎和孟布云。人们传说和期待中的宝刀还没有上场，四周已经是观者如堵、望者如云。有端枪的士兵维持秩序。铜锣、大鼓、小唢呐吹打得人心花荡漾。马六子高喊一声："抬上来！"便有开道的趟子手分开众人，两个赤着上身的精壮后生肩顶披红挂彩一口大刀阔步入场，"咣"的一声撂在平地。人群向前拥挤，各个押长脖子，踮起脚，你推我搡，秩序变得混乱不堪。只见地上躺着的大刀好像半扇门板，刃厚背宽，熟铁包钢，长柄末端有一个圆环。材质尚好，但工艺却很粗糙，没有经过打磨和抛光，刀身上孔洞、突起和金属颗粒物随处可见，好像巨型钢锉。而且这口刀根本没开刃。高乔五郎围着大刀转了一圈，又转了一圈，蹲下来在刀身上叩击了两下，侧着耳朵听了听回音，扭头用疑惑的目光望向孟布云。

孟布云胸有成竹，面不改色说："高乔阁下，这口刀叫青龙偃月，又名八十二斤冷艳锯，是三国时代的英雄关云长使用过的军器。关老爷曾经用它斩过华雄，虎牢关斗过吕布。斩颜良，诛文丑，过五关，斩六将，单刀赴会，水淹七军，砥定蜀汉三分天下。孟某夜观天象，见牛斗二星之间常有紫气明亮，猜想是宝刀的精华上彻于天，按照二十八星宿的分野，掘开振远木塔的地宫才挖出来的。得到后从来舍不得使用，只供在家里镇宅避邪，今天特为阁下破一次例。"

高乔五郎不屑地咕哝了一句日本话，便见王相双手捧着半尺厚的马粪纸走上前来，摆在桌案上。高乔拔刀在手，倒退一步，挽了个刀花，向左右空劈，才大吼一声，挥刀斩落。刀刃砍透了马粪纸，嵌进木头里去了。

孟布云在众人的惊叹和高乔五郎傲慢的注视下，轻轻抚摸了一下桌面上的刀口，抱怨道："这是明朝的黄花梨。有道是行必问典，入乡随俗。这比刀，东洋有东洋的比法，振远有振远的比法。"他吩咐，"祭刀！"

又有两个后生肩顶着镐把儿粗细的枣木杠子走来,杠子中间晃晃悠悠，用棕绳摽着个红泥封口的黑釉大肚将军坛。杠子落地，有人把酒坛解下来，高高托举，啪地摔碎在大刀上，顷刻间瓷片纷飞，醇香四溢。人群中一个老者抽了抽鼻翼，闭上双眼，用长指甲拈着白胡子赞道："是窖藏了二十年以上的老白汾啊！"

一块块方砖搬过来，就在当地摆成半膝高两摞，每摞五块。那天执刀的是孟布云新聘的武术教习谭二爷，他新刮的头皮青光锃亮，如同蟹盖，宽阔的两腮胡须浓密，一直蔓延到颧骨上。二眸子精光灼灼，好像里面点着两盏灯。闪掉外衣后可以看见，双臂暴起的棱子肉从手腕上的铜箍里钻出，和着条条筋脉汇入坟包似的肱二头肌，护心毛一直连到西瓜一样圆滚滚的肚皮上。巴掌宽的板带嵌满铜钉，闪缎绲裤迎风抖擞。他站在一摞方砖前面，先拉了几个架势，双腿如老树生根，大声念定场词："翻江倒海不须忙，单凤朝阳最为强；云背日月天交地，武艺相争见短长。"展臂运气将刀提起，大喝一声，完成了他雷霆万钧的一击。却见那摞方砖岿然不动，形状完好如初。看热闹的众人大失所望，窃窃私语，连孟布云的屁股也有点儿坐不稳了。只见谭二爷不慌不忙，抬起一只踢死牛的鱼鳞洒鞋，在砖垛子上轻轻一踹，嘴里说了声："走！"哗啦一声，整齐的砖垛子顷刻便坍塌成了一地砖砾。

片刻的寂静后，雷鸣似的喝彩伴着得胜鼓沸腾了田野村庄，排子枪也跟着朝天鸣放，孩子们穿过人缝来回奔跑，满地找子弹壳，朵朵青蓝色的硝烟带着香喷喷的味道在头顶上慢慢膨胀。孟布云说："看赏！"谭二爷镔铁一样黑黝黝的面颊红光激滟，把刀尖向下，环抱在左臂，向四周频频抱拳致意，摇晃得护腕上的铜环子叮当乱响。

孟布云侧转身说："高乔太君请。"

这时的高乔五郎看上去情绪已经有些低落,他蹒跚过去，摘下手套，弯腰撅腚地翻拣察看，好像眼前不是一地碎砖，而是刚刚出土的古董。从军装下摆斜伸出来的刀鞘像根受了惊吓的尾巴。可能是没有发现破绽，他失望地直起身来，一脚高一脚低地走到另一摞砖垛前面，第二次拔出刀来，就在众目睽睽之下从怀中掏出一块雪白的手帕擦抹刀身，口中祷告般念念有词。然后拉开架势，牛吼一声，扬刀斩落。随着一串铿锵的火花，倭刀被高高反弹回来，棱形刀背几乎磕住了帽檐。把刀还匣前，高乔五郎心疼地查看了一下刀锋，目光中充满无限柔情。然后他活动了活动被震疼的手腕，这时他看见自己的双掌斑斑点点，沾满了从刀柄上震落下来的血渣。

他一手握住刀柄，虔诚地单膝跪下，看见头一层砖上，清晰的裂纹像蜘蛛网般辐射开去，把这一层碎砖推落，第二层砖的裂纹又映入眼帘。再把第二层和第三层依次推落，高乔的双眼闪着光彩，挂在卫生胡上的笑纹和砖上的裂缝一样，正被逐层加深和放大。当把第四层碎砖推落在地的时候，他愣了一下，一块完整无缺的方砖撞进视线，使他顿感受到迎头一击般眼冒金星。他吹去砖上的浮尘，用颤抖的手把砖捧起来，砖在煅烧时形成的菱形花纹，使他默然联想起了家乡飘落的樱花。一阵悲凉涌上心头，他叹了口气站起来，向孟布云鞠了个九十度弯儿的躬，然后背转身子脚步沉重地向远方走去。

孟布云目送他扭动着胯骨轴子，一肩高一肩低地歪斜着，渐渐隐没在田畴阡陌之间。王相和刘宝珅一左一右跟在他的腚沟子后面，愤愤地说："我们上当了，孟布云狡猾狡猾的，再快的剪刀也不能当针使，再值钱的蛐蛐也不能当马骑。""他那个根本不是刀，是大铁锤……"天高地阔，光芒万顷，阵阵秋风把罂粟果实腻人的香气吹入鼻孔，使人产生一种虚无缥缈、白日飞升的玄幻感觉，同时也吹来了高乔五郎沙哑的颤音。后来通日文的王相告诉他，高乔五郎唱的是叫作《百人一首》的和歌。"春光空明丽，春日何悄寂；愁心醉不成，好花披满地。"高乔五郎是在裕仁天皇发布《终战诏书》的当天切腹自杀的，咽气前的最后一句话是："我们像樱花凋落一样为国捐躯。"

第三十四章：宝塔巍然

1

陈宇凡双手推着自行车在街面上走，链盒发出咯啷咯啷的震音，后架子上夹着一副脚扣。他戴一顶镶皮的灰格子鸭舌帽，穿卡其布蓝工装裤，斜背印有闪电标志的电工箱，腰间还盘着个牛皮工具包，在县政府大门前的小广场上来来回回。县政府的外墙上张贴着告示，内容是县府将筹建自卫团，号召适龄青年报名。

终于一个来换岗的门警注意到了他，主动凑过去询问："你是大同电话局派来的？"

陈宇凡指了指胸牌，用快乐的声音回答："例行巡检，看有没有需要更换的老化电线。"

门警"哦"了一声，没多说什么，返回哨位去了。

太好了。陈宇凡想，从这个高院墙里只延伸出来一股电话线，这比他预想的要好。如果从某座办公大楼一下伸出来七八根，甚至十几根电话线，那就要费一番周折了。他仰着脖子，吹着口哨儿，用脚步跟踪着这根高架线，慢慢把小广场甩在后头。每台电话机都是电话系统庞大电子网络上的一个端点，感谢贝尔先生的伟大发明，使自己有了用武之地。他知道这根电话线最终会延伸到大同电话局的交换台里，然后再从交换台连通到兴亚院大同联络部的某间办公室内。这个衙门的级别不够，并没有绕过交换台，与联络部直连的特权。话又说回来了，直连的电话都有呼叫加密，也不会让你轻易得手。

他来到距离县政府最近的电线杆，略微停顿了一下，然后走过去了。他已经离开了那条宽阔明亮、人来人往的东西大街，拐进朝南的巷子，这中间他经过了七根水泥电线杆。最终他在一根电线杆前站住，电线杆上贴着一张标语："中日提携来扑灭，黄种民族乐万年。"没错，这就是主加载电缆，电线杆高处挂着个刷了白油漆的铁皮分线盒，高度目测约十二米。这就是他要搭线的地方，选择这根电线杆有两个原因，第一：终端之间的电缆线都是加压的，蒙皮稍有划破就会被发现。第二：另一条电话线——等待接收的自己人的那条，正好也从这儿经过，而且就躲藏在这个铁皮盒子里。

他把自行车支住，电工箱敞开盖放在地上，先往腰包里插了几件工具，然后把脚扣套在胶皮底子的绝缘鞋上，绑好保险带，把左脚的U型橡皮牙子卡在电线杆上，调整脚扣的大小。右手扶杆把重心升起来，再松左脚卡右脚，身体向后倾斜，变换重心，一扣一扣交替攀登。

几只落在线缆上的麻雀惊飞而去。现在终端盒在他胸部的高度，他横脚，脚扣十字交叉锁死在电线杆上，保险带的扣环在杆子上挂牢。他用万能钥匙打开盒子门，从密密麻麻的二十四组六百对导线中挑出两对，划破蒙皮，拆出线头，嘴叼着钳子，腾出双手用十字接线法把它们并联在一起。

这样的高度风变得很大，在他耳边发出猛烈的呼啸，好像有一列长得没完没了的火车正和他擦身而过。同时，他得留神别让脚扣掉下去，否则就得抱着杆子出溜回地面。

他又检查了一遍，把盒子门重新落锁。现在他在这条信息通路上安装了一个捕猎夹子，送话器里感应线圈的振动能产生电流，而他将俘获那股电流——加载了敌情的电流。

他没有立即下来，他得休息一会儿，让自己喘口气。他从工装裤口袋里摸出一根压扁的纸烟点上，居高临下向四周眺望，就像大航海时代在桅杆上的瞭望者。被城墙圈起来的振远县城有四座城门，振远县城平躺在桑干河和恒山中间，形状类似一个酒瓶，瓶底朝着山阴县，瓶颈斜指浑源县。一条主街横贯东西，在这条大街两侧，以挂着日本旗的县政府为中心，分别是民团大队部、警察局、商会、邮局、振远三中以及姐姐就读过的女中……南北贯通的街道有三条，和主街组成一个"丰"字形。大烟馆、土药店、赌场、妓院散落其间。西北角佛宫寺的木塔，和东南角民生工厂的大烟囱是城内最高的建筑物。西门往北，火神庙旁边有一家粮油店，现在它被天主教堂遮挡在了后面，他看见约翰神父正从教堂的拱门里走出来，但是陈宇凡知道它就在那里。在粮油店的地下室里有一个监听哨，搭在县政府线路上的电话线就通往那里，从明天开始那个监听哨将有人二十四小时值守，监听员手里拿着铅笔，面前放着本子，耳机上连着干电池。这年头干电池不好找啊。当然他也可以用串联的方法搭线，使电缆为他的同志提供这股宝贵的电力。但问题是那样会造成额外提取引起的电压下降，而电话局能发现任何超过二十毫安的电压下降，一旦他们发现有额外提取，就会报警或者派人检修，那样事情就败露了。再然后就是特工摸线，监听哨被一举端掉。

就在这一天，中共雁北地委敌工部正式启动了对振远伪政府的情报工作。代号：鸽子。

2

事情追溯到两个月前，阳光明媚的埂子上摆开两张躺椅，孟布云和李彩娥并排坐着，每人手里一盏热茶，悠闲地观看农民在田间忙碌。两个人都戴着圆墨镜，彩娥已经显怀了，把自己沉重地堆放在椅子上，一副很慵懒的样子。有两个人在后面给他们打遮阳伞。左边有个梳大辫子的丫头提着粉彩方壶随时续水。右边有个干巴老头坐在高凳上拉弦子，乌木杆底端的六棱圆筒上蒙着斑斓的蛇皮，竹弓子在他枯瘦的手里颤颤巍巍，马尾巴弓毛散发出强烈的松香气味。再往后一点儿，十几个保镖手提双匣子，黑绸衫黑绲裤，灯笼裤角，整整齐齐站成一溜儿，像一堵会喘气的墙。马六子戴一顶奔尼帽，身穿深棕色山羊皮毛领子的飞行夹克，敞着怀，肩上扛着小马枪，神气活现地在五十步开外来回转。四周远近，直到村口还有无数明岗暗哨。

道口上立着五丈高杆，杆顶装着一只可以灵活转动的铜鸟，这是巫婆设计的一种看风向、报阴晴的装置。雷金钟躬身说："司令最近怎么突然来了雅兴，走到哪儿都把个拉弦子的带在身边？"

孟布云摇晃着二郎腿说："有个洋和尚从绛州来咱县传教，是个叫什么约翰的花旗佬，告诉我说让孕妇多听音乐，将来生出的孩子比一般人灵光。"

雷金钟说："大同的婆娘，朔州的营房，平遥的城墙，绛州的教堂，这都是在讲的（即：有讲究的，有讲头的）。前岛总顾问和大羽辅佐官已经往孟堡和新堡打了不下十次电话，咱们老这么躲着，怕不是办法……"

孟布云说："那你说咋办？咱们就那么点儿家底，要是为日本人拼光了，那就跟没过门的新媳妇先让狗日了没啥区别。"

彩娥脸别了一别，接口说："还不如让狗日了。"

"你觉得我们的脑袋保险吗？"孟布云考校。

雷金钟摇摇头回答："常言道，狡兔三窟。"

"书没白念。"孟布云面露赞许，"丁老爷子也这么说。"

雷金钟试探："要不要跟赵凤春联络一下？"

孟布云呷了口茶水说："有道是好马不吃回头草。当初人家邀咱们入伙，咱们拒绝了，如果现在主动去拜山门，岂不被人家小瞧？"

这样，在和高乔五郎比刀之前，孟布云就一面派雷金钟去和第二战区接洽，另一方面又派联络处处长齐青天化装去岢岚县大巨会村，与国民党中央军委会第一游击军总司令张励生会晤。不久，两方面都有了回音，张励生委任他为察哈尔游击第一旅司令，并托齐青天给他带来委任状一张、亲笔信一封、无线电台一部。信的末尾有四句话："勉从虎穴，为国珍重；殊途同归，共克时艰。"

几乎前后脚，雷金钟也回来了，又给他捎来了第二战区的委任状，委任他为晋察绥边区挺进军第一纵队司令，同时还给他领回来一个第二战区的特派员，这位特派员正是高云鹏。

孟布云说："老同学这些年混得不赖呀！"

高云鹏脸上的青春痘早已消退，显得面白如玉，说："中原大战的时候，我在黄河渡口担任阻击任务，掩护败退的联军过河。后来又参加过忻口会战，是从死人堆里爬出来的。"

孟布云打哈哈："既然这么牛，咋到我们振远来了？"

高云鹏感叹道："一封朝奏九重天，夕贬潮州路八千。"

孟布云听出来话里有话，但没往深里问，拉住高云鹏的手说："我这就委认你为参谋副官，这样你就可以用公开身份在振远活动了。"

3

吴先生这段时日迷上了用儒学论点诠释《金刚经》。有一次他外出化缘经过县城，发现这里已经面目全非，再不是当年纯朴敦厚的模样了。此时的振远妓院、赌场林立；烟馆、土店遍地。成记土店、华昌土店、公益土店、北大烟馆、宝聚丰烟馆、振大号烟馆……连街边摆烟摊和走街串巷叫卖瓜子、大豆的小商贩都夹带着金丹和料面出售。十里长街，大小商号百余家，行商亦多，鱼龙混杂。酒楼茶馆鳞次栉比，笙歌彻夜，灯火通宵，经济畸形繁荣，时人谓之小天津。

他来到佛宫寺，和市面的繁荣相反，历经近九百年风雨侵蚀的释迦木塔破败不堪。据史料记载：元大德九年，大同路地震，损坏房屋五千八百余间，压死者一千四百余人，但木塔却岿然不动。元泰定元年，振远遭受大水灾，淹坏城内许多庐舍，木塔依然无损。元顺帝时，振远地震七日，塔旁舍宇尽皆倾颓，木塔却屹然不动。明弘治十五年、正德八年，振远又"地震有声如雷"，但木塔安然无恙。

1926年，阎冯大战，宋哲元曾用山炮轰掉塔之一角，并在塔身留下一大片焦黑的痕迹。

如今的木塔斗拱、梁枋、檐柱多处劈裂。弹痕累累，许多地方可以看到嵌进去的弹头在反光。第二、三层全层向东北方向水平扭转，这两层的柱子也全向东北倾斜。整座木塔随时都有坍塌的危险。

十几年前，国民革命军猛攻县城，守城的晋军依托城堞奋起还击，双方打得难解难分。到了晚上，国民军用驮马拉来两门轱辘炮，他们不知从哪儿得到的情报，说晋军的指挥部在塔上，塔顶还设有观察哨，于是集中火力炮轰木塔，致使这座辽代木塔身中数炮，木块纷飞，第二层柱子起火，熊熊烈焰印红了夜空，滚滚的浓烟直冲天顶。

晋军赶紧组织城内的学生和居民扑救，赵凤春、孟布云、高云鹏、陈羽菲都混杂在人群里，担着水桶，端着水盆，抬着水缸往佛宫寺赶。这些水泼上去，就像是朝一个飞起来的巨人吐口水，反而增加了他的愤怒。指挥部猛摇电话，紧急调来六部人力消防车，俗称水机子。警察提着玻璃灯，吹着银哨在前面开道，驱散行人。好几名消防员推一辆，跟头把式，一路用小锤当当地敲打水机子上的吊铃。如果你能凑近细看，会发现每个刷着红漆的硬木蓄水箱的帮子上都铆着一块光亮的铜牌，铜牌上镶嵌福鼠闹金钱的图案，下面蚀刻一行小字：同治十一年大同水龙局制造。

水机子推到火场，消防长头戴铁壳帽，身穿避火服，胳膊上套着红袖箍，指挥人把唧筒架起来，拧上水喉。好几个人轮番上阵，站到水箱上一上一下按两边的摇臂。

火龙摇头摆尾，喷吐着黑烟毒雾，绕着柱子，扒着出檐和栏杆，往塔顶攀爬。一路咔哧咔哧吞食木料，有时候也会遇到其他食物，不过它的消化系统很好，金银铜铁锡，一切通吃，好像火芯里藏着一根从嗓子直通到屁眼儿的蠕动的肠子。被它吞下去的都是风华绝代、美轮美奂的历史瑰宝，可拉出来的都是一模一样散发着热腾腾焦臭味儿的灰渣和炭条。

一根银亮的水柱英勇地射上去，在火光反衬下，愈加琉璃般晶莹剔透，细瓷一样白灼灼耀眼。水柱炸开的尖端刚好刺中火龙的腰部。火龙吃痛，"轰"的一声怒吼，腰身细了一围，头颈反而膨胀了三圈，全身疯狂扭动，从浓雾里弯回大头，张开血口，倒卷长长的火舌，两个橘黄的火洞好像圆睁的怪眼，弓颈上面一排钢蓝的鬃毛，被风力撅成根根弯钩，张牙舞爪地向水龙反扑。

就在这时，埋伏在下面的另外五条水龙齐刷刷腾空而起，趁势加入战团，齐心协力摁住火头。在它的宽盘大脸粗脖子上左刺右穿地钻窟窿，打交叉，掏耳朵，剜眼睛。火龙知道上了当，拧着腰，拖着胂，打着旋子往上硬顶，想冲开包围，重新逃到水铳的射程以外。六条水柱哗哗地往一个点滋，在火龙头顶上合成了一个透明的水罩，挡住了它的飞升之路。蓄水箱的水位急遽下降，必须速战速决，在短时间内把它打散，打趴下，从火龙打成火蛇，火蛇打成火虫。

满城的人全都出动，暂时忘记了战争带来的恐惧，万人空巷，顶着热浪，呼吸着二氧化碳、硫化氢和固态颗粒……齐来参观六条小水龙围着一条大火龙斗法。水柱又变成六头凶狠的猎狗，流着三尺长的哈喇子，龇着透明的尖牙，围住火龙扑咬。无数星星点点的火鳞、火须被撕扯得漫天飞散，落下来把看热闹的人脸上烫起了燎泡。红光像到处喷洒的血一样弥散开，将荒废的大雄宝殿映得纤毫毕现。火龙千疮百孔、肠穿肚烂，但依然困兽犹斗，在半悬空中显神通、变戏法，下面的身子还是一个，可上面的脑袋不断分叉，一头变两头，两头变三头，三头变九头，忽而九头又合一头。因暴怒而抽动的脸颊红变绿，绿变白，白变紫，紫变蓝……变幻不定的光波像个大万花筒，通天彻地的旋转，让人头晕眼眩，目不暇接。光芒上烛云盖，向下把无数仰起的面孔映得五彩斑斓，像涂满油彩的戏剧脸谱。最后，大火龙越缩越小，呼啦一下化作无数分身，都是火鸽子、火鸭子、火喜鹊……有的站在出檐上、金瓦上、栏杆上，有的扇着火翅子、抖着火翎子在天空飞窜，有的像幽怨的眼神在塔门里跳动……水龙也乏累了，但还像小小子快尿完的时候一样，收紧下腹，压缩尿脬，滋溜一股子，滋溜一股子，用混合水垢的水箭把它们一一射落。

4

在这场木塔保卫战中，消防队功不可没。吴先生则是最后一个出场的，但起的作用却非常关键。得知消息后他一口气跑到孟满仓家，拿拳头咣咣地捣门。

孟满仓走出来，袖着手问："咋了？"

吴先生火烧眉毛似的说："借你家马车一用。"

孟满仓觉得吴先生今天缺少了平时的稳当劲儿，有点儿疯疯癫癫，说：“马在厩里拴着，车在后院撂着，自己套去。”

吴先生给马装上套包、枷板，挽索、挽鞍、搭腰、肚带，一撩衣襟坐到马车上，手腕连甩，鞭上的红缨子笔直地飞扬起来，鞭梢儿在马屁股上清脆地两响。心疼得孟满仓在后面跳脚，指着吴先生的脊梁骂：“给老子站住！你咋是这人，咋是个这人嘛……还先生哩，先生就这么不懂理？！”吴先生充耳不闻，打马如飞出了村庄，扬起的尘头像土炮一样把沿途众人轰得土头灰脸，躲避不及。到了设在城外的国民军司令部门前，他拢住马，插好摇鞭大摇大摆往里走。门岗拦住喝问：“干什么的？！”

吴先生说：“我要见宋哲元。”

卫兵上上下下打量他，撇着嘴角说：“走开走开，总司令岂是谁想见就能见的？”

吴先生说：“他宋哲元也是两个肩膀扛一个脑袋，为啥不能见？是不是做了啥丢人败兴、背锅倒灶的事，觉得没脸见人，藏起来了？”

卫兵拉枪栓说：“老家伙，想死是不是？再满嘴跑火车枪毙了你！”

吴先生急中生智说：“我是宋哲元的亲娘舅，舅舅看外甥难道还犯法不成？”

把卫兵唬得一愣一愣的，他不敢怠慢小舅老爷，飞跑进去禀报，过了一会儿出来说：“总司令有请。”吴先生大步往里走，不知哪个溜沟子的喊了一声：“立正——”两边的卫兵就一起顺枪，双脚用力一磕，左臂屈肘抬至胸前。

吴先生见了宋哲元，一拱手说：“宋将军安好。”宋哲元中等身材，背如伏龟。火炭脸，额有伏犀骨，两道扫帚眉竖生立长，一行八字胡好似刀裁，确有大将的虎威。此时他正悬着胳膊肘，挥毫泼墨，好像什么也没听见。

副官在旁边竖起一根手指说：“嘘——”

吴先生自己拽过把椅子，端着袍襟禹步而坐。

宋哲元写完大字，接过副官递给的茶碗。副官啧啧赞叹：“苍劲有力，苍劲有力啊！司令真是神来之笔。"

吴先生扑哧一下笑出声来。副官转视吴先生，问："你笑什么，难道是笑司令的墨宝吗？！"

吴先生淡淡地说："我不是笑神来之笔，而是在笑易牙善烹。"

副官寸步不让说："好个易牙善烹，我倒想请教了，你看司令的字写得如何？"

吴先生说："司令的字颜筋柳骨，结构严谨，汲取魏晋碑帖之精华，法上古之遗风。不过杀伐之气太重，锋利有余而厚润不足。且刻意追求古朴，欲浑然大气，反而失之于雕琢。尤其是竖钩，跪笔弹锋用得太霸道了。"

副官怒道："你……大胆狂徒，可知道党拐子①的下场？！"

宋哲元仰面大笑，把字揉作一团扔进纸篓里，说："宋某尚有自知之明，何劳先生指正。"接着脸一沉问，"你是什么人？为何冒认官亲？！"

吴先生坦然自若说："在下是振远县梆子村的一介草民吴联丰，司令这个门槛太高，不这么说他们不放我进来。"

"吴联丰"这个名字，宋哲元也有所耳闻。于是，宋哲元脸色略微缓和，问："不知先生见宋某有何赐教？"

吴先生说："'赐教'二字不敢当，我是特来恭喜宋将军的。"
宋哲元问："恭喜什么？"
吴先生说："恭喜宋将军从此可以名标史册，流芳百世。"
副官鄙夷地说："我们司令从来不收马屁！"
宋哲元也一皱眉，勉强问："此话怎讲？"
吴先生说："从前，项羽扬名是因为火烧了阿房宫；额尔金扬名是因为烧了圆明园。如今宋将军炮轰辽塔，事迹可比洋毛，不让古人，岂不值得大书特书？可惜只打中两炮，太不过瘾了。应该多打几炮，最好是万炮齐发，一口气把它炸塌了轰平了，方显得宋将军英雄盖世，敢作敢为。"

---

① 党拐子——土匪党玉琨盘踞凤翔，宋哲元部攻入凤翔后，把党玉琨乱枪打死。

宋哲元勾着食指来回蹭胡子，脸色阴晴不定。副官抢上一步说：
"笑话，别说一座破塔，就是溥仪小皇帝的金銮殿也差点儿被我们冯
老总轰平了。破旧立新，乃是我军的革命宗旨。你竟敢在这里妖言惑
众，动摇军心。我看你八成是城里的探子，要不就是傅作义、李生达
的说客！"

宋哲元大喊一声："来人！"随着话音，正步走进来两个背短枪
的传令兵。宋哲元说，"先生所说深合我意。"当场传令，"从即日
起，攻城火炮不得对准木塔。城破之日，无论官兵不得破坏城内的文
物古迹，违抗者一律军法从事。"

往事让吴先生喟然长叹，发心重修木塔。他拿出了当年兴修水
利的劲头，只带一钵一杖，靠双腿走遍了周围十几个县，近百个自然
村，游说大家为保护文物尽一份心力。但由于正值乱世，老百姓连饭
都吃不饱，而吴先生又坚决不肯向日伪机关申请，因此募捐工作进展
缓慢。

第三十五章：巧斗

1

今天是河野洋平的生日，中午他约了三五知己在曹福楼庆生，点了年糕和红豆饭。朋友们一起举杯祝他早日成为将军。河野洋平说："狗屁，谁不知道陆军士官学院的毕业生最高只能晋升到大佐。将军，呵呵……"他把杯子举起来，遥祝天皇陛下和远在伊达市的母亲健康长寿，但是酒只象征性地沾了沾唇。他的同乡，陆航团的百兵卫敲着餐桌说："你是东道，还是寿星，这样耍赖皮可不行！"

河野解释："下午有重要公务，饮酒违反纪律。"

有个家伙随口问："是什么任务？"随后笑着举起手，表示失言了，但是大家坚持让他自罚了一杯。

每个来宾都拿出了自己的贺仪，百兵卫塞给河野洋平一个小纸包。

河野洋平在手里掂了掂，觉得分量很轻，拆开是一枚白色小药片。

"对付花姑娘的那种？一片也太抠门儿了吧？"河野洋平嘲笑。

百兵卫觉得受到了侮辱，叫道："才不是，比那个厉害多了，是飞行员的特供。军部对它控制得很严，即使飞行员也只能在执行战斗任务的时候领一粒。"

"吃了有啥感觉？"

"你自己试试看。"

河野洋平吃了，但什么感觉也没有，怀疑对方骗了自己。

他们在酒店外面分手，个个沟满壕平，一阵清风吹来，河野洋平突然感觉自己和平时完全不一样了，突然之间他就变成了另外一种存在，神一样的存在。他站在御河岸边，手扶桥栏，自言自语地抒发情怀："哦——哦——吆西！"然后没有任何不连贯，眨眼间他就坐在了一辆大卡车的驾驶室里，里面一共有三个人：司机、翻译官和崭新的自己。他知道车顶上架着大正机关枪，车斗里站着十二名全副武装的宪兵。卡车在通往振远的公路上奔驰，但河野洋平觉得自己是在云彩里飞，眼前的景物都折射出七色虹光，连人也不例外。他突然明白为什么要让飞行员吃这个了，因为吃下去之后你就成了飞行员。逮捕，他想起来这次的任务是要去梆子村逮捕一个重要嫌疑人，但是该人的名字却想不起来了，想不起来就想不起来，反正他一点儿都不关心。他享受的是当下。

村口横着三角木架，上面缠绕着滚网。有个孟队军官拦停了卡车，请他们出示证件并说明来意。河野的口袋里有证件，皮包里有公文，但他懒得出示也懒得废话，直接下车赏了对方一个嘴巴，训斥："混账东西，连皇军的飞机也敢拦？！"

对方不敢犟嘴，赶紧让人搬开路障。军车耀武扬威，如入无人之境，把村庄搅闹得鸡飞狗跳。按照门牌开到一个门口，翻毛黄皮鞋踹开梢门，不一会儿就把凤春娘推搡出来。翻译官介绍："老人家不要害怕，这位是河野队长，请你到大同去一趟。"

河野洋平向凤春娘鞠了一躬，他目光恍惚却义正词严，身体前后打晃儿地说："我说老妈妈呀，您必须对这件事负责，您得好好管教管教您儿子，他简直太不像话了！您的儿子和我们大日本皇军作对，这是一个清白正直的好青年应该干的事吗？！"

翻译觉得这些话不太对路，河野队长的精神状态好像出了点儿问题，但还是照原话翻译了。凤春娘平静地反问："我儿子到日本和皇军作对了吗？"

河野大叫："您这是什么话？！哎呀，这真是太气人了！气得飞机都要爆炸了！中国老太太也太不讲理了！！你还以为我愿意来你们这个破地方？愿意离开妈妈？都是因为这场该死的战争，接到红纸信能不来吗？谁不是在人前装作高高兴兴，到了晚上全家抱头痛哭……"他又快要哭了，眼泪汪汪的，连鼻头都红了，心里却有个声音说：我要向大羽辅佐官告发，这里有个可耻的厌战分子！

同伴全都神情紧张，翻译官张口结舌，其中年纪最大的军曹走到他身边，做了个请他上车的手势，低声进言："您别再说下去了，队长。只要把她带回去我们的任务就算完成了，压根儿不用费这么多口舌。再说这个地方待久了不安全。"

河野没听明白，不安全？为什么？普天之下莫非王土。这里难道不是大日本皇军的地盘吗？悬挂的难道不是太阳旗吗？但是无所谓，走就走。

2

汽车掉头原路出村，胶皮轮组卷起滚滚尘暴。这时日头已经偏西，像颗拔了保险销的香瓜手雷，危险地挂在头顶。快到桥头时，路中间凸起一块大石，司机急打方向盘想从旁边绕过去。只听"哐"的一声巨响，车身猛然歪向一侧，左后轮高高翘起来，右前轮陷进一个树枝遮盖的深坑里，接着传来可怕的磕碰和断裂声，悬架已经托底了。四周围突然伏兵四起，他们端着枪从桥洞下、树林中、沟渠里蜂拥而出，把卡车团团围住。马六子举着马枪冲在前面，嘴里大喊："缴枪不杀！"

孟布云土地爷似的从防共沟里爬出来，先跑到被扶下车的凤春娘面前，趴在地上磕头说："干娘，孩儿来迟一步，你老人家受惊了。"然后火烧火燎地跳起来，蹿到卡车跟前，看见前机盖瘪进去，漆皮蹭掉一大块，翼子板掉了一个，保险杠也撞弯了。孟布云大怒，对准马六子的屁股蛋就是一脚，气哼哼地说："都是你干的好事，我就说这个法子不成，你偏说能行！"

马六子检查了一下说："幸亏卡车底盘高，拉到铁匠铺捣几锤子，再用撬棍整一下就平整了，只要发动机和油箱没事，咱们照开不误。"

孟布云拍拍他的肩说:"就你小子能!要是打不着火,就是用八匹骡子拉,也得把它给我拉回去。"

马六子答应了一声,指挥大伙儿压住左后轮,抬起右前轮,自己爬进驾驶室挂倒挡,熄火三回终于把卡车从坑里退出来。他摇下玻璃窗向孟布云报捷:"司令以后也有自己的专车了!"

孟布云大乐,突然看见河野洋平,说:"冤家路窄呀!这真是六月的债——还得快!马六子,别他娘只会吹牛皮,现在本司令就要考考你这个司机合不合格!"

四条汉子把河野洋平按在路基上,两个抻腿,两个掐胳膊,用膝盖顶住腰眼。河野洋平瞪大好奇的眼睛,看着载重七吨半的大卡车一路咆哮,六个缸的引擎砰砰地转动,边轮离自己的手臂越来越近。他的表情镇定到麻木不仁,他不知道这只手跟自己有什么关系,因为他的大脑深处也有一台大功率引擎在运转,把一切担忧和恐惧都吹得烟消云散了。

3

从远方的晚霞里飞奔过来几辆自行车,骑在最前面的是王相,他胯下一匹英国产的凤头牌自行车,鼻梁上架着深茶色墨镜,汗珠子顺着两鬓向后飞去,一边猛蹬踏板一边当啷当啷地摁铃,扯开嗓子喊:"且慢动手,刀下留人!!"

孟布云皱眉说:"怎么又是你?你不是跟县长视察团出国去了吗?我还以为你掉到东海里喂鳖了。"

王相头戴土黄色战斗帽,身穿灰纺绸对襟,袖口挽出来白边,上宽下窄的黑马裤配礼服呢皮底鞋,斜背着手枪套。他支住车子,气喘吁吁地说:"走了一个多月,前天刚回到大同,昨天参加了个会议,今天回的县里,正要把上面发的文件给你送过去。"说着,从后架子上解下一摞小册子递过来。

孟布云随手翻了翻,都是白皮,封面上有黑体印刷字《强化治安运动实施纲要》《管理户籍暂行办法》《门牌、居民证颁发规定》《保甲模范制实施条例》等等。孟布云说："不错嘛，这回王县长跟汪主席、德王前后脚访问东京，那真是墙头上出恭——脸露大了。"

王相连连摇手说："哪里哪里，我们这些做基层工作的岂能跟汪主席和德王相比？汪主席和德王出访的时候，排场大了去了，来回都坐飞机，有专车迎送。天皇亲自接见，东京各级官员远接高迎，还发动了五十万市民举着小旗夹道欢迎——伊拉下伊马赛（模仿民众的欢呼声）。听说到了晚上还有日本娘儿们陪睡。我们陆路坐火车，海上乘轮船，吃的是便当，一路辛苦得很。"

孟布云要过来个纸包扔给王相说："这是咱县出产的料面，拿回去解解乏吧。"

王相双手捧着用鼻子闻了闻说："受之有愧，受之有愧。不过布云，我才几天不在你就捅毛蛋，这是高等法院送来的传票，浑源的阎大本把咱们告下了，说咱县的烟土火房往河里倒药渣，污染了他们的水源，导致粮食减产。"说完从口袋里掏出一张传票。

"阎罗锅子活腻味了？！"孟布云大咧咧地接过来扫了一眼。

王相说："阎县长没那么大胆子，这是榷运清查署的太君收不上振远的大烟罚款，不甘心，暗中指使他干的。"

"太君让他吃屎他也吃屎？！"孟布云不满地说，"你给田唯农挂电话，让他跟主审法官打个招呼，把这事先压一压。养兵千日，用在一时。姓田的每月从振远领的视察补助不能白拿。"

王相说："其实这些都是小事，关键是太君对咱们很不满意，点名批评了，说各县的强化治安运动都搞得如火如荼，只有咱县按兵不动。"

孟布云不以为然。"咱县咋了？别的县都实行配给制了，老百姓吃了上顿没下顿，连锅都揭不开。只有咱县河清海晏，风调雨顺，老百姓安居乐业。上面让咱们巩固基层建设，推行保甲制度，实行连保连坐，冬防夏防，咱们施行了。让稽查人口户籍，逐户编制门牌，我们查了也编了。让往公路两边和电线杆上贴标语，咱们贴了。让挖防共沟、惠民壕，咱们挖了。让每天举行什么升旗仪式，当猴子耍咱们都认了，还要怎么样？！"

王相耐心教育："司令抓的都是鸡毛蒜皮，做的只是表面文章。上个月通知各县驻军首脑到大同集训，司令百般推脱，硬是不肯去。县政府要编练自卫团，司令不但不配合，反而极力阻挠，从中作梗。这次强化治安的核心是剔抉，也就是把县里的可疑分子和抗属如数逮送到宪兵队，司令一直顶着不办。甚至连大同清民会和西北公论社也被阻挡在振远境外，现在大家都说振远已经成了一个针插不进来，水泼不进来的独立王国。"

孟布云说："笑话！欲加之罪，何患无辞！！上次集训我正好闹肚子，人吃五谷杂粮，哪有不生病的？关于这一点我已经打电话向大羽辅佐官解释过了。皇军疑人不用，用人不疑。既然把振远交给了我，我孟布云就要把它守好把牢，不辜负皇军重托。至于编练什么自卫团，我看纯属脱了裤子放屁。剔抉说说容易，都是本乡本土，乡里乡亲，朋友套着朋友，亲戚连着亲戚，一扯耳朵腮都动。左云倒是强化治安的模范县，其实也没逮送几个嫌疑人，而是往大同送了十来个花姑娘。开始皇军左一个'吆西'，右一个'吆西'，'穆县长，朋友大大的'。哪知道这些花姑娘一多半都是婊子，要不就是破鞋，结果把花柳病传染给了宪兵队的太君。这下可麻烦了，军医黑田屁颠儿屁颠儿地来问我有没有什么土偏方，那躬鞠得……脑门儿都挨到脚面了，正经医生开的药单子也给我看了，什么德国狮牌606、法国914、日本的梅敌……这些洋药确实管用，可价钱贵呀，每针八到十块大洋，而且得连续注射一个星期，所以只能给官佐使用。皇军一怒之下给穆县长安了个罪名，官职一撸到底不说，现在还在班房反省呢。还有右玉县拿着个鸡毛当令箭，施政跃进搞得太过火了，当地老百姓编了一首歌谣：'保甲模范，家家不安，天天摊派，夜夜支差，黄狗叫领路，黑狗拧油油，穷人少吃没穿了，撇下锅舍上西山（指当八路）。'把老百姓逼上梁山，这是资敌你知道吗？大羽辅佐官早就说过，反共防共是三分军事，七分政治。"

王相说："布云，别的也不用多说了，河野太君是大同宪兵本部分队长，兼任大同警署的警务指导，同时也是强化治安督察组组长。

今天你瞧我的面子，先把太君礼送出境，其他事情咱们慢慢梳理。"

4

河野洋平趴在地上，心中暗暗好笑，他觉得眼前这些人十分渺小，很愚蠢，非常肮脏。而今天的自己神通广大，无所不能，虽然人单势孤，身处险境，却毫无畏惧，一切尽在掌握之中。更关键的是自己无惧死亡，因为死亡只是一场骗局。

然后他突然发难了，瞬间就从四条大汉手里挣脱了出来。他早就用眼睛的余光看见左侧五步开外站着个家伙，满脸喜悦地把一挺机关枪抱在怀里，是刚刚从卡车顶上拆下来的歪把子。河野洋平几步蹿到他面前，双手握住对方的肩膀，用额头朝这个家伙面门猛撞。然后……那家伙向后翻滚出去，而那挺插着供弹夹的机关枪就沉甸甸地落在他的怀抱里了。他看见周围有很多人呐喊着向自己奔跑过来，想重新制服他，但是为时已晚。河野洋平熟练地打开保险，手指按在扳机上，全身都亢奋起来，接下来疯狗河野要用一次凶猛的扫射让这里尸横遍地。

孟布云把已经傻掉的王相推向身后，片刻都没有犹豫，闪电一样拔枪射击。

河野洋平有点儿吃惊地看到，自己搭在机枪扳机上的手突然炸裂了，几枚断指从眼前飞过，鲜血和碎肉喷溅在枪身上，自己脸上和军服上，只剩下奇形怪状的残端留在手腕上。

第三十六章：清洗

1

谷雨这天，玄觉大师捎信给孟布云，说天王寺里的牡丹花开了，约他到寺中赏花。

天王寺依山而建，朱红外墙和翘角飞檐的门楼掩映在绿树丛中，为振远十三大寺之一，唐太和六年，僧演智修建。为了表示对寺院和玄觉大师的尊重，孟布云让侍卫留在山门外面，独自把沉重的肉身背上一百零八级石凳。置身牌楼和匾额下，手抚门柱回望，他沮丧地感到一百零八种烦恼并没有被他抛弃在身后的云雾中。

天近黄昏，塔林辉映着醉人的霞光，归巢的鸟来来去去，钟鼓楼和藏经阁的琉璃瓦顶、勾头釉彩绚丽光润。天王殿前伫立一块高达六米的御碑，上有螭首，下有龟趺，镌刻汉满蒙藏四种碑文。玄觉大师领孟布云信步穿过天王殿，出大殿北门，只见庄严的大雄宝殿重檐抱厦，斗拱交错，就像时空的终结者。殿内雕梁脱色，壁画斑驳，正中有尊两米多高的佛像，两侧群列十八罗汉。殿内烟雾缭绕，几个香客正在跪拜祷告。孟布云飘忽地记起儿时，自己和小伙伴曾经在这个大殿里捉迷藏……

玄觉大师又引孟布云转到释迦牟尼像后面，在佛像背后的侧翼另有一尊观世音菩萨的玉塑，由于位置隐蔽，游客很难发现。玉塑前站立一人，礼帽长衫，商旅的打扮，倒背双手，样子很悠闲，迎上来笑盈盈地说：“二哥，我们又见面了。”

孟布云一股无明火撞上来，伸手拽枪。旁边的玄觉大师压住他的手腕，沉声说："菩萨面前，不可造次。"

孟布云哼了一声，把枪还匣说："姓赵的，两国交兵不斩来使。我好心派人护送干娘到南山游击区，让你们母子团圆，你不领情就算了，为甚要扣押我的人？！"

在他们中间还站着一个人，那是王天存的幽灵，所有人都看见了，但都假装没看见。赵凤春冷笑道："你的人？恐怕是大羽政章的人吧？"

孟布云一惊。"笑话，你空口白牙有什么凭据？"

赵凤春说："那个史排长我已经给你带回来了，现在就关押在杨家窑的夫子庙（此地为南山游击区和孟布云防区的交界），你把他带回去，一审便知。"

"就算姓史的是内奸，难道大哥也是？！"孟布云突然爆发了，双手揪住赵凤春的衣领，激动得浑身颤抖，"你还我的大哥！！"

赵凤春从容不迫的表情不见了，他脸颊和嘴角抽搐，用力甩开孟布云的手，掏出手枪飞快地上膛，在冲动中用枪口顶住自己的太阳穴。

玄觉大师从旁边狠狠扇了赵凤春一记耳光，气愤地说："你有什么权利死？你的命，是天存拿自己的命换回来的！"然后他们都哭了。玄觉大师双手分别搭在两个以手掩面的学生肩膀上，泣不成声。这是他们之间第一次也是最后一次讨论这个话题。

牡丹园在禅堂后面，面积虽然不大，但品种丰富，其中有展宏图、群英会、魏紫、姚黄、绿玉、墨魁、娇容三变，八大色系几乎都占全了。漫步花丛，他们已经平静下来了，压抑的激情得到了释放，他们又各自找回了扮演的角色，就像刚才什么也没有发生过，好像抱头痛哭的人根本不是他们。王天存悄然而去，就像他悄然而来，只留下了某种复杂难言的情绪。

孟布云赞叹："常听人说洛阳牡丹甲天下，我看天王寺的牡丹也不比洛阳的差。"

玄觉大师说："其实咱们这儿的牡丹也是从洛阳移栽过来的，由于气温、土壤、日照等各种自然因素不同，已经有所变异，今天咱们看到的这些牡丹，虽然不如洛阳牡丹那么娇艳，花形那么优美，但是它们的花期长，植株高峻，花朵硕大，抗寒耐风，已经沾染上了几分燕赵豪杰的气宇、太行义士的侠风。"

赵凤春说："我记得史书中记载，北宋末年的李纲因力主抗金而罢相，贬谪途中，见牡丹而悲歌：'平生爱花被花恼，每见牡丹常绝倒。自从丧乱减风情，两年不识花枝好。'洛阳籍诗人陈与义，避乱流落江南，见牡丹而哀吟：'一自胡尘入汉关，十年伊洛路漫漫。青墩溪畔龙钟客，独立东风看牡丹。'陆游一生为恢复中原奔走呼号，说：'老去已忘天下事，梦中犹看洛阳花。'如今大江南北烽火连天，半壁河山已沦于异族。牡丹花虽好，恕学生实在没有赏花的心境。"

玄觉大师说："布云，我早就劝过你，趁此时迷途未远，即刻悬崖勒马，免得落一个身败名裂、遗臭万年的可耻下场。"

孟布云辩解："学生也知华夷之防，也想还我河山。但是现在敌强我弱，死磕硬拼无异于以卵击石。再说我投在日本人麾下，也不过是权宜之计，目的无非是保存实力，以图日后东山再起，为国家干一两件大事出来。岂不闻后人有诗赞刘备：'勉从虎穴暂趋身，说破英雄惊煞人。'"

赵凤春反唇相讥："那么说你是跟汪精卫一样，要曲线救国了？倘若我四万万同胞全都见风使舵，首鼠两端，国家还有什么希望？所以我说，与其卧薪尝胆，给日本人当扭扭捏捏的小媳妇，背着汉奸卖国贼的骂名，提心吊胆地过日子，倒不如破釜沉舟，轰轰烈烈地大干一场。"

孟布云岔开话题："羽菲落到日本人手里了，我亲眼看见大羽政章百般折磨她，但她只字未吐。"

赵凤春说："她现在已经让我们的人营救出来了。"

玄觉大师合十感叹："且夫天地为炉兮，造化为工；阴阳为炭兮，万物为铜。"

赵凤春说："我和先生的话你回去慢慢掂量，不过根据我们掌握的情报，日本人已决意除掉你，你的时间恐怕不多了。形势逼人，唯有当机立断，方可绝处逢生。另外我这次来还有一事相求，我们有一批干部想从你的防区过境，到五台去，不过需要绝对保证安全。"

孟布云拍着胸脯大包大揽："你的朋友就是哥的朋友，只要在哥的地盘上，保证他们连一根头发也少不了。"

2

"嗨，老太婆，醒醒，醒醒……"

她努力睁开发粘的眼皮，看见丈夫惨白泛青的脸悬在自己上面，两张脸贴近到连对焦都困难，中间隔着薄薄一层月光。

"怎么了，孩子他爹？"她用犯迷糊的声音问，以为在做梦，不过谢天谢地，他终于回来了。

"快把孩子们都叫起来，咱们得赶紧离开这个地方。"

"我们去哪儿？现在离天亮还早呢。"她清醒过来，而且马上就被丈夫的脸色吓着了。

"上大同，马车已经备好了，就在院子里。"

"走多久？"

"再也不回来了。"

她这才注意到丈夫穿戴得整整齐齐，地上放着一只皮箱和两个包袱。这个男人已经十来天没有回家了，她知道他打野食去了，却从不为此大惊小怪，说三道四。她知道他早晚得回来，她认为他是个好爷们儿好父亲，只不过管不住自己的那玩意儿，最起码在钱上他从来没有亏待过这个家，亏待过孩子们。

"老二生病了，发烧，睡觉前刚喝过汤药，郎中说她这几天不能见风。"她觉得气氛有点儿诡异，丈夫看起来很紧张，紧张得快要绷断了，但是不敢多问。

炕上挤得满满的，并排躺着四个孩子，老二今年八岁，是他们中间唯一的丫头。

"不行，还有一口气就得走，马上！"他粗暴地说。

老大首先醒过来，揉着眼睛不满地咕哝："弟弟尿炕了。"然后是老二，她颧骨泛着病态的红晕，气喘、咳嗽，光着嶙峋的上身坐起来，伸出双手叫："爸爸……"

他没有抱女儿，只拍了拍她的头发，勉强露出一个比鬼还难看的笑容。

女人一边督促老大和老二，一边手忙脚乱地给老三和老四穿衣服，在这个过程中老四哭起来了。

他被哭声吓了一大跳，惊慌失措地说："让他把嘴巴闭上！别他娘在老子面前号丧！！"

女人把奶头硬塞到小儿子嘴里，对丈夫说："我得收拾一下东西。"

"金银细软我已经收拾好了，剩下的那些破烂不要了！"

"这房子和地怎么办？"现在她确定是出事了，大事。

"婆娘家啰唆什么？没有什么比命更值钱。"他从抽屉里取出一把手枪，拉开弹仓，摸黑儿把一粒粒子弹推进去，也把他的记忆推向了那个风沙满天、荒凉围困，但却骆驼成群、出奇繁华的市镇。

3

吊炉在客栈中央升腾起的火焰像金蛇狂舞，弟兄们围住一张方桌推杯换盏，步枪都靠在墙上，货物堆放在脚边。马银科提醒："弟兄们一路辛苦，无论是天上飞的地下跑的，想吃什么随便点。可是酒少喝。谁要是因为贪杯耽误了司令的大事，别怪我不客气。等把这趟差事办妥当了，咱们再踏踏实实喝个一醉方休！"

角落里，一个满脸络腮胡子的汉子，狗皮帽的两个护耳撩起来扎在帽顶上，戴圆墨镜，卡其色棉大氅翻出火红的狐狸毛领子和袖口。看样子他已经酒足饭饱，却并不急于离开，从腰间的荷包中捏出一撮金黄的烟丝，按在烟锅子里，用拇指压实，点燃纸煤儿……

马银科抽了抽鼻子，赞叹："好久没闻见过这么地道的关东烟了，准是杨头沟的白花铁锉子！"

一个弟兄叫道："朋友，把你的烟叶拿出来让咱们团长尝尝！"

"嘘——"马银科放下筷子，支棱着耳朵说，"外面是什么动静？"

旁边的人笑道："团长太多疑了，真成了草木皆兵，口外不比关内，这是大风扬沙的声音……"榆木门"嘭"的一声被撞开，十来个端火药枪的汉子凶神附体般闯进来。"啪啪"两声清脆，一名伸手抄枪的弟兄应声栽倒。

来将吹了吹冒烟的手枪："谁敢乱动，他就是下场！"

食客全都呆若木鸡。烟锅明明灭灭，翠绿的嘴子被嘁得叭叭响。络腮胡子鼻孔喷出两柱青烟，心思仿佛不在这里，仿佛是坐在自家炕头上，遐想着来年的收成。

首领从靴筒里抽出锋利的攮子，划开一个麻包，双眼顿时大放光彩："哈哈，果然是烟土，看来今天运气不错！"

"慢着！"马银科盘道说，"我花马里，你花马外，俱是一家。是朋友知升点作，搬山押各。如要飞叶子、飞冷子，别说朋友不留情面。招子擦亮了，这可是孟司令的货！"

"呸！"对方向地上啐了一口，"池浅王八多，遍地是大哥。孟布云算个鸟，没卵蛋的东西，不过是日本人的一条看门狗！！"

"江湖八大门——金皮彩挂风火爵要，你们到底是溜哪路的？"马银科把手悄悄伸进怀里……

"老子行不更名，坐不改姓——张司令的六路军！"

马银科不屑地说："我当是哪路神仙，原来是只夜猫子。我听说他前年就让八路军在东石口打死了，没想到今天还有人拿他借尸还魂！"他的手已经握住枪把儿，扳开了保险帽。

"你找死！"对方手枪一扬。突然一支筷子凌空飞来，直插进他的咽喉。汉子嘴巴吃惊似的张开，连叫一声都没来得及，就仰面栽倒。络腮胡子出手如风，从怀里拽出两支盒子炮，飞身而起，身体横在空中，像陀螺一样翻转着，双枪齐射，弹无虚发。马银科看得目瞪口呆，在他的记忆里，只有一个人有这样的身手，那就是已经死去的黄花岭大寨主——王天存。

几名汉子中枪倒地，余者慌忙还击。络腮胡子早有防备，落地的同时，敏捷地用脚一蹬，在身前竖起一张桌面，作为掩体，双枪指南打北，打东打西。

马银科喊："并肩子招呼！"也趁机向对方射击。酒楼里子弹和铁沙子乱飞，硝烟弥漫，死伤遍地。

络腮胡子收枪，跨过两具死尸扬长而去，嘴里吟诵："典田卖地，将本求利，有人挡着，人头落地。"摞了半墙高的酒坛轰隆一声垮塌下来。

马银科追到客栈门口，对着他的后影一抱拳，大声说："好汉留名！"

络腮胡子站住，风沙掀动他的大氅，转身的同时摘掉了墨镜。

马银科喜出望外："王大哥！"

王世祥一脸宽厚的微笑，说："是非之地，不可久留，这里不是你我兄弟叙旧的地方。"

"咔嚓"最后一响，弹夹填满了。马银科又回到现实中，回到了自己凌乱的小屋，他把弹夹插回握把。与此同时外面响起有力的敲门声，马银科顿时面如死灰，汗水瞬间就把他扭曲的脸湿透了，端着手枪扒在门缝上向外窥视，绝望地低声叫："哦，我应该自己悄悄地走。都是因为放不下你们这帮拖累，这下全他妈完了！"

马银科转回身，脊背顶住门板，枪口顶住自己的太阳穴，身子三道弯，好像正在被自身的重量一点点压垮。婆姨和娃娃们紧靠在一起，目光惊恐地缩在墙角。然后他彻底失去了勇气，把枪别在后腰的衣襟底下，向前走了几步，张开双臂拥抱了他们，从女人怀里接过老幺，在他的胖脸上亲了亲，说："记住，万一我回不来，你就带着孩子们到大同找大羽辅佐官……"

"砰"的一声，屋门在连续不断的打击下向里弹开，门插子掉落在地。雷金钟大踏步走进来，说："紧急公务，司令让你立刻过去一趟。"六名背枪的汉子举着灯笼站在台阶下面。

4

"这是我当年闯关东认识的结义大哥，虎头万儿（土匪行话，意思是姓王），一身的好功夫，双手打枪，百发百中，外号双枪神将，曾经给张少帅当过侍卫，在东北军里赫赫有名。少帅在老虎厅枪毙杨宇霆、常荫槐，有我大哥的一份汗马功劳。"马银科向众人吹嘘。

王世祥稳重地摆摆手："好汉不提当年勇，自从九一八以来，我就离开了队伍，如今在口外经商。"

"大哥何必过谦，看大哥刚才的身手，雄风不减当年。"

众弟兄纷纷举起酒碗，王世祥来者不拒，豪情盖天，说："既然弟兄们瞧得起，明天由我做东，请弟兄们好好乐一乐。"

马银科说："还是小弟请吧，哪好让大哥破费。"

王世祥脸一沉："怎么，瞧不起我？！"

马银科忙道："既然大哥这么说，那咱们就恭敬不如从命了。"

出了英雄馆又进聚贤庄。那天，马银科如有神助，押宝、推锅、掷骰子……玩什么赢什么。

"兄弟，你今天算来着了。那个人叫苏化文，是这镇上有名的败家子，花钱如流水。有时候一晚上输三四万，这位苏少爷拍屁股走人，连眉头都不皱。"马银科顺着王世祥的手指望去，只见一个穿青色洋布长衫的细高挑手托鸟笼，前呼后拥地走进来。

两盏灯笼在前面引路，四名喽啰殿后。雷金钟和马银科并肩往新堡走。雷金钟催促："老马，你今天走道儿怎么像个娘儿们。是不是又赌输了，心里不痛快？"

马银科试探着问："都这么晚了，司令喊我有什么事？"

雷金钟漫不经心地说："我也不清楚，反正去了你就知道了。"

"我听说史排长被抓了？"

"他昨晚已经被司令当堂刑毙。"

一阵冷风吹来，马银科哆嗦了一下。"司令亲自审的？有口供吗？"他的这个问题没有得到回答。

5

苏化文分头油光锃亮，散发出发蜡的异香，吹着口哨儿逗鸟说："我得问明白，他趁银子吗？别手里捏着仁核桃俩枣，就下馆子逛破鞋，有骆驼不吹牛。我可没闲工夫跟叫花子打镲。"

马银科想发作，王世祥制止他，不露声色地说："我这位兄弟是做烟土生意的，结交官府，走动衙门，公私两面，手眼通天。不论占领区、国统区，还是老八路的地盘，任意纵横。我不说你也清楚，没点儿道行也不敢端这个饭碗。要说钱，在晋北十三县虽不敢说首屈一指，那也是赫赫有名。不过我倒是要把丑话说在头里，我兄弟有三把神拿，能掷五会掐六会丢川花，要是输了赖账，他可翻脸不认人！"

苏化文说："我的秉性王大爷还不知道吗？只要玩个痛快，输赢对我无所谓。拿来……"递过来一只手提箱，他轻轻按动机关，箱盖弹开，里面是满满一箱金条。众人面面相觑，震惊不已。

时间过着……苏化文掸掸袍角，轻蔑的神情里有一种独特的脂粉气……马银科心一横说："把我的货抬上来。"

"这怕不妥吧，万一要是……"一名弟兄提醒。

"少他妈废话，胆小不得将军做，舍不得孩子套不住狼，天塌下来有我担着！"

麻包在大厅一字排开。"怎么样，这些可都是上等货色，能顶得上你这一箱黄金了吧？！"马银科叫号。

苏化文不阴不阳地说："货倒是不错，不过我不好这口，再说也没法往家里弄。真要弄回去，我家老爷子也不乐意。所以我只赌现钱。"

"你这就强人所难了，我是出远门的人，现款带在身上不安全。"马银科隐隐有一种轻松的感觉，就此打住也许是最好的选择。

王世祥在旁边插嘴道："有了，我跟这聚贤庄的钱老板很熟，他除了开赌场以外，也兼营烟土生意。要不我跟他说说，咱们拿这些烟土作抵押，兑换一笔现款，先解了这燃眉之急。"

马银科沉吟。王世祥向他耳语："冤大头的钱，不挣白不挣。大不了等咱们赢了，再把东西赎回来，不过是加少许利息。再说有我的人情在，就是原价赎回，钱老板也会应承。"

"那……就听大哥的……"马银科终于咬钩了。

"我觉得人活着不应该忘本。"雷金钟说。

马银科全想起来了，他和雷金钟曾经是工友，住在一个锅伙，那间锅伙屋顶见天光，四面透风墙，下雨到处漏，冬天雪满床。他不敢像雷金钟一样入洞攻煤，只干些扳道岔、关风门、挂小钩、拴煤牌、给机器房加油这些半大孩子的活儿。要不就查火领风①，跟六根不全的瞎子和瘸子抢饭吃，所以挣钱少还被人瞧不起。有一年黄花岭的二当家率领人马突袭了柜账房，打死了掌柜的，指挥人把整箱的金银往外搬，他和雷金钟正好到把头柜领工钱赶上了，跪在孟布云面前说："二爷带着小人吧，咱们给你背棍打旗，牵马坠镫。"

6

王世祥亲自站宝案，他的脸被头顶明亮的汽灯照耀得银盆般白花花一片，连五官都仿佛消失了，手托宝盒高声吆喝："小小宝盒一块铜，三面黑来一面红，虽然不是值钱的宝，有万贯家财里边盛，两位兄弟要分高下，押穿押拐押孤丁……"

马银科搓搓手，嘴里叨念："赌一赌，单车变摩托——"

苏化文亦搓手，嘴里念叨："玩一玩，摩托变吉普——"

一场豪赌尘埃落定，马银科脸色土黄瘫坐在椅子上，脑子里一片空白，额头滚动着密密麻麻的冷汗。

"怎么样，认赌服输吧。"苏化文探手取赌桌上的银票。

"慢着！"马银科霍地站起来，"我怀疑有人在这里面做了手

---

① 查火领风——在风道上烧纸来流通窑下的空气。

脚，摆的是转心盒子跟头宝！"

苏化文冷笑一声："聚贤庄又不是我苏某人开的，摇宝盒的是你大哥，何来做手脚之说？市面上专有一种耍光棍的臭无赖，吃仓、讹库、跳宝案，输打赢要分文不让，运气来了就装上，黑毒来了就想偷逛！"

马银科恼羞成怒，拔枪指住苏化文："谁都不许动，谁动就让他脑袋开花！"弟兄们也纷纷操家伙。

"没有金刚钻也不敢揽瓷器活儿，没有三把神沙不敢倒反西岐。苏某既然敢走夜路，就不怕遇见鬼！"苏公子沉稳地弹指，二楼栏杆上突然展开一圈黑洞洞的枪口，居高临下，对大厅形成包围之势。

王世祥见势不妙，飞快地闪到苏公子身后，拔枪顶住他的后脑勺儿，对楼上大喊："别动，要不然我就二拇指头一勾，先送他去见五阎王！"

钱老板一手提着袍衩，急匆匆地顺着楼板走下来，打躬作揖说："各位各位，有话好说，千万别伤了和气。"

马银科说："这批烟土就是我跟这些弟兄的命，说什么也得带走！"

"事情出在我的地头上，二位给我个面子，上楼坐下来万事好商量。我姓钱的一手托两家，跑得了和尚跑不了庙。都是在世面上混的，这样拿刀动枪伤了谁都不好。几位这边请。"钱老板说罢在前面引路。

王世祥给马银科递了个眼色，顺手把银票揣进怀中。

经理室的门推开，一个身量不高，西服革履的人面对玻璃窗站着。钱老板上前，弯下身子低声下气地说："东家，人，我给您带来了。"

此人缓缓转身，仿佛有一个巨大的能量场在随着他转动。"马团长，你的大驾可真难请啊，不过有道是：人生何处不相逢。"他脸上挂着浅笑，目光里却蕴含着杀气。

马银科觉得呼吸困难，心跳加快。"大羽辅佐官？！"

大羽政章的面容隐去，新堡的灯光已遥遥在望。"明天你小侄子抓周，你弟妹让你和嫂子一定过去喝酒，想让孩子认你们当干爹干娘。"马银科昏暗的脸上泪光闪闪，声音开始发抖："要唱堂会，请戏班子，唱……对，就唱《华容道》。"

　　深深的怜悯从雷金钟冷静的面庞上滑过，他眼睛看着别处说："我不是关公，你也不是曹操，家里的事你就不用多操心了。"

　　路边，闪过一排灰色的树影，渠水在树后面翻卷起幽暗的粼光。这也许是最后的机会了。马银科猛然转身，像箭一样射出去。但是一颗尖叫的子弹用音速追上了他。他觉得左腿突然一沉，接着身体就失去了平衡……

第三十七章：乱云飞渡

1

为了给寺塔募捐，玄觉大师在路途中受了风寒，有一段时间自觉不久于人世。先生万念顿息，每天在禅堂打坐，日中一食，昼夜精勤，以死为待。旬月倏忽而过，他的身体竟奇迹般恢复了过来，较之从前反而更加耳聪目明，筋强齿固，神清气爽。有一天，他半夜起来上香，突然眼前一片光明，内外洞彻，不仅禅堂，就连东西厢房里的景象也一清二楚。隔着墙看见知客僧在菜园小解。再往远处看，田畴、农舍、河渠、行人、宝塔都历历在目。

他盘腿坐下，进入更深的静虑。宝塔被拉近了，不对，是宝塔用一股无形的磁力把他拉了过去。塔的造型没有变，却看不出任何木质，通体好像是造办处刚刚从大炉里烧造出来的净色琉璃，里面似乎还点着灯，内外明澈，一点儿瑕疵都没有，带着一种超乎想象的晶莹剔透，由内而外迸发着青幽幽的圣洁光芒。玄觉大师感到薄荷般的清凉从头顶徐徐渗入，身心就像被佛力加持了一样庄严宁静。然后他进入了塔的内部，不是用肉眼看，也不是用心眼看，而是在用灵魂真实地触摸着那些壁画、藻井和其他构件……每一样都是水晶药玉的。他又转向塔壁，只见塔壁就像厚玻璃上凝结了一层银白色的冰花，层层堆叠着玉树、芝兰、芙蓉……千姿百态，每个点都有六个棱角，但并不觉得寒冷，相反贴近了还很温暖润泽。再看塔壁内部隐约有股股汁液在缓慢流动，仿佛塔的呼吸。玄觉大师被这景象迷住了，伸出一根虚构的手指，在上面轻轻碰触。塔壁居然很柔软，指尖立刻陷了进去，同时就像点燃了一个盛大架火表演的总药捻儿。五颜六色的绚丽光彩以触点为中心，向塔壁四周迅速扩展，先是盛开的莲花形，中途千变万化，衍生出各种不同的排列组合。

玄觉大师突然领悟，自己走进的不是一座世俗的、物质的塔，而是走进了塔的灵魂，是灵魂与灵魂的赤诚相见。

有时候，塔壁上也会清浅地映照出大师的形象，却都似是而非，动作一样，位置一样，但是脸和装束不一样。一下是个骨瘦如柴的苦行僧；一下是个金盔金甲的大将军；一下是个英俊倜傥的少年郎；甚至有一个瞬间竟变成了一个风姿绰约、艳丽无比的妙龄女子，令他困惑不已。

过了一会儿，塔外面有个东西来了，带着一种夏蝉般的聒噪。因为塔壁是半透明的，所以只能看到个深邃的影儿，像黑烟浓墨败絮，围着塔身打转转，时而粗时而细地在空中蛇绕蟒行。又变幻出各种恐怖的形象：恶魔的脸、大黑狗、饿鬼、夜叉、修罗……硬往塔身上扑，发出鬼哭狼嚎般的怪声。先生的胸腔里顿时涌起一腔义勇，心想：这么神圣的地方，这是哪儿来的妖魔鬼怪，魑魅魍魉，竟敢跑到这儿来桀犬吠尧。就斜着身子往外冲，想再次穿过塔壁，将那个躲在黑烟里的东西训斥一番。可是塔壁上突然升起一道无形的力量，把他弹了回来。与此同时，周围又还原成了真实的木塔，把内外影像隔绝开。丝丝木质、纹理，甚至连每一颗灰尘都清清楚楚，比用肉眼观看还要清晰鲜明百倍。

有个地方在召唤，就像慈母在呼唤远行的游子。他不顾一切地向下沉入，让自己穿过一层层楼板，穿过厚厚的基座，穿过上面洒了一层硫黄粉的盖板。一个坐西向东的地宫出现了，墙壁都是天然石条砌成，地宫正中水银为池，光芒闪闪，汞雾弥漫，池上静静地泛着一条黄金打造、玛瑙镶嵌的楼船，楼船的舱室里承载着一对银椁，分别用白点提花的黄罗经袱包裹。水池四周，金钱铺地，丝绸布道，七宝环绕。七宝分别是水晶葫芦、琥珀珠串、黄金钵盂、黄金宝塔、黄金车马、双轮十二环锡杖、白玉狮子座。禅堂里的玄觉大师依然垂帘趺坐，双手结印，静静的像一尊雕塑，但是双眼却流泪了。在这一刻，他知道了盛在银椁里的就是传说中的佛牙舍利。他觉得自己变成了一个稚嫩的婴儿，融化在了母亲温暖的怀抱中，他的耳边好像升起了梵呗，体内诸脉震动，仿佛看到无量香花自天散落。他知道了不久以后一个太平盛世就要到来，佛牙舍利将在那时重见天光。他感觉到拥抱着他的广大慈悲里有一丝隐忧。他知道了木塔的圣光和从前相比变得黯淡了，由通天彻地的大吉祥光变成了柔和的吉祥光。他看到天地间有个黑暗的巢穴，就像孕育邪恶力量的子宫，和宝塔对抗了近九百年，但是它的历史远远不止九百年，甚至比整个人类的历史还要漫长。虽然它还没有完全摆脱封印，却在拼命挣扎，每撕扯一次就会释放出血红的闪电，并且把无数触须一样的细丝播撒向凡尘，抖动蜿蜒着，去探索每一颗心灵幽深的暗巷和死角，为自己的作恶寻找同盟和傀儡。

2

玄觉大师康复了，方丈却日见枯槁，他对前来探望的玄觉说："我记得师弟是为躲避世乱才遁入空门的，可如今这佛门也并不清静。早在去年，日本人就搞了一个叫晋北佛教会的组织，由文化厅文教科一个叫佐佐木敬介的日本人一手策划。大同兴国寺住持恒达出任会长。但掌握该会实权的其实都是日本僧人，像东本愿寺的服部，西本愿寺的塔丰，日莲宗派的福岛，净土宗派的四存，曹洞宗派的曹野……在朔县、左云、右玉、浑源等较大的县份都设立了分会。当时他们就曾劝我入会，想把天王寺变成晋北佛教会在振远的一个分会，由我出任会长，被老衲拒绝了。"

吴先生点头说："前几天，布云送了我一份《朝日新闻》，其中有幅照片，是东京浅草寺的僧人戴着防毒面具到大街上参加防空演习。又说日莲宗大和尚亲赴长春，慰问关东军，并向溥仪宣讲王道本义。甚至有传言日本军部请出高野山的密宗大师修降伏法，以达到快速征服中国的目的。"

方丈接着说："这一年多来，不断有说客来天王寺骚扰。下个月十五，晋北佛教会要在兴国寺举办盂兰大会，勒令晋北各大寺院参加，听说会上除了通常的演戏、跳鬼、祈雨以外，还想搞一个慰灵祭，让僧众为死在中国的日本军人念经祈祷，超度亡魂。歪曲佛法，说什么利剑即是佛陀，杀人并不违背佛意。逼迫老衲在大会上讲经。这明明是个泥潭，一旦陷进去就再也洗不清白了。可是不去，老衲一死不足惜，只怕这千年古刹和全寺僧众也要跟着遭殃！"

玄觉大师合掌道："如果师兄为难的话，玄觉愿意代为前往。"

那一天，赵凤春带着余占江和曹笑吟到大同侦察敌情，他们化装成香客，随着人流来到兴国寺。这时求神拜佛的，做买卖的，凑热闹的已把寺院围得水泄不通。汉奸特务混迹其间，到处张贴着"太阳明明诸光佛，来自东方日本国""发扬道义，建设乐土""天子下凡，真龙出现"等标语，还不时向行人散发《太阳经》《刘伯温烧饼歌》……寺内乌烟瘴气，日伪人员光着脚，对神像顶礼朝拜，旁边几十名僧人在各种法器的伴奏下集体诵经。

正殿前高搭法台，环坐着佛教会的上层僧人和晋北军政要员。正面拉起一条横幅，上写：大慈大悲，无遮无碍。当赵凤春挤到台下的时候，佐佐木正在讲话："大家都看到了，中日官员赤足求雨，为民祈福，诚可感天。这是万民之福，盛世之功。圣战，是为了让正法永远成为宇宙人类灵魂之巨镇，王佛冥合的大戒坛。接下来，恭请来自天王寺的大德高僧——玄觉法师，为善男信女开权显实，指点迷津。"

赵凤春一愣，前面正好有个后脑勺儿在他眼前一晃，遮断了视线。再看，玄觉法师已经端坐台前，浑厚的声音清晰入耳。"今天是盂兰盆会，在中国也叫中元节。盂兰，是梵文的音译，其意为解倒悬。传说目连尊者的母亲，生前不给游方僧人供养饭食，因而死后在地狱饱受倒悬之苦。目连求救于佛祖。佛祖要他在七月十五日，备百味饮食，供养十方僧众，即可使其母解脱。佛教徒便据此兴起盂兰盆会。"

满台僧俗频频点头，以示赞同。

大师突然话锋一转："可是如今晋北百姓，以至全中国四万万炎黄子孙，也在饱尝倒悬之苦，这是为什么？！今天来的都是佛的信徒，佛说众生平等，佛让人间有爱。可是当今，是谁在制造劫难？是谁在播种罪恶？又是谁把我们的家园变成了人间地狱？是谁？！"

在大师铿锵的诘问声中，台下的表情变得激昂起来，赵凤春的目光也由震惊变成了担忧，又由担忧变成了无比的崇敬。台上的日伪则各个脸色骤变，或惊恐万状，或拧眉立目，或呆若蜡像。

玄觉大师神色宁静，宝相庄严，法量川聚，气定如山。他的座下仿佛盛开了千叶莲花，头顶似乎环绕着金光瑞彩，万千气象顿生讲坛。他的声音如黄钟大吕，如法轮初转，如云雷音，如大云雷音，如狮子吼，如大狮子吼："前年10月在阳高县，日军察哈尔兵团在南门瓮城屠杀无辜百姓六百多人。商会会长刘藻按照日方授意，故意慢速发放良民证，使许多人无法领取。12日，日军以清乡为名，屠杀无良民证者四五百人，奸淫妇女无数。还是这一年，在天镇，先入城的日军将前来欢迎的当地绅士阎义、郭举子、张大元、吴子玉、耿亮南、黄人子等枪杀，并将附和前往的四百多名百姓用机枪扫杀在城门洞里。接着，又将拉来拆除城门堵物的百姓二百余人，干完活儿后，用刺刀挑死。日军在北门外狐神庙前、邓家园路上、南街马王庙里、东街马王庙里、西城门洞、城北大操场摆开六个杀场，活埋、枪杀、刀劈……残杀百姓四千五百多人。城内四十多眼水井填满尸体。大商号庆福永、庆福元、德元厚、德恒源及所有民房被付之一炬。在朔县，屠城三日，杀绝二百九十三户。抓捕百姓时，日本兵用铁丝在每人的脖子上缠几圈，这样把人一个一个连起来；还有用铁丝把若干人鼻子穿透串在一起的；用铁丝把手掌穿透串在一起的。不少人在押往屠场的途中，就被铁丝活活勒死。大多在南门外护城壕边被枪杀，中弹落入沟里未死者，均被浇上汽油活活烧死。这样骇人听闻的屠杀还发生在山阴、平遥、宁武、汾阳、五寨、离石、吉县、河津、定襄、闻喜……发生在全华北，和全中国的被占领区！今日本民族不能自抑贪欲嗔忿，迷昧因果之理，放任凶暴之行，妄动干戈，造无间业……"

一名恼羞成怒的日本军官从皮套里掏出王八盒子，枪火刺穿凝滞的空气，法师胸口中弹，但端坐不倒。

"杀人了，杀人了——"台下顿时一片大乱，有些人转身就跑，想尽快离开这个是非之地，但更多的人朝讲台涌过去。赵风春不顾一切伸手拔枪，余占江和曹笑吟从两侧死死拽住他。

这时法师也看到了人群中的赵风春，他眼睛一亮，大喊："人啊，暂时平息心中的怒火吧，为了让它在明天更猛烈地燃烧。从我的伤口里流出来的都是你们的血，在你们的胸膛里跳着的是我的心……"

又是几声刺耳的枪响，玄觉大师身中数弹，血染僧衣。大师抬头看天，太阳激射出的银芒直刺着他的瞳孔，他忘情地说："来一场雨，洗去这人间的污垢吧！"他的话仿佛是一个预言，又仿佛是一道军令，刚才还响晴薄日的天空，突然间悲风骤起，黄尘滚滚，吹得人睁不开双眼。浩浩荡荡的流云在大师背后汹涌澎湃，像四大部洲围绕着须弥山。也如同大河前行，扫荡过万里长空。昏暗中，漫天遍地都是随风翻卷的纸幡、纸元宝、帽子、香烛、传单、标语……用木头临时搭起来的讲坛被风吹得东摇西晃，要立时坍塌了似的，仿佛决堤前的大坝，发出咔嚓咔嚓接二连三的断裂声。日伪心惊胆战，纷纷离座，顺着梯子匆忙下台。

现在台上只剩下玄觉大师一个人了，一个人的讲坛在大风中屹立不倒，就像茫茫怒涛铁浪中的一块苍岩。天上，乱云飞渡。排列有序的条块状乌云，看上去异常沉重，表面带着条条裂纹，仿佛经受过重锤的猛烈打击，像千钧巨石被超自然的力量托举着行空布阵，也像浑河解冻后的冰排，在激流的冲击下，向着桑干河的方向，向着大海的方向快速倾泻、奔腾。云层深处不时掠过支支叉叉的闪电，把这些云块的缝隙照亮，显示出光明和黑暗正在进行着一场惊心动魄的殊死决斗。风向又一变，在云的波涛中央出现了一个大的旋涡，风的旋臂把整块黑云搅拌成无数齑粉和残片，从四面八方拖向漏斗深深的底部，宇宙的咽喉。一时间野马麋集，如山似岳，狮摇虎变，越来越厚，越来越低，仿佛已经贴住了大雄宝殿的镏金檐脊，并且马上就要吞没了什么似的，压迫得人喘不过气来。终于一大滴冰凉的雨水掉落在大师脸上，大师呼了声："苍天呐，苍天……"就仰倒在一片色彩斑斓的梦境和回忆中了……

3

狂风呼啸，暴雨倾盆，一道道粗壮的闪电似飞窜的疯蟒，似长枪大戟，摇晃着树冠，撕裂着云层，布满了天空，把破碎的大地照耀得忽明忽暗，如同一张惊慌失措的脸。隆隆炸雷像巨石沿着陡峭的山道滚下涧谷，为黑夜制造出一个又一个深渊。孟布云不顾山腰缠道湿滑泥泞，狭窄崎岖，时刻有滑坡和滚石坠落的危险，带着卫队，提着马灯，顶风冒雨，策马疾行。

禅堂里，玄觉大师安详地躺在榻上，失血过多，使他的脸呈现出一种淡淡的金子般的颜色。赵凤春、曹笑吟、余占江，以及许多僧众环绕在他的周围。孟布云失魂落魄，浑身透湿地推门闯进来，背后电光灼灼衬托着他的影子，好像无数兵戈晃动，拗挲着双手扑到玄觉身边，连声呼唤："先生，先生！"

玄觉大师微睁慧目，环视四周，最后把目光停留在孟布云脸上，苍白的嘴唇翕动着，说："有人埋怨我，一直有人在埋怨我，他们责怪我为什么不和你——一个沦为汉奸的学生彻底断绝。但是对于一个牧人来说，应该时刻记挂在心间的，不正是那只迷途的羊羔吗？"

孟布云双膝跪地，气哽声咽，涕泪交集，断断续续地说："大师，先生，我的……父亲……"水顺着他的身子流淌下来，把地砖洇湿了大片。

玄觉接着说："不要难过，我们从涅槃天来，注定要回到涅槃天去。死不过是返璞归真，是回到家园，依恋者何？不过是……离开这个世界，离开我们的苦，他们的罪。"他用颤抖的手，从腕子上摘下一串浸满鲜血的胡桃木数珠，套在孟布云手腕上，"只希望我的血能唤醒你：放下屠刀，立地成佛；苦海无边，回头……是岸……"

他又把目光转向赵凤春，露出一个晦涩艰深、谜题般的微笑，用几乎只有自己才能听见的声音说："羊羔羔上树啃树梢儿，拿上个死命和你交……十样样她有十样样亲……世上只有玉兰好……"

在玄觉大师圆寂后，关于他的各种传说在民间不胫而走，像十级大风一样震撼着土地和心灵。晋西北的百姓纷纷含着泪讲述关于他的一个又一个传奇故事：兴修水利、捐资助学、戏弄张作相、面斥宋哲元、弹劾刘金榜、规诫镇远王、剃度拒日酋、挺身护国宝……富贵不能淫，贫贱不能移，威武不能屈。是日，方丈在定中看到祥光瑞彩，霞霓紫气笼罩着天王寺，灿明炫目，五色俱足，手持铃杵旗幡的诸护法，奏乐散花的空行母，脚踏金刚云的持明勇士列阵接引，排空而来，引导在前，护持在后，簇拥着一位金身大士，手提智慧剑，身披功德衣，头戴毗卢帽，绣带被晚风舞动起来，像凤凰的翎羽一样舒卷飞逸，站立云头，从高处深情俯视着晋北的山河大地，长揖世间说："我生已尽，梵行已立，所作已办，不受后有。"

在玄觉大师的遗体被火化的时候，有个和尚无意中看到大师的骨质上出现了莲花瓣的形状，接着又在骨灰中发现了珠子一样的东西。和尚随手拣起两颗，擦净后都有高粱颗粒大小，晶莹剔透。这个和尚不明所以，捧着去问方丈。方丈细观良久，突然间大惊失色，跌跌撞撞地来到化身窑前，对着玄觉的骨灰纳头便拜，哭泣说："这是舍利子，我们佛门的无价宝啊！"

和尚们把这些骨灰一遍遍过箩，最后用筛子筛得七千多颗舍利，其中还夹杂着两块弹片。这些舍利后来被请往各个寺庙，遍及东南亚各国，其中供奉在五台山的最多。

4

1958年，赵凤春以副部长的身份衣锦还乡，他的归来震动了整个振远。他走到哪儿，哪里就被堵得水泄不通，所有旧识都以和他攀谈几句当年事为荣。这时的赵凤春五十来岁，体形明显开始发福，早已退尽了年轻时的霸气和英爽，额角鬓边几缕早生的华发配上丰润的脸膛儿，和所有高级干部一样，显得和蔼沉稳，庄重慈祥。他视察了高级社的集体农庄和公共食堂，殷切勉励大家鼓足干劲儿，力争上游，大炼钢铁，斗资批修。趁着"大跃进"的东风，坚决走社会主义的金光大道，为早日完成超英赶美的奋斗目标而奋勇前进。

他游览了战后村民集资重修的天王寺，兴致勃勃地穿行在描金漆彩、雕梁画栋之间。天王殿是天王寺内最重要的殿堂之一，殿内供奉着大肚弥勒佛，他的背后供韦驮天神，两旁供四大天王。

韦驮天神乃是护法神，赵凤春是个无神论者，可是当他信步到韦驮尊者座下时，却呆立住了，转瞬间眼里就涌满了热泪。须弥座上的韦驮尊者身高丈二，盔甲鲜明，手执伏魔金刚杵，一只脚踏着面目可憎的人怪。但和其他寺院里的韦驮神所不同的是，他的面容却非常清癯、和善，和魁梧的身躯形成鲜明对比。跟在他身后的工作人员关切地问："赵部长，您不舒服吗？"赵凤春手指韦驮，声音颤抖着说："这是吴联丰先生啊！"

第三十八章：鹿死谁手

1

随众火化了吴先生，回到孟堡，天已经麻麻亮了，孟布云正想小憩片刻，电话铃偏在这个时候响了起来。拿起听筒，线路那一端传来大羽政章愉快的声音："孟桑，告诉你一个好消息。"大羽政章告诉他，军部已经同意发给他适量补给，希望他能马上到大同来一趟，就此事双方进行协商。

听了辅佐官的话，孟布云并没有表现出太大的热情，而是爆发出一阵咳嗽，他吁吁带喘，有气无力地说："感谢军部，感谢辅佐官大人对孟队的厚爱，但是最近我的身体越来越糟糕了，失眠健忘，痰中带血，头晕眼花，四肢乏力，恐将不久于人世……"

大羽政章用责备的口吻说："司令正当鼎盛之年，又是起起武夫，堂堂的帝国军人，为我大日本皇军晋西北之柱石，岂能偶遇区区小恙就如此消沉？况且日本的医学专家是世界一流的，大同的医疗条件非常好，孟司令来大同以后，可以做一次全面的体检，由专家会诊，再疗养一段时间，自会痊愈。一切就让我来安排好了。"

孟布云还是半死不活的腔调："辅佐官的好意孟某心领了，不过一来大同路途遥远，我恐怕经不起车马劳顿了。二来我又一向只相信中医，对于西医从来是敬而远之。大同之行，恕难从命。如果辅佐官认为确实有必要谈的话，何不劳驾到振远来一趟，也好让属下略尽地主之谊。"

大羽政章语气诚恳地说："既然孟司令身体欠佳，要是硬让你来，未免强人所难。我们不妨把会议地点移在和振远毗邻的怀仁县城，这样总可以了吧？"

孟布云沉默许久，用勉强的声音回答："那就恭敬不如从命了。"

大羽政章说："一言为定，三天以后，我们在怀仁县城会面，不见不散。"

2

解铃还须系铃人。坐在开往怀仁县城的尼桑轿车里，大羽政章想起机关长前岛升对自己说的话，这句话意味深长，潜台词是谁弄出来的破事谁去收拾。他知道，怀仁县城此时已经被宪兵严密控制，只要孟布云一露面，就会立即遭到逮捕。行动代号——猎狐，取自《万叶集》中的一首和歌："直跨津河桧木桥，狐群夜渡意逍遥。全心策应烧开水，对准前方猛力浇。"作为特殊案例，孟布云的档案将交由兴亚院思想对策室永久封存。

一切调查和分析都表明，那位"老朋友"始终把振远视为自己的私产，和皇军离心离德，不但在政治、军事、经济上搞独立，而且借助皇军的武威，在共荣圈内部，不慌不忙，有条不紊地建立起一个以自我为中心的稳固的权力结构体。他先虚伪地骗取了帝国的信任，麻痹了免疫系统，瘫痪了排异反应。然后巧妙地在帝国的动脉上划了一刀，但他并不让血喷溅出来（这正是他的高明和险恶之处），而是用偷梁换柱的办法不痛不痒地在上面接了一根管道，用宿主的血液来养肥自己。对于帝国这个无比庞大的有机体而言，他的存在只能是一种东西——毒瘤。

这个阳奉阴违的家伙，中饱洋烟税款，武力截留壮丁。开始，他们想用掺沙子、挖墙脚的办法，通过提高县长王相的权重，达到削弱孟布云的目的，可惜结果很不理想。继而，又发现对孟的部属不能随意调遣，竟有尾大不掉之势，于是就存了解决孟队之心。山西派遣军参谋长楠山秀吉中将在给特务机关的批复中指示：此事不宜久拖，需速办。但是孟布云自从在大同受了惊吓，异常警觉。日方几次想用调虎离山计，令其移驻大同，他都以部属多为东南乡人，不愿背井离乡为托词，拒不服从调遣。日方一计不成又生二计，想摆鸿门宴，约他到大同城赴宴，借机诛之。孟布云称患病在身，实难从命，复谢帖而不往……令情报部门一筹莫展。

不久前，宪兵本部特高科情报班突然监听到从振远发出的一道神秘电波，它时隐时现，像难以琢磨的幽灵，虽然因为不知道译电码，无法破译，但仍怀疑孟布云在用无线电台与中国军队秘密通讯，紧接着就发生了河野事件。虽然人员被遣返，可武器车辆均遭到无理扣押，河野洋平左手四根手指不见了，第二和第三掌骨粉碎性骨折，被鉴定为二级伤残。河野大尉治疗期间连哼都没哼过一声，可是当他接到退出现役的通知时，这条硬汉子瞬间就垮了，哭得像个没奶的孩子。

轿车迎着正在酝酿的风暴一路颠簸，铆在车头上的菊型军徽闪着锋刃之光，插在两侧的日本小旗猎猎飘扬。前面有两挂三轮摩托开道，后面跟随着一辆乘用车和一辆轻型装甲，旋转炮塔里暗藏着机关枪。摩托喷吐着蓝烟，引擎震动空气发出轰轰的鸣响。噪音太大了，一定是某个零件出了故障（就像眼前这个烂摊子），当然也可能是组装工艺太差，可是问题究竟出在哪儿呢？链条？齿轮？曲轴？活塞？摇臂？缸体？……是松动？磨损？老化？偏斜？垫圈脱落？油路不畅？……车窗外，是连绵起伏的山峦，奇形怪状的圪梁台上红色和橙黄色的醋溜溜蔓延得像一场令人望而生畏的野火。碉堡、铁轨、井架、水塔、泵站的砖房，纵横交错的防共沟在其中一一闪过。大羽政章仰靠在椅背上，觉得身体里有一个正负极反接的里程表，指针正在表盘上像掩盖一桩罪恶似的非法逆行。"人生之途当全力以赴。"他用手指按摩着睛明穴，轻声自语。旁边的王世祥关切地说："辅佐官放心，为了保证大人此次怀仁之行的安全，我们已经做了充分准备和周密安排。所带的保镖卫队都是千挑万选出来的，政治可靠、业务出色的精兵强将。"他发现大羽政章最近消瘦了许多，眼角的鱼尾纹加深变密，原本丰满的面颊塌陷了进去，两鬓突然就斑白了。仿佛这个地方有个隐形的妖怪——一个千年老妖，在时刻消耗和蚕食他的精神。他知道大羽政章和前岛升之间的权力争斗达到了白热化，前岛升向上面告状，抱怨大羽不信任当地僚属，舍近求远，千里迢迢从新京调来自己的旧部使用。但这点儿事告不倒大羽，孟布云的反叛才是对他的致命一击。他想起几天前自己到大羽的办公室去汇报工作，是提前预约过的，进门时却看见辅佐官在痛哭，双手捧着脸，泪如雨下，泣不成声。他震惊地站在办公桌对面，胆战心惊地轻声问："您怎么了，辅佐官大人？！"大羽辅佐官哽咽着连连摇头，手指着窗外说："哦，哦……也不知道为什么，我刚才把远处的门楼看成了鸟居……"

现实中的大羽政章也摇了摇头，说："只要能顺利地抓到孟布云，除去皇军在西北的这块心腹之患，我个人的安危不足挂齿。"

"常言道：再狡猾的狐狸也斗不过猎手。辅佐官大人这招儿引蛇出洞的计策大大的高明，孟布云再谨慎也一定会上钩。等到了怀仁，保管让他插翅难飞。"王世祥谄媚地说，口音里有股大荏子味儿。

大羽政章的脸还是舒展不开，闭目说："但愿如此，可不知道为什么，我总有一种不祥的预感。"

"那是因为辅佐官这些天太劳累了，等这次抓捕任务结束以后，大人应该请个长假，到阳泉的陆军医院疗养疗养，放松一下身心。"突然一个急刹车，险些把大羽政章的头撞在前排的椅背上，王世祥厉声问，"怎么回事？！"司机回答："报告大人，前面的公路被掘断了，车辆无法前行。"

3

大羽政章立刻带领随从下车查看。果然，前面的路基都掀起来了，大坑小槽、石头瓦砾，裸露出里面的电缆线和混凝土管道，一道水柱从排水管的接口处喷射起四五尺高，在地面上形成一片水洼。别说汽车了，就连过行人都很困难。道路两边的墙上贴满了标语："交通便利，匪谍潜踪""道路发展，工商繁荣""预防道路破坏是人民应尽的义务"等等，这是强化治安运动的成果之一。十来个农民打扮的人挥动着锹镐，正在抢修。

为了不影响计划的顺利实施，他们只好弃车步行。东绕一下，西跨两步，有些地方简直连个下脚处都没有。到中午的时候，这些人都累得挪不动窝了，有个随从还崴了脚脖子。经过一座砖窑时，大羽政章手扶电线杆，手指前面的村庄问："那里是什么地方？"一个熟悉地理的汉奸回答："那个村子叫韩家坊。"大羽政章说："我们进村休息休息，填饱了肚子再上路。"

两边远近细作往还，观察哨齐打暗语。

等到了跟前，大羽政章一看，这个韩家坊地处三岔路口，要是往左边拐弯就是怀仁县，往右边拐弯就到振远了。通往振远的公路完好无损，一望无尽的路拱反射着太阳光，可是通往怀仁的公路都被掘断了。他心中微微起了波动，暗想：在中国的京剧里，《三岔口》可是一出打戏呀。他们正要进村，忽然从村子里迎面出来一群穿白挂孝的人，两支长管喇叭朝天呜咽着大悲调，有的打着幡儿，有的扛着哭丧棒，大步流星走在前头的正是孟布云。

大羽政章就一愣，问："孟司令，咱们不是约好了在怀仁碰头吗？你怎么会在这儿？"

孟布云头顶麻冠，身穿白粗布斜襟孝袍，外罩对襟无袖过膝麻衣。缝头冲外，不包边，不钉扣子，只在腰间扎了一根草绳。白粗布裤子，白粗布腿带，连鞋面上都罩着白布，仅有后跟缀着红布条，这叫封鞋，也叫孝子鞋。他倒背双手，手心里攥着一支上膛的十连子，外号掌心雷，又叫张嘴蹬，笑着反问："辅佐官，咱们既然约好在怀仁碰头，你又怎么会在这儿呢？"

一句话把大羽政章问得张口结舌，同时他觉得发梢儿和脖子后面的汗毛竖起来了。

孟布云说："其实我们跟你们一样，早就出发了，可是到了这儿一看，道路不通，所以只好在韩家坊等候阁下。现在怀仁我看是去不成了，咱们还是到振远谈吧。"

在大羽政章的眼里，变化多端的妖精正在慢慢现出原形（因为摊牌的时机到了）。他两臂鼓起密密麻麻的鸡皮疙瘩，一个老特工的敏锐直觉让他感觉到了周围空气里蛰伏的杀气，他在心里尖叫：已经太晚了！脸上不动声色地说："既然道路不通，咱们可以改日再谈。我在大同还有事，孟司令，后会有期。"说完转身就想走。孟布云涌彪躯舒猿臂，紧紧拽牢他的后衣领，底下照着腘窝一脚。大羽政章有防备，他已经想好了，如果对方抱腰，就用一只手臂捆住他的脖子，另一只手臂肘击他的面门。如果对方搭肩他就锁腕，单腿后踹他的迎面骨。但对方的动作比他想象中快，他没有来得及做出任何反应，已经身不由己地单膝跪地了。

王世祥见势不妙拔出双枪，喊："保护辅佐官！"话音未落，对面已经抢先亮了家伙，火舌道道，乱枪齐射。同时暗藏在四周墙头上、屋顶上、巷子口、窗户后面的机枪和步枪也猛烈开火，大羽政章的人全部倒在血泊之中。

4

两个汉子把大羽政章架起来，直奔停在村口的卡车，缴获河野小队的那辆，汽车的发动机处于怠速状态，排气管突突地喷着蓝烟。马六子一脚油门，加足马力，风驰电掣。左右两个便衣站在踏板上，一手抓牢车门，一手拎着压满子弹的盒子炮，让风吹得衣服往后飘、头发向后梳。但快到村口时，车却不得不减速慢行，从各个方向汇集过来的百姓扶老携幼，捧黄伞的有，端吉祥盆、焰食罐子的有，顶香跪拜的有，甚至还有五体投地、磕等身长头的。旌幡如林，压地而来，纸钱像股股喷泉纵入云霄，借着风力漫天飞扬。所过之处，银花玉树，地上、树梢儿和垄沟里都像下过暴雪一样，连汽车顶上都覆盖了厚厚一层。两边路祭的棚子鳞次栉比，走几步就是一个。远道而来的僧侣、喇嘛也络绎不绝，各种法器和唱经声显密交叠，拥塞了道路，规模和声势超过了兴国寺的盂兰大会。

汽车在新堡前停住，雷金钟迎上前拉开车门，态度生硬地说：

"辅佐官大人，请吧。"大羽政章就像一头掉进陷阱的狗熊，手脚并用，笨拙地从驾驶室里爬出来，他看见今天的新堡和自己上次来视察时大不相同。门楼两侧新修了圆形水泥地堡，地堡下部敞着黑洞洞的枪眼。前方有用沙袋和铁丝网构筑的环形工事。工事后面和四周的堡墙上架设轻、重武器，岗哨从壕沟一直排到视野之外，所过之处杀气腾腾，都是立正的士兵和闪亮的刺刀。更令他吃惊和费解的是，所有孟队官兵全部身穿重孝，神情哀伤。门洞里既没有挂太阳旗、五色旗，也没有挑司令大旗，而是悬挂着冲天纸和巨大的帐幔。三根白布裹着的下马幡撑天拄地，不依规制。风舞缟素，白衣胜雪，气氛悲壮。大羽政章问："这是谁死了？"

雷金钟沉痛地回答："玄觉大师。"

"玄觉大师？"大羽政章努力在脑海中搜索着"那是谁？"

"是我们司令的父亲！"

步行穿过门洞，路边一具绞刑架蛆蝇围绕，落满乌鸦。上面吊着一排腐臭不堪的尸体，都是双手反捆，头颅低垂，暴眼凸目，舌头颓废地挂在紫胀的脸上。走近时，他辨认出这些死尸都是特务机关布置在孟队的眼线，其中就有马银科。大羽政章强作镇定，明知故问："他们的，是什么人的干活？"他的汉语本来很流利，但是由于过度紧张，不由自主地掺杂了母语。

雷金钟说："这些都是司令的部下，可是他们对司令不忠，受了别人的收买和唆使，做出了见利忘义、卖主求荣的可耻勾当，所以要暴尸三日。"

穿街过垣，最后他沿着幽深的窄巷被带到一个门口。大羽政章摘下腕表说："雷桑，留下做个纪念吧。"

雷金钟把手表接过来说："我会转交孟司令，也许司令会念在多年的交情上，把它作为遗物设法交还给你的家人。"

大羽政章双眼涌满了悲泪说："没有那个必要了，两个星期前我接到《阵亡通知书》，我唯一的儿子在长沙战死了。"

屋里泥墙土炕，清灰冷灶，天棚没有糊纸，房梁上挂着燕子窝和蜘蛛网。通过安装了铁栅栏的窗口望出去，可以看到对面屋顶上背枪的哨兵来来回回的身影，有时候沉重的脚步就在他头顶上响。大羽政章知道自己已经被软禁了，他一会儿绞尽脑汁想脱身之策；一会儿想自己应该像个真正的武士一样英勇就义，七生报国；一会儿又恨恨地想这下前岛升之流该满意了吧？不知不觉中对面的墙上就涂满了月光。一阵开锁的声音，他抬起头来，又立刻侧向一边，因为光明来得强烈而又迅疾。他本能地眯起双眼，用手掌遮挡着光线。在最初的不适和眩晕消失后，他看见一个身穿孟队制服的年轻军官站在逆光里，两腿微微叉开，倒背双手，用严厉的目光审视着他。军官身后，一个士兵高举一盏铁壳锈蚀、光芒四射的老马灯。

"你们不能这样对待我，我要见孟布云，他必须立刻送我回大同，否则，否则一切后果……他要负全部责任。"在酝酿这番话的时候，他本想说得理直气壮，可一出口还是显得可怜巴巴，好像是一只被衔在猫嘴里的耗子发出的哀鸣。年轻军官眼神中露出一丝轻蔑和嘲讽，斩钉截铁地回答："不，你回不了大同了，你的下一站是八路军五台边区政府！"他洪亮的声音回荡在整个房间里，他个头儿不高，年龄也不大，却有一种鲜明的英雄气质，表情冷峻，凛凛逼人。

大羽政章觉得天旋地转，马灯由一盏变成了四盏，审讯他的人站满了一屋子。他彻底绝望了，在这以前他只猜测孟布云要哗变，万万没有料到，他们的死对头共产党已经插手了。那个像钟一样有力的声音继续在他的耳边回响："大羽政章，你这个双手沾满了中国人民鲜血的刽子手，低头认罪吧！等待你的将是正义的审判和应得的惩罚！"

大羽政章不得不用袖子抹了一把脸，因为冷汗已经糊住了他的眼睛，使他本来就有角膜炎的双目感到阵阵麻痒和刺痛，用虚弱不堪的声音问："那么你是谁？"

年轻人矜持地回答："八路军独立先锋团，作战参谋曹笑吟便是。"

5

至此，玄觉大师之死在晋西北引发的地震和连锁反应才刚刚显现。

七天前，就在大师圆寂的床榻前面，赵凤春和孟布云击掌立约，由孟部首先在振远发动起义，独立先锋团则负责策应和外围。孟布云提前进行了地图推演和紧急动员。赵凤春把计划汇报上去，军区和军分区首长都十分重视，一致认为这是开创晋西北抗战新局面的绝好契机，命令各方面通力配合。只是在会议上有的同志提出担忧，认为孟布云这个人反复无常，毫无信用可言，说了不算算了不说，这次可不要又被他耍了。

大羽政章被扣留后，边区内部质疑的声音戛然而止，准备工作进入了快车道，晋北各方势力的暗斗也打成了明牌。曹笑吟作为联络员奉命常驻振远。同时为了分散敌人的注意力，确保起义顺利进行，独立先锋团主动出击，于距离振远较远的广灵挑起了战火，在当地武工队的配合下，先拔掉了望狐和梁庄的几处据点，破坏了铁路、桥梁和通讯设施，然后顺势围攻广灵县城。正在广灵视察的民政厅顾问，兼宣抚班本部部长平下喜代吉，和财政厅顾问，兼保安处处长桥本一次等十来个日本高官被困在广灵城里，成了瓮中之鳖。

大同驻屯军司令官瓦田少将命令花谷联队火速去解广灵之围。从大同到广灵如果走由日军控制的大道，就得绕远路，少说也有二百六十里地。时间耽误得太久，恐怕广灵城难以支持。要是沿着直线走山路，差不多能节省一半脚程，但是在苍茫险峻的大山里各方势力犬牙交错，必须先后经过八路军、中央军、晋绥军各自控制的防区。花谷正雄是个少壮派军官，为人十分骄横，加之他和平下喜代吉是同学关系，因此，救友心切。他认为中国人向来是一盘散沙，那些钻山沟打游击的部队只会打小股日军的主意，见了成建制的大部队自会主动避让，于是沿着山路气势汹汹前进。岂料这时孟布云已经向各个方面分别打过招呼，表过忠心。各方面也都对广灵这个关窍的意义明白一二，都把孟部看成己方争取的对象，以为孟布云和自己是一势的，以为别的部队是无意间帮了自己的忙。因此各出死力，拼着血本阻击日军的援兵。

花谷正雄泥足深陷，首尾难顾，又无心恋战，急于拔腿脱身，急令附近各个据点、各个城镇的日伪军前来增援。打援的部队也分别电请左近的兄弟部队向自己靠拢。一时间电报交驰，羽檄纷纷，人员牵连得越来越多，地域拉扯得越来越广，各种番号，各色服装，各样旗帜，土的洋的都往上拥。到后来本来不想打的，根本闹不清是咋回事的，开始按兵不动看热闹的，包括几股山贼都身不由己被搅和了进去。整个晋西北地覆天翻，一锅粥似的打成了烂仗。到10月份，晋绥军的一支骑兵团，冒着初冬的头一场雪，从石楼长途奔袭而来，他们倒穿棉衣，马蹄裹布，刀光闪闪，势如疾风暴雨，出其不意地把花谷联队拦腰切割成了两半。这支骑兵在抗战初期曾被日军打散过，一直在石楼改编整训，两个团合并成一个团，补充人员、弹药和马匹。以前保定军校毕业的老军官被上峰认为软弱无力，战斗意志薄弱，全部裁撤，遣散到西安后方另谋出路。换上来的都是刚从北方军校和骑兵教练所毕业的青年军官，士气正旺，雪耻心切，敢打敢拼。瓦田少将在电话里训斥："花谷联队难道是从大阪第四师团①出来的吗？！"花谷正雄觉得受了天大的侮辱，声称要切腹，说："将军，我们九段坂②见。"

晋北差不多每个县份都有交火，在这一片混乱中，反而只有事件的起源点，振远这个小小的风暴眼风平浪静。孟布云天天躲到堡子里不出来，老百姓该干什么干什么。其实这个时候，敌我双方都在苦撑待变，日军从周边各个战场紧急抽调的援兵，包括机械化部队正星夜兼程，从四面八方铺天盖地黑压压地赶过来。晋北的形势可以用惊险万分来形容，但凡是个带兵的，没有一个晚上能睡囫囵觉，都觉得步

① 大阪第四师团——日军中的老牌甲种师团，著名弱旅，被称为第一窝囊废师团。

② 九段坂——靖国神社位于东京九段坂。

步惊心，屏住呼吸看孟布云如何展开行动。

振远现在对晋西北可以说举足轻重，牵一发而动全身。

孟布云这些年在振远称王称霸，走私贩毒，瞒天过海，左右逢源，养得兵强马壮，粮秣充足，人枪抵得上两个独立先锋团，武力和财力在晋北的伪政权当中绝对是头把交椅。更何况振远自古以来就是交通要道、军事重镇。按照赵凤春预先的构想，振远如果能在晋西北各个战场呈现胶着状态，而日军的大批援军还来不及赶到的这个关键时间点，突然反水，来一个中心开花，那么花谷联队就会陷入重围，有全军覆没的可能。晋西北的交通线就会彻底瘫痪。各县份的日伪政权必将朝不保夕，命悬一线。甚至日寇在晋西北的苦心经营也会土崩瓦解，呈现碎片化，造成短期内难以恢复的严重损失，创造出在敌占区的纵深和心脏地带，各种抗日武装里应外合、联手大反攻的奇迹和典范。

而这个奇迹的按钮到目前为止，一直在孟布云的手里攥着。

第三十九章：牵机药

1

时间后退到农历七月十四，也就是赵凤春三进大同城的头一天，去五台县参加晋察冀边区军政民代表大会的薛明哲返回驻地，见了面赵凤春说："你一走就是十来天，把工作全撂给我，你当我是骡子？会议开得怎么样？"

"很成功，共产党和国民党代表，各抗日军队、抗日阶层和蒙、回、藏少数民族代表，共到会一百四十九人。北方局的领导也来了，给大会带来了中央精神。"薛明哲顿了顿，显得有点儿不好意思，"具体内容我会向全团传达，这次我得先谢谢你这个大媒人。"

赵凤春嬉皮笑脸，问："堡垒攻下来了？"

薛明哲拍着胸脯说："再坚固的堡垒，在你老哥面前都不堪一击。"

赵凤春说："你就吹吧，反正吹牛又不上税。不过你这场攻坚战打得好，没给咱们先锋团丢脸。"陈羽菲正好在五台县养伤，住在白求恩大夫花了五个星期建好的耿镇模范病室，所以薛明哲这趟属于公私兼顾。

薛明哲说："结婚申请已经递上去了，但需要团里补份证明材料，我们准备下个月就把婚礼办了。"

赵凤春说："你们这进展也太神速了。上次我到医院探望小陈，顺便提出约个时间让你们见面，她当时还很犹豫，说自己满身都是刑伤，将来就算愈合也会落下永久性疤痕。"

薛明哲激动地说："丑陋的是敌人！对于一个革命者来讲，那些伤疤根本不是缺陷，而是勋章是光荣。我薛明哲只会因此更加敬爱羽菲同志。"

赵凤春伸手说："那就祝贺你了老薛，祝贺你即将退出我们这支王老五的队伍，加入'气管炎'的行列。我正好有瓶酒，今天晚上咱们喝一杯。"

薛明哲说："先别忙着祝贺，我还想谈谈你和春花的事。"

赵凤春黯然说："老薛，你怎么哪壶不开提哪壶？"

薛明哲严肃地说："你知道为什么当初春花会拒绝你的求婚吗？现在我可以告诉你了，那是因为组织上派人跟她谈了话，做了她的思想工作，目的是挽救你。组织上培养个干部不容易，在那个风口浪尖，你们要是一意孤行，那你的党籍就保不住了。"

赵凤春无语，只能听到自己变得异常沉重的呼吸，好像他的肺里装满了砂粒。

"有件事她一直瞒着你，其实她当时已经怀上了你的孩子。"

"那孩子呢？"赵凤春半晌才发出干涩的低语，同时眼睛和鼻子热辣辣的，就像迎面挨了一记重拳。

"流产了……"这声音传到赵凤春耳朵里很缥缈也很苍白，他只知道那次事件后春花生了一场大病。他的身体微微摇晃，似乎要后退，但双脚却原地没动。

"可是如今已经不同了，时过境迁，现在就是你们走到一起的最好机会。"薛明哲热切地说。

赵凤春的心脏在胸腔里剧烈地跳动，说："可事情都过去这么久了，也不知道人家心里是怎么想的。"

薛明哲责备道："你呀，聪明一世，糊涂一时。春花到现在还是孤家寡人，她要是心里没你，那么一个年轻漂亮的女人能守得住？这些年为了你，她受了多少委屈，只有她自己心里清楚！"

2

从先锋团驻地到蟠龙峪有六十多华里,赵凤春是骑马去的,一路上峰峦叠嶂,沟壑纵横,曲折迂回,其中有十来里是在沟底下走,抬头一线天,低头难伸拳。别的山都是黄土,偏偏这座山是红土,就像血染出来的。而且沟里沟外两重天,有些地方看起来不远,但要沿着山梁走,一天也走不到头。这叫望山跑死马。

险要处一夫当关,万夫莫开,两边的峭壁上站着端枪的哨兵。由狭窄的沟口钻进去,立刻仿佛换了人间,在群峰环抱下,眼前是一派紧张繁忙的景象:运货的民夫川流不息,人欢马啸声,机器马达的轰鸣声,天轴皮带的转动声,此起彼落的击石声,汇聚成了气势磅礴的交响乐。兵工厂的厂区沿着山谷分布足有数平方公里,最大的钳工房分为上下两层,墙上用红油漆刷着标语:步枪小炮麻尾弹,消灭鬼子千千万。附近还有一个被服厂、一个铁厂和一个造纸厂。所有建筑都是就地取材,石条垒砌,石板代替瓦顶的石头房子。而且自备柴油发电机,到了晚上各个车间灯火通明,山谷里亮如白昼。

一个穿灰布军装的干部迎面走过来,向他打招呼:"欢迎赵团长来兵工厂指导工作。"

赵凤春认出是自己刚到振远当县长时,上级给配的勤务兵小刘,现在调到兵工厂担任保卫干事,于是赵凤春问:"孟春花同志在不在?"

刘干事回答:"我们教导员正组织工匠们开诸葛亮会,解决子弹出膛以后横身走,和火焰反射炉温度不足的问题。要不您先到她的宿舍去等一会儿吧。"

往宿舍走的路上,刘干事向赵凤春介绍:"我们这家兵工厂是白手起家,以前是军分区的一个修械所,为部队修理枪支,给民兵制造大刀片、红缨枪和石头雷。技术设备很简陋:几把旧大锤,几台土造的老虎钳,再就是锉刀、錾子、榔头……这些小工具,同志们开玩笑说：我们兵工厂的家当，还不如王麻子剪刀铺齐全。不知耗费了孟教导员多少心血，兵工厂才由小变大，从土到洋，一步步发展壮大起来。一个女同志，拆信管、凿石头、看土炉，什么累活儿、苦活儿、危险活儿都要试巴试巴。去年，敌工部的同志给兵工厂搞到两台旧机床，可是没有锅炉提供动力，机器就是个摆设。教导员亲自领人化装深入到敌占区，软磨硬泡，千辛万苦，向煤矿借回来一台德国进口的十五马力蒸汽锅炉。可是山路太险，锅炉太重，到山根儿运不上来。教导员召集大家开诸葛亮会，最后化整为零，把锅炉就地拆成十一片，一片一片搬到山上，然后再铆起来重新安装。"

沿着九曲十八弯的羊肠小径爬上塬台，迎面是座白石头砌的小房子，门前种着一棵合欢树，依崖而立，一侧的根须从笔直的峭壁上拱出来，蟒群一样悬在半空，满枝都是粉红色的绒花。秋风吹过，使它摇晃得像一根巨大的火把。

屋里简朴而洁净，土台子前面放着当板凳用的工具箱，墙上挂着一面小圆镜子，贴着几张掷弹筒和五〇炮弹的剖面图。刘干事给赵凤春倒了杯水说："您听见汽笛声，那就是午饭时间到了，教导员也就该回来了。"说完就告辞出去了。

过了大约一刻钟，果然听见汽笛长鸣，机器声慢慢低下去，喧哗声和脚步声渐渐扬起来。又过了一会儿，孟春花疾疾如风地推开门走进来，一边倒水洗脸一边用大嗓门儿说："老赵，你来得正好，我还正准备去找你呢。先锋团能不能再打一场破袭战，给兵工厂搞它几吨道轨？硝酸买不到，我们可以把腐木锉成粉末现配；作底火的铜皮用光了，我们可以把子弹壳打成薄片代替。可是没有钢，就一点儿辙都没有了……"

她突然住了口，一双强壮有力的手臂从后面把她拦腰抱住了。春花没有拧巴也没有回应，任凭他搂着，一瞬间感觉又回到了十几年前那个水坝，一边是水闸机一边是梧桐树，他们在蓝天白云下第一次拥抱的那个时刻。半天她才定住神，细声慢语地说："你疯了还是吃错药了？门还开着呢，让人看见影响不好。"

"薛政委把原委都告诉我了，这回无论如何我们都要在一起。"

春花半开玩笑说：“你就不怕再发配你去当马夫？”

赵凤春梗着脖子说：“当马夫就当马夫！”

春花转回脸来用嗔怪的语调说：“瞧你那点儿出息，都当团长了，还跟个孩子似的？”她浸湿的面孔红红的，散发着母性的光辉，火一样率真坦荡的目光变成了两泓复杂的春水。

“情况跟那时不一样了，我们犯的错误已经接受过处罚，付出过代价，现在属于正常的恋爱关系，我想上级一定会批准我们的请求。”

春花的眼睛里同时闪烁着光明和阴影，向爱人的怀抱紧紧依偎，好像要把他的身体作为依托，以抵消掉生活的快速转折所产生的剧烈冲击，带着少女般的娇羞说：“要真能像你说的那样……我就给你生孩子……”

突然降临的幸福让赵凤春一阵阵晕眩，他说：“等我从大同执行任务回来，就向上级递交申请，如果能赶上趟儿的话，我们就跟老薛和羽菲合办一场集体婚礼。”

3

就在曹笑吟怒斥大羽政章的同时，驻守小石口的高云鹏乘一匹快马，风尘仆仆地赶回梆子村，见到孟布云面色严峻地说：“如此重大的事件，我却被瞒得严严实实，不知孟司令把我这个特派员置于何地，又把第二战区，把阎长官置于何地？你与日本人决裂本来是迟早的事，你要投八路我也不拦着，回临汾向长官部复命也就是了。不过你不要忘记你大哥王天存的下场！八路军生活艰苦，装备落后，只讲纪律，不讲人情。赵凤春已经害死了一个结拜兄弟，如今又拉你这个兄弟下水，结果如何，前车之鉴已经明摆在那儿了。现在形势危急，小石口是军事要地，我不能擅离职守，只望司令三思而行。”他走到门口又转回身，“日本人的装甲车不好对付，你有烧锅，抓紧制造一批莫洛托夫瓶。”当晚，他端着写给第二战区的电文草稿，思来想去，拿起钢笔把关于孟布云勾挂八路军的那行内容划掉了。

高云鹏刚走，王相和从大同赶来的田唯农急匆匆地走进司令部。王相一见面就抖搂手说："布云，好好的，咋突然闹成这样？！"

孟布云靠着椅背，双脚叠架在桌面上，仰头闭目说："不是我想闹，是日本人要除掉我。他先不仁，我才不义。"

王相顿足捶胸说："哪里有这种事？！皇军与咱们肝胆相照，待你我恩重如山，你竟如此多疑，听信外人挑唆……"

孟布云把一句粗口直截了当地扔在他脸上："去你娘的！"

王相气得浑身发抖，双眼连续眨动，胸脯剧烈地起伏。田唯农打开皮包说："人各有志，不能勉强，多说也是枉费唇舌。不过这儿有张照片，请你看一看。"田唯农的心情差到了极点，陈羽菲事件的消极影响还没有洗脱，现在又闹出了大羽政章绑架案。昨天前岛升暗示田唯农要急流勇退，并向田唯农提前通气，上面准备将蒙古联盟自治政府、察南自治政府和晋北自治政府，改组合并为蒙疆联合自治政府。首都设在张家口，德王出任主席。他知道这是一次权位的重新洗牌。

孟布云漫不经心地把照片举到面前，然后就像被高压电打了一样从椅子上弹起来。这张黑白照片聚焦不太好，镜头有点儿发虚，可孟布云还是一眼认出，照片中间那个被两名鬼子架着的女人正是春花。而她身后的背景就是他永远也不会忘记的，那堵挂满锁链和刑具，肮脏恐怖的墙。

昨天上午，孟春花带领几个民兵，以及新招的铁工和木匠，赶着一串毛驴子往兵工厂运硝，半路遭遇了鬼子。为了引开敌人，她和两个民兵一边朝相反的土坡上跑一边打枪。鬼子牵着条大狼狗，在后头边跑边嗅，怎么也甩不脱。他们的子弹打光了，两个民兵先后中弹。前面正好有个苇塘，芦苇丛像一条金灿灿的天路，也像起伏的浩瀚秋潮，随着弯弯的水道转开山的画屏，白茫茫的芦花在大风中闪烁着银子般的亮光。春花就拨开金黄中透着酒红的苇子叶，钻到齐颈深的水里，想用水遮盖住身体的气味。她听见军犬吠叫着跑过去，在水里躲了二十多分钟，冷得直打哆嗦，料想敌人已经走远了，这才拖着麻木的身子钻出苇丛。哪知才到平地，一圈刺刀就把她围上了。原来她和同伴一样，已经在三八大盖的射程之内，鬼子从后影发现她是个女人，就想抓活的。跑过一道梁，目标突然不见了，鬼子猜出来她是躲到了苇塘里，于是假装离开，又绕回来埋伏在周围。眼见包围圈越缩越小，春花果断地掏出最后一颗手榴弹，在敌人中间拉了弦。把鬼子吓得双手抱头卧倒一地，哪知这颗手榴弹已经被水泡瞎火了，光嗞嗞地冒了一阵白烟，没爆炸。

田唯农说："令妹的身份日本人已经调查清楚，可以说是如获至宝，令妹性子倔呀！就是不肯说出八路兵工厂的地点。日本人是看在司令的面子上，只把她带到刑讯室吓唬了一番，并未真的动粗。可是往后就不好说了……"

孟布云说："好汉做事好汉当，要杀要剐冲我来！"

"前岛总顾问官说，只要司令回心转意，继续留在皇军麾下，一切可以既往不咎。另外决定，立刻解决孟部的正式番号，准许扩编为六个团，发给山炮六门，掷弹筒七十支，韩麟春式步枪两千支，子弹六万发，拨给军车十辆供司令长期使用。只要大羽辅佐官一回到大同，就马上送令妹到振远，让你们兄妹团圆。"

孟布云说："不行，他们先放人。他们放了人，我才放。"

田唯农说："布云啊，这是联络部决定的事情，兄弟也无能为力。日本人已怀断腕之决心，反正二十四小时那边见不到大羽辅佐官，令妹就活不成了。日本人的手段你是亲眼见过的，恐怕死也不会让她痛痛快快地死。"

4

薛神医此时就在孟堡，因为彩娥已经怀胎十二个月了，可就是迟迟不奔生。约翰传教士来看过，这个洋和尚打开随身携带的木匣，带着明显的炫耀，把里面的东西向孟布云一一展示，他戴上听诊器，在彩娥肚脐鼓出的尖肚皮上听了又听，提出可能是假孕。孟布云说："吃铁丝拉笊篱——真能编。假孕为什么还能感觉到小孩儿踢腾？"洋和尚辩解："那是肠蠕动引起的假象。"日本医生紧接着就来了，随身携带一个棕色小皮箱，里面的器械比洋和尚的还要精妙。他戴上白手套，经过检查说肯定不是假孕，不过胎盘已经三度老化，很危险，如果家属同意，他们可以拿刀子把婴儿剖出来。孟布云心里疑惑：难道咱女人怀上的是哪吒？

孟布云问薛神医："你说有没有一种药，吃了以后要过相当长一段时间才会毒发身亡。"

薛神医回答："倒是有这么一种药，服用后二十天内看不出丝毫症状，但是超过一个月此人非死不可。这种药叫牵机药，是从马钱子里提取出来的，跟钩吻、鹤顶红三毒并列。就是当年宋太宗给李后主吃的那种药。为什么叫牵机药呢？因为毒发时，吃药的人会像被机杼牵扯的丝线一样，头足相就，身体拳曲，不停地抽搐三天三夜，一直抽抽成狗那么大，才会受尽痛苦而死。"

临走，薛神医说："尊夫人快要临盆了，但是胎位不正，可能是横生倒养，到时候儿奔生娘奔死，阴阳只隔一张纸，司令应该做好思想准备。"

第二天，孟布云正吃早饭，八仙桌上摆着莜面栲栳栳、碗坨儿、一疙瘩焦黄流油的烤羊腿。因为整晚没睡好，他眼睛有点儿浮肿，脑门儿上印着个紫红色的圆圈儿。有人进来报告："曹笑吟求见。"孟布云说："不见！"话音未落，曹笑吟已经闯了进来。孟布云只顾啃羊腿，头也不抬地说："人我已经放了，你再跳脚也迟了。"

曹笑吟说："大羽政章当然应该接受审判，但现在我更关心的是司令和孟队几千名弟兄的安全。至于春花，她是司令的亲妹子，也是我们的革命同志，我们的心情和司令完全一样。但是我敢断言，鬼子绝不肯轻易放人，而只是在使缓兵计，司令跟他们做交易是与虎谋皮。希望司令当机立断，按照原定计划立即起义，否则后果不堪设想。"

孟布云把羊腿往铝盆里一摔说："嘚啵嘚、嘚啵嘚，就你会说？好马长在腿上，好人长在嘴上。京油子、卫嘴子、保定府的狗腿子！"

曹笑吟气得满脸通红，强压住火没有回嘴。

孟布云阴阳怪气里带着决绝和哀伤："推迟起义的凶险不用你说我也知道，可我的心情，你根本无法理解。春花是你们的同志不假，但是你们的革命同志有千千万万。用你们的话讲，一个倒下去，千百个站起来。你们根本不会把牺牲个把同志放在心上。可春花是我唯一的亲人，自从家母去世后，我们兄妹一直相依为命，虽然她是个一根筋的傻丫头。所以哪怕只有千分之一的希望，就是冒再大的风险，付出再大的代价，本司令——也在所不惜！"

5

三天以后，独立先锋团因受到来自背后和侧翼，也就是石家庄和阳泉之敌的威胁而主动撤围。随着广灵撤围，好像一夜之间从地里长出来的无数支抗日武装，又突然间销声匿迹，无影无踪了。只剩下坐失了最佳战机的振远，孤零零地暴露在扯地连天，云集而来的日军面前。

大羽政章虽然获释，但自觉被孟布云扣押劫持，玩弄于股掌之间，无颜重返大同。离开振远以后，借口身体不适，需要疗养，绕道灵丘，转赴阳泉，不久就病死在了阳泉医院。

孟布云收到赵凤春的来信。

布云兄勋鉴：

"日前兄毅然率部反正，扣留酉首大羽政章，我军民闻之莫不欢欣鼓舞，翘首期盼兄及所部重归人民怀抱，晋北民气亦为之振奋。

"不料事有反复，风云突变，打乱了我们的既定部署，将大羽政章押送五台边区的约定被兄单方面放弃，起义计划亦因此严重受阻。一时大有黑云压城之势、玉石俱焚之忧。有识之士、爱国军民无不为此痛心疾首。

"望兄静心安坐，听我一言。春花固然为兄之宠妹，亦是凤春今生唯一之至爱。曾经沧海难为水，除却巫山不是云。日月犹在、天地可鉴，海枯石烂、此情不渝。乍闻事变，凤春心如刀绞、五内俱焚，茫然呆坐、不觉天晓。

"然日寇，豺狼也。如今他们对兄已恨之入骨，急欲除之而后快。更绝无释放春花之诚意和可能，只是以此为诱饵，使用稳军计。为他们调兵遣将，聚歼孟部争取时间。岂不闻孙子云：兵者，诡道也！虚则实之，实则虚之；死生之地，存亡之道，不可不察。吾兄久历江湖，多经风浪，应知人心险恶。日寇小小鬼蜮伎俩，兄岂不一目了然？本无须凤春多言。然而凤春担心的是，兄因对春花之爱，方寸已乱，失去了对于目前形势冷静客观的判断，这样就正中了日寇下怀。

"然将者，泰山崩于前而色不变；谋国者，忠义何能两全？

"据我内线情报，近来驻大同日军调动频繁，这更加证实了我们的推测。孟部在振远多耽搁一日，就多一分被围困全歼的危险。望兄放弃幻想，抽身而走，及早摆脱倭寇控制，冲出日军的势力范围，率部到浑源山区，与八路军会合。龙归沧海，虎啸深山。策马扬鞭，再起风云。折箭盟誓，卷土重来。这样，无论对抗战，还是对兄个人都将是辉煌的一笔，晋西北的抗日格局亦将为之改观。

"切切，火急！弟：赵凤春盼。"

赵凤春的来信使孟布云陷入深深的矛盾和焦虑中。他明显地消瘦了，脸上增加了皱纹。他手抚土炮站立城头，仰望着看似平静的天空，想象当冷、热空气相遇，风向悄悄地急速改变，然后突然间从四面八方同时发难。风眼越小，破坏力就越强。就在这时他看见，一架银白色的小型侦察机冒着六九严寒，像滑过水面的贼鸥，从低空掠过，透过半开放式座舱，隐约可以看到驾驶员戴着风镜，包裹在厚重的飞行服里。飞机肚皮上挂着自卫机枪和航空照相机。他知道那是日本人在对振远的地形和部队驻防情况进行航拍。他感觉到雷暴正在逼近，飞机消失，乌云密布，天色变暗，乱流像沸腾的水一样不安。他知道桑干河厚厚的冰盖已经裂开，日军失去了最佳的进攻时机，但这并不意味着振远就安全了。他得了俗称"鬼剃头"的病，一夜之间浓密的卷发就凋零不堪了。

第四十章：决斗

1

如果日军要夺取振远，桑干河桥据点就是必经之路，郭养恩领一个大队在此镇守。指挥部设在桑河南岸，距离桥头堡大约五百米的高坡上。孟布云给他的指示非常明确，只要日军发动进攻就把桥炸掉。因此郭养恩已经提前在桥墩和桥身中央的工字梁上，两拱之间的桥眼里，捆绑堆放了当量足够的炸药包，导火索引到桥头。

在孟队有个人人知晓的秘密，郭养恩从来不近女色，因为他有龙阳之好。他的传令官焦树林是个二十出头的小白脸，长得玉树临风，气宇不凡，其实是他的男宠。两个人几乎形影不离。晚上，郭养恩和焦树林在一个桌上喝酒，郭养恩出神地望着窗外沉闷萧瑟的残冬，若有所思地说："小林子，我们今天……不，是现在，就要把那座桥炸掉，然后把队伍撤退到新堡去。"

焦树林吃惊地望着他的长官，说："可是我们连日本人的影子还没看到，这么匆忙地炸桥，孟司令会责怪我们，大家也会笑话副司令是个没种的胆小鬼，让日本人吓得望风而逃，屁滚尿流。"

郭养恩缓慢地说："你听着，小林子，我打了一辈子仗，杀过的人，经历过的危险数都数不过来，可是我……从来没有像现在这么害怕过。"他抽了抽鼻子，"今天这个地方味道不对。"

郭养恩用眼睛的余光看见焦树林正盯着自己端酒碗的手，并且露出震惊的表情，于是也低下头看了一眼，发现那只手正在微微发抖，但他根本不在乎，好像这只手与他无关。

"我们沿河往北边派出去好几拨探报，他们回来说大路上什么动静也没有。"焦树林试图安抚自己的长官。

"就是因为太平静了，所以才不对劲儿。"郭养恩摇摇头，像个出马仙一样神神道道，"它隐藏在黑暗里，故意不让我们看见。"

焦树林觉得很好笑，说："他们不是妖魔鬼怪，是包含机械化部队的正规军，他们不会隐身法也不可能从天上飞过来。"

可是郭养恩很固执："你的话似乎很有道理，可我知道不是这么回事。我也说不清楚为什么，可是我有不好的预感，我们全都死到临头了，如果我们中有谁还能看到明天的太阳，那就到天王寺去烧炷高香吧。"

焦树林觉得长官今天好像换了个人，他的目光明亮而专注，表情深沉中略带恍惚，像个智者。在众人的印象里，郭副司令就是个混球儿，既狡诈又凶狠，软硬不吃，谁都不放在眼里，连孟布云都要让他三分。"好吧，我去集合队伍，然后炸桥。其实这都怪孟布云，他根本不该去招惹日本人。他自己活腻歪了，却拉上咱们陪葬。"他愤愤地站起来。

郭养恩斜过眼角来看他说："司令招惹谁不招惹谁，那是他的事。你要知道孟老二这个人很多疑，他能容得下我这个降将，是因为我偷偷向他发过誓……你都不知道那个誓有多毒。他信了，他知道我不会违背誓言。"

"什么誓言？"焦树林问。

"名为兄弟，实为君臣。"

"这儿不安全了，副司令应该先到掩体里躲一躲。"

在他的传令兵走后，郭养恩不停地看表，自言自语："快点儿，快点儿。小林子，快让桥飞上天……"他知道小林子说得没错，这个指挥所距离爆破点太近了，气浪能把玻璃窗震碎，说不定还会把他掀翻在地，但是他不在乎。可爆炸声和光芒都没有出现，无形的杀气却在一点点逼近，甚至他的皮肤都能清晰地感受到这种急遽的气压变化，这变化又引起了他心脏的异常跳动。现在哆嗦的已经不只是手，他觉得四壁都在颤抖，梁柁上的土簌簌地掉落下来。我是不是真的喝多了？他扶着桌角站起来，强迫双腿支撑住身体，从挂在椅背上的皮套里抽出手枪，向后拉套筒，枪机里传出子弹入膛的沉闷声响，然后他把枪的保险合上，握着枪把儿从房间里走出去。

隆隆的震动变得更大了，在指挥部门口，他看见站岗的卫兵一个都不见了，然后又遥望到铁桥方向有几束明亮的光柱在移动，一溜儿坦克正顺着桥面行驶过来，打头是一辆顶部有框形天线的哈奇，后面跟的全是豆战车。几个尖兵——日本人的尖兵，已经抢先摸到了南岸，队形分散开持枪警戒，通讯兵冲坦克不停地打旗语。桥头左侧的圆形地堡还在那里，但看上去死气沉沉，像一具失去灵魂的遗骸。

郭养恩单手推开枪的保险栓，醉醺醺地大吼一声："嘿，我的人呢？都他娘的死绝了吗？！"

这时他看见焦树林踩着微霜向他走过来，四个水淋淋的日本兵跟在后面，日本兵钢盔上罩着伪装网，手里端的不是三八大盖，而是冲锋枪。

郭养恩镇定地问："这是怎么回事，小林子？"

焦树林想冲长官笑一下，但是笑容很难看，说："已经结束了，副司令。"

郭养恩摇摇头说："才刚刚开始。"抬手一枪，直接把子弹射进了焦树林的面门，看着那张英俊帅气的脸在自己面前炸开了花。

2

发动机的轰鸣和嗒嗒的马蹄声，划破了深夜的寂静，无数钢盔和刺刀阴冷的反光在枯黄的田野中涌动。日军主力由大同南下，出动两个联队、一个骑兵大队、一个炮兵中队、一个战车中队和工兵小队，兵分三路包围了振远。首先，他们派出一支突击队分乘五艘皮划艇，从桑干河下游星夜渡河，向郭养恩的指挥部快速迂回包抄，焦树林是他们的内应。

王相半夜被巨大的声浪惊醒，出来一看，只见满城都是日本兵，一长溜儿卡车和坦克，停在约翰神父的教堂前面，钟楼上架着机枪。这时警务科科长刘宝珅也起来了，和王相一样衣衫不整，诚惶诚恐。松元大佐骑在洋马上，一招手，两个日本兵把一团血糊糊的东西扔在他俩脚下。两个人凑过去仔细端详，见那个怪物还在蠕动，裹了一层泥浆血污，还点缀着马粪的身子色彩斑斓，跟刚出土的唐三彩差不多，可就是横竖看不清楚眉眼。心里正纳闷儿，那个人突然伸出一只血手，死死攥住王相的裤角，断断续续地说："王县长……帮帮……我……"一张嘴吐出来一串粉泡泡。把王相吓得脸都绿了，赶紧甩脱说："这，这不是郭副司令吗？！"随后，眼睁睁见几把刺刀一齐捅进了郭养恩的心窝。松元命令他们立即调集县城所有伪军，前往椰子村携同皇军作战。

在包围了新堡、孟堡、小石口等据点后，松元命令王相和刘宝珅进孟堡劝降。与此同时，右路日军也经浑源进入振远，已将浑源公路及振远城东北的孟队据点包围；左路日军经岱岳进入振远，将城西的孟队据点包围。

彩娥正在分娩，孟布云在屋外急得团团乱转，好像热锅上的蚂蚁，前方探报一个接一个，大战迫在眉睫，军情十万火急，但是彩娥偏偏在这个时候难产。隔着门板听见收生婆威严地命令："抓住床帮子，气吐匀……眼睛盯着肚脐眼儿，朝屁眼儿用劲儿……"但话音很快就被产妇凄厉的哭爹叫妈声遮盖住了。就在这时，王相和刘宝珅来到他身边。

王相说："现在各堡都被包围得铜帮铁底，插翅难飞，你若投降，不过是解除兵权，遣散队伍，生命、财产尚可保全……"没等他把话说完，孟布云的手枪就顶住了他的脑门儿，说："念你我兄弟之情、师生之谊，这些话我不计较，要敢再说一遍，当下就打死你。"王相吓得再不敢言语。刘宝珅缓和道："布云，外边情况如此，你自己掂量着办吧。"说完，二人匆匆出堡。

十分钟后，日军向孟部发起强攻。孟布云眼见东北和西北方向流星交驰，炸弹落点激射出的光芒映彻天宇，各种口径的枪炮越来越密集。很多民房都被摧毁了，黑烟白柱从残垣断壁中像大树一样疯长出来，随着风势，在天上开枝散叶连结成厚实的云盖。一颗榴弹直接落在院里，凶猛的爆炸声震耳欲聋，冲击波飞沙走石，破片像无数旋舞的飞刀，随着火龙卷横扫过院墙，把一个哨兵的胳膊齐根削掉。失去玻璃的窗棂在燃烧，门扇飞出门框，砖头喷射向空中。

孟布云捂着嘴咳嗽，从烟雾里走出来，站在龟裂的踏跺上。天地间到处都是飞灰，空气恶劣得让人无法呼吸。他看见院中央出现一个直径足有三米的锅底状弹坑，石榴树正好在弹坑边缘，焦黑的树干上围着一溜儿火苗。他眼前突然起了一阵恍惚，看见院子当间儿站着两个孩子，妹妹穿着小花袄，辫子在后脑勺儿上翘着，两手扶正树苗。小哥哥虎头虎脑，一铲一铲往坑里添土……一种不祥的感觉涌上来，他赶紧转过身去想回屋。他听见一个纤细的童音在身后叫："哥——你不帮我了？"他用手扶住变形的门框，要不然门框就会瘫倒。他的腿在抖心在颤，但他知道不能回头，他怕一回头，就会不由自主地向前走，一直向前走，直到走进那幅画面里，融进去就再也出不来了。他怕自己真的会疯掉……他在心里唤了一声：春花，咱的妹妹……然后就在脑子里毫无头绪地瞎叨念：你别哭了，哥给你擦擦鼻涕……要不哥给你做个风车？要不哥给你掏窝麻雀？要不哥给你翻个跟头？要不哥趴下给你当马？你骑着哥转一圈，再转一圈……只要你高兴，哥就一直转一直转，就是两个膝盖都磨没了也不停下来……哎呀，你在哪儿啊？是不是还活着？他们打你了？欺负你了？哎呀……哥咋就替不了你呀……

雷金钟烟熏火燎，手提一杆枪管滚烫的步枪，踩着乱石小跑进来，气喘吁吁地说："司令，夫人生了没有，前方已经打乱套了，弟兄们死伤惨重，我看坚持不了多久了。"

孟布云返身闯进产房，用枪口指住彩娥汗淋淋的，有片蝴蝶斑的额头，咬牙说："我送你先走一步，黄泉路上你们娘儿俩可不要怪我。"彩娥此时已经处于半昏迷状态，他话音刚落，只听"哇"一声啼唤，一个胖乎乎的婴儿呱呱坠地，头发已经长得很长了。接生婆赶紧剪断脐带，把孩子擦抹干净，用小被子包上，说："恭喜司令，夫人生了个带把儿的。"

3

同时，小石口、南泉、罗庄等据点的战斗也在激烈进行。驻守小石口的是高云鹏及所部一营兵力。25日早晨，发现日军攻来，支队长刘子健即命令撤退，将至村外时，高云鹏骑着马赶到，拦在村口朝天鸣枪，大喊："站住，不许撤！"

到上午9点，双方开始交火。高云鹏亲携手榴弹数箱，在阵地前猛掷，不断高呼口号激励士气，说："凯旋为国士，战死为国殇，精忠常耀史册上，万丈光芒！"他的表情和讲出来的话都带着歇斯底里，但在那种环境里就显得很正常。由于小石口背山，敌人把大炮运上半山腰，居高临下向城内轰击。小石口土崩瓦解一片火海，血肉和沙袋、土石掺和起来飞成无数扇面形。他们活着的时候坚守在战壕里，现在死了就和战壕搅拌在一起，战壕染上了血的颜色，尸体变成了土的颜色。

高云鹏打着打着，忽然觉得迷糊了一下，好像是太乏累了，百忙之中丢了个盹儿。他是被自己缓慢有力的心跳声震醒的，睁开眼睛的时候发现躺在一条血河里，四周围摞得高高的，都是尸山。他支撑着想坐起来，挣扎了好几次，只是用胳膊肘支着滑溜溜的地面，把上身稍微抬起来一点儿。他有点儿吃惊地看见自己的两条腿从膝盖以上，齐刷刷地没有了，只剩下两圪节连在身体上，因为短就显得更粗更壮实。血液从两个比海碗还大的断面汨汨地往外流，汇入血河，就像接在抽水泵上的两个粗管子一样。他不觉得太恐怖，也不觉得疼，好像是在梦里注视着别人的断腿。他用眼睛到处找，想看看自己的腿崩到哪儿去了，琢磨着它离开身子肯定跑不了太远。但到处都是横躺竖卧、支离破碎的肉体，就算看到了也认不出来那是自己的腿还是别人的。

血红的太阳正慢慢沉下去，大群乌鸦乘着硝烟，像一件破烂的黑斗篷到处飘，也像一片乌云拧着劲儿盘旋。它们在寻找机会，它们还不敢落下来，还不到落下来的时候，但最后它们肯定会落下来。

旁边紧贴着他有一具尸首，脸扣在地上，他从背影认出来那好像是他的勤务兵，一个才十六岁的毛孩子，稚嫩的圆脸上老带着羞涩的笑。可是他记得这个孩子上午就叫鬼子的机枪打成筛子了。尸体是仰放在壕沟边坡上的，一直没顾上掩埋。他想可能是炮弹把死尸又崩起来了，在天上折了个个儿。他可以把他的脸翻过来确认，但是他不敢。他想，要是一个人从背后看都碎成这样了，那正面还能看吗？

他上军校的时候学过战地救护，知道要是把自己和勤务兵的皮带都解下来，把断肢紧紧勒住，那还有救。但是已经没有用了，他可以看见几个端着刺刀的鬼子踩着尸体渐渐围拢过来。他们移动得很慢，小心翼翼地，不时停下来，在尸堆里翻腾一下，能用脚就不用手。好像是在捡洋落儿，又好像是在确认还有没有喘气的、动弹的、装死的……要是有，就把刺刀竖起来，刀尖冲下，噗噗地乱扎一气。血顺着枪杆朝上喷，把三八大盖裹在一层酱红色里。

失血过多让他的脑子迷迷糊糊，像一台坏掉的留声机，莫名其妙，毫无逻辑地往外蹦词。

一下对勤务兵说："好小子，好样的！你不是个孬种！！"

一下又想起来一句戏词，是单雄信唱的："遍野荒郊血成海，尸骨堆山无处埋。"

一下又想这土地肥沃呀，都说东北的黑土抓一把能攥出油来，不过是个比方，可这片土准保能攥出血来。

……

他把手伸向上衣口袋，哆哆嗦嗦地从里面端出一张照片，举到眼前。相纸已经快叫血吃透了，但还是能模模糊糊看见血下面的人影。那是一家三口，头贴在一起很温馨的样子。他的心突然一阵刀剜似的疼，想起来自己结婚四年多了，可跟妻子在一起的时间还不到四个月。孩子三岁，正是最亲最好玩的时候。就他娘的因为自己对一场战役有看法，给远在重庆的中央军事委员会写了封检举信，一个堂堂的国军上校就被发配到这个鬼地方来。他哭了，不停地抽泣，眼泪流到耳朵眼儿里。最后把骆驼压垮的那根稻草不是近在咫尺的死亡本身，而是死亡将会给亲人带来的悲伤和痛苦。

他想其实他应该求他们，求求那些正朝他一步步走过来的端刺刀的人，求他们饶过自己救救自己。然后他就可以像狗一样活着了，大街小巷到处爬，人家要是朝他脸上吐口痰，就自己用袖子擦了。要是有人扔给他半拉窝头，他就朝人家磕一个。他以前见过那种没腿的人在街上讨饭。下身捆着棉垫子，一手拿一个小板凳，挪过来挪过去。只要能再拉一拉妻子的手，只要能再摸一摸儿子胖嘟嘟的小脸，他全都认了。

他把照片放回兜儿里，大口吞咽着苦涩的泪水，在心里说：对不起了，媳妇，把你的好身子便宜别的男人去吧……对不起了，儿子，爸爸又乖又甜的小狗狗……

现在，鬼子离得更近了，他已经能看到他们藏在钢盔下面的脸。从那几张脸上他看出来，他们也快要疯掉了，也正在痛苦中煎熬着。他突然觉得很困惑，如果他们扒掉了这身鬼子皮，不也是和自己一模一样的人吗？他们难道不是爹生妈养的？他们难道就没有妻子儿女？他们难道没有兄弟姊妹、亲戚朋友？在他们出生的那座岛上，难道他们就从来没有露出过金子般纯朴的笑容吗？他并不是真的不知道答案，他其实比大多数中国人更知道得清楚。只要他的脑子稍微转几圈，就可以把答案条理清晰、逐字逐句地列出来。但是他不想转圈，他太累了。

他记得勤务兵腰里还剩下一颗手榴弹，于是就努力斜过身子，把手塞到尸体下面摸呀摸，先摸到的是黏糊糊的大肠，再摸到的是滑溜溜的小肠、尿脬和胃，肋骨的断碴儿划烂了他的手……那颗血淋淋的手榴弹，他几乎是从勤务兵的腹腔里掏出来的。

他拧手榴弹的后盖，但是手上、木把儿和后盖上都是厚厚一层血浆，打滑得不行。关键是他一点儿力气也没有，而且这时候下身突然开始疼了，是那种撕心裂肺的疼，疼得他想打滚儿、想号叫、想求爷爷告奶奶。刚才神经系统被炮弹震得麻木了，现在它又慢慢恢复过来，开始跟他不依不饶了。他大张着嘴，表情惨烈，无声地哀号着，咳出一团黑色的血块，咬紧牙，绷住劲儿，两个手攥着手榴弹朝相反的方向使劲儿，心里说：快结束了，都快结束了……高云鹏，你能行！让你的同学知道，你不是个少爷秧子。别给你爹、你娘、你媳妇、你的娃娃丢脸……让他们知道你是个顶天立地站着撒尿的爷们儿！！

后盖的螺丝扣终于松动，拧脱了。他用手指把导火索勾出来，拉火环套在指头上，然后瘫在血泥里，虚弱地大口喘气。他时间掐算得很准，就在这个时候，一圈黄色的高勒儿翻毛皮鞋和蒙着血水、闪着暗光的刺刀把他围上了。

他龇开满口翻着泡沫的红牙，发出一阵恶鬼般凄厉的笑，残躯在笑声中颤抖起伏着，然后就拉了弦。接下来的那声巨响是小石口战斗的最后一次爆炸。南泉、罗庄等阵地也相继失守……

第四十一章：破围

1

在梆子村，日军先进行了半个钟头的炮火准备。一颗接一颗的照明弹像阴森的鬼魂升上半空，每颗后面都紧跟着一串地动山摇的炮击。一个个火团子贴着围墙滚动，土块崩起来，土面子哗哗地往下撒。墙头来不及隐蔽的士兵折着跟头在天上翻飞。东面的围子先被轰开一角，日军步炮协同，交叉火力掩护，对缺口发起连续不断的冲锋。战车开道，伪军随后，鬼子压轴，顺着围墙坍塌成的土堆向上蜂拥。孟军奋起还击，用密集的手榴弹和机关枪封锁缺口。组织敢死队从城堞翻下来，向日军反冲击。把树枝干柴捆成捆儿，利用坦克的观察死角抱着滚过去，插进坦克车的履带里，再用燃烧瓶、炸药包将其摧毁。有的弟兄动作稍慢一点儿，让履带卷进去就算进了绞肉机。

谭二爷的加入让人们见识了什么是真正的侠客。他的面孔让火药熏成了三块瓦①、火焰眉、开豹眼、红珠火纹猩猩胆，随敢死队从围墙上像大鸟一样轻盈舒展地跳下来，落地连一点儿声息都没有，挥舞大刀往鬼子堆里扎。他在刺刀丛中高一下矮一下，闪转腾挪，滴溜溜打转。大刀片玩得巧妙，玩得神出鬼没，虚虚实实打着闪就把对方的命要了。他一般不用蛮劲儿，可一旦杠上了，爆发力就大得惊人，气势就从眼睛里喷出来。在他周围很快堆了一圈血淋淋的尸首，可他自

①　三块瓦——戏曲脸谱的一种。

己却连根头发丝都没伤到。直到一个钢铁怪物破雾而出，瞪着狞亮的独眼，四缸柴油机吼叫着碾压过来。这辆坦克明显被燃烧瓶袭击过，一个前灯碎了，两侧的轮子都在冒火，长长的火苗随着驱动轮的胶皮外缘在履带里旋转，好像踩着一串风火轮，屁股喷出滚滚黑烟。谭二爷还是不慌不忙，轻功那叫一个了得，平地里一跺脚蹿起来一丈高，落在坦克的挡泥板上，这叫旱地拔葱。向上跨步，就站到了装甲盖板上。任凭坦克抽风似的打转，谭二爷的两腿就像生了根。墙头观战的人目瞪口呆，愣了半天才齐声叫好，机枪、步枪一起掩护着他。谭二爷浴着硝烟，跟着坦克一起在地皮上移动。抡起手中沾满鲜血的大刀猛剁炮塔的钢板，连砍十来下，每一下都当当地蹿火星，把大刀都砍得卷了刃，可惜只在炮塔上留下几道浅浅的白印。谭二爷又把刀尖插进炮塔舱盖的缝隙里，扎了个马步，一声架子花脸铜锤唱，条条肌肉都鼓起来，想把这个王八壳子撬开。炮塔就在这个时候旋转起来，把大刀片闪了出去，拿一个黑洞洞的枪眼对正谭二爷的胸膛，从枪眼里喷射出一串冒着火的机枪弹，把他的身体打成了个空心儿。谭二爷从坦克上翻滚下来，仰面躺在自己的内脏上。

2

日军调整战术，炮火延伸，利用弹道的曲率对村庄实施盲目打击。隔着土围墙，可以看到一片火光辉映着低沉的云盖，不时有白炽的光芒在红色里爆闪，如同沾满血污的亮银铠。从闪动中升腾起一根根或直或弯，炭黑的烟柱，远望像一座流淌着熔岩的地狱之城。同时，日军分成三个梯队发起九次波浪式冲击，其中两次已经踩踏着人肉台阶把缺口占领了，又被挥舞大刀片的孟队官兵用激烈的肉搏赶出来。

因为久攻不下，大同政厅顾问官西川中佐主动请缨，亲自到前线督战。他骑在马上，就着城墙上的火光用望远镜观察敌情。他发现守军的士气十分低落，组织工作混乱无序，许多伤员都顾不上往下抬。他心里想：显然双方都很疲乏，现在是比赛谁更有毅力的时候，只要皇军咬定牙关，下一轮冲击就可以使敌人崩溃。正在这时，对面却发生了某种变化，城墙上所有的人都站了起来，连伤员也挣扎着往起爬，大家一起转身朝同一个地方看。他们本来麻木的脸上泛起了光彩，神情显得很激动，有的甚至做出了擦眼泪的动作。虽然因为太远听不到那里的声音，但是从他们纷纷高举双臂的样子，完全可以知道他们正在发出潮水般的欢呼声。

开始西川中佐很困惑，猜测不出来那里发生了什么，但只过了一小会儿，答案就自己走出来了。一些人向两边让开，另一些人在向前聚拢，把一个苍白、清瘦、镇定的形象簇拥到了前台最醒目的位置上。所有的目光都在跟随着他的移动而转动，所有的灯笼火把都为他照亮。他看起来很年轻，不过才三十来岁的样子，但一举一动都显得沉甸甸的，充满了无可置疑的权威感。他身上没有带一枪一弹，袖着双手，一件干净板正的大襟长棉袍把他打扮得像个太平绅士，或者教书先生。跟着他的随从挑上来两只箩筐，一只箩筐里盛满了发亮的银圆，另一只装的都是四四方方的纸包（他猜想那是大烟土）。

西川的心脏猛烈跳动起来，虽然他从没有见过孟布云，但知道那一定是他了。这就是那只让大本营都头痛的降服不住的孙猴子，只差那么一丁点儿他就把晋北的天捅漏了。同时他敏锐地意识到一个千载难逢的战机恰恰被自己无意间捕捉到了，接着，只要召唤来一名狙击手，只要一粒飞驰的步枪子弹，就可以把对面这支军队的灵魂打掉。然后……可能一切就结束了，皇军尽可以不战而屈人之兵……太好了，太好了……

但是他的高兴到此为止了，他突然觉得眼前一黑，就从马鞍子上跌了下去。在断气之前，他躺在坚硬板结的黄土地上，恍恍惚惚地看见一股血线像喷泉一样，从自己胸脯上的黄呢子军装里飞溅起来，挂得到处都是，有几滴淋到了脸上。他听到许多人在向自己奔跑，听到自己的战马发出悲惨的鸣叫，听到有人在耳边呼唤他的名字，声音遥远缥缈，像是从月球上传来的。他还看见天上的月亮渗进了大片红色，就像躲在照门后面的，狙击手充血的眼角膜……他觉得很冷，血压在直线下降，中枢神经逐渐麻痹，呼吸和心跳越来越缓慢，所有的脏器都在衰竭。蒙眬中，他觉得自己已经回到了家乡——人烟稀少、冬季漫长的北海道，躺在石狩平原深达四米的积雪上，隔着一排洁白的雾凇，聆听东海岸的流冰相互碰撞……咔嚓咔嚓，轰隆轰隆……接着真正的夜幕降临了……

就在几分钟前，随孟布云一起登上城头的马六子蹲在垛子后面遥望广袤的战场，借着朦胧的星月和炮弹的闪光，看见在敌军的阵列里，有一个鬼子官骑着一匹大洋马，手里端着望远镜，屁股离开了鞍子，立在马镫上向对面张望。他立刻瞄准狙击，用一声清脆的点射，把对方从视野中抹去了。

趁战斗间隙，城外的临时指挥所里召开紧急会议，拼起来的桌板上铺着绿色军毯，军毯上展开军事地图，地图上摆着电话机、三角尺、放大镜、红蓝铅笔。松元大佐趴到地图上一个劲儿用手绢擦抹自己的秃头，以免不断渗出的汗水把绘图纸打湿。地图上面挂着一盏摇摇晃晃的马灯，使这个老鬼子的影子一会儿拉长一会儿缩短。最后研究出三套应急方案。第一个办法是抓民夫，用大石头阻断桑干河与流入梆子村的那条小河之间的河口，断其水源，做长期围困的打算。第二个方案是请求空中支援，从天上炸平新堡和孟堡。第三个办法是，调驻曲沃的一个特种指导班和迫击炮第三大队，向孟军阵地发射红筒，或者化学毒剂炮弹。

到了后半夜，驻守前沿的日军发现对面的阵地上好像没人了，便立刻把这个情况层层上报。松元大佐非常谨慎，生怕是诱敌之计，因此，派出几个斥候前往侦察。摸过去一看，守军真的已经不知去向，阵地里只立着一排顶着钢盔的稻草人。松元大感不解，说："梆子村四面都围得水泄不通，别说是人，连一只鸟也飞不出去，难道孟布云会土遁？！"

搜来搜去，最后在孟堡的后院发现一条通往村外的秘密地道。

3

孟布云破围后，率领残兵到黄花岭下的水磨村休整，岂料被日军的探子侦得，于是出动驻雁北日军主力和各县伪警察部队数千人，把水磨村围得里三层外三层。日军数次冲锋均被击退，遗尸累累，可是孟部的几次突围也没有成功。双方你来我往，战至天黑，这时孟布云发现包围村西南角的警察队进攻不力，老是朝天放枪，一侦察才得知这原来是刘宝坤的部队，于是率部往西南冲。刘宝坤果然网开一面，假打假战放虎归林。是役，日军又被击毙二百余人。

围捕孟队屡屡受挫，损兵折将，震动了东京大本营，大同驻屯军司令瓦田被训斥得狗血喷头。到7月，恼羞成怒的日军调集在晋南作战的甲级精锐师团进行追剿，孟布云败走南山之灰窑、小背、马兰、蛟河……最后被重重包围在安和岭的老周坡和平座两村之间。战斗从黄昏打到黎明，孟队弹药将尽。眼看日军蝗虫般铺天盖地压过来，孟布云暗想：这回真的完了。

就在这时隆隆的连环爆炸突然在敌人的后方震响，雷金钟在旁边说："司令，鬼子撤了！"孟布云端起望远镜一看，成百成千的手榴弹在天上交织出一道道黑色的抛物线，落在敌群中四处开花，各种枪支射出的子弹像横扫过树林的风暴，编织起密集的火力网。紧接着冲锋号声就像一柄出鞘的利剑，划空而过，使人心为之激荡。雷金钟激动得眼泪都出来了，说："是八路军！"孟布云刚问了一句："你看清楚没有？"八路军的土布灰军装就已经漫山遍野了，战士们都握着雪亮的刺刀，发出惊天动地的呐喊，从各个山口，各条沟梁，蜂拥而出，左刺右杀，把日军截成数段……

当金灿灿的太阳高高升起，零星的枪声代替了震耳欲聋的交响，硝烟弥漫处都是鬼子的尸骸，翻倒的军马和燃烧的车辆。一部分八路军正在打扫战场，清点俘虏，救助伤员。有几个人徒步穿过遍地狼藉、焦臭难闻的战场，向孟军阵地走来。

"孟司令，受惊了。"走在前头的曹笑吟敏捷地跳过一道壕沟，站到孟布云面前。

孟布云迎上去问："赵凤春来了没有？"

曹笑吟说："赵团长正在前面的丰宅村等你，派我过来为司令引路。"

这一路上，孟布云看见八路的队伍前不见头、后不见尾，巨龙蜿蜒、铁流滚滚。其中有驮马拉的炮车，也有骑兵，还有四个人抬的全钢大鸡脖子重机枪。老百姓箪食壶浆、夹道欢迎。这种场面让孟布云为之震惊，他心里一直有点儿瞧不起八路军，认为他们人马少、装备差，只能钻山沟、打游击、打埋伏，根本不敢和敌人正面交手。这还是头一次看见八路军气势这么磅礴，军威这么雄壮。他又想，八路此番突然下山，做大规模集结，必将有所行动。他只是猜测，并不知道就在前一天晚上，八路军发出命令，向日寇全线出击，闻名中外的百团大战即将拉开序幕。

在一间简陋的农舍里，赵凤春把军区首长的两封亲笔信递到孟布云手中，另外还赠给边币一千元、手榴弹五百枚以示慰问。信中以"情属乡谊，义属同族"为辞，力邀孟布云率残部到浑源山区，与八路军共同抗日。孟布云读罢深受感动，说："首长如此器重孟某，他们的好意，我一定认真考虑。"

赵凤春神色凝重地说："还有一个不幸的消息，春花已经被鬼子杀害了……"

孟布云颤声问："她是不是死得很悲惨？"

赵凤春强忍泪水说："她死得很壮烈。"

春花遇害的消息传来的时候，赵凤春一点儿也不震惊，这是他意料中的。他继续忙工作，甚至不知道为什么战友们的眼睛都在躲闪他。薛明哲走过来说："老赵，你的脸色不好，回屋歇着吧。"他也光摇头没说话。直到晚上，他向自己房间走去的时候，才觉得两条腿好像灌满了铅一样沉重。不错，一切都是意料之中，但是在他的内心深处始终存在一丝侥幸，现在这最后的幻想破灭了。

他知道谁正在屋里等着他，他知道这是一次无法取消的约会。

他推开门，果然看见春花在炕沿儿上坐着，向他招手说："还不过来，傻愣着干啥？"

他就顺从地走过去，在她身边坐下。

她从怀里掏出个石榴，扔给他，他就接住。

她说我们躺下吧，他就躺下。

她让他干啥他就干啥，他欠她的。

这一夜，他没有睡，因为既然她没睡，他就一直陪着她。但是他心里知道只能陪这么一个通宵，到了明天晚上他必须睡，必须让一切恢复常态。第二天，他还是早早地起来，平静地做事。他心里面清清楚楚，春花已经不在了，只是不去想这对他意味着什么，也不让自己回忆那些和她相关的往事。他必须把阀门关得紧紧的。他身后有一个兔子洞，想掉下去很容易，只要一不小心，只要脚底下一打滑，可是再想爬出来就艰难了。他不能就这么毁了自己，他没有那个权力，他是一千多号人的团长，他的命不是自己的。

孟布云伏案大哭，赵凤春抚着他的背开导："鬼子欠下中国人的血债数也数不过来，咱们光哭有什么用？唯有坚决抗日，奋勇杀敌，把这些吃人的豺狼打回老家去，才能对得起春花，对得起所有死难的同胞。春花已经被追认为革命烈士，明天下午，要在五台边区召开万人追悼大会，军区首长要亲自参加。你是家属，也去吧。"

孟布云答应得挺好，可是当天晚上，他就领仅剩的十几个部下，不辞而别，悄悄离开了丰宅村。

1941年，孟布云经左云、右玉，转至绥远。面求国民党高级军官以图援助，希望东山再起。国民党方面也素知孟布云，本打算重用，但后来听说孟曾亲手弑父，顿生反感，仅劝慰一番，给其五百元，打发他去找阎锡山。

1942年春天，孟布云又到阎锡山处，阎乃告以"中日不议而和，国共不宣而战"等一套投降理论，要孟在吉县受训。

1943年，孟已在吉县受训半年，受领导指派，到重庆中训团深造。在此期间，他曾作为抗日英雄受到了国民党高官的传见。

1944年，他受国民党之命，返回北方活动。当年冬，国民党资助他一部分武器装备，让他到陕坝招兵买马，拉起一支一百五十余人的队伍。之后又恐其在后方惹是生非，于是给他二百多支步枪和军法处放出来的一些犯人，勒令他率部离开陕坝，到敌后抗日。

1945年8月，孟布云被迫率部返回振远县，到右玉时，恰逢日本宣布投降。孟乃收编大同伪警察三百余人，重返振远，从此死灰复燃。不到半年，人数猛增至三千余人，规模达到三个团，每团下设一个骑兵营、一个工兵营等，另外还组织了工作队和保安营，继续在振远充当小皇帝。

尾声：虚幻

　　孟布云中枪后，并没有马上就死，开始住在解放军临时建的医务所里，随后被转入设在临汾的野战医院。雷金钟的那颗子弹嵌在他脊柱的第三节和第四节椎骨之间，虽然取出了，但却损伤了中枢神经，给他造成高位截瘫。他从头部以下完全失去了知觉，一动也不能动地躺在床上，肌肉萎缩，膀胱和肛门括约肌功能丧失，吃喝拉撒，连翻个身都必须别人帮忙。左脚的黑褐色坏疽和健康组织形成了明显的分界线。由于褥疮，后背和臀部大面积溃烂，流水不止，恶臭难闻。就这样苟且了大约半年。

　　在这段时间里，军医院的医务工作者们表现出了崇高的人道主义精神，始终如一地照顾着他这个阶级敌人。他断断续续地听到一些老朋友的下落，刘宝珅在解放军攻克振远时被乱枪打死。王相想化装混出城去，半路被民兵抓获，人民政府召开公审大会，他被判处死刑。和他一起被镇压的还有开始被阎政权庇护起来的田唯农。雷金钟阵前起义，反戈一击有功，光荣地参加了解放军。李彩娥开始也被看管起来，但她坚持说自己的孩子不是孟布云的，说孟布云根本没有生育能力，孩子的亲爹是马六子。工作队核实后，经人民政府批准，马六子和李彩娥正式结婚，全家回村务农。

　　临断气的前一天，他听见锣鼓喧天，万众欢呼声响彻云霄。他就问一个回来取东西的小护士："外面发生了什么事？"小护士激动得满面通红，胸脯急遽地起伏着，她虽然非常厌恶对方，但还是告诉他："新中国成立了！"

他突然觉得这个小护士很漂亮，年轻的脸上洋溢着一种珍珠般的光泽，两个黑亮的锅刷子一晃一晃支棱着，富有弹性。然后，他曾经交往过的那些女人生动的面庞就一张一张地叠印在女护士的脸上。他油尽灯枯的身体涌过一阵潮热，歪着嘴笑道："我有个外号……叫老捷克……"

他的脸干柴得像个骷髅，两个深眼窝黑洞洞的像枪眼，但从眼窝里却回光返照地射出两道银芒。小护士并不知道"老捷克"是什么意思，只是觉得他的笑容很邪恶，像被砂轮打磨过的金属物，并本能地感觉自己受到了冒犯。她本来应该气愤，应该斥责他，可是不知道为什么，她的脊梁里升起一股细细的寒意，单独和这个垂死的怪物在一起让她觉得压抑和恐惧。同时作为一个革命战士，她又为自己的软弱心理而羞愧，最后她带着纠结匆匆逃离了。

孟布云觉得自己虚弱极了，就像深秋的一根苇子，风一吹就会倒。那个真实的世界，一切的一切，都在离他远去。他记起来吴先生曾经告诉过他，轮回是一个非常痛苦的过程，所以他很想趁四大还没有分散，提前解除灵魂和肉体的契约关系。有一阵子他好像成功了，从高处俯视着自己嶙峋的外壳。然后床和躯壳都不见了，在他脚下裂开红通通的地狱，铜柱上缠着铁链子，无数枉死在他手中的魂灵，今生和过去生的冤亲债主，浩浩荡荡地聚集在一处，唱着胜利的颂歌，把炉火烧得红旺旺的。他问："到了地狱会怎么样？"一个声音回答："烊铜灌口，热铁浇身，拔舌耕犁，生革络首，铁驴铁马，铁网铁绳。各个狱中，有百千种业道之器。无非是铜是铁，是石是火，此四种物。"

他恶狠狠地冷笑说："也没什么了不起！"他坠落下去，但是冰冷坚硬的现实重新浮现出来，从四面八方合拢拼接成一个整体，挡在他和地狱的入口之间。他好像被丝线扯住的风筝，在业风中打着滚儿，跌落到臭烘烘的床上。他感到很失望，就像越狱不成，又被拖回到死囚牢的犯人。接下来，他的呼吸变得很艰难，肺叶的每一次收缩和扩张都像刹车皮摩擦轮毂一样刺耳，一口海底痰堵在喉咙眼儿里，洗身汗把最后的一点儿气力从毛孔中挤出去，有许多模糊不清的灰蒙蒙的人影在眼前飘来荡去，恍惚中他只听见一个声音在慷慨激昂地唱：

　　大江东去浪千叠，引着这数十人驾着小舟一叶。又不比九重龙凤阙，可正是千丈虎狼穴。大丈夫心烈，我觑这单刀会似赛村社。

　　好一派江景啊！（云）

　　水涌山叠，年少周郎何处也？不觉得灰飞烟灭，可怜黄盖转伤嗟。破曹的樯橹一时绝，鏖兵的江水犹然热，好教我情惨切！

　　这也不是江水。（白）

　　二十年流不尽的英雄血！